Jessica Fellowes

Die Schwestern von Mitford Manor – Gefährliches Spiel

PIPER

Zu diesem Buch

London, 1925. Nancy Mitford lebt bei ihrer Tante im quirligen London. Anlässlich des 18. Geburtstags ihrer Schwester Pamela kehrt sie zu dem rauschenden Fest nach Mitford Manor zurück. Doch während der nächtlichen Schnitzeljagd ertönt ein Schrei: Der charismatische Adrian wird tot am Fuße des Kirchturms gefunden. Das Dienstmädchen Dulcie macht die schreckliche Entdeckung, was sie für die Polizei zur Hauptverdächtigen werden lässt. Louisa Cannon, Anstandsdame und Vertraute der Mitford-Schwestern, fühlt mit Dulcie. Um den wahren Mörder zu finden, reist sie mit Pamela und Nancy Mitford nach London, um die legendäre Diebin Alice Diamond zu finden. Offenbar war Dulcie mit ihr in Kontakt. Alle drei sind sich sicher: Über Alice Diamond und ihre vierzig Diebinnen werden sie den wahren Mörder finden.

Jessica Fellowes, bekannt durch ihre Begleitbücher zur weltberühmten Serie »Downton Abbey«, arbeitet als Journalistin und Referentin und war früher als stellvertretende Chefredakteurin von *Country Life* tätig. Sie ist die Nichte von Julian Fellowes, Schauspieler, Romanautor und Verfasser der »Downton Abbey«-Drehbücher. Jessica Fellowes lebt mit ihrer Familie, einem Labradoodle und zwei Hühnern in Oxfordshire.

Jessica Fellowes

DIE SCHWESTERN VON MITFORD MANOR

GEFÄHRLICHES SPIEL

Roman

Aus dem Englischen von
Andrea Brandl

PIPER

Mehr über unsere Autoren und Bücher:
www.piper.de

Wenn Ihnen dieser Roman gefallen hat, schreiben Sie uns unter Nennung des Titels »Die Schwestern von Mitford Manor – Gefährliches Spiel« an *empfehlungen@piper.de*, und wir empfehlen Ihnen gerne vergleichbare Bücher.

Von Jessica Fellowes liegen im Piper Verlag vor:
Mitford-Schwestern
Band 1: Die Schwestern von Mitford Manor – Unter Verdacht
Band 2: Die Schwestern von Mitford Manor – Gefährliches Spiel
Band 3: Die Schwestern von Mitford Manor – Dunkle Zeiten

FSC
www.fsc.org
MIX
Papier aus verantwortungsvollen Quellen
FSC® C083411

Ungekürzte Taschenbuchausgabe
ISBN 978-3-492-31654-5
April 2021

Titel der englischen Originalausgabe: »Bright Young Dead«,
Sphere, Little, Brown Book Group Ltd, London 2018

erschienen im Verlagsprogramm Pendo
Redaktion: Amelie Soyka
Umschlaggestaltung: u1 berlin / Patrizia Di Stefano
Umschlagabbildung: Tracey Whitefoot / Alamy Stock Photo;
Muna Nazak / Trevillion Images
Satz: Satz für Satz, Wangen im Allgäu
Gesetzt aus der Adobe Garamond
Druck und Bindung: CPI books GmbH, Leck
Printed in the EU

Für Simon

KAPITEL 1

1925

Im Leben jedes Menschen gibt es jenen Moment, der den endgültigen Übergang ins Erwachsenendasein kennzeichnet. Für Pamela Mitford war dieser Moment noch nicht gekommen. Mürrisch stand sie auf den Stufen vor einem schmalen Haus in Mayfair, doch es war nicht nur die kalte Abendluft, die sie zittern ließ, sondern vor allem ihre flatternden Nerven. Louisa Cannon war sehr wohl bewusst, dass Pamela sich vorkam, als stünde sie vor der Höhle der Löwen, die nur darauf warteten, sich auf das blonde Mitford-Mädchen zu stürzen.

»Sag Koko, sie soll rauskommen und mich holen«, sagte Pam, den Rücken zur Tür gekehrt. »Wenn du mich hineinbegleitest, glauben alle, ich wäre ein Baby.«

»Das muss ich aber tun, weil ich es Ihrer Mutter versprochen habe. Außerdem weiß sowieso keiner hier, dass ich Euer Kindermädchen bin«, erinnerte Louisa sie nicht zum ersten Mal an diesem Tag. Die Fahrt vom Familienwohnsitz in Oxfordshire, der eigentlich Asthall Manor hieß, aber von allen Mitford Manor genannt wurde, nach London war lang gewesen, obwohl sie den üblichen Zug nach Paddington Station genommen und praktisch sofort ein Taxi gefunden hatten, sobald sie aus dem Bahnhofsgebäude getreten waren.

»Bitte. Geh rein und hol Koko.«

Koko war der Spitzname von Nancy, des ältesten der sieben Mitford-Kinder – sechs Schwestern und ein Bruder. Seit fünf Jahren arbeitete Louisa mittlerweile für die Familie und konnte die Spitznamen wie einen französischen Vokabeltest im Schlaf herunterbeten. Sie läutete widerstrebend, und erschreckend schnell wurde die Tür von einer jungen Frau geöffnet, die wie ihr Abziehbild aussah: Sie war ähnlich groß, ihr Haar hatte einen ähnlichen Braunton wie Louisas, wenngleich sie es unter einem Häubchen zusammengesteckt hatte, und sie trug ein solide gearbeitetes Kleid, das jedoch aufgetragen aussah, so wie sie selbst häufig Nancys aussortierte Kleider anhatte. Das Mädchen wirkte müde, aber die Sommersprossen auf ihrer kleinen Nase verliehen ihrem Gesicht etwas Lebhaftes. Ihr Blick fiel auf Pamela, die immer noch mit dem Rücken zur Tür stand. Louisa und das Dienstmädchen tauschten einen Blick, der ihr Wissen bestätigte, dass sie im selben Boot saßen.

»Guten Abend«, sagte Louisa. »Könnten Sie mir bitte sagen, ob sich Miss Nancy Mitford hier aufhält?«

Das Dienstmädchen sah aus, als würde sie gleich in Gelächter ausbrechen. »Zuerst sollte ich wohl fragen, wer das wissen möchte.« Ihr Tonfall verriet Louisa, dass sie wohl aus einem der Viertel südlich der Themse stammte.

»Ihre Schwester, Miss Pamela«, antwortete Louisa. »Sie will nicht, dass ich sie begleite, und ich möchte sie nicht alleine hineingehen lassen. Darf ich vielleicht reinkommen und kurz mit Miss Nancy sprechen?«

Das Mädchen nickte und hielt die Tür auf. »Folgen Sie mir, bitte.«

Das Mädchen führte sie einen Korridor entlang, deutete

auf eine Tür und verschwand durch eine andere. Louisa wunderte sich ein wenig, dass sie sie nicht formell hineingeführt hatte, verstand jedoch sehr schnell, warum. Im spärlich beleuchteten Salon standen zwei große, abgenutzte Sessel vor einem knisternden Kamin, mit den Rückenlehnen zu Louisa. Über die eine Armlehne ragte ein Frauenarm, der in einem schwarzen, bis über den Ellbogen reichenden Seidenhandschuh steckte, über die andere ein Männerarm in einer steifen weißen Manschette und dem Ärmel eines Dinnerjackets. An einem Finger des Mannes steckte ein schwerer goldener Siegelring. Ihre Hände schienen in einer Art Spiel miteinander vertieft zu sein; immer wieder schnellte die Männerhand nach vorn, wich aus, während die Frauenhand sich vorsichtig herantastete, wieder zurückzog, nur um sich gleich danach bereitwillig wieder umfangen zu lassen.

Louisa hatte dem Treiben eine Sekunde zu lange zugesehen, als sich die zu dem schlanken Frauenarm gehörende Gestalt im Sessel umwandte und ein Gesicht erschien. Der Schock über Nancys neuen Bob war inzwischen verflogen, und Louisa bewunderte die Frisur sogar. Nancy mochte nicht hübsch im konventionellen Sinne sein, hatte jedoch durchaus ihren Reiz mit einem dunkelrot geschminkten »runden Schmollmund«, wie es in Filmstarkreisen bezeichnet wurde, der kecken Stupsnase und großen runden Augen, die nun auf ihr einstiges Kindermädchen gerichtet waren. Ihre Miene verriet die vertraute Mischung aus Zuneigung und leiser Verärgerung.

»Ich bitte um Entschuldigung, Miss Nancy«, sagte Louisa, »aber ich bin hier, um Sie darüber in Kenntnis zu setzen, dass Miss Pamela vor der Tür steht.«

Nun erschien auch das Gesicht des Mannes hinter der Sofalehne; es war markant geschnitten, und sein blondes Haar war so glatt gekämmt, dass es aussah, als hätte jemand flüssiges Gold über seinem Kopf ausgekippt. Sebastian Atlas. Er hatte Mitford Manor bereits mehrmals in Nancys Begleitung besucht, obwohl Lord Redesdale bei seinem Anblick jedes Mal puterrot anlief, sehr zur Belustigung seiner Tochter und zum Missfallen Lady Redesdales, die ihre Gefühle jedoch weit weniger offensichtlich zur Schau trug. Wo Lord Redesdale zu hitzigem Temperament und Zornanfällen neigte, zeigte seine Gattin eiserne Härte und kalte Wut.

»Wieso kommt sie dann nicht einfach herein?«, fragte Sebastian gedehnt, schob mit der einen Hand Nancys Finger weg und ließ sich in den Sessel zurücksinken, während er die andere nach einem Whiskyglas ausstreckte.

Nancy erhob sich mit einem dramatischen Seufzer und schüttelte ihr zerknittertes Seidenkleid zurecht, dessen Saum mit Hunderten in schwarz-weißem Zickzackmuster angeordneten Perlenschnüren besetzt war. Es war das modischste, vielleicht das einzig wirklich schicke Kleid, das sie hatte und mit einer Häufigkeit trug, die Nanny Blor schier um den Verstand brachte.

»Es tut mir leid, Miss Nancy«, sagte Louisa und beschloss, lieber bei der förmlichen Anrede zu bleiben, obwohl sie darauf verzichtete, wenn sie unter sich waren. »Aber Miss Pamela will nicht, dass ich sie hereinbegleite. Sie findet, es wirkt kindisch, in Begleitung eines Kindermädchens aufzutauchen.«

Augenblicklich entspannten sich Nancys Züge, und ein angedeutetes Lächeln breitete sich darauf aus. »Was für ein Dummchen«, sagte sie. »Anstandsdamen sind inzwischen fast wieder in Mode, aber natürlich weiß sie das nicht.«

Nancy war diejenige gewesen, die ihren Eltern vorgeschlagen hatte, dass Pamela nach London kommen sollte. Dahinter steckte die Idee, sie zu ein paar Partys zu begleiten und neue Leute kennenzulernen, von denen Pam wiederum einige zu ihrer Geburtstagsfeier im nächsten Monat einladen könnte.

»Sonst kriegen sie eine Einladung zum Geburtstag einer Wildfremden, noch dazu an einem Ort, wo sich Fuchs und Hase Gute Nacht sagen, und denken am Ende, wir hätten es nötig. Es ist nicht mehr wie früher. Wir schreiben das Jahr 1925, Farve«, hatte sie gesagt.

»Ich verstehe nicht, inwiefern die Jahreszahl eine Rolle spielen soll«, hatte ihr Vater knapp erwidert.

»Tut es aber, und zwar gewaltig. Man muss zur richtigen Clique gehören. Kein Mensch geht zu irgendeiner x-beliebigen Feier.« Was, wie sie Louisa heimlich anvertraute, nicht ganz der Wahrheit entsprach. Nichts tat »die Clique« lieber, als bei irgendeiner Party aufzutauchen, wo der Alkohol in Strömen floss und die Chance bestand, eine heiße Sohle aufs Parkett zu legen. Sie wussten nur zu gut, dass sie diejenigen waren, die erst so richtig Leben in die Bude brachten und alle anderen in ihrem Glanz verblassen ließen. Louisa war sich im Klaren, dass es zwar offiziell Pamelas Geburtstagsfeier war, Nancy jedoch alles daransetzen würde, die Party zu ihrer eigenen zu machen.

An diesem Abend stand ein Dinner im Haus von Lady Curtis, Adrians und Charlottes Mutter, auf dem Programm. Nancy hatte Adrian über Sebastian im Zuge der sogenannten Eights Week in Oxford kennengelernt, der alljährlichen Ruderregatta und einzigen Gelegenheit, bei der dem weiblichen Geschlecht gestattet wurde, den Studenten innerhalb der Steinmauern der altehrwürdigen Universität beim Abendessen Gesellschaft zu leisten. Nancy hatte wenige Monate zuvor angefangen, Ukulele zu spielen, und Louisa von der fast magischen Wirkung des Instruments auf die jungen Männer vorgeschwärmt … Sie sei sich wie ein Schlangenbeschwörer auf einem Basar in Marrakesch vorgekommen, hatte sie gemeint.

Nachdem sie Pamela an der Haustür abgeholt hatten, stand das Trio in der Eingangshalle. Von dem Dienstmädchen war nichts zu sehen, doch aus dem oberen Stockwerk wehten Jazzklänge aus einem Grammofon durchs Haus.

»Musst du unbedingt mitkommen?«, flüsterte Pamela Louisa zu, als sie Nancy die Treppe hinauf folgten. »Ich bin doch mit Nancy hier.«

»Ich habe es Lady Redesdale versprochen«, erinnerte Louisa sie ein weiteres Mal. Sie empfand beinahe Mitleid mit ihrem Schützling. Bevor sie aufgebrochen waren, hatte sie Pamela leise im Badezimmer weinen hören, ehe das Mädchen schließlich mit einem abgeplatzten Knopf an ihrem Rockbund in der Hand herausgekommen war. Wortlos hatte Pamela ihn Louisa in die Hand gedrückt, die ebenso kommentarlos Nadel und Faden geholt hatte, um ihn wieder anzunähen, während sich das Mädchen allmählich beruhigt hatte.

Louisa wappnete sich innerlich für den Abend. Zwar hatte sie in Mitford Manor den einen oder anderen Blick auf Nancys Freunde erhascht, doch das war nicht dasselbe, als sie in ihrem gewohnten Umfeld zu erleben, wo sie sich hemmungslos den Freuden der neuen Zeit hingaben. Den Raum zu betreten fühlte sich an, als würde sie Teil der Gesellschaftsseiten des *Tatler* werden, bloß in Farbe. Louisa brauchte einen Moment, bis sich ihre Augen an das Halbdunkel gewöhnt hatten und sie die dicht beisammenstehenden jungen Männer und Frauen ausmachen konnte, deren Gesichter das Flackern des Kaminfeuers und der Schein der Tiffany-Lampen in weiches Licht tauchte. Es waren vor allem die Details, die ihr ins Auge stachen: ein dunkelroter Lippenstiftabdruck auf einem Glas, in langen Spitzen steckende Zigaretten, die das Haar der Umstehenden zu versengen drohten, mit Federn besetzte Haarbänder und gewagte lila Socken, die unter den Hosenbeinen hervorblitzten, als einer der jungen Männer die Knöchel kreuzte. Pamela war regelrecht von der Menge verschlungen worden, wie Jona vom legendären Walfisch, also suchte Louisa sich einen Stuhl an der Wand, von wo aus sie ihren Schützling und Nancys Freunde im Blick hatte.

Neben dem ausladenden Kamin, die Fingerspitzen um den Sims gelegt, stand Adrian und streckte sein Glas vor, ohne dem anderen jungen Mann Beachtung zu schenken, der es mit einem weiteren Whisky füllte. Louisa kannte ihn von den Fotografien aus der Zeitung, für gewöhnlich im Zusammenhang mit einer Skandalmeldung über die jüngsten Eskapaden der sogenannten »Bright Young Things«, und von Nancys Beschreibung. Seine sonore Stimme war ein echter Schock – sie schien so gar nicht zu seiner mageren, heuschreckenartigen Gestalt zu passen. Er hatte dunkles, gewelltes Haar, das sich auch mit der Pomade nicht vollständig bändigen ließ, und seine hellblauen Augen hefteten sich trotz einer gewissen Glasigkeit sofort auf Nancys Schlüsselbein, als sie näher trat. Seine Fliege hatte sich gelöst, und auf seinem Hemd prangte ein nasser Fleck von einem verschütteten Drink. Louisa wusste, dass Adrian als guter Fang galt – sollte er zu Pamelas Party kommen, wäre er der entscheidende Dominostein, dessen Zusage dafür sorgen würde, dass alle anderen folgten.

»Wen bringst du mir denn da Schönes, Süße?«, fragte er

Nancy, richtete den Blick jedoch auf Pamela. »Das arme Ding sieht ja aus wie das Lamm auf dem Weg zur Schlachtbank.« Lachend leerte er sein Glas.

»Das ist Pamela«, sagte Nancy. »Sie ist erst siebzehn und tatsächlich noch ein Lämmchen. Sei also bitte nett zu ihr, Adrian.« Sie warf ihm einen Blick zu, der Louisa verriet, dass sie genau das Gegenteil meinte.

Pamela streckte die Hand aus und sagte mit betont erwachsener Stimme: »Guten Tag, wie geht es Ihnen, Mr Curtis?«, woraufhin er nur noch lauter lachte.

»Wie altmodisch«, sagte er und schlug ihre Hand weg. »So reden wir hier nicht, Kleine. Du kannst Adrian zu mir sagen. Was möchtest du gern trinken?« Er drehte sich um und tippte dem Mann mit der Whisky-Flasche auf die Schulter, als eine Frau auf dem Stuhl neben ihm laut aufstöhnte. Sie hatte noch wildere und wesentlich längere Locken als er und braune Augen, in denen ein ähnlich mürrischer Ausdruck lag. Auch sie war dünn, mit Wangenknochen, die von selektiver Fortpflanzung über die Jahrhunderte hinweg kündeten.

»Bitte beachte meinen Bruder gar nicht«, sagte sie. »Er ist ein Langweiler und unverschämt noch dazu. Ich bin übrigens Charlotte.«

»Pamela«, erwiderte das Mädchen und verstummte wieder. Abgesehen von ein paar Monaten in Frankreich hatte Pamela ihr ganzes bisheriges Leben in der Gesellschaft ihrer Geschwister und ihrer Kindermädchen Louisa und Nanny Blor im Haus ihrer Eltern verbracht. Dies war unbekanntes Terrain für sie.

»Komm, setz dich.« Charlotte erhob sich und nahm zwei Gläser von einem Tablett, von denen sie ihr eines reichte. Pamela bedankte sich und nahm einen kräftigen Schluck, nur um ihn gleich wieder auszuspucken. Sie wischte sich mit dem

Handrücken über den Mund, wobei sie prompt den Lippenstift verschmierte, den sie in einem Anfall von Wagemut im Taxi aufgelegt hatte.

»Verflixt und zugenäht!«, stieß sie hervor, was Charlotte ein Kichern entlockte.

»Du bist wirklich niedlich. Moment, ich habe ein Taschentuch. Wir müssen dein Gesicht erst ein bisschen sauber machen. Das war wirklich drollig, was?«

Pamela nickte erleichtert und kicherte ebenfalls.

Bevor Charlotte die Tropfen von Pamelas Kinn wischen konnte, hielt sie inne und sah zu Nancy hinüber. Louisa folgte ihrem Blick und beobachtete, wie Pamelas Schwester die Standuhr auf dem Kaminsims aufzog. »Ist sie stehen geblieben?«, fragte Charlotte.

Nancy unterbrach ihre Tätigkeit und zwinkerte ihr übertrieben zu. »Partyzeit«, erklärte sie. »Ich stelle die Uhren eine halbe Stunde zurück, damit wir noch ein bisschen länger feiern können.«

»Wie witzig«, bemerkte Charlotte und widmete sich wieder Pamela.

In diesem Moment sah Louisa zu ihrer Freude Clara Fischer auf die beiden zusteuern. Mit ihren knapp einundzwanzig war Clara, von den Mitfords nur »die Amerikanerin« genannt, eher in Nancys Alter, verhielt sich Pamela gegenüber jedoch immer sehr freundlich. Die beiden hatten in Mitford Manor schon häufiger zusammen mit den Hunden gespielt, über deren Eigenschaften und Besonderheiten geplaudert und gerätselt, was sie wohl sagen würden, wenn sie sprechen könnten – etwas, das sich beide sehnlich wünschten. Clara war ein offenes, unkompliziertes Mädchen und sehr hübsch mit ihrem blonden, in perfekte Wellen gelegten Haar und einem üppigen rosigen Mund. Sie trug stets Kleider in hellen Farben aus zarten, durchscheinenden Stoffen, die ihr eine chiffonartige Leichtigkeit verliehen.

Sie kam auf Pamela zu. »Hallo, ich wusste ja gar nicht, dass du heute Abend auch hier sein würdest.«

»Es kam ganz kurzfristig zustande«, erwiderte Pamela. »Farve war nicht allzu begeistert davon.«

»Das kann ich mir vorstellen.« Clara lächelte ironisch. »Und wenn ich mir diese dekadenten Gestalten hier ansehe, muss ich sagen, dass ich es ihm nicht verdenken kann.«

Pamela sah sich um. »So schlimm sehen sie eigentlich nicht aus, finde ich.«

»Lass dich nicht täuschen. Los, rück mal ein Stück.«

»Clara«, sagte Charlotte nicht gerade freundlich, »hast du Ted gesehen? Er verdrückt sich pausenlos … nur um mit dieser fürchterlichen Dolly zu telefonieren, hab ich recht?«

»Ja. Dort drüben steht er.« Clara zog eine ihrer sorgfältig gezupften Brauen hoch und blickte zum Kamin hinüber. »Ich frage mich, worüber sich die drei vor Lachen ausschütten.«

Nancy stand am Kamin mit Adrian und einem etwas kleineren, dunkelhaarigen Mann mit länglichem Kinn und so tief liegenden Augen, dass sie kaum zu erkennen waren. Clara und Charlotte hatten ihn Ted genannt, doch Louisa erkannte ihn unter seinem richtigen Namen aus der Zeitung: Lord De Clifford. Die drei schienen ein klein wenig unsicher auf den Beinen zu sein und brachen in johlendes Gelächter aus, noch bevor der jeweils andere seinen Satz zu Ende gebracht hatte. Nancy, die die Blicke offenbar gespürt hatte, drehte sich um und winkte ihnen zu.

»Kommt doch rüber«, rief sie. »Wir schmieden gerade einen wunderbaren Plan.«

Charlottes Widerstreben spiegelte sich in der Langsamkeit, mit der sie zum Kamin schlenderte; Clara folgte ihr, ehe sie sich noch einmal umwandte und Pamela auffordernd anstieß. »Du bist auch gemeint.«

»Los, kommt rüber, Leute«, rief Adrian. Auf seine Anweisung hin erschien Sebastian wie aus dem Nichts und trat neben Charlotte. Er wirkte zutiefst gelangweilt, doch Louisa wusste, dass er vor Nancy und ihren Freundinnen nur so tat. Sie spitzte die Ohren, als die jungen Leute sich vor dem Kamin zu einem Kreis formierten. Adrians Stimme hatte zwar nichts von ihrer Lautstärke eingebüßt, allerdings begann er zu nuscheln und redete plötzlich ganz langsam, wie eine Schallplatte, die bei falscher Geschwindigkeit abgespielt wurde.

»Ted hat eine super Idee«, sagte er. »Wir veranstalten eine Schnitzeljagd.«

»Was? *Jetzt?*« Charlottes Mundwinkel sackten noch weiter nach unten. »Ich habe keine Ahnung, wieso ihr euch wie Idioten …«

»Nein, nicht jetzt«, unterbrach Adrian. »So etwas muss geplant werden. Ich rede von Pamelas Geburtstagsparty nächsten Monat.« Er grinste breit und riss die Hände hoch wie ein Zirkusdirektor, der gerade verkündet hatte, dass nach den Trapezkünstlern die Tigernummer folgen würde.

Pamela wurde blass. »Oh, ich glaube nicht, dass Farve …«

»Halt den Mund, Mollie!« Louisa zuckte zusammen, als sie Nancys fiesesten Spitznamen für ihre Schwester hörte, den sie vor Jahren ersonnen hatte, um sie mit ihrer üppigen Figur aufzuziehen. »Er braucht es ja nicht zu erfahren. Wir warten einfach, bis die alten Herrschaften in ihren Betten liegen. Dann können wir uns im ganzen Haus ausbreiten. Und sogar im Dorf, wenn wir wollen.«

»Wir sollten aber dafür sorgen, dass uns keiner dieser lächerlichen Zeitungsschreiberlinge auf den Fersen ist«, warf Sebastian mit einem Seitenblick auf Ted ein. Es war ein gefundenes Fressen für die Zeitungen, wenn ein junger Adliger bei einer der berüchtigten Londoner Schnitzeljagden erwischt wurde. Die Journaille stürzte sich mit Begeisterung darauf; Louisa konnte sich erinnern, dass sogar Lord Rothermere höchstpersönlich im *Evening Standard* einen Hinweis veröffentlicht hatte.

Clara klatschte in die Hände. »Draußen auf dem Land, meinst du? Oh, da ist es so dunkel, dass man die Hand nicht vor Augen sieht. Richtig schön gruselig! Perfekt, absolut perfekt!«

»Genau«, meinte Adrian. »Und Nancy hat gerade erzählt, hinter der Gartenmauer sei sogar ein Friedhof!« Er gluckste vor Vergnügen und taumelte ein paar Schritte rückwärts, ehe er sich fing. Nancy lachte, als sie das sah.

»Und keine wilde Herumkurverei mit quietschenden Reifen. Das Ganze geht ausschließlich zu Fuß vonstatten. Jeder darf einen Hinweis zu einem Gegenstand schreiben, den man für gewöhnlich in einem Haus finden kann. Also, wenn alle mit von der Partie sind, können wir uns immer paarweise zusammentun.« Eine schlaue Idee, um sich die Zusagen zu sichern, dachte Louisa.

»Und wer gewinnt?«, fragte Clara.

»Logischerweise derjenige, der als Einziger zum Schluss alle Lösungen parat hat«, warf Adrian ein.

Und so kam es, dass Adrian Curtis, zweiundzwanzig Jahre alt, seinen eigenen Tod plante, der ihn drei Wochen später ereilen sollte.

KAPITEL 2

Guy Sullivan saß bereits seit acht Uhr morgens am Empfang des Polizeireviers und hatte gerade einmal drei Fälle aufgenommen: Eine alte Dame war hereingekommen, um sich bei dem reizenden jungen Sergeant zu bedanken, der ihr am Vortag geholfen hatte, ihren geliebten Kater Tibbles vom Dach herunterzuholen; ein Mann war wegen Trunkenheit und Erregung öffentlichen Ärgernisses festgenommen worden und schlief nun in der Ausnüchterungszelle seinen Rausch aus; außerdem war, ausgerechnet am Golden Square, ein goldener Ring gefunden worden. Guy hatte pflichtschuldig die Meldungen auf- und das Fundstück entgegengenommen und alles ordnungsgemäß abgezeichnet und abgeheftet. Nun hatte er nichts mehr zu tun, außer sich zu bemühen, aufrecht dazustehen und nicht zum fünften Mal hintereinander zu gähnen. Es war halb elf Uhr vormittags und damit noch mindestens zwei Stunden bis zur Mittagspause und sieben bis Dienstschluss. Aber er wollte nicht undankbar sein; war es nicht sein größter Wunsch gewesen, zur Londoner Metropolitan Police zu gehören? Es erfüllte ihn immer noch mit Stolz, die Marke an seinem Helm zu polieren, und er achtete stets darauf, dass seine schwarzen Stiefel glänzten, allerdings war es manchmal schwer zu sagen, ob seine Arbeit wirklich etwas nützte oder wie er jemals die Karriereleiter erklimmen sollte. Inzwischen war Guy seit drei Jahren Polizist – ein *richtiger* Polizist, nicht länger im Dienst der Eisenbahngesellschaft wie zuvor – und konnte es kaum erwarten zu erfahren, wann er endlich seine Laufbahn als Detective in Angriff nehmen durfte.

Das Gespräch mit seinem Vorgesetzten, Inspector Cornish, war in die Hose gegangen, noch bevor es richtig angefangen hatte. Cornish hatte den jungen Sergeant nur allzu gern daran erinnert, dass er für die beste Polizei der Welt arbeitete und schon einen guten Grund liefern musste, wenn er eine Beförderung anstrebte; so etwas bekäme man nicht vom Herumstehen, hatte er erklärt. Aber solange er bloß auf der Wache herumsaß, so wie in den vergangenen sieben Monaten auf diesem Revier, konnte Guy schlecht Initiative an den Tag legen und zeigen, was in ihm steckte. Die Polizisten, die die echten Fälle an Land zogen, ließen nicht zu, dass ein Anfänger wie er mitmischte, und wenn jemand aufs Revier kam, um eine Straftat zu melden, wurde derjenige automatisch einem anderen Sergeant zugeteilt, weil er seinen Posten nicht verlassen durfte.

Guy strich sich das Haar glatt und putzte zum hundertsten Mal an diesem Morgen seine Brille, während er sich fragte, ob seine mangelnde Sehkraft – schlimm genug, dass er deswegen aus dem Kriegsdienst ausgemustert worden war und nicht an die Front hatte ziehen dürfen – der Grund war, weshalb ihm der Superintendent keine richtigen Fälle anvertraute. Er hatte einiges an Spott über sich ergehen lassen müssen, nachdem er den Chief Inspector des Reviers nicht erkannt hatte, als dieser eines Morgens in Zivilkleidung zur Tür hereingekommen war. Guy hatte sich verteidigt, nicht sein schlechtes Sehvermögen sei schuld daran, sondern die Tatsache, dass er schlicht nicht daran gewöhnt sei, den Mann in Straßenkleidung zu sehen, wodurch er jedoch nur Öl ins Feuer gegossen hatte. Wie um alles in der Welt wolle er einen stadtbekannten Verbrecher erkennen, wenn dieser sich maskiere?, hatten die Kollegen ihn gefoppt. Cornish, der das Gefrotzel mitbekommen hatte, war zu ihnen getreten und hatte wissen wollen, was los sei, und seit diesem Tag war Guy unten durch. Zumindest hatte es den Anschein.

Während er noch überlegte, ob er die Ausgangspost alphabetisch sortieren oder lieber die Pflanze neben der Tür gießen sollte, bemerkte er eine junge Frau in Uniform, die auf ihn zukam. Es war ein recht seltener Anblick; Gerüchten zufolge gab es gerade einmal fünfzig Frauen bei der gesamten Londoner Polizei. Erst vor wenigen Jahren war es ihnen überhaupt gestattet worden, Festnahmen vorzunehmen, was unter den Männern für einigen Aufruhr gesorgt hatte. Doch normalerweise wurden den weiblichen Beamten die leichteren Fälle zugeteilt; sie wurden beispielsweise losgeschickt, um kleine Kinder oder ausgerissene Katzen aufzustöbern. Guy hatte kaum ein Wort mit seinen Kolleginnen gewechselt. Die, die gerade hereinkam, hatte er schon einmal gesehen, und auch ihr reizendes Lächeln war ihm nicht entgangen, aber an diesem Tag galt seine Aufmerksamkeit dem zappelnden Jungen, den sie am Ohr gepackt hatte. Sie marschierte geradewegs auf Guy zu und blieb schwer atmend stehen; sie schien zu allem entschlossen und gleichzeitig überaus zufrieden mit sich zu sein.

»Ich hab ihn erwischt, als er Äpfel von einem Karren auf dem St James's Market geklaut hat«, sagte sie in einem Tonfall, mit dem sie andeuten wollte, dass sie alle naslang unbelehrbare Missetäter auf das Revier in der Vine Street schleppte. Guy beschloss spontan mitzuspielen.

»Ich gehe jede Wette ein, dass er das nicht zum ersten Mal getan hat, stimmt's?«

Die Polizistin lächelte dankbar. »Nein. Ganz gewiss nicht.« Allmählich beruhigte sich ihre Atmung, doch sie machte keine Anstalten, ihren Griff zu lockern. Der Junge – er musste etwa vierzehn sein – war recht klein für sein Alter und drahtig, hätte sich aber jederzeit losreißen können. Das legte den Verdacht nahe, dass er in Wahrheit sogar auf eine Nacht in der Arrestzelle hoffte, wo ihn eine warme Suppe und ein Stück Brot erwarteten. »Ich denke, wir sollten seine Personalien aufnehmen und dann den Superintendent fragen, wie es weitergehen soll.«

»So machen wir es, Constable«, sagte Guy, woraufhin sie erneut das Gesicht zu einem – ausnehmend anziehenden – Lächeln verzog. Er richtete sich zu voller Größe auf, wie ein Kater mit stolz geschwellter Brust. Seit Louisa Cannon hatte niemand mehr diese Wirkung auf ihn gehabt. Beim Gedanken an sie schüttelte er den Kopf und beschloss, sich lieber wieder seiner Arbeit zuzuwenden. Er nahm den Namen und die Adresse des Jungen auf, beides vermutlich falsch, und rief einen Kollegen herbei, der den jungen Übeltäter zu den Arrestzellen bringen sollte. Guy bemerkte die enttäuschte Miene der Polizistin, als sie entlassen und an die Arbeit zurückgeschickt wurde.

»Sie haben Ihre Sache wirklich gut gemacht«, meinte er. »Eine Verhaftung, dabei ist es noch nicht einmal Mittag.«

»Ja, wahrscheinlich haben Sie recht«, gab sie wehmütig zurück. Guy betrachtete ihre schlanke Figur in der gut sitzenden Uniform und ihre hübschen, wohlgeformten Beine, die so gar nicht zu den schweren schwarzen Schnürstiefeln passen wollten. Sie ließ den Blick umherschweifen, um sicherzugehen, dass niemand sie hören konnte. »Es ist nur …«

»Was denn?«

»Nie kriege ich einen richtigen Fall zugeteilt. Sie wissen schon, etwas, das echte Polizeiarbeit erfordert. Ich dachte, ich dürfte ihn wenigstens zu den Zellen bringen, auch wenn sie ihn heute Nachmittag bestimmt schon wieder laufen lassen, stimmt's?«

Guy zuckte mit den Schultern und beschloss, sie mit gönnerhaftem Gefasel zu verschonen. »Ja«, räumte er ein. »Wahrscheinlich. Es liegt nicht genug gegen ihn vor, um Anklage zu erheben. Trotzdem war es richtig, was Sie getan haben. Nächstes Mal überlegt er es sich bestimmt zweimal, bevor er zugreift.«

»Ja, das wird er wohl. Danke.« Sie wandte sich zum Gehen, drehte sich jedoch noch einmal zu Guy um. »Wie heißen Sie eigentlich?«

»Sergeant Sullivan«, antwortete er, ehe er ein wenig sanfter hinzufügte: »Aber Sie können Guy zu mir sagen.«

»Gern«, gab sie zurück, »aber nur, wenn Sie mich Mary nennen. Ich bin Constable Moon.«

»Mary Moon?«

»Ja, aber sparen Sie es sich. Ich habe bereits jeden erdenklichen Witz über meinen Namen gehört, den Sie sich vorstellen können … und ein paar mehr.«

Sie lachten beide schallend, als ein weiterer Sergeant erschien und neben Guy trat. »Wenn Sie beide nichts Besseres zu tun haben, als hier herumzustehen und zu kichern, können Sie ebenso gut zur Einsatzbesprechung kommen. Cornish will jeden dabeihaben, der noch nicht zur Streife eingeteilt wurde.« Damit ging er davon und suchte sich das nächste Opfer.

Marys Miene erhellte sich. Sie wandte sich zum Gehen, blieb jedoch stehen und sah über die Schulter. »Kommen Sie nicht mit?«

»Nein, ich darf hier nicht weg.«

»Nicht mal für fünf Minuten?«

Guy kam sich wie ein Narr vor, als er den Kopf schüttelte.

Mary kam zurück. »Vorschlag – Sie gehen, und ich bleibe so lange hier. Das kann ja nicht so schwer sein, eine Weile Wache zu schieben.«

»Aber was ist …?«

»Die geben mir sowieso nichts Anständiges. Gehen Sie hin, und erzählen Sie mir dann, wie es war.«

Guy bemühte sich, noch ein wenig zu zögern, um ihr Gelegenheit zu geben, ihr Angebot zurückzuziehen, doch in Wahrheit konnte er es kaum erwarten.

Im Versammlungsraum war es rammelvoll. Inspector Cornish stand vorn und richtete das Wort bereits an die aufmerksam lauschenden Polizisten. Guy schlich sich hinein und stellte sich ganz hinten an die Wand. Er konnte seinen Eifer nur mit Mühe bezähmen. Cornish galt als beinharter Typ, stand jedoch zugleich in dem Ruf, Ergebnisse zu liefern, daher wurde seine derbe Ausdrucksweise toleriert und von vielen sogar als angemessen für die zu bewältigenden Aufgaben empfunden. »Wenn du das nicht aushältst, bist du bei der Met fehl am Platz«, war ein Spruch, den Guy schon mehrmals gehört hatte, wenngleich glücklicherweise nie an ihn gerichtet. Cornishs Anzug saß besser, als man es für einen Inspector erwarten würde, zudem fuhr er einen schicken neuen Chrysler, was für jemanden seiner Gehaltsklasse ebenfalls ungewöhnlich erschien. Immer wieder kamen Gerüchte über Schmier- und Bestechungsgelder auf, Beweise gab es jedoch keine dafür, und wenn, dann wurden sie häufig von Achselzucken à la »Wieso auch nicht?« begleitet, was Guy reichlich deprimierend fand.

Doch nach drei Jahren bei der Londoner Polizei war von seinem Glauben an das Gute im Menschen nicht mehr allzu viel übrig geblieben.

»Für euch Jungs bedeutet Weihnachten, dass ein Fettsack durch den Kamin klettert, um euch warme Handschuhe in den Strumpf zu stecken«, bellte Cornish, »oder ein riesiger, gefüllter Truthahn für Tiny Tim« – er hielt inne, um sich über seinen eigenen Scherz auszuschütten –, »aber für dieses elende Pack da draußen geht es nur ums Nehmen und nicht ums Geben. Und die warten nicht, bis wir das erste Türchen am Adventskalender aufmachen dürfen«, fügte er hinzu, woraufhin ein paar Polizisten höflich lachten. »Nun, meine Herren, wir haben Grund zur Annahme, dass Miss Alice Diamond und ihre Forty Thieves in der Oxford Street, der Regent Street und der Bond Street ihr Unwesen treiben werden. In den vergangenen zwei, drei Jahren hat sie unseren heißen Atem im Nacken gespürt und sich daher auf die Provinzen und Kleinstädte konzentriert. Aber es sieht so aus, als würde sie zu Weihnachten nach Hause kommen, daher müssen wir unser Netz auswerfen, um sie endlich zu schnappen. Deshalb will ich, dass so viele von euch wie möglich Streife gehen und mir zu Schichtende Bericht erstatten. Verstanden?« Er ließ den Blick über die Anwesenden schweifen. »Gut, Jungs. Stellt euch auf, damit Sergeant Cluttock die Instruktionen erteilen kann. Ihr werdet paarweise und in Zivil arbeiten.« Mit einem letzten finsteren Blick auf die Mannschaft verließ er den Raum.

Hilflos sah Guy sich um. Die anderen hatten im Handumdrehen ihren Partner gefunden … manchmal genügte schon ein flüchtiges Zwinkern oder ein Nicken, um ein festes Gespann zu bilden. In Momenten wie diesem vermisste Guy seinen einstigen Partner Harry schmerzlich. Nachdem Guy zur

Met gewechselt war, hatte der zwar weiterhin für die London, Brighton and South Coast Railway Police gearbeitet, vor ein paar Monaten jedoch hatte er gekündigt, um endlich als Musiker in einem der vielen Jazzclubs auftreten zu können, die wie Pilze aus dem Boden schossen. Guy mochte durchaus den einen oder anderen Freund auf dem Revier haben oder sich zumindest auf kollegialer Ebene gut verstehen, doch hier ging es um mehr als belanglose Plaudereien bei Fleischpastete und Kartoffelbrei in der Kantine. Es ging darum, wer einem helfen könnte, einen Fall an Land zu ziehen, der einem Cornishs Aufmerksamkeit, ein Lob und damit über kurz oder lang eine Beförderung einbrachte. Sieben Monate am Empfangstresen hatten nicht dazu beigetragen, Guy als ehrgeizige Spürnase dastehen zu lassen. Wie gelähmt sah er zu, als die Männer in Zweierteams den Raum verließen, wie die Pärchen auf dem Weg in Noahs Arche. Sobald das letzte Gespann, das eher an zwei lachende Hyänen erinnerte, verschwunden war, sammelte Sergeant Cluttock seine Unterlagen zusammen und wollte ebenfalls aufbrechen. Guy trat zu ihm, aber sein Mund war so trocken, dass nur ein Krächzen herauskam.

»Entschuldigen Sie, Sir.«

Cluttock sah auf, sein Schnurrbart zitterte. »Was gibt's?«

»Ich habe mich gefragt, ob ich vielleicht auch eingeteilt werden könnte.«

Cluttock machte eine übertriebene Geste um sich herum. »Ich sehe keinen Partner. Sie haben doch gehört, was der Boss gesagt hat. Paarweise.«

»Aber ich habe eine Partnerin, Sir. Sie ist nur gerade …« Er unterbrach sich und überlegte kurz. »Sie ist mit etwas anderem beschäftigt und sollte gleich fertig sein. In ein paar Minuten könnten wir los.«

»Name?«

»Meiner, Sir?«

»Nein, der vom Schuhputzer des Königs. Natürlich *Ihrer.*«

»Sergeant Sullivan, Sir. Und mein Partner ist Constable Moon.«

Cluttock blickte auf seine Liste. »Sie können die Great Marlborough Street nehmen. Dort gibt es kleinere Geschäfte. Die werden zwar weniger häufig überfallen, aber man weiß ja nie. Um Punkt sechs will ich Ihren Bericht haben. Halten Sie alles fest, was Ihnen verdächtig vorkommt, reden Sie mit Verkäuferinnen und so weiter. Sie wissen ja, wie das geht.« Er zog eine Braue hoch. »Das tun Sie doch, oder?«

»Natürlich ja, Sir. Vielen Dank, Sir.« Guy strahlte, als hätte er gerade seinen Weihnachtsstrumpf vom Kamin genommen und darin echte Goldmünzen statt welche aus Schokolade gefunden. Erst jetzt merkte er, dass Cluttock ihn ansah. »Ich bin immer noch hier, stimmt's?«

»Sieht ganz so aus, Sergeant Sullivan.«

»Aber nicht mehr lange, Sir.« Guy stürmte hinaus und zurück zum Empfang.

Mary war vor Freude völlig aus dem Häuschen, als Guy ihr die Neuigkeiten überbrachte. »Sie haben ihm meinen Namen genannt?«, fragte sie zum dritten Mal. »Und er hat nicht gesagt, ich soll hierbleiben?«

»Ja, genau das habe ich getan«, beteuerte Guy. »Und nein, er hat nichts dergleichen gesagt. Aber es gibt ein anderes Problem.«

»Und zwar?«

»Ich soll eigentlich am Empfang bleiben.«

»Aber wieso sagen Sie nicht demjenigen, der Sie eingeteilt

hat, dass Sie anderweitig gebraucht werden. Dann muss eben ein anderer Kollege übernehmen.« Sie riss die Augen auf und legte die Hände zum Gebet zusammen. »Bitte, Sie müssen es versuchen. Das ist meine einzige Chance, mich zu beweisen. Es muss klappen!«

Guy wusste nur zu gut, wie sie sich fühlte. Er nickte und machte sich auf den Weg, bevor ihn der Mut verlassen konnte. Zu seiner Verblüffung ließ sein Vorgesetzter ihn ohne viele Fragen ziehen. Offensichtlich hatte sich herumgesprochen, dass jede verfügbare Kraft benötigt wurde, um Alice Diamond und ihre Spießgesellinnen zu schnappen. In Rekordzeit waren Mary und Guy jeweils nach Hause gefahren, um sich umzuziehen. Nun gingen sie die Great Marlborough Street entlang, und es galt nichts weniger, als die dreisteste Verbrecherin Englands und ihre Bande zu schnappen.

KAPITEL 3

Nach der Party waren Nancy, Pamela und Louisa in Iris Mitfords Wohnung am Elvaston Place zurückgekehrt. Dass sie schrecklich spät nach Hause gekommen waren, blieb am nächsten Tag nicht unbemerkt: Zuerst kamen sie morgens nicht aus den Betten und hockten dann sichtlich müde beim Mittagessen, um Iris' neugierige Fragen zu beantworten. Louisa hatte ihnen beim Packen geholfen und sie zur Paddington Station begleitet, wo sie den Nachmittagszug bestiegen, der sie rechtzeitig zum Abendessen nach Hause bringen würde. Sie selbst würde in London bleiben, um ihren freien Nachmittag zu genießen und sich mit Dulcie Long, dem Dienstmädchen vom Vorabend, zu treffen.

Louisa hatte ihren freien Nachmittag und Abend in London bereits vor einiger Zeit geplant und Lady Redesdale erzählt, sie würde gern eine Cousine besuchen, obwohl sie in Wahrheit keine Familie mehr in der Stadt besaß. Ihr Vater war vor einigen Jahren gestorben, ihre Mutter von London nach Suffolk gezogen, und ihr Onkel Stephen war der Armee beigetreten, und niemand hatte seitdem je wieder etwas von ihm gehört – worüber sie heilfroh war. Sie war Einzelkind und hatte immer gearbeitet, seit sie mit vierzehn von der Schule abgegangen war. Ihre Anstellung im Haus der Mitfords hatte sie weit fort von Peabody Estate geführt, wo sie aufgewachsen war, den Kontakt zu ihren früheren Bekannten hatte sie längst verloren. Ihre älteste Freundin Jennie bewegte sich dank ihrer atemberaubenden Schönheit mittlerweile in anderen Kreisen, trotzdem wusste Louisa, dass sie sich immer über ein Wiedersehen freuen würde. Die Chance, ihren allmonatlichen freien Sonntag mit einem London-Besuch zu verbinden, war jedenfalls zu verführerisch gewesen, um sie sich entgehen zu lassen. Louisa sehnte sich regelrecht danach, einmal wieder Stadtluft zu schnuppern. Nach all den Wochen im herbstlichen Schlamm auf dem platten Land fühlte sich ein Streifen Asphalt unter den Füßen wie ein Lebenselixier an. Für Lord Redesdales Landluft liebende Nase mochte die stinkende Mischung aus Ruß und nebliger Luft eine Beleidigung sein, Louisa dagegen erfüllte sie mit nostalgischer Freude wie ein Stück Guinness-Kuchen ihrer Mutter.

Sie hatte auch überlegt, sich mit Guy Sullivan zu treffen, sich dann aber doch nicht mit ihm in Verbindung gesetzt. Als Nancy und Pamela am Vorabend schließlich beim Dinner im Haus der Curtis gesessen hatten, war sie mit dem Dienstmädchen, das ihnen die Tür geöffnet hatte, ins Gespräch gekommen.

Womöglich war es der Londoner Akzent gewesen, der beinahe so etwas wie geschwisterliche Loyalität in Louisa heraufbeschworen hatte, vielleicht war sie auch bloß der Eitelkeit erlegen, einen anderen Menschen sympathisch zu finden, weil dieser große Ähnlichkeit mit einem selbst besaß. Louisas Instinkt hatte sie nicht getrogen: Wie sie war auch Dulcie Hausmädchen und Anstandsdame in einer Person, und zwar für Miss Charlotte. Während die beiden jungen Frauen der Köchin bei der Zubereitung des Dinners halfen, hatten sie sich mit allerlei Klatsch und Geschichten über die Anforderungen und überspannten Eigenheiten ihrer jeweiligen Familien bei Laune gehalten. Sie hatten einander auch eingestanden, aus Verhältnissen zu stammen, über die ihre Arbeitgeber weder Bescheid wussten noch jemals Verständnis dafür aufbringen würden. Die Gespräche mit Dulcie hatten sich heimeliger angefühlt als der Besuch in dem kleinen Cottage ihrer Mutter in Hadleigh einmal im Jahr.

Aus der Laune des Geplauders heraus hatten Dulcie und Louisa vereinbart, sich am nächsten Abend um sechs bei den Löwen auf dem Trafalgar Square zu treffen. Der Treffpunkt war Dulcies Idee gewesen; am liebsten hätte Louisa sie gebeten, ihn zu ändern, sich dann jedoch gescholten, sich nicht lächerlich zu machen. Die Erinnerung an ihre letzte Begegnung mit dem Monument war ihr nur allzu deutlich im Gedächtnis – an jenem Abend war sie mit Nancy aus dem Ballsaal des Savoy geflohen, aus Angst, ein Mann könnte Louisas wahre Identität aufgedeckt haben und ihrem Onkel Stephen verraten, wo sie sich aufhielt. Das Ganze hatte zu einer hitzigen Auseinandersetzung zwischen ihnen geführt, als Louisa Nancy begreiflich zu machen versucht hatte, dass sie unmöglich zu dem Ball zurückkehren könne, doch dann waren sie einem Mann in die Arme gelaufen, der behauptet hatte, sein Name sei Roland Lucknor. Dieser Abend war der Beginn einer überaus turbulenten Zeit gewesen, in der sie Guy kennengelernt hatte und plötzlich mit dem Mord an einer Krankenschwester namens Florence Nightingale Shore konfrontiert gewesen war.

In den darauffolgenden Jahren hatte Louisa größtenteils Freude an ihrer Arbeit im Haus der Mitfords gehabt, und ihr fehlte die Freundschaft mit Nancy … Wenn sie ehrlich war, empfand sie sogar Neid auf die Mühelosigkeit, mit der Nancy erwachsen geworden war. Inzwischen war Nancy aus dem Kinderflügel ausgezogen und bewohnte ein Zimmer im Haupttrakt des Hauses, verbrachte die Wochenenden mit ihren Freunden in Oxford und London und kam mit wilden Geschichten über Streiche und ausgelassene Partys nach Hause.

Auch Guy bekam sie nur noch selten zu Gesicht, allerdings schrieben sie einander regelmäßig, und sie freute sich jedes Mal über seine witzigen Briefe, in denen er von den schlimmen, verrückten und gefährlichen Gestalten berichtete, die ihm bei seiner Arbeit für die Metropolitan Police begegneten. Zwar las sie zwischen den Zeilen, dass er sich wünschte, näher am Geschehen zu sein, doch er beschwerte sich nie darüber, was sie bewundernswert, ja, sogar regelrecht bezaubernd fand.

Zehn Minuten nach sechs stand Louisa immer noch in ihrem besten Kleid – einem ausgemusterten marineblauen Exemplar von Nancy, das sie entsprechend geändert hatte – neben den steinernen Löwen, sah den schick gekleideten Männern und Frauen zu, die sich auf dem Weg zu ihren abendlichen Verpflichtungen befanden, und fragte sich, ob ihre Verabredung eine gute Idee gewesen war. In diesem Moment kam Dulcie um die Ecke gehastet und winkte ihr zu.

»Tut mir leid, dass ich zu spät komme«, sagte sie und lächelte. »Madame Charlotte konnte ihre Granatbrosche nicht finden, und mir blieb nichts anderes übrig, als ihr beim Suchen zu helfen …« Die beiden tauschten einen wissenden Blick und brachen in Gekicher aus. Es war so ein herrliches Gefühl! »Wir nehmen den 36er-Bus«, fuhr Dulcie fort. »Er fährt direkt bis zu meiner alten Stammkneipe. Dort werden wir uns bestens amüsieren. Wir können etwas trinken und tanzen, ohne dass uns einer blöd kommt. Nicht wie hier, wo pausenlos einer dieser hochnäsigen Kerle daherkommt und glaubt, er könnte einem für einen Halfpenny untern Rock gucken, stimmt's? Du weißt genau, dass ich recht habe. Los, komm schon.«

Mit diesen Worten marschierte sie davon. Louisa holte einmal tief Luft und folgte ihr.

KAPITEL 4

Eine Stunde später saßen sie an einem Tisch im Pub *The Elephant and Castle* in Southwark, an der Ecke einer belebten Verkehrskreuzung. Obwohl der Stadtbezirk lediglich auf der anderen Uferseite der Themse lag, war es, als befände man sich in einem anderen Land. Es gab weniger und auch noch nicht auf Elektrizität umgestellte Straßenlaternen, und alles wirkte ein wenig gröber, dunkler und weniger hektisch. Auf den Straßen fuhren nicht nur Automobile, sondern auch die alten Pferdekarren, kleine Kinder wuselten auf den Gehsteigen herum, drängten sich sogar zwischen den Beinen der Erwachsenen hindurch, sehr zu deren Verdruss. Die Frauen hasteten die Straße entlang oder plapperten in ihrem eigentümlichen Singsang miteinander, während sie an der Haltestelle auf den Bus warteten. Männer strebten mit weit ausholenden Schritten die Straße hinunter, mit gesenktem Kopf und einer Zigarette im Mundwinkel. Busse rumpelten vorbei, proppenvoll mit Fahrgästen, dicht gedrängt wie in einer Sardinenbüchse und mit mindestens fünf Leuten gleichzeitig an jeder Eckstange hängend.

Im Pub herrschte derselbe Trubel wie auf der Straße. Messingarmaturen glänzten im Licht, und der Holztresen war auf Hochglanz poliert. Zweifellos verbarg sich unter dem wild gemusterten Teppich so manche Sünde, aber auf den ersten Blick machte der Pub einen gepflegten Eindruck, und die Gäste trugen, was Louisas Mutter stets als ihren »besten Zwirn« bezeichnet hatte. Hier und da saßen ältere Männer an den Tischen, tranken ihr Bier oder spielten Karten, doch bei der Mehrzahl der Gäste handelte es sich um Frauen. Fasziniert registrierte Louisa, dass sie ihre Drinks selbst bezahlten, und einmal wurde sogar ein Krug Ale zu einem der Männer an einem Tisch gebracht, der prompt sein Glas hob und als Zeichen des Danks sein schlecht rasiertes Kinn reckte. Die Frauen waren jung, etwa in Louisas Alter, und unübersehbar nicht aus Mayfair, dafür waren ihre Kleider nicht fein und modisch genug. Doch ihre aufrechte Haltung verlieh ihnen ein Selbstbewusstsein, das es ohne Weiteres mit dem einer Millionärsgattin aufnehmen könnte. Ihnen sagte keiner, was sie zu tun und zu lassen hatten, stattdessen nahmen sie ihr Schicksal selbst in die Hand. Louisa hatte allerdings keine Ahnung, wie sie das bewerkstelligten, da sie bestimmt ein ähnlich mühseliges Leben führten wie all die anderen Frauen, in deren Gesellschaft Louisa aufgewachsen war.

Die Pubtür ging auf, und eine Frau trat ein, blieb jedoch kurz auf der Schwelle stehen, abwartend, bis die Gespräche ringsum verstummten. Sie verharrte noch einen Moment, während das Stimmengewirr neuerlich einsetzte, wenn auch leiser als zuvor. Dulcie stieß Louisa den Ellbogen in die Rippen.

»Das ist Alice Diamond«, flüsterte sie ehrfürchtig. »Ich hatte gehofft, dass sie heute Abend auftaucht, aber bei ihr weiß man nie.«

Alice Diamond war so groß wie ein Mann, trug einen

schweren Brokatmantel, und an jedem Finger steckte ein Ring mit funkelnden Steinen. Ihr kurz geschnittenes Haar schimmerte im selben satten Mahagoniton wie der Tresen, ihr Gesicht hingegen war kreidebleich und teigig, mit einem Grübchen am Kinn und einer länglichen, grau-silbrigen Narbe unter dem linken Auge. Drei Frauen folgten ihr in einigen Schritten Entfernung wie der ausgewählte Hofstaat einer Regentin.

»Und wer ist sie?«, flüsterte Louisa.

»Die Königin«, antwortete Dulcie ein wenig lauter, nun, da das Stimmengewirr zu seiner alten Lautstärke angeschwollen war. »Sie hält hier die Fäden in der Hand.«

Gebannt verfolgte Louisa, wie Alice an einem Ecktisch Platz nahm, der im Gegensatz zum restlichen Pub die ganze Zeit frei geblieben war. Nun wusste sie auch, warum: Es handelte sich um Alice' Stammplatz. Zwei ihrer Begleiterinnen setzten sich neben sie, während die dritte zur Bar ging und eine Pfundnote zückte. Die eine Frau am Tisch war stämmig, mit einem unscheinbaren, mürrischen Gesicht, die andere hingegen war ausnehmend hübsch, mit langen, dunklen Wimpern und einer zarten Nase. Dulcie, die Louisas Blick gefolgt war, beugte sich erneut zu ihr.

»Das ist Babyface, gewissermaßen Alice' rechte Hand. Lass dich von ihrem hübschen Gesicht nicht täuschen. Sie ist die gefährlichste von allen. Hat sogar mal gesessen, weil sie einer Frau die Kehle aufgeschlitzt hat.«

Die Hände der jungen Kellnerin zitterten, als sie das Tablett vor den vier Frauen abstellte, die sich die Gläser schnappten und den Inhalt im Handumdrehen hinunterkippten, lediglich unterbrochen von schallendem Gelächter. Louisa spürte förmlich, wie die Gäste im Raum erleichtert aufatmeten. Es war ein erfolgreicher Tag für Alice Diamond gewesen, und sie war in Feierlaune. Was bedeutete, dass alle anderen Gäste mitfeiern durften.

»Und was für eine Königin ist sie genau?«

»Die Königin der Forty Thieves oder auch Forty Elephants genannt«, antwortete Dulcie und wischte sich den Bierschaum von der Oberlippe. »Das ist eine reine Frauenbande. Außerdem gibt es noch die Elephant-and-Castle-Gang, die Männer. Eigentlich sind es zwei unabhängige Banden, aber … irgendwie auch wieder nicht. Alle leben im Umkreis einer halben Meile von hier.«

Louisa nickte. Die Namen sagten ihr durchaus etwas, gleichzeitig sollte Dulcie nicht glauben, sie lasse sich davon ins Bockshorn jagen. Sie wollte nicht als Angsthase oder naives Dummchen dastehen.

»Von den Forty habe ich schon mal gehört«, sagte sie und beschloss, der Versuchung nachzugeben, ihre Vergangenheit gefährlicher darzustellen, als sie tatsächlich gewesen war. »Mein Onkel und ich haben uns tunlichst von den Läden in der Oxford Street ferngehalten und stattdessen an den Bahnhöfen unsere Touren gemacht.«

Dulcie grinste. »War wohl besser so, allerdings wurde London in letzter Zeit zu gefährlich für sie, deshalb musste die Bande vorübergehend weg. Die Forty in die Provinzen einzuschleusen war ihr Geniestreich. Birmingham, Nottingham, Liverpool und so. Mir gefiel es dort ja gar nicht …« Sie hielt inne und warf Louisa einen vielsagenden Blick zu.

»Du …?«

Dulcie nickte. »Aber heute nicht mehr.« Sie trank einen großen Schluck. »Noch eins?«

Louisa nickte, und während Dulcie an der Bar war, ließ sie

den Blick noch einmal durch den Raum schweifen. Es war, als hätte Alice' Auftauchen eine Linse über den Raum gelegt – alles wirkte schärfer gezeichnet, heller, markanter. Louisa begriff, dass Alice zwar die Anführerin sein mochte, die Frauen in ihrer Bande jedoch ebenfalls von ihrem Status profitierten. Auch wenn einige von ihnen abgewetzte Mäntel trugen und Stiefel, die dringend neu besohlt werden müssten, würde die Mehrzahl von ihnen in den großen Kaufhäusern als ganz normale, wohlsituierte Kundinnen durchgehen. Die eine oder andere wäre noch nicht einmal in der Pelzabteilung von Harrod's aufgefallen. Mehr noch – etwas an ihrem Verhalten ließ darauf schließen, dass sie ihre Kleidung mit großem Vergnügen trugen. Hatte Louisa sich nicht auch immer wieder eines von Nancys Kleidern vorgehalten und sich heimlich vor dem Spiegel damit hin- und hergedreht, wenn sie es vom Stuhl genommen hatte, um es zu flicken oder zu waschen? Einmal hatte sie es sich sogar auf die Schultern gelegt, mit einem Arm in der Taille an sich gehalten und kokett ein Bein vorgestreckt. In einem eleganten Seidenkleid käme kein Mensch auf die Idee, dass sie Dienstmädchen war. Aber dann hatte sie Mrs Windsor auf dem Korridor gehört und sich eilig das Kleid über den Arm gelegt, in der Hoffnung, dass die Röte auf ihren Wangen verflogen wäre, bis sie die Waschküche erreichte.

Dulcie kehrte zurück und stellte die Gläser auf den Tisch. »Und? Was geht dir durch den Kopf?«

»Oh.« Louisa schüttelte den Kopf. »Nichts Besonderes. Ich …«

Eine Frau trat an ihren Tisch, legte Dulcie ihre fleischige Hand auf die Schulter und drückte sie zurück auf den Stuhl. Sie hatte dickes, schwarzes Haar, das eher an einen Helm als an eine Bobfrisur erinnerte, und dunkle Schatten am Kinn, als hätte sie einen Bart. Sie gab einen Laut von sich, der womöglich ein Lachen sein sollte, sich jedoch wie ein lautes Bellen anhörte.

»Wer ist das denn?«, fragte sie und wies mit dem Kinn auf Louisa, die erschrocken zusammenzuckte. »Wir wollen hier keine Fremden haben.«

»Sie ist eine von uns«, meinte Dulcie. »Keine Sorge.«

Louisa war nicht ganz sicher, was sie von dieser Antwort halten sollte.

Die Frau musterte sie mit zusammengekniffenen Augen. »Ein Neuling? Davon weiß ich ja gar nichts.«

»Stimmt«, gab Dulcie zurück, »aber sie ist aus der Branche. Die hält dicht, keine Angst.«

»Ah.« Die Frau schien beruhigt zu sein, vielleicht wollte sie auch bloß keinen Streit. Der Abend war noch jung. »Sieh zu, dass das so bleibt. Wir behalten dich im Auge.«

»Weiß ich.« Dulcie lächelte dünn. »Ich bin hergekommen und hab mich gezeigt, wie versprochen, stimmt's? Ich laufe nicht weg.«

Das plumpe Weib nickte, wandte sich ab und stapfte davon, um an der Bar ihren Posten als Wachhund wieder einzunehmen: Mit dem Rücken gegen den Tresen gelehnt, die Ellbogen aufgestützt, trank sie ihr Bier, während sie die Anwesenden argwöhnisch beäugte.

»Entschuldige«, sagte Dulcie. »Sie ist nicht immer so übellaunig, aber im Augenblick hat sie mich auf dem Kieker.«

»Wieso?«, fragte Louisa neugierig.

»Na ja, ich will aussteigen. Meine Schwester hat geheiratet und ist ausgestiegen, und jetzt haben sie Angst, wir würden sie verpfeifen, wenn ich auch noch gehe. Deshalb wollte ich einen Deal mit ihnen machen.«

»Was für einen Deal?« Louisa setzte sich aufrechter hin.

»Ich muss mich quasi selbst auslösen. Das ist das Letzte, was ich jemals für sie tun werde, dann bin ich raus. Ehrlich gesagt, habe ich mich gefragt …« Sie hielt inne und warf Louisa einen zaghaften Blick zu.

Louisa schwieg, unsicher, ob sie wirklich hören wollte, was als Nächstes käme. Ihr Verstand sagte Nein, doch ihr Herz schlug wie verrückt in ihrer Brust, und eine Erregung erfasste sie, wie sie sie schon lange Zeit nicht mehr verspürt hatte.

»Ich hatte gehofft, du könntest mir vielleicht helfen.«

KAPITEL 5

Nicht einmal einen Monat später waren sämtliche Einladungen zu Pamelas Geburtstag an Nancys schillernde Freunde verschickt und die Zusagen eingegangen. Mrs Windsor, die Haushälterin, hatte zusätzliches Personal für den Abend engagiert, und Mrs Stobie, die Köchin, war seit Tagen damit beschäftigt, Bestellungen aufzugeben und das Abendessen sowie das Frühstück vorzubereiten, das spätnachts den Abschluss der Party bilden würde. Dieser Teil hatte Pam am allermeisten interessiert; sie hatte sich in die Küche geschlichen und gefleht, in den Töpfen rühren zu dürfen und zu lernen, wie man Gebäckteig ausrollt.

Louisa und Nanny Blor hatten alle Hände voll zu tun, die jüngeren Mädchen vor der allgemeinen Aufregung abzuschirmen, weil sie sonst nur betteln würden, dass sie herunterkommen und einen Blick auf die eintreffenden Gäste werfen durften, was man ihnen gewöhnlich auch erlaubte. Aber nicht heute. Lord Redesdale war unverhofft in den Räumen der Kinder aufgetaucht und hatte Nanny Blor angewiesen, um jeden Preis zu verhindern, dass seine Töchter Nancys »grässliche« Freunde zu Gesicht bekämen. »Sollte irgendeiner dieser Schnösel mit einem Kamm in der Brusttasche antanzen, kriegt

Farve einen Tobsuchtsanfall«, meinte Nancy hämisch, als Louisa ihr erzählte, was er gesagt hatte. Die kleineren Mädchen – Debo mit ihren fünf, Jessica mit ihren acht und Unity mit ihren elf Jahren – ließen sich problemlos mit dem Versprechen auf eine heiße Schokolade vor dem Zubettgehen ablenken, Diana hingegen, inzwischen fünfzehn, war außer sich vor Wut. Glücklicherweise hielt Tom sich immer noch in Eton auf und sollte erst in zwei Wochen über die Weihnachtsferien nach Hause kommen.

In der Luft lag ein Knistern, das dem Feuer in den Kaminen auf beiden Seiten der Eingangshalle in nichts nachstand. Die Porträts der streng dreinblickenden Ahnen waren mit Luftschlangen dekoriert, und überall brannten Kerzen, was der Atmosphäre zusätzlich eine festliche Note verlieh. Immerhin stand der Advent vor der Tür. Louisa wartete gemeinsam mit zwei Dienstmädchen mit Tabletts voller Champagnergläser in der Eingangshalle. Lord Redesdale marschierte ruhelos auf und ab, während seine Frau stöhnend mit den Knöpfen an Pamelas Kleid kämpfte. Ihre Eltern hatten sich von Nancy breitschlagen lassen, Pamelas Debüt mit einem Kostümball zu feiern. Pamela hatte zwar eingewilligt, sah in ihrem bauschigen weißen Kleid jedoch eher wie eine Hochzeitstorte aus (und fühlte sich auch genauso), dazu trug sie eine Lockenperücke, unter der es unerträglich heiß war und die …

»Es reicht jetzt«, tadelte Lady Redesdale. »Du wirst dich großartig amüsieren, wenn du endlich aufhörst, darüber nachzudenken, wie du aussiehst.«

Nancy nahm ein Glas Champagner von Louisas Tablett und zwinkerte ihr zu. Sie war als spanische Herzogin aus dem 18. Jahrhundert verkleidet, inklusive einer hohen, strassbesetzten Mantilla, unter der die Fransen ihres Bobs hervorragten;

dazu trug sie ein ärmelloses Oberteil mit einer riesigen Brosche über dem schockierend tiefen Ausschnitt und einen ausgestellten Rock, der ihren Oberkörper wie einen geschmückten spitzen Kirchturm aussehen ließ. Lord Redesdale war immer noch schlank und eine eindrucksvolle Gestalt, trotz des grauen Haars und der tiefen Furchen auf seiner Stirn. Er trug seine gewohnte Jagdkluft aus Tweed als Kostüm – so wohl habe er sich vermutlich noch nie auf einer Party gefühlt, frotzelte Nancy. Lady Redesdale wirkte wesentlich älter als ihr Mann, was noch verstärkt wurde durch ihre knallgelbe Perücke, die sie bleicher als gewöhnlich aussehen ließ, und ein mittelalterliches Gewand, von dem Louisa vermutete, dass sie es aus den Tiefen der Kostümkiste gezogen hatte. Es hatte so viel zu tun gegeben, dass sie vermutlich erst am Nachmittag dazu gekommen war, sich Gedanken über ihre eigene Verkleidung zu machen.

Nancy, der plötzlich wieder einzufallen schien, wessen Party dies eigentlich war, schnappte sich ein zweites Glas und reichte es Pamela, die kurz zögerte, als Lord Redesdale ihr einen scharfen Blick zuwarf.

»Lass gut sein, Farve«, meinte Nancy. »Ein Schlückchen Schampus beruhigt die Nerven.«

Schnaubend stocherte Lord Redesdale mit dem Schürhaken im Kamin herum. Gerade als Louisa fürchtete, ihre Arme würden unter der Last des Tabletts lahm werden, hörten sie draußen einen Wagen vorfahren, gefolgt von Schritten auf dem Kies und Stimmen. Mrs Windsor, die als Butler fungierte, weil Lady Redesdale sich strikt weigerte, männliches Personal zu beschäftigen, öffnete die Tür und ließ einen Schwall kalter Luft und die ersten Gäste herein.

Wie auf ein Stichwort traten Nancy und Lady Redesdale

vor. Louisa erkannte einige der Ankömmlinge als Gäste der Dinnerparty bei Lady Curtis wieder. Vermutlich waren sie so früh dran, weil sie bei den Watneys nebenan untergebracht waren, mit denen sie gemeinsam vor dem Ball das Abendessen eingenommen hatten – Lord Redesdale hatte sich schlicht geweigert, auch nur einem von Nancys Freunden diese Gastfreundschaft zu gewähren. Nancy schob Pamela zu Oliver Watney, dem Sohn ihrer Nachbarn. Es waren immer wieder Pläne geschmiedet worden, die beiden zu verkuppeln; warum, war Louisa allerdings ein Rätsel, denn die kernige Pamela passte so gar nicht zu dem bleichen, konturlosen Oliver, der zudem seit einer Tuberkuloseerkrankung in Kindertagen an einem chronischen Husten litt. Seine freudlose Miene wurde noch unterstrichen durch seine Kostümierung als Verrückter Hutmacher inklusive Patchwork-Frack aus *Alice im Wunderland.* Louisa spürte ein Kichern in ihrer Kehle aufsteigen, als sie mit ihrem Tablett auf ihn zutrat.

»Deine Freunde sind reichlich lächerlich«, bemerkte er in Richtung Pamela und nahm ein Glas.

»Das sind gar nicht meine Freunde«, erwiderte sie – Loyalitätskonflikte zu lösen zählte nicht zu ihren Stärken.

»Das will ich schwer hoffen«, fuhr Oliver fort. »Vor allem dieser Adrian Curtis. Ein grässlicher Kerl. Bildet sich ein, er könnte jeden herumkommandieren, wie es ihm gerade passt. Ich schwöre bei Gott, wenn er auch nur das Wort an mich richtet …« Den Rest bekam Louisa nicht mit, weil er mit seinem Glas in der Hand davonstapfte, dicht gefolgt von einer nervösen Pamela.

Sebastian Atlas, ebenfalls unter den Neuankömmlingen, schnappte sich gleich zwei Gläser von Louisas Tablett und kippte das erste, dann das zweite hinunter, wobei sein goldfarbener Schopf im Rhythmus seiner Schlucke wippte, ehe er mit einem dritten davonging, ohne sie auch nur zur Kenntnis zu nehmen. Er hatte sich als Pirat verkleidet, wenngleich ohne Kopftuch oder dem obligatorischen Papagei auf der Schulter; stattdessen trug er eine weite Hose und eine dunkle Weste über seinem halb geöffneten Hemd, aus dem eine unbehaarte Brust hervorblitzte, dazu einen gepunkteten Schal um den Hals. Er trat zu Clara Fischer, die neben der Tür stand, und schlang ihr den Arm um die Taille, doch Louisa bemerkte, dass Clara unter der Berührung leicht zusammenzuckte.

Louisa trat in den Korridor, der zur Küche führte, und belud ihr Tablett mit frischen Gläsern, ehe sie in die Eingangshalle zurückkehrte. In der Zwischenzeit mussten weitere Wagen vorgefahren sein, denn es war deutlich voller, und von überall her ertönten Begrüßungen und begeisterte Kommentare über die ausgefallenen Kostüme. Zwei von Pamelas eigenen Freundinnen hatten sich zu ihr gesellt; sie machten einen etwas überwältigten Eindruck angesichts des Treibens, aber Pamela schien fest entschlossen zu sein, sich zu amüsieren, obwohl sie unablässig an ihrem Kleid herumzupfte.

Clara hatte Inspiration bei *Peter Pan* gesucht und sich als Tinkerbell verkleidet, sie trug ein hauchzartes Kleid, dessen silbrig transparenter Stoff regelrecht von ihrer durchscheinend blassen Haut erleuchtet wurde. Mit ihren großen runden Augen und dem niedlichen Schmollmund sah sie wie Mary Pickford aus; mit einem Mal erschien Louisa das Gerücht, sie gehe nach London, um dort die Theaterbühnen zu erobern, durchaus glaubhaft. Clara nahm sich ebenfalls ein Champagnerglas und blieb eine Weile neben Louisa stehen.

»Ziemlich wilde Party, was?«, sagte sie leise; mittlerweile hatte sich ihr New Yorker Akzent ein wenig abgeschliffen, und

Louisa brauchte einen Moment, um zu merken, dass sie mit ihr gesprochen hatte.

»Allerdings. Wir waren tagelang mit den Vorbereitungen beschäftigt.«

»Das kann ich mir vorstellen. Sieht alles ganz wunderbar aus.« Clara nippte an ihrem Champagner und holte tief Luft. »Oh, da ist ja Ted.« Sie warf Louisa ein entschuldigendes Lächeln zu. »Tja, dann stürze ich mich mal ins Getümmel. Bye!«

»Viel Spaß«, erwiderte Louisa, doch Clara war bereits zwischen den Gästen verschwunden, die durch den sogenannten Kreuzgang, den vor dem Haus gelegenen Zugang, zum Ballsaal geführt wurden. Im Gegensatz zu Nancys Geburtstagsparty vor vier Jahren hatte Farve diesmal keine Öllampen vor dem Haus angezündet, deshalb war es dunkler und merklich kühler, aber immerhin bekam keiner Hustenanfälle von dem dichten Qualm.

Louisa sammelte gerade ein paar Gläser ein, die die Gäste in der Eingangshalle stehen gelassen hatten, als die Haustür aufging und Adrian Curtis hereingerauscht kam, dicht gefolgt von seiner Schwester Charlotte. Louisa musste an das Versprechen denken, das sie Dulcie gegeben hatte – nicht, dass sie es nicht ohnehin den ganzen Tag im Hinterkopf gehabt hätte. Er starrte düster vor sich hin, während seine Schwester mit lauter Stimme und finsterer Miene auf ihn einredete. Seine Kostümierung als Dorfpfarrer, mit großem weißem Kragen, einem altmodischen schwarzen Strohhut und einer Lesebrille, verlieh ihm eine überhebliche Aura. Charlotte in ihrem nicht ganz authentischen Queen-Victoria-Kostüm war sichtlich schlechter Laune, unterbrach sich jedoch abrupt, als sie Louisa in der Halle stehen sah.

Adrian machte eine lässige Geste in Louisas Richtung, ohne

sie anzusehen. »Tja, Schwesterherz, willst du gern weiterreden? Los, predige ruhig weiter.«

»Halt den Mund!«, herrschte ihn die falsche Queen Victoria an.

Verlegen standen die drei da.

»Die Gäste sind schon alle in den Ballsaal gegangen«, sagte Louisa schließlich, als hätte sie von dem Disput nichts mitbekommen. »Soll ich Ihnen den Weg zeigen?«

Sie wandte sich zum Gehen, und die Geschwister folgten ihr, wobei Charlotte tatsächlich den Gesprächsfaden wiederaufnahm. Obwohl sie ihre Stimme gesenkt hatte, konnte Louisa sie hören. Sie wusste, dass ein gutes Dienstmädchen nicht lauschte, manchmal war es jedoch schlicht nicht möglich, die Ohren zu verschließen. Sie und Ada hatten sich oft kichernd über die Gesprächsfetzen ausgelassen, die eigentlich nicht für sie bestimmt waren. Sie vermisste diese Momente, die nur noch selten vorkamen, seit Ada, inzwischen verheiratet, im Dorf lebte und nur noch zeitweise zum Arbeiten zu den Mitfords kam; vielleicht könnte sie dasselbe mit Dulcie teilen. Aber nicht heute Abend.

»Du musst Mutter sagen, dass du bis zum Hals in Schulden steckst«, fauchte Charlotte. »Sie hat keine Ahnung, und bald ist Weihnachten.«

»Was hat das denn damit zu tun?«, zischte Adrian zurück.

Louisa konnte die beiden zwar nicht sehen, sah aber bildlich vor sich, wie sich Charlottes bleiche Schultern in ihrem Kostüm anspannten.

Unterdessen standen sie vor dem Ballsaal, und Louisa stellte sich neben die Tür, um sie eintreten zu lassen. Die Geschwister rauschten an ihr vorbei, ohne sie eines weiteren Blickes zu würdigen.

Drinnen war die Party in vollem Gange. Im Gegensatz zu Charlotte und Adrian, die von ihrem Streit so abgelenkt gewesen waren, dass sie die Eingangstür genommen hatten, waren die meisten Gäste direkt in den Ballsaal gegangen. Für die Party war das Sofa im Raum beiseitegeräumt – denn der Ballsaal war normalerweise die Bibliothek des Hauses – und einige Stühle an den Wänden aufgestellt worden, auf denen die Anstandsdamen Platz nehmen konnten – gerade einmal drei oder vier Mütter, die mit Freuden der Einladung zu den Mitfords gefolgt waren, um den neuesten Klatsch auszutauschen. Louisa hatte festgestellt, dass die Angehörigen der Upperclass stets taten, als wären sie seit Jahren dicke Freunde oder zumindest enge Bekannte, selbst wenn sie einander noch nie zuvor begegnet waren. Das Ganze funktionierte nach einem überaus komplexen System: Man wurde von zwei Insidern begleitet und überall vorgestellt, und schon gehörte man dazu, wie in einem Club, wenngleich nicht im konkreten, sondern eher im übertragenen Sinne, aber mit einer Mitgliedschaft und festen Regeln, die es tunlichst zu befolgen galt, wenn man nicht hinausgeworfen und für alle Zeiten verbannt werden wollte.

Doch nun wurden einige dieser Regeln über den Haufen geworfen, sehr zum Entsetzen der »alten Herrschaften«, wie Nancys Freunde die Generation ihrer Eltern und Großeltern bezeichneten. Eine Scheidung hatte bislang zumindest für Frauen stets den unwiderruflichen Ausschluss aus der Gesellschaft bedeutet, doch seit der Duke und die Duchess of Marlborough nach dem Krieg ihre Ehe offiziell aufgelöst hatten und beide nach wie vor zu sämtlichen Partys eingeladen wurden, wurde auch anderen stillschweigend gestattet, »Club«-Mitglied zu bleiben. »Es würde den Dingen eine gewisse Würze verleihen, ließen sich Muv und Farve scheiden«, meinte

Nancy mit gespielter Betrübnis, »aber vermutlich wird es nie dazu kommen.«

Andere gesellschaftliche Gesetze dagegen waren in Stein gemeißelt und besaßen einen ähnlichen Stellenwert: keine unehelichen Kinder, keine braunen Schuhe in der Stadt, keine Schnittblumen als Mitbringsel für die Gastgeberin. Doch dieses Wissen allein genügte nicht. Louisa war sich sehr wohl darüber im Klaren, dass sie selbst in einem geliehenen Kleid, mit Perlenkette um den Hals und perfekt imitiertem Adelsakzent sofort als gewöhnliche Bürgerliche enttarnt und kurzerhand vor die Tür gesetzt werden würde, denn neben den bekannten Regeln existierte eine ganze Reihe an unausgesprochenen Gesetzen. Ein einziger Ausrutscher genügte – der verkehrte Tweedrock bei einer Jagd oder die Bitte um eine Serviette, statt sich die Kuchenkrümel mit dem eigenen Taschentuch abzuwischen –, und man flog unweigerlich auf. Bestenfalls würden die sogenannten Freunde sich hinter vorgehaltener Hand über die gesellschaftlichen Fauxpas lustig machen, schlimmstenfalls wurde einem die Tür vor der Nase zugeknallt, und kein Betteln oder noch so hoher Geldbetrag vermochte sie wieder zu öffnen.

Louisa entdeckte Clara in der Menge, die sie ebenfalls bemerkte und ihr kurz zuwinkte – eine Geste, die bei anderen einen großen Schritt in Richtung besagter Tür darstellte, doch Nancy hatte Louisa erklärt, dass Clara so ziemlich alles nachgesehen wurde. »Schließlich kann sie all das nicht wissen, und als Amerikanerin ist sie sozusagen klassenlos«, sagte Nancy im selben Tonfall, in dem Nanny Blor Decca darlegte, weshalb sie ihre Karotten essen musste … mit vermeintlich nachsichtiger Geduld, in der jedoch stets eine gewisse Autorität mitschwang. Jeder musste Karotten essen, damit er nachts gut sah, und dass

Amerikaner keiner Klasse angehörten, war so klar wie Kloßbrühe … doch wie sie diese Informationen unter einen Hut bringen sollte mit dem, was ihre Mutter ihr ein ganzes Leben lang eingetrichtert hatte, wusste Louisa nicht. Die Kluft zwischen den beiden Welten war so gewaltig, dass sie manchmal Angst bekam, diese könnte sich so weit auftun, dass sie geradewegs hineinfiele.

Einige Gäste hatten bereits erhitzte Gesichter; ob nun vom Alkohol – das eine oder andere Gläschen Wein zum Abendessen hatte ihnen bereits einen kleinen Vorsprung verschafft, bevor der Champagner serviert worden war – oder weil ihnen in ihren Kostümen zu heiß war, vermochte Louisa nicht zu sagen. Zu ihrer Erleichterung bemerkte sie, dass Pamela kein Glas in der Hand hatte. Das Mädchen war auch so schon völlig aus dem Häuschen. Nancy tanzte mit Oliver Watney, dem das ganze Treiben gehörig auf die Nerven zu fallen schien, doch sie sah ihn ohnehin nicht an, sondern plauderte hier und da weiter, während sie über die Tanzfläche wirbelten. Louisa erkannte einige andere Gäste, die bereits übers Wochenende in Mitford Manor zu Besuch gewesen waren: Brian Howard, ein kränklich aussehender Mann mit tief liegenden Augen, der Nancy jedoch regelmäßig zum Lachen brachte; Patrick Cameron, der ununterbrochen auf die Tanzfläche gezerrt wurde, um mit Nancy und nun auch mit Pamela das Tanzbein zu schwingen. Außerdem waren zwei Mädchen gekommen, über die regelmäßig in der Zeitung berichtet wurde: Die Jungman-Schwestern waren ein bisschen älter als Nancy und berüchtigt, sowohl wegen ihrer atemberaubenden Schönheit als auch weil sie den Schalk im Nacken hatten. Sie hatten sich als Milchmädchen verkleidet, inklusive vollen Eimern, die jederzeit überzuschwappen drohten. Lord Redesdale waren beinahe die Augen aus den Höhlen gefallen, und seine Frau hatte alle Mühe gehabt, ihn zurückzuhalten.

In diesem Moment stieß jemand Louisa an und flüsterte ihr zu: »Du wirst in der Küche gebraucht.«

»Sofort, Mrs Windsor.«

Sie zog sich zurück, weg von der Party, dorthin, wo sie hingehörte.

KAPITEL 6

Stunden später – Mrs Stobie hatte sich steifbeinig und brummend mit den Worten zurückgezogen, sie sei zu alt für derartige Ausschweifungen – standen Louisa und Ada in der Küche und kümmerten sich um das restliche Geschirr. Die für den Abend engagierten Dienstmädchen hatten den Ballsaal nahezu gänzlich aufgeräumt und den Großteil des Abwaschs erledigt, deshalb gab es nicht mehr allzu viel zu tun. Das Kedgeree, ein Reisgericht mit Fisch und Eiern, und der Speck standen vorbereitet im Ofen und sollten gegen zwei Uhr morgens mit Kaffee und Toast zum Frühstück serviert werden. Abgesehen davon war Louisas Hauptarbeit geschafft.

Sie konnte nur hoffen, dass Dulcie wie verabredet bald auftauchte, damit ihnen noch Zeit bliebe, ehe sich die Party gegen halb drei Uhr endgültig auflösen würde. So hatten es Lady Redesdale und Lady Curtis angeordnet. Charlottes Mutter hatte darauf bestanden, dass ihr Dienstmädchen vorbeikam, um Charlotte abzuholen und zu den Watneys zurückzubringen, damit sich ihre Tochter nicht zu so später Stunde noch in gemischter Gesellschaft aufhielt. Dulcie sollte die halbe Meile Hinweg zu Fuß zurücklegen, Hooper würde die beiden dann mit dem Wagen zum Anwesen der Watneys zurückbringen –

ein Kompromiss, auf den Charlotte sich mit ihrer Mutter geeinigt hatte, wenn ihr im Gegenzug die Peinlichkeit einer Anstandsdame erspart bliebe, da all ihre Freundinnen ebenfalls ohne Wachhund gekommen waren. Das bedeutete jedoch, dass Dulcie und Louisa nur sehr wenig Zeit blieb, um ihr Vorhaben in die Tat umzusetzen.

Wenige Minuten zuvor hatte Mrs Windsor Louisa informiert, dass Lady Redesdale zwei Becher heiße Schokolade auf ihr Zimmer gebracht haben wolle. Das bedeutete, dass die Party für die Hausherrin und die anderen Gäste ihrer Generation beendet war. Die späten Häppchen waren verzehrt, und die Haushälterin hatte bereits ein Tablett mit Gläsern sowie Whisky- und Portweinflaschen im Salon bereitgestellt, damit die jüngeren Gäste sich bedienen konnten. Nachdem sie den Kakao serviert hatte, würde Mrs Windsor nicht sofort zu Bett gehen, sondern in ihrem Wohnzimmer noch etwas lesen, ehe sie sich, wie üblich, als Letzte zur Ruhe begab.

Zu diesem Zeitpunkt waren nur noch wenige Gäste im Haus. Zwar waren Nancys Freunde aus London und auch einige aus Oxford zu der Party gekommen, die meisten Gäste stammten jedoch aus Lord und Lady Redesdales eigenem Bekanntenkreis und waren in einem Alter, in dem es eher Schneefall im Mai gäbe, als dass sie ihre gewohnten Zubettgehzeiten verschoben. Außerdem war ihnen bewusst, dass die Stunden nach Mitternacht der jüngeren Generation vorbehalten waren, weshalb sie nicht länger stören wollten. Leider waren die schillerndsten der jüngeren Gäste ebenfalls aufgebrochen: Brian Howard hatte versprochen, die Jungman-Schwestern noch in der Nacht nach London zurückzubegleiten, da ihre Cousine am nächsten Tag heiratete und sie zur Feier erwartet wurden. Louisa und Ada hatten mit einigen der anderen Mädchen in der Auffahrt gestanden, als sie losgefahren waren – die Versuchung, einen letzten Blick auf die illustren Gestalten in ihren langen, mit Pelzkrägen besetzten Mänteln zu werfen, war einfach zu groß gewesen. Den Inhalt ihrer Milcheimer hatten sie gedankenlos in die Auffahrt gekippt, bevor sie in den Wagen gestiegen waren – Hooper würde bestimmt nicht allzu erfreut über die weißen Lachen auf dem Kies sein, wenn er sie entdeckte.

Zuvor hatte sich ein kleines Drama abgespielt, als Claras Freundin Phoebe Morgan in ihrem Kleopatra-Kostüm mit rabenschwarzer Perücke im Kreuzgang über einen von Lord Redesdales Hunden gestolpert war und sich böse den Knöchel verstaucht hatte. Aber sie hatte die Feier nicht versäumen wollen, indem sie frühzeitig zu ihren Gastgebern, den Watneys, zurückkehrte. Deshalb saß sie, das verletzte, mit einer kalten Kompresse versehene Bein hochgelegt, mit einem Becher Glühwein in der Hand auf dem Sofa am Kamin.

»Vielleicht sollte ich nachsehen, ob sie etwas braucht«, meinte Louisa; sie hoffte nur, dass die Schnitzeljagd anfing, ehe Dulcie eintraf.

»In Wahrheit willst du doch bloß ein bisschen schnüffeln«, neckte Ada sie.

»Bin gleich wieder da«, erwiderte Louisa und schlug zum Spaß mit dem Geschirrtuch nach ihr.

Auf dem Weg durch die Eingangshalle hörte sie die letzten knisternden Klänge einer Schallplatte auf dem Grammofon im Salon, und ein Schwall heißer, tabakgeschwängerter Luft schlug ihr entgegen, als sie die Tür öffnete. Charlotte hatte die Augen geschlossen und den Kopf an Sebastians Brust gelegt, während die beiden langsam tanzten. Phoebes Wangen hatten wieder etwas Farbe, trotzdem lag sie immer noch auf dem

Sofa, auf das sich noch zwei andere Gäste gequetscht hatten, und beobachtete das Tanzpaar aufmerksam. Auf dem anderen Sofa machte Louisa ein Gewirr aus Armen, Beinen und Leibern aus, das sich erst auf den zweiten Blick als vier Personen entpuppte. Perücken waren abgenommen und achtlos beiseitegeworfen worden, die jungen Damen hatten ihr Haar ausgeschüttelt. Nur Nancy trug eisern ihre Mantilla, und auch Adrian hatte seine Nickelbrille noch auf der Nase und paffte eine dicke Zigarre, während er etwas zu erläutern schien. Er hatte sich in Positur gestellt, als spräche er zu einem größeren Publikum, doch nur Nancy lauschte ihm.

Clara, selbst um diese Uhrzeit noch so hübsch wie eine Figur aus einem Toulouse-Lautrec-Porträt, unterhielt sich leise mit Ted, der sich als Graf Dracula verkleidet hatte und ein dickes schwarzes Samtcape über einem Anzug trug. Nancy war völlig aus dem Häuschen über seine Zusage gewesen und hatte triumphierend seinen Brief geschwenkt, verfasst auf fast kartendickem Schreibpapier mit dem eingestanzten Wappen der De Cliffords.

Louisa überlegte gerade, ob sie mit einem Hüsteln auf sich aufmerksam machen oder einfach hineingehen und ein paar leere Gläser einsammeln sollte, als Nancy sie bemerkte. »Lou-Lou!«

Louisa lächelte. Es war lange her, dass Nancy sie mit ihrem alten Spitznamen angesprochen hatte.

»Genau die Frau, die wir brauchen. Wir wollen ein Spiel spielen und benötigen dringend noch einen Ersatz für Phoebe. Könntest du nicht einspringen?«

Louisa sah sich um, ob niemand neben ihr stand. »Meinen Sie mich, Miss Nancy?«

»Ja, genau dich.« Nancy winkte sie herbei. Louisa rutschte

das Herz in die Hose. Mit einem Mal schämte sie sich für ihr schlichtes Kleid und ihre dicken Wollstrümpfe, außerdem hatte sie noch nie in ihrem Leben einen Hauch Make-up getragen. Die Gesichter ringsum verschmolzen zu einer undefinierbaren Masse aus Pailletten, Federn und lackierten Nägeln. Nancy stand auf und klatschte in die Hände. Sebastian und Charlotte lösten sich voneinander und setzten sich auf die entgegengesetzten Armlehnen des Sofas. Pamela gähnte herzhaft und blickte ihre Schwester ängstlich an. All ihre Freundinnen waren längst nach Hause gegangen; die meisten von ihnen waren noch nicht volljährig und in Begleitung ihrer Mütter als Anstandsdamen hier gewesen. Louisa vermutete, dass auch Pamela längst zu Bett gehen wollte, damit aber Gefahr lief, irgendetwas Aufregendes auf ihrem eigenen Ball zu verpassen, was Nancy ihr dann wochenlang unter die Nase reiben würde.

»Wir wollen mit der Schnitzeljagd beginnen«, verkündete Nancy.

Charlotte stieß einen Seufzer aus. »*Muss* das sein?«

»Ja. Und alle machen mit!« Nancy genoss es unübersehbar in vollen Zügen, im Mittelpunkt zu stehen. Louisa hoffte zumindest, dass dies der Grund für ihren seligen Gesichtsausdruck war und nicht der Champagner. Nancy erlaubte sich nur selten einen Kater, aber wenn es einmal passierte, hatte der gesamte Haushalt am nächsten Morgen nichts zu lachen. »Jetzt, wo Lou-Lou hier ist, sind wir acht Personen und können uns paarweise zusammentun. Ihr kennt alle die Regeln. Wenn ihr eure Antwort habt, bringt ihr sie hierher zurück und bekommt von Seb oder Phoebe den nächsten Hinweis. Wir haben neun Hinweise, und jeder bekommt dieselben, aber ihr startet versetzt, damit keiner zur selben Zeit nach demselben

Gegenstand sucht. Gewonnen hat, wer als Erster alle Antworten beisammenhat.«

»Eine richtige Schnitzeljagd!«, rief Clara. »Die in London machen überhaupt keinen Spaß mehr, weil die Jungs mit ihren schnellen Autos alles ruinieren.«

»Danke, Miss Fischer«, bemerkte Adrian trocken. »Wir tun unser Bestes.«

»Dummkopf«, entgegnete Clara errötend. »Du weißt genau, wie ich das meine.«

»Ich tue mich mit Clara zusammen«, verkündete Nancy. »Pamela, du bildest mit Louisa ein Paar.«

Puh, dachte Louisa.

»Ted, du gehst mit Togo zusammen … Oliver, meine ich. Entschuldigung.« Olivers schmales Gesicht wirkte noch verkniffener als sonst, als er den Mitford'schen Spitznamen für ihn hörte. »Das heißt, Adrian und Charlotte bilden ein Paar, was in Ordnung ist, weil ihr ja Geschwister seid.«

»Wenn's sein muss«, meinte Adrian und blies Rauchringe über dem Kopf seiner Schwester in die Luft, die ihn mit steinerner Miene anstarrte. »Ich dachte, ich sollte mich mit Seb zusammentun.«

Sebastian warf Phoebe auf dem Sofa einen durchtriebenen Blick zu. »Tja, es gab eine Planänderung.« Phoebe grinste selbstgefällig, doch Charlotte wandte den Blick ab und beschäftigte sich mit einem Knopf an ihrer Bluse.

»Da wir so wenig Leute sind, sollte jeder lieber allein arbeiten«, warf Adrian ein. »Wir brauchen kein Team aus zwei Superhirnen bilden, wenn jeder von uns ohnehin schon über eines verfügt.« Er hielt inne. »Zumindest einige.«

War das ein Versuch, Louisa auszubooten? Sie bemühte sich, seinen Vorschlag nicht als Kränkung aufzufassen, was ihr auch beinahe gelang. Außerdem konnte er sie wohl kaum damit gemeint haben, da er noch nicht einmal gemerkt hatte, dass sie überhaupt da war. Trotzdem verspürte sie einen Anflug von Enttäuschung, dabei sollte sie womöglich eher erleichtert sein, dass der Umsetzung ihres anderen Vorhabens nun nichts mehr im Wege stand. »Na gut. Dann arbeitet eben jeder für sich alleine«, sagte Nancy, ohne in Louisas Richtung zu sehen.

Louisa war klar, dass dies ihr Stichwort war, den Rückzug anzutreten, doch ihre Neugier gewann die Oberhand. Pamela wurde unruhig neben ihr.

»Alles in Ordnung?«, flüsterte Louisa.

Pamela nickte knapp und lächelte flüchtig. »Ja«, erwiderte sie ebenso leise mit einem Blick auf Nancy, um sicherzugehen, dass ihre Schwester nicht herübersah. »Ich war so froh, dass du mit mir ein Team bilden solltest. Die anderen machen mich alle ein bisschen nervös.«

Louisa konnte sie nur allzu gut verstehen. »Keine Angst«, formte sie lautlos mit den Lippen, traute sich jedoch nicht, weiterzusprechen, da Nancy inzwischen zu ihrem Sekretär am anderen Ende des Raums getreten war (der halb von einem Paravent verdeckt war, da Lord Redesdale nicht auf ihre Schreibmaschine blicken wollte, wenn er nach dem Abendessen seinen Whisky einnahm) und nach einem Buch griff, *Alice im Wunderland*. Louisa hatte Decca und Unity häufig daraus vorgelesen; alle drei waren absolut fasziniert von der Idee gewesen, durch ein Loch zu fallen und in einer Welt zu landen, in der jede Logik und alles Vertraute schlicht auf den Kopf gestellt waren. Die Vorstellung, dass nicht immer alles zwingend nach Vorschrift ablaufen musste, war einfach zu reizvoll.

Nancy schlug das Buch auf und entnahm ihm einen Stapel

Blätter mit fein säuberlich getippten Worten, die Louisa aus der Entfernung jedoch nicht entziffern konnte. Nancy hatte die Schreibmaschine vor einigen Monaten selbst gekauft, und sie war ihr wertvollster Besitz. Den anderen war es strengstens untersagt, sie zu berühren, obwohl sich herausstellte, dass auch Nancy sie so gut wie nie benutzte; Louisa hatte den Verdacht, dass Nancy die Maschine hauptsächlich so offen herumstehen haben wollte, weil sie ihrer Familie eine ganze Weile vorgemacht hatte, an einem Roman zu schreiben, doch wenn sie schrieb, benutzte sie dafür stets ein altes Schulheft. Reine Gewohnheit, vermutete Louisa.

»Wie ihr ja alle wisst, sollte jeder einen Hinweis für die Schnitzeljagd abgeben, was bedeutet, dass acht Hinweise vorliegen sollten, von denen ihr lediglich die Lösung nicht kennt, außer für euer eigenes, von dem ihr wiederum nicht wisst, wo im Haus ihr danach suchen müsst. Ihr solltet einen gängigen Gegenstand auswählen, allerdings traue ich euch nicht über den Weg und gehe davon aus, dass der eine oder andere es unnötig schwer gemacht hat.« Nancy verdrehte theatralisch die Augen in Adrians Richtung, der breit zurückgrinste. »Ich übergebe die einzelnen Hinweise nun Sebastian. Darling, wärst du wohl so nett und würdest uns den ersten vorlesen? Ich habe mir überlegt, dass wir alle gleichzeitig anfangen, nur aus reinem Spaß, und dann kannst du die restlichen der Reihe nach verteilen, wenn die Leute zurückkommen.«

»Gewiss, Mylady«, gab Sebastian spöttisch zurück. Auch jetzt, zu dieser späten Stunde, saß sein Haar wie ein Goldhelm auf seinem Kopf, doch seine Augen waren leicht glasig. War er betrunken, oder stimmte etwas anderes nicht mit ihm? Etwas an der Art, wie er aufstand und Nancy die Blätter aus der Hand nahm, ließ Louisa zurückweichen.

Er postierte sich breitbeinig auf dem Perserteppich.

»Ich treibe dich an, wenn du zu langsam bist, ich tue dir weh, wenn du nicht spurst. Ich hänge am Haken und manchmal auch nicht. Was bin ich?«

Einen Moment lang herrschte Stille, dann hob Seb sein Glas, über dessen Rand prompt der Whisky schwappte. »Viel Glück, Leute! Mögt ihr alle als die Helden zurückkehren, die ihr seid.«

Jubelrufe wurden laut, und dann begannen die Anwesenden hektisch zu flüstern und zu tuscheln. Louisa verließ mit Pamela den Raum. »Wissen Sie, was es bedeutet?«, fragte sie das Mädchen.

»Ja, ich glaube schon!«, rief sie, ohne zu zögern. »Danke, Lou-Lou!«

Louisa lächelte mit einer Zuversicht, die sie in Wahrheit nicht empfand. Noch lag die Aufgabe vor ihr, die zu erfüllen sie zugesagt hatte, und sie war alles andere als überzeugt, dass es das Richtige war, was sie da tat.

KAPITEL 7

Das Erdgeschoss war erfüllt von Gekicher und dem Geräusch eiliger Schritte, als die Schnitzeljäger ausschwärmten und nach Hinweisen für die Lösung des ersten Rätsels suchten. Louisa nutzte die Gelegenheit, um nach oben zu gehen und nachzusehen, welches der Schlafzimmer frei war. Ein unbenutztes Zimmer, das war alles, worum Dulcie sie gebeten hatte. »Aber es muss einer alleinstehenden Frau gehören, damit er die Einladung auch wirklich annimmt«, hatte sie gemeint. Louisa hoffte auf das Zimmer von Iris Mitford, Lord Redesdales Schwester. Üblicherweise wurde sie in dem Schlafzimmer einquartiert, das nur durch ein Badezimmer vom Ankleidezimmer Seiner Lordschaft getrennt war. Wegen seiner zartgelb tapezierten Wände wurde es als »Butterblumenzimmer« bezeichnet und gehörte zwar zu den kleinsten im Haus, doch Iris weigerte sich, anderswo zu schlafen. Es sei das einzige Zimmer, in dem es nicht spuke, behauptete sie. Louisa wusste, dass Lady Redesdale und ihre Schwägerin häufig im Schlafzimmer Ihrer Ladyschaft vor dem Schlafengehen noch eine Weile plauderten, und nach diesem Abend gab es gewiss noch mehr Klatsch auszutauschen als sonst. Der Korridor lag verlassen da, und das Licht in Lord Redesdales Zimmer war angeschaltet, was bedeutete, dass er sich bereits umgekleidet hatte und demnächst schlafen gehen würde. Iris' Zimmer war dunkel, kein Geräusch drang heraus. Es war leer.

Gut. Zehn Minuten waren vergangen, seit Mrs Windsor die heiße Schokolade nach oben gebracht hatte, und Louisas Schätzung nach blieb ihnen etwa eine Stunde, um ihr Vorhaben in die Tat umzusetzen. Anfangs hatte sie noch gezögert, doch nach dem Abend im Pub im *Elephant and Castle* war ihr Dulcies Bitte zwar nicht gänzlich unschuldig, jedoch auch nicht hoffnungslos verwerflich erschienen. Dulcie hatte ihr dargelegt, dass sie lediglich eine Gelegenheit brauche, um mit Adrian zu sprechen, der sich strikt weigerte, mit ihr allein zu sein. »Zu Hause meidet er mich, indem er dafür sorgt, dass er nie allein im Zimmer ist«, hatte sie gesagt, »und ich habe keine Ahnung, wann wir das nächste Mal in Oxford sein werden. Außerdem bist du hier die Ortskundige.« Louisa hatte sich nicht getraut, nach dem Grund für die Unterredung zu fragen – manche Dinge brauchten nicht offen angesprochen werden, sondern erklärten sich von selbst. Er war ein arroganter Schnösel und sie ein hübsches Dienstmädchen. Die beiden waren weder die Ersten noch die Letzten, die sich in diese heikle Lage gebracht hatten.

Eilig ging Louisa wieder nach unten in die mittlerweile leere Küche, die die Atmosphäre eines frisch geschrubbten Schiffsdecks verströmte. Ada hatte den Boden noch nass aufgewischt, ehe sie durch die Gartentür den Heimweg angetreten hatte. Gerade als Louisa an die Spüle trat, klopfte es leise; obwohl sie damit gerechnet hatte, fuhr sie vor Schreck zusammen und spritzte prompt Wasser über ihr Kleid.

»Verdammt noch eins!«, stieß sie hervor – ein Mitfordismus aus Lord Redesdales Vokabular, den sie sich angeeignet hatte.

Ihre Mutter hätte ihr die Hammelbeine lang gezogen, hätte sie es gehört.

Vorsichtig stellte sie den Eimer ab und ging zur Tür. Dulcie schlüpfte eilig herein und sah sich suchend um.

»Ist außer dir noch jemand hier?«, raunte sie. Ihre Haut wirkte regelrecht durchscheinend, selbst ihre Sommersprossen schienen verschwunden zu sein, und ein dünner Schweißfilm bedeckte ihr Gesicht, als hätte sie der Marsch vom Haus der Watneys hierher trotz der nächtlichen Kälte erhitzt.

»Nein.« Eine eigentümliche Ruhe durchströmte Louisa, als hätte sie alles im Griff, nun da es tatsächlich so weit war: Sie würde ein Mädchen, das einst einer Ganovenbande angehört hatte, ohne das Wissen ihrer Herrschaft eines der Gästezimmer betreten lassen – etwas, das Mrs Windsor nie im Leben täte. »Lady Redesdale hat sich auf ihr Zimmer zurückgezogen, und ihre Schwägerin leistet ihr Gesellschaft. Dir bleibt ungefähr eine Dreiviertelstunde Zeit.«

Dulcie blickte auf ihre Armbanduhr, die viel zu groß und zu ausladend für ihr schmales Handgelenk wirkte, fast wie eine Herrenuhr. »Wenn das so ist, solltest du mich lieber hinaufbringen, damit ich dort auf ihn warten kann. Wo sind die anderen Dienstboten?«

»Entweder nach Hause oder zu Bett gegangen. Nur Mrs Windsor ist noch wach, aber sie sitzt in ihrem Wohnzimmer«, antwortete Louisa. »Solange wir nicht Mr Curtis oder seiner Schwester in die Arme laufen, wird keiner auf die Idee kommen, dass du nicht zum Personal gehörst, das heute Abend hier eingeteilt war. Aber du solltest lieber deinen Mantel ausziehen.«

»Stimmt. Gute Idee.« Dulcie knöpfte ihren braunen Wollmantel auf – auch er sah aus, als könnte er aus Louisas eigenem Kleiderschrank stammen – und hängte ihn über einen Küchenstuhl. Selbst Clara oder Sebastian würden Dulcie nicht als Dienstmädchen aus dem Haushalt der Curtis wiedererkennen. Wer nahm schon ein Glas Champagner und machte sich die Mühe, in das Gesicht derjenigen zu blicken, die einem das Tablett reichte?

»Komm mit nach oben«, sagte Louisa. Sie gingen die Hintertreppe hinauf, sorgsam darauf bedacht, sich möglichst weit am äußeren Rand zu halten, wo das Holz weniger laut knarzte. Kurz vor dem Treppenabsatz hielt Louisa Dulcie zurück und sah sich auf dem Korridor um – keiner da. Gedämpftes Gelächter und das Klappern von Absätzen waren aus dem anderen Teil des Gebäudes zu hören.

Die Zimmer auf der rechten Seite des Korridors hatte Louisa bereits überprüft. Sie zeigte Dulcie die Tür zu Iris' Zimmer. Lord Redesdales Tür war geschlossen, und kein Licht drang darunter hervor.

»Sei leise«, flüsterte sie. »Lord Redesdale ist gerade erst zu Bett gegangen. Ich bleibe hier und passe auf, damit keiner hereinplatzen und euch überraschen kann.«

»Wo?«

»Dort drüben.« Louisa deutete auf das Fenster gegenüber vom Badezimmer, das auf den Friedhof hinausging und dessen schwere Vorhänge zugezogen waren.

»Gut.« Dulcie schluckte und sah sich ein letztes Mal um, während Louisa sich abwandte.

Louisa drehte eine letzte Runde durch die Eingangshalle und den Salon – wo Oliver einen Brieföffner auf Lady Redesdales Schreibtisch in Augenschein nahm –, ehe sie vor dem Speisezimmer stehen blieb. Sie hörte Nancys und noch eine andere

Frauenstimme – Charlottes? – im Rauchsalon. Vermutlich war Adrian, der laut Nancys Worten einen messerscharfen Verstand besaß, längst beim zweiten Hinweis angelangt; sie hoffte nur, dass dieser irgendwo in der Nähe versteckt war, damit sie Mr Curtis nicht im ganzen Haus suchen musste. Mit klopfendem Herzen trat Louisa zur Tür, während sie wieder und wieder im Geiste die Worte durchging, die Dulcie ihr aufgetragen hatte. Ihre Hand lag bereits auf dem gläsernen Türknauf, als sie Stimmen aus dem Raum hörte. Die eine gehörte eindeutig Adrian, die zweite … Pamela. Das Mädchen war die geborene Schnitzeljägerin. Louisa klopfte kurz und trat ein.

Das Speisezimmer war nur schwach erleuchtet. Die Dienstboten hatten den Tisch, an dem die Familie vor der Party das Abendessen eingenommen hatte, abgeräumt und die Kerzen gelöscht, lediglich zwei elektrische Wandlampen brannten, deren Lichtkegel jedoch nur die unmittelbare Umgebung erhellten. Pamela kramte in einer Schublade in der Anrichte, Adrian stand mit einer Zigarette in der Hand im Halbdunkel auf der anderen Seite des Raums und redete in seinem gewohnten monotonen Bariton auf sie ein, während Pamela mädchenhaft kichernd protestierte.

»Ted weiß, dass du viel geeigneter wärst«, sagte er gerade. »Ich habe es ihm gesagt. Mit diesem Flittchen Dolly kann er sich unmöglich weiter abgeben.«

»Sie ist bestimmt sehr nett«, wandte Pamela ein, ohne den Blick von der Schublade mit den Serviettenringen zu lösen, die ohnehin nie Verwendung fanden, weil Lady Redesdale die Umstände und Kosten für die Reinigung der Servietten nicht in Kauf nehmen wollte.

Louisa trat ein und schloss die Tür hinter sich.

»Was gibt's?«, fragte Adrian kühl.

»Bitte entschuldigen Sie die Störung, Mr Curtis, aber ich habe eine Nachricht für Miss Pamela.«

Pamela hatte ihre Tätigkeit unterbrochen und sah Louisa verschämt an, als hätte sie sie bei etwas Verbotenem ertappt.

»Lady Redesdale möchte gern, dass Sie nach oben in ihr Zimmer kommen, Miss Pamela«, sagte Louisa – etwas Besseres fiel ihr nicht ein. Zumindest wäre genug Zeit verstrichen, bis sich herausgestellt hätte, dass Lady Redesdale in Wahrheit ihre Tochter gar nicht sprechen wollte.

»Oh verdammt!«, stieß Pamela hervor. »Gerade jetzt, wo ich so einen schönen Vorsprung hatte!« Aber sie hinterfragte Louisas Bitte nicht weiter – eine Anordnung von Lady Redesdale missachtete niemand … außer vermutlich Nancy. Pamela verließ den Raum, doch Louisa blieb stehen. Adrian trat zum Sideboard und ließ eine Gabel in seiner Tasche verschwinden. Als er merkte, dass Louisa immer noch da war, blickte er sie fragend an.

»Ich habe eine Nachricht für Sie, Sir«, ließ sie ihn wissen.

»Von wem?«

»Von Iris Mitford.« Sie hielt inne und ließ die Information erst einmal sacken. »Ich zeige Ihnen gern den Weg.«

Kurz wirkte Adrian bestürzt, fing sich aber sofort wieder. »Damit habe ich nicht gerechnet«, murmelte er. »Nun gut. Beeilen Sie sich!«

Louisa trat, dicht gefolgt von Adrian, in die Eingangshalle, wo Clara auf Händen und Knien unter einer Marmorkonsole kauerte.

»Was für eine Aussicht«, lachte Adrian im Vorbeigehen. Ein dumpfer Knall ertönte, dann ein lautes »Aua!«, als Clara hervortauchte. Ihr Haar war zerzaust, und auf ihrem Gesicht lag ein breites Grinsen, das allerdings bei Adrians Anblick verflog.

Schlagartig wurde sie ganz blass und verschwand wieder unter der Konsole.

»Keine Ahnung, was die dort unten sucht«, sagte Adrian, halb an sich selbst gewandt. »Andererseits ist es nicht das erste Mal, dass Clara auf die Knie geht, um zu kriegen, was sie will.«

Louisa sah ihn erschrocken an. Adrian hüstelte, sagte jedoch weiter nichts, sondern folgte ihr die Treppe hinauf in den ersten Stock. Licht drang unter dem Türschlitz des Gästezimmers hervor, außerdem stand ein Paar Hausschuhe davor – ihr Zeichen, dass die Luft rein war. Ein Glück, dass Pamela sich mit Adrian im Speisezimmer aufgehalten hatte und sie sie in das Zimmer ihrer Mutter hatte schicken können; dadurch würde sich Iris' Auftauchen noch weiter verzögern. Wortlos blieb Louisa vor der Tür stehen und bedeutete Adrian, dass sie ihr Ziel erreicht hatten. Ohne sie eines Blickes zu würdigen, trat er ein.

Louisa sah sich kurz auf dem Korridor um, dann schlüpfte sie hinter den Vorhang, von wo aus sie Dulcie jederzeit warnen konnte, falls Iris auf der Bildfläche erscheinen sollte. Die Hausschuhe vor der Tür waren nicht nur ein Signal für Louisa gewesen. Wenn Iris sie fand, würde sie beim Aufheben genug Lärm machen, um Dulcie Zeit zu geben, sich zu sammeln und sich als Hausmädchen auszugeben, das gekommen war, um die Bettdecke zurückzuschlagen, während es Adrian selbst überlassen bliebe, seine Gegenwart zu erklären. Falls es überhaupt so weit käme – was es hoffentlich nicht tat.

Hinter dem Vorhang befand sich ein niedriges Panoramafenster, auf dessen Fensterbank sich Louisa setzen und die Knie anziehen konnte, damit ihre Schuhspitzen nicht hervorlugten. Sie versuchte sich zu entspannen, doch das Herz schlug ihr bis zum Hals, und das Blut rauschte in ihren Ohren wie die Wellen am Strand von St Leonards. Unvermittelt musste sie daran zurückdenken, wie sie mit Guy Sullivan eine Tüte Chips mit Salz dort verputzt hatte. Die Erinnerung versetzte ihr einen Stich. In all den Wirrungen, die die Ereignisse nach sich gezogen hatten, war Guy der Fels in der Brandung gewesen, ein Mann voller über jeden Zweifel erhabener Rechtschaffenheit. Sie war nicht sicher, ob sie in diesem Moment dasselbe von sich behaupten konnte.

Plötzlich hörte sie etwas. Laute Stimmen drangen aus dem Gästezimmer. Adrians Stimme war erhoben, Dulcies war leiser, aber dennoch beharrlich. Louisa spitzte die Ohren, konnte jedoch wegen des dicken Vorhangs und der geschlossenen Tür nichts als Fetzen wie *Kein Recht … abscheulich … Lügner* ausmachen.

Erst einen Moment später wurde Louisa bewusst, dass sie so eindringlich gelauscht hatte, dass sie gar nicht mitbekommen hatte, wie jemand den Korridor entlanggekommen war und nun vor dem Butterblumenzimmer stand. Sie zog die Vorhänge ein paar Millimeter auseinander und spähte durch den Spalt, gerade weit genug, um zu sehen, wie Pamela, noch immer mit ihrer Pompadour-Perücke auf dem Kopf, sich vorbeugte. Ihr Gesicht konnte Louisa nicht erkennen, doch ihre angespannten Schultern verrieten ihre Angst und die Tatsache, dass ihr der Ernst der Lage bewusst zu sein schien. Wie Marie-Antoinette auf dem Weg zum Schafott.

Was sollte Louisa jetzt tun? Pamela durfte auf keinen Fall länger lauschen und Dulcie aus dem Zimmer kommen sehen. Dulcie hatte darauf bestanden, dass niemand von ihr und Adrian erfahren durfte, unter keinen Umständen. »Die Leute mischen sich bloß ein und machen Ärger«, hatte sie gesagt.

Noch bevor Louisa eine Entscheidung treffen konnte, drang

ein scharfer Laut aus dem Zimmer – abrupt, durchdringend und grauenvoll. Ein Stock? Ein Knochen? Wie von der Tarantel gestochen fuhr Pamela herum und rannte davon, den Korridor entlang und die Treppe hinunter. In ihrer Panik stürzte auch Louisa los, nahm die Hintertreppe in die Küche; trotzdem hörte sie noch, wie die Tür hinter ihr geöffnet und wieder geschlossen wurde, gefolgt von schweren Schritten, bei denen es sich nur um Adrians handeln konnte.

KAPITEL 8

Louisa schaffte es gerade noch in die Küche, als Pamela hereingestürmt kam und ihren Namen rief.

»Louisa«, stieß sie hervor und hielt ihren bauschigen Rock seitlich hoch, um nicht zu stolpern. Ihre Perücke saß schief, und sie war kreidebleich. »Louisa, ich glaube, es ist etwas Schreckliches passiert!«

Erleichtert registrierte Louisa, dass Pamela in ihrer Aufregung gar nicht mitbekommen hatte, dass auch Louisa völlig außer Atem war.

»Was ist denn? Bestimmt ist es halb so wild«, sagte sie – die Standarderwiderung eines Erwachsenen, um ein Kind zu beschwichtigen. Sie hatte sie von Nanny Blor übernommen und wusste, dass sich damit die schlimmsten Katastrophen regeln oder zumindest mildern ließen, sei es ein halb abgelöster Kopf des Lieblingsteddybären oder ein knurrender Dorfköter auf der Straße. Louisa wünschte sich die unerschütterliche Nanny an ihrer Seite, doch das Kindermädchen lag längst im Bett und schlief.

Pamela ließ ihre Röcke fallen und ergriff Louisas Hände. »Es ist ganz seltsam. Ich bin zu Muv gegangen, aber sie meinte, sie hätte gar nicht nach mir rufen lassen.«

»Oh! Vielleicht habe ich etwas falsch verstanden«, log Louisa.

Pamela schüttelte den Kopf. »Das ist jetzt nicht mehr so wichtig. Als ich kam, bat Iris mich, ein Buch aus ihrem Zimmer zu holen, weil sie Muv etwas zeigen wollte. Aber es schien jemand in dem Zimmer zu sein. Die Tür war zwar geschlossen, und ich habe mich nicht getraut, sie aufzumachen, aber ich könnte schwören, dass ich Mr Curtis mit jemandem streiten gehört habe. Schließlich hat er eine ziemlich markante Stimme, richtig?« Das Mädchen sah Louisa um Bestätigung heischend an, woraufhin diese nickte. »Er hat gesagt: ›Keiner wird dir jemals glauben, und es kümmert auch niemanden‹, und dann war da dieses schreckliche Geräusch …« Ihre Stimme verklang.

»Was für ein Geräusch?«, fragte Louisa, obwohl der laute Knall immer noch in ihren Ohren widerhallte.

»Ein scharfes Knacken. So als wäre etwas gebrochen. Oder als hätte jemand einen Schlag abbekommen. Ich habe Mr Curtis gerade in der Eingangshalle gesehen, deshalb kann er nicht derjenige gewesen sein. Ich glaube, er hat jemandem wehgetan. Wir müssen reingehen und nachsehen.«

»Nein!«, platzte Louisa eine Spur zu schnell heraus. Pamela starrte sie entsetzt an.

»Wieso nicht?«

»Weil wir nicht wissen, was tatsächlich passiert ist. Vielleicht hast du dich ja verhört.«

Pamelas Angst wich Entrüstung. »Ich weiß genau, was ich gehört habe.«

»Aber was, wenn Mr Curtis gar niemandem wehgetan hat, sondern das Ganze ein unglücklicher Zufall war? Oder wenn derjenige, mit dem er Streit hatte, jemand aus dem Haus war?

Einer von Miss Nancys Freunden?« Louisa bemühte sich um einen beschwichtigenden Tonfall. »Am besten, wir warten erst mal ab. Vielleicht gehört es ja auch zur Schnitzeljagd.«

Das schien zu wirken. »Ja, vielleicht. Danke, Louisa«, sagte Pamela ein wenig beschämt. Louisa sah ihr an, dass sie sich am liebsten wieder in die Schnitzeljagd stürzen würde, aber nicht so dastehen wollte, als würde sie den Vorfall nicht ernst genug nehmen. Louisa erbarmte sich. »Los, geh zu den anderen zurück. Mach schon, amüsier dich. Ich sehe oben nach, aber ich bin sicher, dass nichts ist.«

Pamela nickte und stürzte davon.

Das war knapp. Louisa musste Dulcie finden, und zwar schleunigst.

KAPITEL 9

Louisa rannte die Treppe wieder hinauf, doch auf halbem Weg nach oben lief sie Dulcie in die Arme, die erschrocken zurückwich. Das eine Auge der Verbündeten war dick geschwollen, blutunterlaufen und halb geschlossen, darüber prangte eine Beule, das andere war rot gerändert vom Weinen.

»Er hat dich geschlagen.« Das war keine Frage.

»Es geht mir gut.«

»Unsinn«, erwiderte Louisa. Sie standen immer noch auf der Treppe wie in einem Tunnel, lediglich etwas Licht kam von der Lampe auf dem Korridor über ihnen und unten aus der Küche. »Was ist passiert?«

»Wonach sieht es denn aus?«, gab Dulcie eisig zurück.

»Wird er dich verpfeifen? Oder mich?« Louisa sah sich bereits ihre Stellung verlieren.

»Nein, weil er besser dasteht, wenn er es nicht tut«, meinte sie. »Lass mich vorbei! Ich weiß, dass du nur besorgt um mich bist, aber damit machst du alles noch schlimmer.«

»Er hält vielleicht dicht, aber Miss Pamela nicht.«

Dulcie blieb stehen. »Was? Wovon redest du?«

»Sie war vor der Tür. Ich konnte ihr Gesicht nicht sehen, weil ich hinter dem Vorhang stand, und du und Mr Curtis habt so laut geschrien, dass ich sie nicht habe kommen hören. Es könnte sein, dass sie mitbekommen hat, worüber ihr euch gestritten habt. Pamela kennt dich nicht, aber vielleicht zählt sie zwei und zwei zusammen, wenn sie dein blaues Auge sieht. Was, wenn sie es ihrer Schwester sagt?«

Dulcie schaute an Louisa vorbei auf die dunklen Treppenstufen. »Ich verstecke mich einfach, bis es Zeit ist, Miss Charlotte zurückzubegleiten. Aber jetzt muss ich gehen. Auf unseresgleichen fällt der Verdacht ja immer als Allererstes.«

»Dulcie!«, stieß Louisa verängstigt hervor, obwohl sie noch nicht einmal sagen konnte, um wen sie mehr Angst hatte, um das Dienstmädchen oder um sich selbst. Sie wich zurück, als Dulcie sich an ihr vorbeischob und, immer zwei Stufen auf einmal nehmend, die Treppe hinunter in die Küche und nach draußen lief. Louisas Knie fühlten sich so weich an wie Mrs Stobies berühmtes Sahnedessert, als sie ihr langsam folgte. Was wollte sie damit sagen, dass der Verdacht immer als Allererstes auf ihresgleichen fiel? Welcher Verdacht?

Das Adrenalin pumpte durch ihre Venen, und sie vermochte kaum einen klaren Gedanken zu fassen. Sie hatte keine Ahnung, wie Mr Curtis' nächster Schachzug aussehen könnte. Louisa konnte ihn nicht leiden – weder seine Hochnäsigkeit noch die Schwärze seiner stecknadelkopfgroßen Pupillen, wenn er sie aus seinen hellblauen Augen anstarrte. Nancy mochte ihn charmant und witzig finden, doch sie ließ sich nur zu gerne von seinem ätzenden Humor, seinen Verbindungen und seiner Oxford-Bildung blenden.

All das war nicht gerade hilfreich. Bestimmt war er zur Party zurückgekehrt und erzählte den anderen von Dulcie und davon, dass Louisa ihn mit einer falschen Nachricht nach oben gelockt hatte. Pamela war sicher schockiert, wenn sie das hörte. Nun war guter Rat teuer. Ihr Plan hatte so einfach ausgesehen, so als könnte gar nichts schiefgehen. Lediglich ihr Gewissen hatte ihr im Weg gestanden … das Gewissen, das sie auch jetzt gewaltig quälte.

Dulcie war verschwunden, ebenso ihr Mantel, den sie über einen Küchenstuhl gehängt hatte. Louisa blickte auf die Uhr über dem Herd, die Mrs Stobie half, dass ihre Kuchen nicht verbrannten. Es war kurz nach halb zwei und still in der Küche, nur gelegentliches Poltern und rasche Schritte der Gäste waren zu hören, während sie das Haus nach Hinweisen absuchten. Niemand würde sich hierher verirren – die Herrschaft betrat die Wirkungsstätte der Dienstboten üblicherweise nicht –, aber sie musste wissen, was Adrian im Schilde führte. Obwohl es ein gewisses Risiko darstellte, würde sie hinausgehen, unter dem Vorwand, die Spuren der Party zu beseitigen. Mrs Windsor würde das gar nicht gutheißen – ab einer gewissen Uhrzeit sollten die Familie und die Gäste nicht länger von Dienstboten behelligt werden, sondern ein wenig Privatsphäre genießen.

Doch Louisa fand die Eingangshalle verlassen vor. Zwar standen hier und da leere Gläser herum, und neben der Eingangstür lagen ein paar Kostümteile, derer sich die Gäste entledigt hatten, ansonsten hielt sich das Chaos in Grenzen. Wo steckten sie alle? Sie kam sich wie ein Eindringling vor, als sie auf Zehenspitzen durch die Gänge schlich. Noch während sie mit sich rang, den Salon zu betreten, tauchte Nancy auf; sie schien neugierig, jedoch nicht verärgert zu sein und sich prächtig zu amüsieren. In der Hand hielt sie eine Streichholzschachtel in einer kleinen Silberkassette, die normalerweise in Lord Redesdales Arbeitszimmer stand.

»Ich wollte nur nachsehen, ob etwas aufgeräumt werden muss«, erklärte Louisa lahm, wohl wissend, dass Nancy ihre Lüge ohnehin sofort entlarven würde, aber Nancy war gnädig gestimmt.

»Schon gut, kein Problem. Ich wollte gerade meinen nächsten Hinweis holen gehen. Hast du Mollie in letzter Zeit gesehen?«

Mit dieser Frage hatte Louisa gar nicht gerechnet. »Äh, schon eine ganze Weile nicht mehr. Wieso?«

»Sebastian wollte ihr erst spätnachts ein Geburtstagsgeschenk überreichen, wenn sie irgendwann allein ist, das ist alles. Und ich wüsste gerne, was es ist.« Sie hob eine Braue. »Das arme Ding. Ich bin sicher, es ist bloß ein Scherz. In Wahrheit hat er keinerlei Interesse an ihr.«

Louisa beschloss, die Bemerkung zu übergehen, und entschuldigte sich. Es war vermutlich sicherer, in der Küche zu warten, bis Dulcie zurückkehrte, um Miss Charlotte abzuholen.

Ein Schrei.

Oder?

Noch einer.

Eindeutig. Und er kam nicht aus dem Haus, sondern von draußen, leise, aber unverkennbar. Louisa hatte in der Küche gesessen und gelesen, während sie auf Dulcie wartete, war jedoch wachsam geblieben, wie ein Hund, der nur mit einem geschlossenen Auge schlief. Hastig schlug sie ihr Buch zu und rannte in die Eingangshalle. Clara kam aus dem Speisezimmer; ihr albernes Tinkerbell-Kostüm war zerknautscht und hing schlaff an ihr herab; ihr Haar war zerzaust, dunkelroter Lippenstift bis auf eine violette Konturlinie verblasst, und hektische rote Flecke prangten auf der hellen Haut an ihrem Hals.

»Was war das?«, fragte sie. »Gehört das zum Spiel?«

Louisa spürte, wie sie blass wurde. »Ich glaube nicht.«

Sie traten hinaus in die Einfahrt, wo Ted sich zu ihnen gesellte und sich mit leicht verschämter Miene sein lackschwarzes Dracula-Haar glatt strich. Augenblicke später erschien Sebastian, der in seinem aufgeknöpften Piratenhemd in der Kälte schlotterte. Ein weiterer Schrei, diesmal eher schmerzerfüllt als verängstigt, drang von jenseits der Kirche herüber. Sie liefen durch das Tor, gerade als Louisa Charlotte aus dem Haus kommen sah und mit schriller Stimme fragen hörte, was denn passiert sei. Nancy war dicht hinter ihr.

Wo steckten Pamela und Oliver? Sie fanden sich als Letzte ein, wenngleich getrennt voneinander. Pamela war kreidebleich, Oliver blinzelte verwirrt, als hätte er geschlafen.

Inzwischen hatte das Grüppchen den Weg überquert, der an der Vorderseite des Hauses entlangführte, und war durch den Torbogen des nebenan gelegenen Friedhofs getreten. Der Boden war weich von der klammen Nachtluft, Wolken hatten sich vor den Mond geschoben. Eine schwache Brise wehte, und das Rauschen der Blätter war in der Stille deutlich zu vernehmen. Die Grabsteine all der Männer, Frauen und Kinder, die unter Königinnen und Königen von Elizabeth I. bis hin zu George V. hier geboren und begraben worden waren, erhoben sich als schwarze Schemen aus der Düsternis. Alles war in dunkle Schatten getaucht, nur ein Umriss war mit schockierender Klarheit in einem Streifen Mondlicht zu erkennen.

Auf dem feuchten Boden vor dem Glockenturm der Kirche lag, einen Arm über dem Hals, die Beine in einem unmöglichen Winkel abgespreizt, mit offenem Mund und ins Leere starrenden Augen, Adrian Curtis' Leiche. Und neben ihm, mit einem leuchtenden Veilchen und entsetzt vor den Mund gepressten Händen, stand Dulcie Long.

KAPITEL 10

Wie so oft in den vergangenen Wochen, trafen Guy und Mary sich vor der U-Bahn-Station Oxford Circus. Anfangs hatten sie einander in ihren dicken Mänteln kaum erkannt, die sie gegen die Kälte bis obenhin zugeknöpft hatten, aber auch, um inkognito zu bleiben. Die Langeweile und Fruchtlosigkeit ihrer Bemühungen hatten ihnen anfangs ziemlich zugesetzt, doch an diesem Morgen war Guy so zappelig wie ein Sechsjähriger an seinem Geburtstag – einen Dieb zu schnappen, schien so sicher wie die Tatsache, dass sich unter hübschem Glanzpapier ein aufregendes Geschenk verbarg. Sie sollten die kleineren Geschäfte in der parallel zur Oxford Street verlaufenden Great Marlborough Street abklappern, schmale Seitengässchen und damit perfekte Fluchtwege für Ladendiebe, wenn sie nicht sogar mit einem Fluchtwagen unterwegs waren.

»Ein Fluchtwagen?«, fragte Mary. »Haben Diebe ernsthaft ein Automobil?«

Guy nickte. Am Vorabend hatte er vor Dienstschluss auf dem Revier ein paar wertvolle Hinweise bekommen, die sie dem Durchbruch näherbringen könnten. »Die Damen fahren schöne Autos«, fügte er hinzu. »Alice Diamond selbst besitzt einen schwarzen Chrysler.«

Mary stieß einen leisen Pfiff aus. »Und da heißt es immer, Verbrechen zahlt sich nicht aus.«

»Tja, dann wollen wir mal, was?«, meinte Guy lachend.

»Was genau haben wir denn vor?« Sie gingen langsam, die Augen gegen die Sonne zusammengekniffen, die Little Argyll Street entlang.

»Ich habe nachgedacht«, sagte Guy. »Darüber, was Sergeant Bingham mir erzählt hat. Dass die Forty Thieves zwar immer gut angezogen seien, aber nie die Sachen trügen, die sie gestohlen hätten. Vermutlich, weil es zu riskant und zu offensichtlich wäre. Deshalb geben sie ihr Diebesgut an einen Schieber weiter, der es für sie verhökert.«

»Einen Schieber?«, wiederholte Mary.

»Ja, so nennt man diejenigen, die gestohlene Dinge weiterverkaufen. Einen Hehler.«

»Und wem verkauft er die Sachen dann?«

Guy zuckte mit den Schultern. »Ich nehme an, auf dem Schwarzmarkt. Dort findet sich immer jemand, der etwas Billiges kauft, das eigentlich viel mehr wert ist. Aber ich habe eine Idee.« Er hielt inne, als sie einen alten Mann überholten, der vor ihnen den Bürgersteig entlangschlurfte. »Soho und die kleinen Geschäfte liegen direkt um die Ecke von der Oxford Street, deshalb versuchen sie bestimmt, die gestohlenen Pelzmäntel und Kleider so schnell wie möglich loszuwerden. Ich denke, wir sollten lieber nach Sachen Ausschau halten, die die Händler *einkaufen* statt verkaufen.«

Mary warf ihm einen – unverkennbar – bewundernden Blick zu. Tja, warum auch nicht? Guy hatte das Gefühl, als wäre heute alles möglich.

Trotzdem hatte Mary Einwände. »Also, ich weiß nicht recht. Sie werden ja wohl kaum auf dem direkten Weg von

Debenham & Freebody hierherkommen und alles sofort wieder verkaufen, oder? Bestimmt passiert das doch irgendwo im Verborgenen.«

Es war, als hätte jemand mit einer Nadel in Guys Optimismus-Ballon gepikt. »Möglich«, räumte er ein.

»Vielleicht«, fuhr Mary etwas diplomatischer fort. »Aber natürlich spricht nichts dagegen, nach den Hehlern Ausschau zu halten. Es sind doch Männer, oder?«

Leider hatte sich Sergeant Bingham nicht gerade als sprudelnde Informationsquelle entpuppt, daher wollte Guy sich nicht anmerken lassen, dass er in Wahrheit nur das Allernötigste wusste. »Allerdings, und noch dazu sind es ziemlich üble Typen. Die Forty Thieves, Alice Diamonds Bande, sind ziemlich eng mit der Elephant-and-Castle-Gang verbandelt. Sie kommen alle aus derselben Ecke Londons.«

»Oh, von denen habe ich schon gehört. Waffen und schnelle Autos. Letztes Jahr gab es doch diese wilde Verfolgungsjagd von Piccadilly aus durch ganz London«, meinte Mary. »Die Autos sollen mit fünfzig Meilen durch die Stadt gebraust sein. Ich wusste noch nicht mal, dass ein Auto so schnell fahren kann.«

Guy blickte in die Ferne, als riefe er sich den Moment ins Gedächtnis, in dem die Jagd begonnen hatte. »Ja, doch, können sie. Los, wir versuchen es jetzt mit den Läden.« Er lächelte Mary an. »Viel Glück«, flüsterte er und nahm ihren Arm.

Vier Stunden später, in denen sie ein Geschäft nach dem anderen abgeklappert hatten, regierten Müdigkeit und Frust. Inzwischen war klar, dass ihre neue Taktik keine schnellen Ergebnisse liefern würde. Anderen Zivilkollegen nicht in die

Arme zu laufen schien schwieriger zu sein, als die Forty oder einen ihrer Hehler aufzustöbern.

»Wir stellen es nicht schlau genug an«, seufzte Guy, als sie die Straße entlanggingen, sorgsam darauf bedacht, den Blickkontakt mit einem Kollegenpaar auf der anderen Straßenseite zu vermeiden.

»Gibt es denn niemanden, mit dem wir reden können, um ein bisschen mehr in Erfahrung zu bringen?«, fragte Mary.

»Worüber denn?«

»Keine Ahnung, über die Forty oder die Männer, die ihr Diebesgut weiterverkaufen … irgendetwas, das uns weiterhilft, egal, was. Im Augenblick stehen wir mit völlig leeren Händen da.«

Guy war heilfroh, dass Mary solchen Ehrgeiz an den Tag legte. Einige Constables nutzten die Operation lediglich als Ausrede, um weniger zu arbeiten, sondern stattdessen durch die Stadt zu schlendern und sich zwischendurch in Cafés bei einer Tasse Tee aufzuwärmen. Doch Mary war überzeugt davon, dass die Gelegenheit für sie schon käme, allen zu zeigen, was in ihnen steckte.

»Einen Ort gibt es tatsächlich, wo wir unser Glück versuchen könnten«, sagte er zögernd. »Es ist riskant, und ich bin nicht sicher, ob überhaupt einer mit uns redet. Aber ich habe eine Geheimwaffe …«

»Socks?« Mary ging in die Hocke, damit der schwarz-weiße Hund ihre Hand beschnüffeln konnte.

»Den Namen hat er nicht von mir bekommen«, erwiderte Guy. »Das ist eine lange Geschichte. Ich habe ihn von …« Er zögerte kurz, weil er nicht sicher war, wie viel er darüber preisgeben sollte, wie er die leicht verwahrloste, aber herzensgute

Promenadenmischung von Louisas Onkel übernommen hatte, der leider nichts vom gutmütigen Naturell seines Vierbeiners besessen hatte. »Sagen wir einfach, wir haben uns gefunden.«

»Das sehe ich.« Mary lachte, als der Hund an Guys Bein hochsprang, weil er unbedingt von seinem Herrchen hinter den Ohren gekrault werden wollte.

»Er hat einem ganz üblen Kerl gehört, und ich habe mir überlegt, ob einige seiner alten Kumpane vielleicht den Mund aufmachen, wenn sie Socks wiedersehen. Bestimmt kennen sie den einen oder anderen Hehler und können uns verraten, wie wir sie aufstöbern können.«

»Einen Versuch ist es jedenfalls wert.«

»Sind Sie sicher, dass Sie mitkommen wollen? Es ist schon nach sechs, und eigentlich können Sie nach Hause gehen.«

»Und dort die Wände anstarren, während ich meine Suppe esse? Nein danke. Ich gehe lieber mit Ihnen. Mal sehen, was passiert«, meinte Mary.

Sie hatten Socks bei Guy im Haus seiner Eltern Hammersmith abgeholt, wo er immer noch wohnte. Von dort waren es nur zwei kurze Fahrten mit dem Bus zu dem Pub am Rand von Peabody Estate, wo Louisa Cannon aufgewachsen war.

»Wir sind bloß zwei Leute, die auf dem Heimweg noch etwas trinken wollen, klar?«, meinte Guy, als sie sich dem *Cross Key* näherten.

»Ja, ja, keine Sorge. Selbst ich war schon mal in einem Pub.«

Socks drängelte sich vor ihnen durch die Tür und sog schnuppernd die intensiven Gerüche des Gastraums auf. Zum Glück war es Freitagabend, und der Pub war proppenvoll mit Männern, die unbedingt den Inhalt ihrer Lohntüte in Alkohol investieren wollten. Oder Geld, das sie durch Klauen erbeutet hatten, dachte Guy, behielt seinen Verdacht jedoch für sich. Die Luft war rauchgeschwängert, was den durchdringenden Gestank von altem Schweiß gottlob überlagerte. Biergläser standen überall auf dem Tresen, an den sich die Männer drängten. Es gab auch ein paar Nischen und kleine Tische, die ebenfalls besetzt waren, doch Guy entdeckte einen freien Tisch in der Ecke und gab Mary ein Zeichen. Außer den Schankkellnerinnen war Mary die einzige Frau, aber Guy sah ihr an, dass sie fest entschlossen war, sich nicht ins Bockshorn jagen zu lassen.

»Ein Ingwerbier?«, formte er lautlos mit den Lippen, woraufhin sie nickte.

Unter Entschuldigungen schob Guy sich an den Männern vorbei zum Tresen, die zwar unmutig grunzten, ihn jedoch durchließen, wobei er sich des einen oder anderen schiefen Blickes durchaus bewusst war. Er war nicht nur ein Fremder hier, sondern wirkte mit seiner Brille und seinem raspelkurz geschnittenen Haar wie der typische Bürohengst. Tapfer erwiderte er die Blicke und bestellte ihre Getränke. Socks war nirgendwo zu sehen.

Zurück am Tisch, setzte er sich und reichte Mary ihr Glas. »Wo ist Socks?«, fragte er.

»Da drüben«, antwortete sie. »Ich würde sagen, er hat einen neuen Freund gefunden.«

Guy sah einen alten Mann Socks tätscheln, während der wie gebannt dessen Jackentasche ins Visier nahm. Einen Moment später zog der Mann etwas heraus und reichte es dem Hund lachend, ehe er Guys Blick bemerkte und auf Socks deutete.

»Ist das Ihrer?«, fragte er.

Guy nickte. Zu seiner Verblüffung stand der Alte auf und kam herüber, dicht gefolgt von Socks. Der Mann schien an die achtzig zu sein und hatte einen dichten weißen Haarschopf, den er sich aus der Stirn gekämmt hatte; seine Jacke und Hose mochten abgewetzt sein, waren aber sauber. Seine Augen erinnerten Guy an die eines Affen, tief in den Höhlen liegend und schimmernd wie zwei schwarze Knöpfe. Er zog einen Hocker heran und prostete ihnen zu.

»Sie sind ein Freund von Stephen, Junge?«, meinte er.

Guy sah, wie Mary eilig ihre Verblüffung verbarg, als Guy antwortete: »Ja, von früher.«

»Ich mochte seinen Hund immer schon gern. Ich bin übrigens Jim.«

»Bertie«, sagte Guy eilig. »Und das ist Mae.«

»Freut mich, Ihre Bekanntschaft zu machen, Mae.« Jim zog einen imaginären Hut. »Was ist denn aus Stephen geworden? Er ist von einem Tag auf den anderen einfach verschwunden, und keiner hat je wieder etwas von ihm gehört.«

»Er ist der Armee beigetreten«, antwortete Guy und trank einen großen Schluck Bier, um seine Nervosität zu kaschieren. »Wahrscheinlich irgendwo im Ausland.«

»Bestimmt, weil er irgendjemandem Geld schuldet«, lachte Jim.

Guy holte tief Luft und sah sich um, als wollte er sichergehen, dass niemand mithörte. Jim beugte sich interessiert vor.

»Das ist zumindest die offizielle Version.«

»Und wie lautet die inoffizielle?«

»Dass er Richtung Süden abgezwitschert ist. Zur Elephant-and-Castle-Gang.«

Jim sog scharf den Atem ein. »Puh, ein ganz mieser Haufen. Wenn er sich mit denen überwirft, hat er echt Ärger am Hals.«

Guy deutete auf Mary. »Mae hier überlegt, ob sie sich nicht den Forty Thieves anschließen soll.«

»Den Frauen? Die scheinen ja mächtig clever zu sein. Aber ich hab keine Ahnung, ob man sich denen einfach so anschließen kann. Ich schätze eher, da muss man reingeboren sein.«

»War ich auch«, meldete sich Mary mit einem waschechten Südlondoner Akzent zu Wort, bei dem Guy die Spucke wegblieb.

»Aha, dann geht's also zurück zu den Wurzeln, ja?«

»So was in der Art«, erwiderte Mary ungerührt.

»Ich dachte, die arbeiten gar nicht mehr in London«, warf Jim ein. »Ist wohl zu heiß geworden, nachdem die Bullen überall nach ihnen suchen.«

»Wo könnten sie sonst sein?«, fragte Guy ein wenig zu schnell, woraufhin Jim ihm einen argwöhnischen Blick zuwarf.

»Große Warenhäuser gibt's doch überall. In Manchester, Birmingham. Ich sag euch beiden mal was.« Jim warf einen Blick über die Schulter und bedeutete einem anderen alten Mann, sich zu ihnen zu gesellen. Der Alte kam langsam herübergehumpelt, wobei sein Bier bei jedem Schritt über den Rand seines Glases schwappte.

»Was gibt's?«, fragte er keineswegs unfreundlich.

»Möchten Sie meinen Hocker haben?« Guy erhob sich.

»Nicht nötig«, erwiderte der Alte mit einem leisen Lachen. »Tut gut, mal eine Weile zu stehen. Hab den ganzen Tag rumgesessen. Also, was kann ich für euch tun?«

»Was weißt du über die Forty Thieves?«, fragte Jim, ehe er sich wieder Guy und Mary zuwandte. »Der gute alte Pete weiß über alles Bescheid, was in der Stadt so läuft.«

Wieder lachte Pete leise. »Gar nichts, außer dass es Frauen sind. Angeblich gibt's die hier schon über hundert Jahre, in der einen oder anderen Form. Keine Ahnung, wer gerade die

Anführerin ist. Früher, vor dem Krieg, hatte ich mal eine Cousine, die bei denen mitgemacht hat.« Er zog eine Braue hoch. »Sie interessieren sich für die?«

Mary reckte mit gespielter Trotzigkeit das Kinn. »Könnte sein.«

Pete trank einen Schluck. »Wie gesagt, ich weiß nicht, wo die sich gerade so rumtreiben. Ich hab gehört, sie hätten sich aus London zurückgezogen.«

»Genau das habe ich ihnen auch schon gesagt«, warf Jim ein.

»Das Letzte, was man so gehört hat, war, dass sich manche Mitglieder als Dienstmädchen in großen Herrenhäusern auf dem Land einschleusen«, fuhr Pete fort. »Das ist eine prima Möglichkeit, um Silber und sonstigen Kram abzustauben.«

»Aber wie werden sie das Zeug wieder los?«, hakte Guy nach.

»Hm, mein Glas wird langsam leer«, meinte Jim und schwenkte es, obwohl es noch zu einem Drittel voll war.

Guy wandte sich Mary zu. »Wärst du so nett …« Er drückte ihr ein paar Münzen in die Hand, während ihn das schlechte Gewissen packte, weil er sehr wohl wusste, dass sie sich auf dem Weg zur Bar die eine oder andere Anzüglichkeit würde gefallen lassen müssen, aber er wollte kein wichtiges Detail versäumen. Sie verzog kurz das Gesicht, erhob sich jedoch und ging an die Bar. Jim beugte sich vor und grinste.

»Ist sie Ihr Mädchen?«

»So was in der Art«, antwortete Guy.

»Dann würde ich an Ihrer Stelle gut aufpassen, falls sie sich doch den Forty anschließt. Die sehen es gar nicht gern, wenn ein Mädchen einen Kerl von außerhalb hat, wenn Sie verstehen …«

Guy spürte einen dicken Kloß im Hals. »Wieso? Was passiert dann?«

»Na ja, die rufen die Elephant-and-Castle-Gang zu Hilfe«, warf Pete ein. »Die kümmern sich um die Drecksarbeit. Verkaufen alles, was die Mädels sich unter den Nagel gerissen haben, und im Zweifelsfall …« Er fuhr sich mit dem Zeigefinger über die Kehle.

Zu Guys Erleichterung kehrte Mary mit zwei vollen Gläsern an den Tisch zurück. »Und wohin verkaufen sie die gestohlenen Sachen?«, fragte er.

Nun schien er einen Schritt zu weit gegangen zu sein. »Sie wollen verdammt viel wissen«, meinte Jim in einem Tonfall, der nichts Gutes verhieß. »Was ist hier eigentlich Sache?«

Guy war nicht sicher, doch es hatte den Anschein, als hätten die beiden alten Männer unbemerkt ein Zeichen gegeben, denn in diesem Moment drehten sich drei oder vier Männer am Tresen um und sahen zu ihnen herüber. Eilig stand Guy auf, und Socks kroch unter dem Tisch hervor, wo er gedöst hatte. »Wir sind Ihnen sehr dankbar, aber jetzt sollten wir uns lieber auf den Heimweg machen. Komm, Mary!«

»Ich dachte, sie heißt Mae.« Jim stellte sein Glas auf dem Tisch ab.

»Ein Versprecher.« Guy schob sich an Jim vorbei, Mary dicht hinter ihm. Mehrere Männer hatten dem Tresen den Rücken gekehrt und verfolgten das Ganze interessiert. Gerade als Guy die Hand um den Türknauf legen wollte, spürte er, wie Mary herumfuhr. Die Männer waren näher gekommen, doch Mary ließ sich nicht beeindrucken, sondern stand ihren Mann, Socks direkt neben sich.

»Ich würde das lieber lassen«, sagte sie drohend. »Denkt daran, wo ich herkomme.«

Jim hielt die Männer zurück und sah Mary grinsend an.

»Lasst es gut sein, Jungs«, sagte er. »Wir wollen keinen Streit haben.«

Erleichtert öffnete Guy die Tür und trat, zusammen mit Mary und Socks, in die abendliche Kälte hinaus. Sie hatten herausgefunden, wonach sie gesucht hatten, und würden sich nun überlegen müssen, wie es weitergehen sollte.

KAPITEL 11

Sebastian durchbrach die Stille, indem er vortrat und Dulcie behutsam bei den Schultern nahm. »Sie sollten lieber reinkommen«, sagte er. Seine Stimme klang belegt vom Whisky und vom Schock.

Louisa suchte ihren Blick, doch Dulcie starrte zu Boden und ließ sich, unsicher auf den Beinen, die Hand immer noch auf den Mund gepresst, von Sebastian wegführen. Was war passiert? War es ein zweites Mal zwischen Adrian und ihr zum Streit gekommen? Sie hatte Dulcie nicht mehr gesehen, seit sie durch die Hintertür hinausgestürzt war. Alles konnte passiert sein. Was offensichtlich auch der Fall war.

Und Pamela. O Gott! Würde Pamela erwähnen, was sie vorhin im Zimmer ihrer Tante gehört hatte? Würde sie der Polizei erzählen, dass Louisa sie zu ihrer Mutter geschickt hatte, obwohl diese sie gar nicht hatte sprechen wollen? Würde sie selbst, Louisa, dadurch zur Verdächtigen werden? In Wahrheit sollte sie sich tatsächlich schuldig fühlen, schließlich hatte sie Dulcie in ein leeres Gästezimmer geführt, wo sie sich mit dem Mann getroffen hatte, der eine Stunde später tot aufgefunden worden war. Louisas Kehle schnürte sich zu, und sie sehnte den Moment herbei, an dem die anderen endlich verschwinden würden, ganz schnell, bevor sie vor Angst und Verwirrung in Tränen ausbrach. Mit einem Mal wünschte sie sich mit aller Macht, Guy wäre hier, mit seiner ruhigen Gelassenheit, in dessen Armen sie Trost fände. Noch nie zuvor hatte sie sich so allein gefühlt.

Der grauenvolle Anblick verfehlte auch bei den anderen seine Wirkung nicht. Ted hatte in letzter Sekunde Charlotte aufgefangen, die neben ihrem Bruder zu Boden zu sinken gedroht hatte, und brachte sie zurück ins Haus, während Nancy sie von der anderen Seite abschirmte. Louisa hatte Clara gebeten, die hilflos schluchzende Pamela zurückzubegleiten. Als die anderen verschwunden waren, trat Louisa näher zu der Leiche. Dass Adrian Curtis tot war, stand ohne jeden Zweifel fest. Schon jetzt hatte sein Gesicht jene typisch weißliche Färbung angenommen, die wie eine Totenmaske über seinen Zügen lag. Die Leichenstarre hatte noch nicht eingesetzt, und kurz überlegte sie, ob sie seine Glieder ausstrecken sollte, damit es später keine Probleme gäbe, gelangte jedoch zu dem Schluss, dass es im Zweifel als Manipulation eines Tatorts ausgelegt werden könnte. Falls hier ein Verbrechen vorlag. Vielleicht war er ja gestürzt. Oder gar gesprungen? Das wäre ein wahrlich kranker Scherz … Plötzlich verspürte sie Wut. Wie konnte ein so ekelhafter Mensch derart egoistisch sein und seinem Leben ein so abruptes und bestialisches Ende setzen? Doch sie zwang sich, Ruhe zu bewahren. Sie musste auf die Polizei warten, die gewiss bald eintreffen würde. In der Nähe lag nur der schwarze Strohhut von seinem Pfarrerkostüm, der ein paar Meter weit weggeflogen war. Auch ihn ließ sie liegen und machte sich auf den Weg zurück ins Haus.

Lady Redesdale und ihre Schwägerin standen in ihren Morgenmänteln in der Eingangshalle, gemeinsam mit ein paar ihrer Freunde, die ebenfalls früh zu Bett gegangen waren, während andere den ganzen Aufruhr allem Anschein nach verschliefen. Louisa war den anderen nicht durch die Eingangstür ins Haus gefolgt – ob aus reiner Gewohnheit oder aus dem Drang heraus, nicht gegen die Gepflogenheiten zu verstoßen, obwohl heute Nacht kein Stein mehr auf dem anderen lag, vermochte sie selbst nicht zu sagen. Stattdessen war sie um das Haus herumgegangen und durch die mit grünem Stoff bespannte Tür getreten, die die Räume der Familie von denen der Angestellten trennte. Alle standen herum wie in der Schlange auf dem Postamt, scharrten leise mit den Füßen, ohne ein Wort zu sagen. Lediglich Charlottes Weinen, eine arrhythmische Aneinanderreihung aus Schluchzern und Japsen, erfüllte den Raum. Die Kerzen waren erloschen, dafür tauchten die eingeschalteten Lampen die Halle in unnatürlich helles Licht, als wäre es mit einem Mal mitten am Morgen. Lord Redesdale, ebenfalls im Morgenrock, trat aus der Telefonnische.

»Ich habe die Polizei gerufen. Sie sind gleich da. Es ist niemandem geholfen, wenn wir hier in der Kälte herumstehen, deshalb sollten wir alle jetzt in den Salon gehen.«

Sebastian, der Dulcie immer noch festhielt – sie bewegte sich ganz langsam und mit winzigen, unsicheren Schritten wie ein verängstigtes Kind –, ging voran. Phoebe war ebenfalls herausgekommen, um zu sehen, was los war, kehrte jedoch humpelnd wieder auf ihren Platz auf dem gelben Sofa zurück. Pamela wurde von ihrer Mutter getröstet. Auf Lady Redesdales Zügen lag ein beherrschter Ausdruck, der es schwer machte, zu erkennen, was wirklich in ihr vorging. Louisa schürte das Feuer, ehe sie Decken holte und sie den Frauen reichte. Nancy hatte ihre Mantilla abgelegt, ebenso Pamela ihre Perücke, und darunter kamen ihr zerdrücktes Haar und die bleichen Gesichter zum Vorschein.

»Ich gebe Mrs Windsor Bescheid und bereite etwas warme Milch zu, Mylady«, sagte Louisa und verließ den Salon, heilfroh, der gedrückten Stimmung zu entfliehen; gleichzeitig machte es sie regelrecht krank, nicht mit Dulcie reden zu können. Sie war sicher, dass Dulcie Adrian nicht ermordet hatte, trotzdem hatte sie den Verdacht, dass ihre neue Freundin irgendetwas mit seinem Tod zu tun hatte. Hatte sie Adrian dazu gebracht, auf den Glockenturm zu steigen, in dem Wissen, dass er dort zu Tode käme? Aber falls ja, wieso hatte sie sich dann davor mit ihm im Haus getroffen? Das ergab keinerlei Sinn.

Mrs Windsor war in ihrem Wohnzimmersessel eingeschlafen. Das Buch aufgeschlagen auf ihrem Schoß, saß sie mit offenem Mund da und schnarchte leise. Louisa berührte sie an der Schulter, um sie zu wecken, und erklärte ihr, was vorgefallen war.

»Mr Curtis? Tot?«, rief die Haushälterin.

Louisa nickte. »Soweit wir wissen, ja. Die anderen sind im Salon und warten dort auf die Polizei. Ich mache etwas heiße Milch. Das Frühstück steht bereit, aber ich glaube nicht, dass jemand etwas essen will.«

»Ja, wohl kaum.« Mrs Windsor stand auf und strich sich ein paar lose Strähnen aus dem Gesicht, während sie mit der anderen Hand nach ihrer Haube griff. Einen Moment lang hatte es den Anschein, als versuchte sie sich die Passage aus dem Haushälterinnen-Handbuch in Erinnerung zu rufen, in der stand, wie mit einer Herrschaft unmittelbar nach einem Todesfall umzugehen war, doch sie wirkte ratlos.

Als Louisa und Mrs Windsor mit den dampfenden Bechern

und Tellern mit Keksen und dem restlichen Obstkuchen den Salon betraten, war bereits ein Polizist eingetroffen, während sein Kollege die Leiche in Augenschein nahm.

Clara saß mit angezogenen Beinen und einer Decke um die Schultern auf dem Fenstersitz und nahm dankbar den Becher entgegen, den Louisa ihr reichte. Die Amerikanerin war stets freundlicher zu ihr gewesen als die anderen, deshalb fasste sie sich ein Herz. »Was ist passiert?«, flüsterte sie.

Clara blickte zu dem Grüppchen vor dem Kamin hinüber. Lady Redesdale hatte den Arm um die zwar nicht mehr weinende, aber sichtlich verängstigte Pamela gelegt. Sebastian starrte, beide Hände in den Hosentaschen vergraben, stumm ins Feuer, während Charlotte schluchzend neben einer ebenfalls zutiefst erschütterten Nancy saß. Ted, inzwischen ohne seinen Dracula-Umhang, sprach leise mit dem ernst dreinblickenden Lord Redesdale. Obwohl Louisa das Feuer frisch entfacht hatte, war es kühl im Raum. Erst jetzt merkte sie, dass Dulcie fehlte.

»Das Dienstmädchen wurde zur Befragung abgeführt«, erklärte Clara. »Es sieht ganz so aus, als wäre sie es gewesen. Ist das zu fassen?« Sie trank einen großen Schluck Milch. »Sie war Charlottes Anstandsdame, das Hausmädchen ihrer Mutter. Wie es aussieht, hatten sie eine Mörderin unter ihrem Dach.« Ihre großen Augen weiteten sich noch ein wenig mehr. »Sie haben sie bezahlt, sie beherbergt und verköstigt.« Erschaudernd schlang sie die Arme um ihren Oberkörper, als könnte sie nicht fassen, was sich quasi direkt vor ihren Augen abgespielt hatte, auch wenn sie es natürlich nicht mit angesehen hatte. Ebenso wenig wie sonst jemand im Raum.

Um ein Haar ließ Louisa ihr Tablett fallen.

»Sie war's nicht!«, platzte sie heraus.

Clara musterte sie erstaunt, und Louisa merkte, wie sich weitere Blicke auf sie hefteten.

»Entschuldigung«, stieß sie hervor, stellte das Tablett auf einen Beistelltisch und floh aus dem Raum, ohne recht zu wissen, wovor und wohin.

Kaum stand sie in der Eingangshalle, legte sich eine schwere Hand auf ihre Schulter.

»Kommen Sie bitte mit, Miss«, sagte der Polizist. »Der Detective Inspector würde gern mit Ihnen reden.«

Louisa fuhr herum, wobei sie reflexartig die Schulter hob, um die Hand abzuschütteln – alte Gewohnheiten ließen sich nun mal nicht so ohne Weiteres ablegen. Der Polizist war blutjung und trug sein Haar hinter den Ohren so kurz geschnitten, dass seine rosige Kopfhaut durchschimmerte. Er schien ein ganz klein wenig Angst vor ihr zu haben und zugleich entschlossen zu sein, sie nicht entwischen zu lassen. Louisa spürte etwas von ihrer draufgängerischen Aufsässigkeit von einst in sich aufkeimen, der Nachhall eines Instinkts, der auch in all den Jahren bei den Mitfords stets unter der Oberfläche gelauert hatte.

»Immer schön langsam, ja?«, schnauzte sie ihn an. »Ich wollte bloß in die Küche.«

»Folgen Sie mir!« Er wandte sich um. Seine offenkundig feste Überzeugung, dass sie gehorchen würde, ärgerte sie.

»Sie kennen doch den Weg überhaupt nicht«, erwiderte sie. »Ich nehme an, wir gehen in Lord Redesdales Arbeitszimmer?« Dorthin hatte man den Detective Inspector mit Sicherheit geführt, um die Befragung der Zeugen und Verdächtigen durchzuführen. Sie schob sich an ihm vorbei und eilte, ohne auf seinen Protest zu achten, quer durch die Eingangshalle und etliche Korridore entlang, bis zu dem Zimmer mit der massiven Holztür, durch die kein Kindergeschrei ins Innere drang. Sie blieb stehen und trat dann zur Seite, unwillig, den nächsten Schritt zu gehen.

Dulcies Worte hallten in ihren Ohren wider: *»Auf unseresgleichen fällt der Verdacht ja immer als Allererstes.«*

KAPITEL 12

Ein Mann – vermutlich der ortsansässige Detective Inspector – saß an Lord Redesdales Schreibtisch, auf dem sich normalerweise die Unterlagen der Haushaltsbuchhaltung, Zeitungsausschnitte und Anglerzubehör stapelten. Die Wintermonate nutzte Seine Lordschaft, um verhedderte Angelschnüre zu entwirren und abgerissene Federn wieder an Haken zu kleben. Die kleine Schreibtischlampe mit dem grünen Glasschirm brannte, in deren Schein Louisa lediglich eine violette pockennarbige Nase über einem säuberlich gestutzten Schnäuzer und fleischigen Lippen erkennen konnte, wohingegen die Augen und Stirn des Polizisten im Schatten lagen. Er hatte die Arme vor der Brust gekreuzt und lehnte sich so weit auf dem harten, hölzernen Stuhl zurück, wie es nur ging. Lord Redesdale war kein großer Freund von Komfort bei der Arbeit.

Vor dem Schreibtisch stand ein Stuhl mit dünnen Beinen, auf dem üblicherweise allenfalls ein paar Ausgaben von *Country Life* lagen, der nun jedoch das Gewicht von Dulcie Long tragen musste. Ihr durchgedrückter Rücken und ihre kerzengeraden Schultern verrieten ihre Anspannung, trotzdem wandte sie sich nicht um, als der junge Polizist mit Louisa hereinkam. Stattdessen waren ihre Augen wie gebannt auf den liebevoll gepflegten Schnurrbart des Detective Inspector gerichtet, wie ein Reh im Scheinwerferlicht.

»Das ist Miss Louisa Cannon, Sir«, sagte der junge Polizist. »Sie ist das Hausmädchen, das hier wohnt und ebenfalls anwesend war, als die Leiche gefunden wurde.«

»Danke, Peters«, sagten die körperlosen Lippen im Schein der Schreibtischlampe. »Sie sollten lieber in den Salon zurückkehren und dafür sorgen, dass keiner nach Hause geht.«

»Ja, Sir.« Peters verschwand.

Louisa trat hinter Dulcie. Sie spürte förmlich die Hitze, die von ihr ausging, und hätte ihr am liebsten beruhigend eine Hand auf die Schulter gelegt, doch damit würde sie sich selbst in Schwierigkeiten bringen. Und eine von ihnen musste hier unversehrt rauskommen.

Der Detective Inspector beugte sich vor, sodass Louisa einen Blick auf seine rot geränderten Augen erhaschte. Er war mitten in der Nacht alarmiert, vermutlich sogar aus dem Bett geklingelt worden und schien nicht allzu erfreut darüber zu sein. Doch bei einem Mord gab es keine Alternative. Ein solcher Vorfall verdiente sofortige und ungeteilte Aufmerksamkeit. Im Moment galt diese Louisa.

»Kennen Sie diese Frau?«

Louisa dachte an den Abend im Pub. »Ja.«

Er schnalzte ungeduldig mit der Zunge. »Wie gut kennen Sie sie?«

»Nicht sehr gut, Sir. Wir haben uns kennengelernt, als ich Miss Pamela letzten Monat zu einer Dinnerparty in Lady Curtis' Haus in Mayfair begleitet habe.« Mit jedem einzelnen Wort ihrer förmlichen Antwort untermauerte sie ihre eigene Position.

»Und haben Sie sich danach noch einmal getroffen?«

»Heute Abend, Sir. Sie kam durch die Hintertür. Mit Lady Redesdale war vereinbart worden, dass sie Miss Charlotte zu den Watneys zurückbegleiten würde. Hooper sollte die beiden fahren.«

Wieder versuchte der Detective Inspector sich zurückzulehnen, was jedoch misslang. Stattdessen ließ er die Fingerknöchel knacken, während er zuerst Dulcie, dann Louisa lange und eingehend musterte. Dulcie rührte sich nicht, nur der Stuhl unter ihr knarrte kaum hörbar.

»Und wann traf Miss Long hier ein?«

»Das kann ich nicht genau sagen, Sir. Es war schon spät und die Party beinahe vorbei. Es war nur noch eine Handvoll Gäste im Haus.«

»Sie waren allein in der Küche, als sie kam?«

»Ja, Sir. Mrs Stobie, die Köchin, war bereits zu Bett gegangen, die Mädchen hatte man nach Hause geschickt, und Mrs Windsor hielt sich in ihrem Wohnzimmer auf.«

»Haben Sie sie in eines der Schlafzimmer im Obergeschoss geführt?«

Louisa war nicht sicher, worauf das Ganze hinauslief – wusste er, dass Dulcie und Adrian sich getroffen hatten? Und dass sie, Louisa, geholfen hatte, das Aufeinandertreffen einzufädeln? Ausgeschlossen. Dulcie hatte Louisa ihr Wort gegeben, dass niemand je von ihrer Beteiligung erfahren würde, weil sie sonst alle beide ihre Stellung verlieren würden. Sie beschloss, das Risiko einzugehen, und hoffte, dass Dulcie sie nicht verraten hatte.

»Nein, Sir. Ich habe die Küche verlassen, als sie kam, um ein paar leere Gläser einzusammeln. Ich dachte, sie würde dort sitzen bleiben und warten, bis Miss Charlotte aufbrechen möchte.«

»Wo waren Sie, als Miss Longs Schreie von draußen zu hören waren?«

»Ich war in die Küche zurückgegangen, um das Frühstück vorzubereiten«, antwortete Louisa.

»Und war Miss Long auch dort?«

Für den Bruchteil einer Sekunde zögerte Louisa. »Nein, Sir. Ich dachte, sie sei schon Miss Charlotte holen gegangen.« Sie konnte nur hoffen, dass sie damit Dulcie nicht noch tiefer hineinritt, aber was sollte sie tun?

Der Inspector beugte sich vor und hob ein Tuch an, wie ein Kellner, der ein *steak au poivre* unter einer Silberglocke präsentierte, und Louisa blickte auf eine Sammlung von Schmuckstücken: eine lange Perlenkette, ein mit Saphiren und Brillanten besetztes Armband, mehrere Ringe und Ohrringpaare. Louisa zuckte entsetzt zusammen. Hatte Dulcie die Sachen etwa gestohlen? Sie fühlte sich schmählich verraten, andererseits … sie hatte schließlich gewusst, dass Dulcie Mitglied der Forty Thieves gewesen war, oder nicht? Und sie, Louisa, hatte sie eingeschleust. Sie hatte wissentlich einer Diebin Eintritt ins Haus gewährt und sie in ein leeres Zimmer geführt, wo sie sie mit dem Versprechen zurückgelassen hatte, dass sie mindestens eine halbe Stunde ungestört sein würde. Welche Auswirkungen hatte das? Wessen machte sie sich dadurch sonst noch schuldig? Louisa klopfte das Herz bis zum Hals, und ihre Atemzüge beschleunigten sich. Sie musste sich darauf konzentrieren, ruhig zu bleiben, durfte nicht vergessen, dass sie unschuldig war. Was auch vorgefallen sein mochte – sie hatte keinen Mord begangen.

»Was ich nicht ganz nachvollziehen kann, ist die Frage, wie Miss Long in den Besitz dieser Schmuckstücke kommen konnte, wenn sie doch nur Miss Charlotte abholen sollte«, hob der Inspector an. »Stattdessen fand sie genug Zeit, um sich Zugang zu Miss Iris Mitfords Schlafzimmer zu verschaffen, das noch dazu leer war. Und das, obwohl Miss Long das Haus noch nie zuvor betreten hatte.« Seine Stimme war ganz ruhig, und sein Tonfall verriet die Überlegenheit eines Mathematikprofessors, der innerhalb von Minuten eine Gleichung löste, über der seine Studenten tagelang gebrütet hatten. Der Mann wusste ohne den Hauch eines Zweifels, dass er richtiglag.

Louisa war bewusst, dass Pamela ihm von der lautstarken Auseinandersetzung zwischen Mr Curtis und der Frau erzählen würde, bei der es sich um niemand anderen als um Dulcie gehandelt haben konnte. Mr Curtis hatte ihr ein Veilchen verpasst, sie war mit den Taschen voll gestohlenem Schmuck erwischt worden und hatte noch dazu neben seiner Leiche gestanden, als die anderen Partygäste eingetroffen waren. Louisa traf eine Entscheidung und konnte nur beten, dass sie sie nicht bereuen würde.

»Dafür habe ich keine Erklärung, Sir«, sagte sie. »Nachdem ich die Küche verlassen hatte, konnte ich sie nirgendwo finden. Erst als ich die Schreie von draußen gehört habe und … na ja, alles andere wissen Sie ja bereits.«

»Scheint so«, erwiderte der Inspector. Dulcies Schultern begannen zu beben. »Sie können gehen, Miss Cannon, aber ich möchte, dass Sie sich bereithalten, haben Sie verstanden? Niemand verlässt das Haus.«

KAPITEL 13

Kurz nach dem Frühstück, das wie üblich um Punkt acht Uhr serviert wurde – nicht einmal eine Horde wilder Pferde oder ein Mordfall brachten Lord Redesdale dazu, von seiner täglichen Routine abzuweichen –, waren alle, die am Vorabend auf dem Friedhof gestanden hatten, auf Anweisung von Detective Inspector Monroe in die Bibliothek gebeten worden. Darunter befand sich auch Louisa als Zeugin, die ebenfalls Dulcie neben der Leiche von Adrian Curtis gesehen hatte. Die wenigen Gäste, die den Vorfall verschlafen und erst am Morgen davon erfahren hatten, waren entweder verfrüht aufgebrochen oder nahmen ihren Kaffee im Morgensalon ein.

Die bläulich-fahle Wintersonne schien durch das große Panoramafenster. Inzwischen waren das restliche Geschirr und die Gläser weggeräumt worden, bis auf einen Aschenbecher in einem der Regale, den Ada beim Staubwischen im Morgengrauen übersehen hatte. Das Sofa stand wieder an seinem angestammten Platz mitten im Raum, und die Stühle für die Anstandsdamen waren aufgestapelt und entfernt worden. Ohne ihre aufwendigen Perücken und Verkleidungen und mit Strickjacken über ihren prachtvollen Kostümen wirkten die jungen Gäste wie ein müder, farbloser Abklatsch der Personen, die sie darstellten. Pamelas Augen waren gerötet, und auch die anderen sahen keinen Deut frischer aus. Keiner von ihnen schien in den vergangenen Stunden Ruhe gefunden zu haben. Abgesehen davon, dass sich die Befragung die ganze Nacht hingezogen hatte, gab es nicht genug vorbereitete Betten im Haus, außerdem wäre es in den nicht vorgeheizten Zimmern viel zu kalt gewesen, daher hatten die meisten sich mit einer kratzigen Wolldecke und einem Platz in einem Sessel oder auf einem der Wohnzimmersofas begnügt.

Louisa ließ den Blick durch die Bibliothek schweifen, bis er an Lord Redesdale hängen blieb, der seine Pfeife auf einer Untertasse auf dem Kaminsims ausklopfte. Nancy, Clara und Charlotte saßen dicht beisammen auf dem Sofa; Nancy rauchte eine Zigarette, jedoch ohne die elegante lange Silberspitze wie am Vorabend. Phoebe hatte ihr verletztes Bein auf einen Hocker gelegt, während Sebastian, ebenfalls mit einer Zigarette in der Hand, sich mit übergeschlagenen Beinen in einem zierlichen Sessel niedergelassen hatte. Ted stand neben dem Klavier, Oliver Watney saß auf dem dazugehörigen Hocker. Er war kreidebleich, und seine Hände zitterten, als er so tat, als studierte er die Notenhefte. Allerdings hatte er wohl kaum vor, ein Ständchen zu geben.

Lady Redesdale, ihre Schwägerin Iris und Pamela hatten auf dem Fenstersitz Platz genommen, ohne einander zu berühren oder anzusehen. Dulcie war nicht anwesend.

»Danke, dass Sie sich alle heute Morgen hier eingefunden haben«, hob DI Monroe an, ohne Lord Redesdales Schnauben zu beachten. »Mir ist klar, dass einige von Ihnen es kaum erwarten können, endlich nach London zurückzukehren, doch es war von größter Wichtigkeit, dass ich erst mit Ihnen allen spreche. Bestimmt brauche ich Ihnen nicht zu erklären, warum. Sie werden erleichtert sein zu erfahren, dass wir die Täterin bereits gefunden haben.«

Er hüstelte, als wollte er seine Befriedigung kaschieren. Louisas Herz begann zu hämmern.

»Da es sich um einen nicht natürlichen Todesfall handelt, muss der Bericht selbstverständlich zuerst noch dem Coroner vorgelegt werden, doch ich habe Dulcie Long wegen Diebstahls einer beträchtlichen Anzahl an Schmuckstücken und Mordes an Mr Adrian Curtis festgenommen.«

Louisa rang um ihre Fassung und hatte Mühe, sich ihr Entsetzen nicht anmerken zu lassen. Die Gewissheit, dass Dulcie einen schweren Diebstahl begangen hatte, war schon am Vorabend beinahe unerträglich gewesen, ganz zu schweigen von Louisas Gewissensbissen, weil sie sie ins Haus gelassen hatte. DI Monroe nun auch noch verkünden zu hören, dass er Dulcie wegen Mordes verhaftet hatte, war wie ein Schlag in die Magengrube. Louisa hatte sich stets gerühmt, mit allen Wassern gewaschen zu sein, dabei war sie genauso naiv gewesen wie Pamela.

Charlotte brach erneut in Tränen aus, und Clara nahm ihre Hand. Doch Charlotte entriss sie ihr, ohne mit dem Weinen aufzuhören, wie Louisa bemerkte.

»Wie es scheint, kam es zu einer Auseinandersetzung zwischen Mr Curtis und Miss Long kurz vor seinem Tod, nachdem er ihr in Miss Iris Mitfords Schlafzimmer gefolgt war. Wir können davon ausgehen, dass er gesehen hat, wie sie die Juwelen an sich nahm, und sie deswegen zur Rede stellen wollte.« Er sah sich um, als wollte er sich der Aufmerksamkeit seines Publikums rückversichern, ehe er fortfuhr. »Miss Pamela hat die Auseinandersetzung zufällig mit angehört und auch das klatschende Geräusch mitbekommen, von dem wir annehmen, dass es die Ohrfeige war, die Mr Curtis Miss Long verpasst hat, weswegen sie ein Veilchen hat.« Wieder hielt er kurz inne.

»Miss Curtis hat mir im Vertrauen gestanden, dass zwischen Mr Curtis und Miss Long in der jüngeren Vergangenheit eine, nun ja, Art Beziehung bestanden hatte. Meine Vermutung ist, dass sie ihn mit dem Versprechen, diese Liaison fortzusetzen, in den Glockenturm der Kirche gelockt hat.« Wieder hüstelte er, diesmal um seine Verlegenheit zu verbergen, während Lord Redesdale puterrot vor unterdrückter Wut wurde. Lady Redesdale wandte lediglich den Blick ab.

»Dort hat sie sich das Überraschungsmoment zunutze gemacht und Mr Curtis wie von Anfang an geplant durch die Fensteröffnung gestoßen, wodurch er in den sicheren und aller Wahrscheinlichkeit nach sofort eintretenden Tod stürzte. Als Miss Long sich der Tragweite ihrer Tat bewusst wurde, rannte sie nach unten und begann laut zu schreien, was wiederum die Partygäste alarmierte, woraufhin die Mehrzahl von Ihnen nach draußen lief und dort sowohl das Opfer als auch die Täterin vorfand.«

Monroe sah sich ein weiteres Mal um und zog ein großes Taschentuch heraus, mit dem er sich langsam und gründlich über die – auch im Tageslicht dunkelviolette – Nase fuhr. Es herrschte völlige Stille im Raum.

Louisa war wie betäubt. Sie hätte nie im Leben vermutet, dass Dulcie hergekommen sein könnte, um ihre Herrschaft zu bestehlen, aber sie hatte sich grundlegend in ihr geirrt. Sie war überzeugt gewesen, dass sie beide aufgrund ihrer Vergangenheit etwas gemeinsam hatten und sie sich auf einer Ebene verstanden, die sonst niemand nachvollziehen konnte. Doch eine ähnliche Vergangenheit bedeutete noch lange nicht, einander wirklich zu kennen, das war ihr mittlerweile klar geworden. Wohl oder übel musste sie sich mit dem Gedanken anfreunden, dass Dulcie höchstwahrscheinlich die Täterin war und auch sie, Louisa, schlicht verraten hatte.

KAPITEL 14

Guy war zu dem Schluss gelangt, die Begegnung im *Cross Keys* als Warnung zu betrachten und sich lieber von den gefährlich klingenden Schiebern fernzuhalten, sofern diese, wie er vermutete, mit den Jungs von der Elephant-and-Castle-Gang unter einer Decke steckten. Daher hatten sie sich wieder darauf verlegt, die Forty Thieves zu finden; zu diesem Zweck hatten er und Mary Moon (er konnte einfach nicht anders, als sie selbst in Gedanken bei ihrem vollen Namen zu nennen) ein System entwickelt, das er anfangs als durchaus vielversprechend empfunden hatte: Er betrat alleine einen Laden, beispielsweise einen Kürschner oder Juwelier, jedenfalls ein Geschäft, das für die Forty interessant sein könnte, und verwickelte die erfahrensten Verkäufer in ein Gespräch über das Warenangebot. Auf diese Weise fühlte sich jede potenzielle Forty-Diebin geradezu eingeladen, zur Tat zu schreiten, weil jeder, der sonst ihr Vorhaben womöglich durchschauen würde – Guy war sich durchaus darüber im Klaren, dass ihm als Mann in einem von Damen frequentierten Geschäft der Stempel als Zivilpolizist geradezu auf der Stirn prangte –, gerade anderweitig beschäftigt war. Der Plan war, dass Mary etwa fünf Minuten nach Guy den Laden betrat und sofort bemerkte, ob sich irgendeine Kundin anschickte, Waren einzusacken, ohne zu bezahlen.

Tja, so weit die Theorie. Doch nach geschlagenen zwei Tagen in den kleinen Geschäften in der Great Marlborough Street hatte Guy sich lediglich Endlos-Geschichten über die Herstellung, die Besonderheiten und Preise irgendwelcher Artikel anhören dürfen, darunter Damenarmbanduhren, Fuchsstolen, ein mit Glitzersteinen besetztes Hundehalsband, eine Kollektion von Kristallgläsern und vieles mehr, und der bislang gefährlichste Moment war der gewesen, als Guy um ein Haar das Glitzerhalsband für Socks gekauft hatte. Von Diebinnen war weit und breit nichts zu sehen gewesen, stattdessen beschlich ihn und Mary allmählich das Gefühl, dass sie selbst von den Verkäuferinnen zunehmend argwöhnisch beäugt wurden.

Am Ende der vorherigen Schicht hatte Guy erfahren, dass es zu einer dritten Verhaftung gekommen war – zwar stand die Bestätigung noch aus, dass die festgenommene Person in Verbindung mit den Forty stand, trotzdem hatten die Kollegen an diesem Abend im Pub in der Nähe des Reviers Vine Street zur Feier des Tages das eine oder andere Bier getrunken. Selbst Cornish hatte auf einen Whisky vorbeigesehen und dem Beamten, der die Verhaftung vorgenommen hatte, jovial auf den Rücken geklopft. Guy war nach zwei Gläsern aufgebrochen und den Großteil des Heimwegs zu Fuß gegangen; dankbar hatte er die kalte Abendluft eingesogen, als könnte sie die düsteren Gewitterwolken verjagen, die sich hinter seiner Stirn zusammenbrauten.

Am nächsten Morgen gingen er und Mary die Oxford Street entlang, wichen den vier Tage alten Pfützen aus, auf denen ein dünner Ölfilm schwamm. Beim Anblick der großen Warenhäuser fasste Guy einen Entschluss.

»Heute nehmen wir uns Debenham & Freebody vor, Constable Moon«, erklärte Guy, sorgsam darauf bedacht, ihr Tempo beizubehalten.

»Aber sind dort nicht schon ein paar Kollegen eingeteilt?«, fragte Mary und zupfte an ihrem linken Ohrläppchen – eine Angewohnheit, die Guy mit jedem Tag bezaubernder fand.

»Kann sein, aber dank Ihnen sind wir im Vorteil. Wir wissen, dass die Geschäfte immer wieder Diebstähle melden. Wenn zwei Männer in der Damenbekleidungsabteilung herumstehen, wird kein Mitglied der Forty je einen Schritt hineinsetzen. Sie könnten sich ebenso gut ein Schild mit dem Wort ›Polizist‹ um den Hals hängen. Aber wenn Sie sich dort umsehen, wird keiner Verdacht schöpfen.«

»Das sagen Sie, aber wirklich weitergebracht hat uns das auch nicht.« Mary kreuzte die Arme vor der Brust – womöglich war ihr bewusst geworden, dass sie an ihrem Ohrläppchen gezupft hatte. Sie war keine Frau, die zum Schmollen neigte, aber Guy wusste nur allzu genau, dass sie es kaum erwarten konnte, dass ihnen endlich jemand ins Netz ging – weil es ihm ganz genauso ging.

»Überlegen Sie doch mal. Es ist viel wahrscheinlicher, dass die sich ein großes Warenhaus aussuchen. Dort kann man sich leichter verstecken, und es gibt jede Menge richtiger Kunden. Sie wissen genau, dass nicht genug Personal da ist, das sie im Auge behalten kann, selbst wenn sie sich auffällig benehmen. Dort wurde auch die letzte Verdächtige hopsgenommen.«

»Aber was, wenn wir jemand anderem in die Quere kommen?« Wieder wanderte ihre Hand zu ihrem Ohrläppchen.

»Darüber machen wir uns dann Gedanken, wenn es so weit ist. Ich schätze, Cornish ist das reichlich egal, wenn wir eine der Forty geschnappt haben, denken Sie nicht auch?«

»Hm, na ja, wahrscheinlich.« Sie waren an einer Straßenecke stehen geblieben und warteten auf eine Lücke im Verkehr. Mary zog eine Zigarette aus einem silbernen Etui und bot Guy eine an, der den Kopf schüttelte, wenn auch lächelnd.

»Ich weiß, Sie rauchen nicht«, meinte sie. »Trotzdem ist es unhöflich, nicht zu fragen.« Sie reichte ihm ihr Feuerzeug, damit er ihr Feuer geben konnte … noch ein Ritual, das scheinbar mühelos zwischen ihnen entstanden war. Er spürte ein Ziehen im Bauch, ob aus Freude oder vor Unbehagen, konnte er jedoch nicht sagen.

Dass sie nicht in Uniform waren, ließ die Grenzen zusätzlich verschwimmen. Ohne den klaren, schnörkellosen Schnitt ihrer marineblauen Uniformen und polierten Stiefel hatte sich langsam, aber unaufhaltsam eine Qualität in ihren Umgang geschlichen, der eher dem zwischen zwei Zivilisten ähnelte, selbst wenn sie sich offiziell im Dienst befanden. Guy war einen Hauch eleganter gekleidet als an seinen freien Samstagen, mit Krawattennadel und einem gestärkten Einstecktuch in seiner Brusttasche, um den Eindruck eines Mannes zu erwecken, der in den eleganten Geschäften ein und aus ging, wenn er sich nach dem Futter von Nerzstolen erkundigte.

Guy fragte sich, ob Mary in ihrer Straßenkleidung ebenfalls in eine andere Rolle schlüpfte, ähnlich überraschend wie ihr breiter Akzent im Pub, aber er bezweifelte es. Ihr dunkelgraues Kostüm mit dem sorgfältig gebügelten Rock und dem schmal geschnittenen Blazer war zwar elegant, aber eindeutig nicht *en vogue*. War dies die Bezeichnung, die er meinte? Er hatte es einmal aus dem Mund seiner Schwägerin gehört und daraus geschlossen, dass es als Kompliment gedacht gewesen war, daher nahm er an, dass der Begriff eine Frau beschrieb, die jederzeit für die *Vogue* fotografiert werden könnte. Trotzdem sah

Mary Moon ganz eindeutig so aus, wenn sie sich leicht zur Seite drehte, was ihre schmale Taille noch besser zur Geltung brachte, und den Kopf in den Nacken legte, um den Zigarettenrauch auszustoßen. Normalerweise büßten Menschen eher an Autorität ein, wenn man sie das erste Mal ohne Uniform sah; bei Mary hingegen war genau das Gegenteil der Fall: In Uniform wirkte sie wie ein kleines Mädchen, das in der Kostümkiste gewühlt hatte, wohingegen ihre eigenen Kleider ihr Souveränität zurückzugeben schienen. In Zivil war ihr Mut, der notwendig gewesen war, eine Karriere im Polizeidienst anzustreben, sehr viel deutlicher zu erkennen.

»Lassen Sie uns zu Debenham & Freebody gehen«, beharrte Guy. »Wir sollten es zumindest versuchen. Und selbst wenn wir nicht ins Schwarze treffen, ist zumindest nichts verloren.«

Mary trat ihre Zigarette mit dem Absatz aus und rückte ihren Hut gerade – er gehörte ihrer Schwester und war ein bisschen zu groß, weshalb er ihr jedes Mal in die Stirn rutschte, wenn sie zu Boden sah, doch er war teuer gewesen, mit einem dunkelblauen Netz, das ihr bis zur Nasenspitze reichte.

»Na gut«, sagte sie. »Gehen wir.«

KAPITEL 15

Zwei Stunden später hatten sie so gut wie jeden Quadratzentimeter des Warenhauses abgeklappert. Guy hatte Glasvasen, Seidenkrawatten und ein komplettes Besteckset aus poliertem Silber inspiziert; Mary hatte wohlweislich darauf verzichtet, unter dem Vorwand der Recherche eine Reihe hübscher Kleider anzuprobieren. Allmählich begann ihnen der Magen zu knurren, wenngleich eher aus Langeweile als vor Hunger, doch die Aussicht auf eine leckere Suppe und ein ofenwarmes Brötchen in einem nahe gelegenen Café war allzu verlockend. Zumindest waren sie keinem ihrer Kollegen über den Weg gelaufen, was die Frage aufwarf, ob diejenigen, die bei Debenham & Freebody eingeteilt waren, sich ebenfalls entschlossen hatten, ihr Terrain zu verlegen. Um die Mittagszeit füllte sich das Warenhaus mit Sekretärinnen und Telefonistinnen, die in die Abteilung für Kosmetikprodukte und Parfums im Erdgeschoss strömten. Mary schlenderte herum und probierte einen kirschroten Revlon-Lippenstift auf ihrem Handrücken aus, während Guy es kaum erwarten konnte, endlich herauszukommen. Inmitten all der Frauen, die alle paar Sekunden ihr Make-up in winzigen Spiegeln überprüften, fühlte er sich alles andere als wohl.

»Ich gehe nach oben in die Kurzwarenabteilung«, sagte er.

Errötend rubbelte Mary die Lippenstiftspur ab. »Ich komme mit.«

Die Regale voller Krimskrams in der dritten Etage hatten etwas Tröstliches, und der Baumwollgeruch, der über allem hing, erinnerte ihn an zu Hause. An einem großen Schneidertisch am einen Ende der Abteilung rollte eine Verkäuferin lange Bahnen eines leuchtend grünen Leinenstoffs von einem Ballen und schnitt sie mit einer Zackenschere fachmännisch ab. Sie war im selben Alter wie seine Mutter und hatte das typisch pragmatische Aussehen aller Frauen, die während des Krieges ihre Jugend bereits hinter sich gelassen hatten: graues, zu einem nüchternen Knoten im Nacken frisiertes Haar, eine Halbbrille auf halber Höhe auf der Stirn sitzend, damit sie jederzeit nach unten gezogen werden konnte. Obwohl Guy seine Mutter erst am Morgen gesehen hatte, vermisste er sie schmerzlich. Ihr zuversichtliches Lächeln und die Beteuerung, dass alles gut werden würde, waren unendlich wichtig für ihn.

Allem Anschein nach amüsierten sich die Verkäuferin und ihre Kundin über einen Scherz, denn sie kicherten unterdrückt, während die Verkäuferin den Stoff faltete und in einer braunen Papiertüte verstaute. Wie schafften Frauen es bloß, ständig über irgendetwas zu lachen? Selbst wenn sie einander kaum kannten, genügte manchmal schon ein Nicken oder ein kurzes Zwinkern, und schon legten sie los … so als lachte das gesamte Geschlecht über einen Scherz, den Männer niemals würden verstehen können.

Mary stand bei den Nähmaschinen und las die Aufschriften auf den Nadelschachteln, als suchte sie nach einer ganz bestimmten Größe, doch Guy sah genau, dass ihr Blick unablässig durch den Raum schweifte. Mittlerweile herrschte reger Betrieb, überall kramten Kundinnen in den Spulen mit Baumwollzwirn, zwischen dem Quilting-Zubehör und den aufgerollten Bändern.

Guys Blick blieb an einer Frau hängen, die größer als die meisten anderen und auffallend elegant gekleidet war, mit einem langen Mantel aus Brokatstoff und einem modischen schwarzen Hut. Er bezweifelte, dass sie als Telefonistin arbeitete. Ihre Haltung verströmte Souveränität, als sie langsam durch die Gänge schritt, unterschiedliche Stoffballen berührte, ohne jedoch nach der Hilfe einer Verkäuferin Ausschau zu halten. In diesem Moment sah Guy drei stämmige Verkäuferinnen an der Kasse, deren Köpfe wippten, als sie miteinander tuschelten und gestikulierten, eifrig wie nach Samen pickende Hühner. Erst jetzt bemerkte er, dass ihre Blicke der hochgewachsenen Frau unablässig folgten. Wer war sie? Vielleicht eine bekannte Sängerin – obwohl sie keine dreißig sein konnte, hatte sie etwas Altmodisches an sich. Oder aber sie war eine der Hollywood-Diven, über die Mary so gern in ihren Magazinen las. Ein- oder zweimal hatte sie versucht sein Interesse zu wecken, doch das war nichts für ihn. Er konnte beim besten Willen nicht nachvollziehen, was so aufregend daran sein sollte, welcher Star was zu Mittag aß oder wie ihre Häuser eingerichtet waren. Ging es nicht darum, ihnen die Rolle abzukaufen, die sie auf der Leinwand verkörperten, und nicht darum, wer sie im echten Leben waren? Denn als Privatpersonen waren sie vermutlich bei Weitem nicht so spannend wie die Figuren, die sie darstellten … eine Prinzessin, ein Drachentöter oder sogar –

Eine Hand legte sich auf seinen Arm, und Guy fuhr herum. Marys Hut war ihr so tief ins Gesicht gerutscht, dass er ihre

Augen hinter dem Netz gerade noch erkennen konnte. Ihr Atem kam stoßweise.

»Was ist los?«, fragte er halblaut.

»Da drüben.« Mary nickte in Richtung des Schneidertisches, auf dem die Verkäuferin erst wenige Minuten zuvor den grünen Stoff ausgebreitet hatte. Nun hatte sie ihre Brille auf der Nase, stand reglos mit der Schere in der Hand da und beobachtete ebenfalls die Frau. Aber das war es nicht, was Mary meinte. Ihre grauen Augen waren auf ein Mädchen vor einem Stapel Seidenballen geheftet. Sie trug einen langen, billig aussehenden Mantel, unter dem ein ungewöhnlich weiter Rock hervorbauschte. Wären ihre Wangen nicht so hohl gewesen, hätte Guy glatt geglaubt, sie hätte sich ein paar Portionen Nierenpastete zu viel gegönnt.

»Haben Sie etwas beobachtet?«, flüsterte er.

Mary schüttelte den Kopf. »Nein, aber … etwas stimmt nicht. Sehen Sie sich den Rock an … viel zu weit.«

Die Hühner an der Kasse hatten unterdessen aufgehört zu picken; eines war hinter die Kasse getreten und tippte die Waren einer Kundin ein, doch die anderen standen wie angewurzelt da. Die hochgewachsene Frau beschleunigte ihre Schritte und verschwand um die nächste Ecke. Sowie sie außer Sichtweite war, entspannten sich die Hühner-Mädchen sichtlich, und auch der älteren Verkäuferin mit der Brille war die Erleichterung ins Gesicht geschrieben, als sie aufzuräumen begann. Marys Hand hingegen lag immer noch mit festem Griff um Guys Unterarm. Sie zog kräftig daran und nickte zu dem hohlwangigen Mädchen hinüber, das inzwischen den Seidenballen den Rücken gekehrt hatte und auf den Ausgang zusteuerte, die Hände tief in den Taschen vergraben, als müsste sie mit Mühe an sich halten.

Guy löste sich aus Marys Griff und ging mit kurzen, raschen Schritten ebenfalls in Richtung Ausgang, als ihm eine große, kräftige Frau mit einem Weidenkorb über dem Arm den Weg vertrat. Als sie sich vorbeugte und mit ihrem Kneifer in der Hand das Muster eines Stoffes begutachtete, blockierte ihr ausladendes Hinterteil beinahe den gesamten Gang zwischen dem Schneidertisch und den Regalen.

»Verzeihen Sie bitte«, sagte Guy. Er wollte sie nicht beiseiteschieben, doch wenn sie sich nicht aufrichtete und zur Seite trat, war nicht genug Platz, um an ihr vorbeizukommen. Aus dem Augenwinkel registrierte er die Rückseite des billigen Mantels, dessen Trägerin nun strammen Schrittes dem Ausgang entgegenstrebte. Die Frau richtete sich auf, ohne jedoch zur Seite zu treten, und musterte Guy missbilligend durch ihren Kneifer.

»Entschuldigung vielmals, Sir«, sagte sie in einem Tonfall, der das genaue Gegenteil verriet. »Aber ich wollte nur …«

»Ich muss mich entschuldigen, Madam«, erwiderte Guy, der sich einen feuchten Kehricht um ihr Anliegen scherte. »Ich muss dringend vorbei.«

Die Frau ließ ihren Kneifer sinken und holte tief Luft, um zu einem Vortrag über die Manieren und das Benehmen von Männern anzusetzen, die sich in eine Abteilung verirrten, in der eigentlich nur Damen etwas zu suchen hatten, die bei der Verrichtung ihrer Haushaltsarbeiten nicht gestört werden sollten. Zumindest nahm Guy an, dass dies der Inhalt ihrer Standpauke gewesen wäre, doch er verspürte keinerlei Verlangen, herumzustehen und herauszufinden, ob er recht hatte oder nicht.

Gerade als die Mantelträgerin vollends um die Ecke verschwand, sah er Mary den Gang entlanghasten, wobei ihr zu großer Hut im Rhythmus ihrer Schritte wippte. Er kehrte der Frau mit dem Kneifer den Rücken zu und schlug einen anderen Weg ein, um dem Labyrinth zu entfliehen – gerade noch rechtzeitig, um Mary triumphierend »Ich denke, Sie sollten lieber mitkommen, Miss« sagen zu hören.

Es war, als wäre ein elektrischer Schlag durch die Anwesenden gezuckt, und in Bruchteilen von Sekunden war die Stimmung komplett umgeschlagen. Guy lief zu Mary, die mit zitternden Händen das Mädchen festhielt, das sich lautstark über die Unverschämtheit beschwerte. Guy nahm ihren anderen Arm und wandte sich Mary zu, wobei sich ein breites Grinsen auf seinem Gesicht ausbreitete, das jedoch sofort wieder verflog, als das Mädchen noch lauter zu zetern begann.

»Seien Sie still«, sagte Guy. »Alles, was Sie uns zu sagen haben, kann warten, bis wir auf dem Revier sind.«

Ein flüchtiger Gedanke kam ihm in den Sinn: In Wirklichkeit hatte er die junge Frau nicht bei einem Diebstahl beobachtet, daher konnte er nur bei Gott hoffen, dass Mary etwas aufgefallen war. Als hätte die junge Frau seine Gedanken gelesen, hielt sie inne und schimpfte leise weiter, sie habe überhaupt nichts getan, sondern es handle sich hier um eine Freiheitsberaubung der übelsten Sorte und um eine Beleidigung ihres ehrenhaften Charakters und so weiter. Guy spürte sehr deutlich die neugierigen Blicke der anderen Kundinnen, als sie sie durch den Laden führten, gefolgt von einer reichlich unbehaglichen Fahrt mit dem Aufzug ins Erdgeschoss. Gerade als sie, die junge Frau immer noch zwischen sich, auf die Straße treten wollten, verstellte ihnen ein rotgesichtiger Mann im Cutaway den Weg. Er warf Mary einen verwirrten Blick zu und wandte sich an Guy.

»Würden Sie mir bitte verraten, was hier los ist?«

Guy blieb abrupt stehen, während ihm bewusst wurde, dass weder Mary noch er selbst Uniform trugen, weshalb ihr Auftritt reichlich merkwürdig wirken musste.

»Ich bin Mr Northcutts«, fuhr der Mann mit hochrotem Gesicht fort, sein graues Haar wild in alle Richtungen abstehend. »Der Geschäftsführer dieses Warenhauses«, fügte er hinzu, als er sah, dass sein Name keinerlei Reaktion hervorrief.

»Bitte entschuldigen Sie, Sir«, sagte Guy. »Ich bin Sergeant Sullivan vom Polizeirevier in der Vine Street, und das hier ist Constable Moon.« Der Geschäftsführer machte sich noch nicht einmal die Mühe, Mary eines Blickes zu würdigen. »Wir haben diese junge Dame verhaftet, da Anlass zur Annahme besteht, dass sie Waren Ihres Geschäfts entwendet hat. In der Kurzwarenabteilung.«

»Ja, ja«, erwiderte Mr Northcutts mit einer wegwerfenden Handbewegung. »Aber was ist mit …« Er senkte die Stimme und beugte sich vor, während die junge Frau verstummte und sich ebenfalls nach vorn lehnte.

»Mit …?«

»Alice Diamond.«

Guy umfasste den Arm der jungen Frau etwas fester, als sie sich bewegte.

»Sie war auch hier«, erklärte Mr Northcutts. »Die Mädchen wissen, wie sie aussieht. Der Trick ist uralt – sie kommt herein, lenkt sie ab, und während alle sie beobachten, haben Mädchen wie die da …« Er wies mit dem Daumen auf das Mädchen. »… gewissermaßen freie Bahn. Tja, beinahe.«

Alice Diamond war also auch im Laden gewesen? Gerade noch war Guy so stolz auf ihren Fang gewesen, doch nun bekam er es mit der Angst, Cornish könnte erfahren, dass ihnen die eigentliche Zielperson durch die Lappen gegangen war.

Nicht zum ersten Mal verfluchte er sich innerlich für seine Kurzsichtigkeit – es war, als hätte er geglaubt, einen zehnpfündigen Kabeljau gefangen zu haben, nur um dann festzustellen, dass er eine Makrele mit ein bisschen Unkraut am Haken hatte. Einen kurzen Moment überlegte er, die junge Frau laufen zu lassen. Aber nur kurz.

Noch immer verlieh Mr Northcutts wortreich seinem Bedauern Ausdruck, dass der Polizei ein weiteres Mal der dickste Fisch durchs Netz gegangen war, und schwadronierte, was ihn das Ganze koste und …

»Mr Northcutts«, unterbrach Guy ihn, »sollten Sie etwas beobachtet haben, das uns in dem Fall weiterhelfen könnte, sollten Sie aufs Revier kommen und dort eine Aussage machen. Wenn Sie uns jetzt bitte entschuldigen würden, wir müssen uns auf den Weg machen.«

Einen Moment lang herrschte Stille. Guy war sich der Augenpaare überdeutlich bewusst, die das Ganze verfolgten. Diese Anekdote würde heute Abend zweifellos in so manchem Pub die Runde machen. Kunden strömten von der Straße herein, blieben jedoch beim Anblick der vier Gestalten abrupt stehen, erstarrten förmlich mitten in der Bewegung wie Bewohner von Pompeij nach dem Vulkanausbruch.

»Ich habe nichts getan«, zeterte die junge Frau neuerlich, als Guy und Mary sie durch die Türen und in die nachmittägliche Kälte zerrten. Sie konnten nur hoffen, dass sie nicht die Wahrheit sagte.

KAPITEL 16

Der Anblick, wenn der Winter seine eisigen Arme um die grauen Cotswolds-Gemäuer von Mitford Manor schlang, hatte schon immer eine Faszination auf Louisa ausgeübt; vielleicht weil sie an einem Wintertag das allererste Mal einen Blick auf das Anwesen erhascht hatte und unvermittelt seinem Zauber erlegen war. Als sie an jenem ersten Morgen in ihrem neuen Zuhause erwacht war, hatte sie auf den Frostteppich auf den Feldern hinter der Gartenmauer hinausgeblickt, die Spinnennetze betrachtet, auf denen winzige gefrorene Tautropfen glitzerten. Es war ihr vorgekommen, als wäre sie in eine fremde Welt eingetaucht, was in gewisser Weise auch stimmte. In London, wo sie aufgewachsen war, hatte sie schon den Kopf in den Nacken legen müssen, um eine ähnliche Weite erkennen zu können wie die, die sich vor ihr erstreckte, wenn sie den Blick über Lord Redesdales Ländereien schweifen ließ.

Die Mädchen beschwerten sich jedes Jahr über die Kälte, stampften theatralisch mit den Füßen und drohten, die Fenster zu schließen, die auf Anweisung ihrer Mutter das ganze Jahr über einen Spaltbreit geöffnet bleiben mussten (was sie sich natürlich niemals trauen würden). Nanny Blor machte sich mit sanftem Tadel auf die Suche nach warmen Wollpullovern, die nach Lavendel dufteten, den sie, in getrocknete Sträußchen gebunden, gegen hungrige Motten in den Kommodenschubladen verteilte. In Wahrheit genoss Louisa das leichte Prickeln an der Nasenspitze, während sie sich die Hände am Küchenherd wärmte. Jeden Morgen vor Sonnenaufgang entzündete Ada leise ein Feuer in Lady Redesdales Zimmer, ehe sie nach unten ging, um Mrs Stobie bei der Zubereitung des Frühstücks zu helfen. Selbst jetzt, wo sie verheiratet war und im Dorf lebte, erledigte sie diese Aufgabe jeden Tag, und Louisa fragte sich, wer sie wohl ersetzen würde, wenn sie die Familie verließ: Ada hatte ihr anvertraut, dass sie schwanger war. »Ein verfrühtes Weihnachtsgeschenk«, hatte sie gelacht, und auch wenn Louisa sich für sie freute, war ihr bewusst, dass ihrer Freundin nur weitere Jahre der harten Hausarbeit bevorstanden.

Doch in den Tagen nach Adrian Curtis' tragischem Tod verlor der Winter jeglichen Reiz, stattdessen schienen sich düstere, unwirtliche Stunden in einer endlosen Folge aneinanderzureihen. Selbst die auf- und untergehende Sonne machte keinen großen Unterschied. Alles blieb trübe und grau. Niemand hatte Lust, sich den gewohnten Freizeitaktivitäten zu widmen, weil sie allesamt zu albern oder zu ermüdend erschienen. Nancy klagte über tiefe Erschöpfung, was ungewöhnlich für sie war, und selbst Lady Redesdale – normalerweise nie krank – hatte geschlagene drei Tage wegen einer schweren Grippe das Bett gehütet und sich zweimal am Tag eine heiße Suppe nach oben bringen lassen. Lord Redesdale unternahm lange Spaziergänge mit seinen Hunden, von denen er erst in der Abenddämmerung zurückkehrte, und auch dann zog er sich in sein Arbeitszimmer zurück, wo jeden Abend der Kamin angezündet werden musste. Das Speisezimmer blieb dunkel und ungenutzt, und Mrs Stobie wusste nicht, wer zu welcher Mahlzeit erscheinen würde oder ob überhaupt jemand nach ihrem Essen verlangte.

Oben im Kinderflügel bemühten Nanny Blor und Louisa sich nach Kräften, so etwas wie Normalität für die Kleinsten aufrechtzuerhalten, die zwar nichts von den grauenhaften Geschehnissen mitbekommen hatten, allerdings sehr wohl spürten, dass etwas nicht stimmte. Debo nuckelte mit aller Kraft am Daumen – »Pass bloß auf, nicht, dass er irgendwann mal abfällt«, warnte Nanny Blor sie mindestens dreimal am Tag –, spielte jedoch ansonsten brav mit ihrem Puppenhaus. Decca und Unity saßen, wenn sie nicht gerade zum Unterricht bei ihrer Gouvernante waren, auf dem Fenstersitz und tuschelten miteinander. Es schien kein Spiel zu sein, doch was auch immer sie miteinander austauschten, schien ihnen großes Vergnügen zu bereiten. Es war eine echte Wohltat, ihr Gekicher durch die Räume wehen zu hören.

Diana war ohnehin bereits außer sich vor Wut gewesen, weil sie nicht an der Party hatte teilnehmen dürfen, noch bevor ihr aufgegangen war, dass sie die größte Sensation in der Geschichte von Mitford Manor verpasst hatte. Nun zog sie sich vollkommen in sich zurück, bombardierte jedoch Pamela und Nancy, sobald sie irgendwo auftauchten, mit Fragen und Vorwürfen, weil sie sich nicht für sie eingesetzt und dafür gesorgt hatten, dass auch sie nach unten kommen durfte – was unweigerlich zu Tränenausbrüchen oder knallenden Türen führte, oder sogar beidem. Die Atmosphäre war die reinste Qual.

Louisa war wie in Trance. Ada hatte zwar versucht, Details aus ihr herauszuquetschen, doch Louisa hatte keinerlei Bedürfnis verspürt, sich ihr anzuvertrauen. Noch immer quälten sie Schuldgefühle, als wäre sie dafür verantwortlich, was vorgefallen war, obwohl ihr rein verstandesmäßig klar war, dass das nicht stimmte. Hatte sie Dulcie in irgendeiner Weise ermutigt? Hatte sie die Wahrheit darüber, wer und wozu sie fähig war, verdrängt, weil sie vom schillernden Glamour der Forty geblendet gewesen war? Sie hatte keine Ahnung. Was stets so sicher und unumstößlich gewesen war, hatte plötzlich keinen Bestand mehr. Sie ging in die Bibliothek, um sich ein Buch zu holen, stand jedoch nur unschlüssig vor den Regalen und konnte sich nicht mehr erinnern, welche Autoren sie sonst gern las. Auch ihr Appetit war verflogen, als könnte sie nicht länger beurteilen, was gut schmeckte und was nicht. Erst nach drei Tagen wurde ihr bewusst, dass sie kein einziges Mal in den Spiegel geblickt hatte, und als sie eines Nachmittags ins Dorf ging, erschrak sie über ihren eigenen Schatten auf der Straße vor ihr. Das Gefühl der Kraftlosigkeit war überwältigend.

Steifbeinig hatten sich die Gäste am Morgen nach der Party von ihren Plätzen erhoben, nachdem DI Monroe erklärt hatte, dass er für den Augenblick keine weiteren Fragen habe. Heißer Tee und ein paar Scheiben Toast hatten sie zumindest so weit gestärkt, um die Heimreise antreten zu können. Clara war mit Ted gefahren, der seinen Wagen im Schneckentempo aus der Auffahrt gelenkt hatte; Sebastian hatte ihnen allen einen Heidenschreck eingejagt, als sein Wagen auf dem Kies ins Schlittern geraten war und er für einen Moment geradewegs auf die riesige alte Eiche in der Mitte der Einfahrt zugehalten hatte. Charlotte war viel zu hysterisch gewesen, um das Haus zu verlassen. Entgegen ihrer Überzeugung, dass der menschliche Körper den Heilungsprozess schon ganz allein bewerkstelligte, hatte Lady Redesdale den Arzt aus dem Ort kommen lassen, der Charlotte ein Beruhigungsmittel verabreicht hatte, woraufhin sie zwei Tage am Stück schlief. Louisa half abwechselnd Nanny Blor bei den Kindern und kümmerte sich um Charlotte, die im blauen Zimmer untergebracht worden war, was eine Menge Laufarbeit erforderte. Irgendwann hatte Louisa sich dabei ertappt, dass sie das Treppengeländer umklammerte, als befände sie sich auf einer steilen Leiter, die umzukippen drohte.

Falls die Gerichtsmedizin keine Autopsie anordnete, würde Adrians Begräbnis in zehn Tagen stattfinden. Louisa war in Charlottes Zimmer gewesen und hatte das Kaminfeuer neu entfacht, als Charlotte aus ihrem langen Schlaf erwacht war. Sie hatte mit angezogenen Knien auf der Seite gelegen und sie mit großen Augen angeblickt – Louisa war nicht sicher, ob sie sich an irgendetwas erinnern konnte.

Louisa eilte ans Bett und schenkte ein Glas Wasser ein, ehe sie Charlotte half, sich aufzusetzen und daran zu nippen. Als sie ausgetrunken hatte, ließ sie sich völlig erschöpft in die Kissen zurücksinken. Sekunden später riss sie die Augen auf, setzte sich abrupt auf und schnellte nach vorn wie ein Kuckuck in einer Schwarzwalduhr.

»Adrian«, stieß sie hervor.

»Versuchen Sie, sich nicht aufzuregen«, bat Louisa, obwohl ihr klar war, wie hohl ihre Worte klangen.

»Er ist tot«, erwiderte Charlotte in einem Tonfall, als hoffte sie, es sei eine Frage, obwohl sie in Wahrheit wusste, dass es eine Feststellung war.

Louisa nickte. »Ich hole Miss Nancy.«

»Nein!«, rief Charlotte, ehe sie zum ersten Mal ihre Umgebung und auch Louisa wahrzunehmen und zu begreifen schien, dass sie wissen musste, was los war.

Am Ende war es Pamela, die Louisa zu Hilfe holte. Sie kam gerade vom Reiten und tappte auf Strümpfen in Reithosen und Jacke durch die Halle; ihr Haar war völlig zerzaust, weil sie sich weigerte, es mit einem Netz unter dem Helm zu schützen. Während der letzten Tage hatte Pamela eine ganz neue Seite von sich gezeigt: Sie weigerte sich schlicht, Panik aufkommen zu lassen, sondern blieb bewundernswert ruhig und gelassen. Statt sich selbst und andere in Aufruhr zu versetzen, flüchtete sie sich in ihre Lieblingsbeschäftigungen – essen und reiten, und solange eines von beidem möglich war, schien sie nahezu normal zu sein. Dies machte sie weitaus geeigneter als Nancy, um Charlotte zur Seite zu stehen.

»Pamela«, rief sie.

Pamela blieb stehen und wandte sich um. »Ja?«

»Miss Charlotte ist aufgewacht. Wärst du wohl so freundlich und würdest nach ihr sehen? Ich glaube, ein wenig Gesellschaft täte ihr gut.«

Pamela dachte einen Moment nach, dann drückte sie die Schultern durch. »Ja, absolut. Schick bitte Tee und etwas Toast herauf. Oder, nein, bring es lieber selbst.«

Louisa zuckte zusammen. Dies war das erste Mal, dass Pamela eine Anweisung erteilte. »Ja, natürlich. Sofort.«

Und damit machte sie sich auf den Weg in die Küche.

KAPITEL 17

Die offizielle Untersuchung des Todes von Adrian Curtis fand fünf Tage später im Banbury Crown Court statt. Lord Redesdale wollte nichts damit zu tun haben, doch alle, die Dulcie neben der Leiche hatten stehen sehen, wurden aufgefordert, bei der Anhörung zu erscheinen, für den Fall, dass während der Tatnacht aufgenommene Aussagen durch eine weitere Befragung bestätigt werden mussten. Diese Ankündigung hatte eine lautstarke Auseinandersetzung heraufbeschworen, die in einer höchst unglücklichen Begegnung zwischen Lord Redesdale und seinem Lieblingshund gegipfelt hatte. Am Ende fuhr Seine Lordschaft mit seiner Frau, Nancy und Charlotte in einem Wagen, während Oliver Watneys Mutter mit Louisa, Pamela und ihrem Sohn folgte, der die ganze Fahrt über aus dem Fenster starrte, als wäre er reisekrank. Außer »Guten Morgen« brachte Oliver kein einziges Wort über die Lippen, dafür quasselte seine Mutter umso mehr und machte aus ihrer Empörung und Enttäuschung keinen Hehl. Pamela blickte ebenfalls aus dem Fenster. Am liebsten hätte Louisa ihr die Hand gedrückt, hielt sich jedoch zurück, weil ihr klar wurde, dass das Mädchen zu alt für diese Art des Trostes war. Ehrlich gesagt, hätte sie es selbst gut gebrauchen können, dass ihr jemand die Hand hielt (Debo, die ihr Bedürfnis instinktiv zu spüren schien, schob bei ihren Spaziergängen durch den Garten dieser Tage ihre feisten kleinen Finger in Louisas Hand).

Der Gerichtssaal war enttäuschend nüchtern, mit grau getünchten Wänden und einem langen Tisch für den Coroner und Bankreihen für die Vorgeladenen. Die aus zwei Frauen und zehn Männern bestehende Jury saß an der Seite, allesamt sorgsam darauf bedacht, jeden Blickkontakt mit den Anwesenden, mit Ausnahme des Coroners, zu meiden. Louisa war entsetzt, als sie Dulcie sah – innerhalb weniger Tage hatte sie mehrere Kilo Gewicht verloren, ihr hübsches Gesicht war aschfahl, ihr Veilchen bis auf eine Spur von Gelb und Violett an den Rändern verblasst. Sie sah zu Louisa hinüber, wandte den Blick jedoch sofort wieder ab. Ein Polizist stand neben ihr, Handschellen trug sie nicht.

Der Coroner, Mr Hicks, stellte sich vor und verlieh seinem Bedauern über die Geschehnisse in den frühen Morgenstunden des 21. November Ausdruck, ehe er die Jury anwies, den vorgelegten Beweisen ihre volle Aufmerksamkeit zu schenken. Er betonte, dass die Untersuchung lediglich der Feststellung der Todesursache diene und kein Gerichtsverfahren darstelle, allerdings seien noch in der Tatnacht mehrere Aussagen aufgenommen worden, die es gegebenenfalls durch weitere Fragen zu bestätigen gelte. Louisa sah zu Charlotte hinüber, die zwischen Lord und Lady Redesdale saß und so bleich war, dass man die bläulichen Venen an ihren Augenlidern durchschimmern sah. In diesem Moment vermisste die Schwester des Toten zweifellos ihren vor vielen Jahren verstorbenen Vater und eine Mutter, die scheinbar nicht imstande war, irgendetwas außer ihrer eigenen Trauer zu ertragen – es ging das Gerücht, dass Lady Curtis ihr Schlafzimmer nicht mehr verlassen hatte, seit ihr die Nachricht vom Tod ihres Sohnes überbracht worden war. Lord Redesdale machte ein Gesicht, als stünde er lieber auf einem der Schlachtfelder von Ypern 1917, als hier in diesem Gerichtssaal mit einem weinenden Mädchen neben sich sitzen zu müssen. Die anderen waren kurz vor Beginn der Untersuchung aus London angereist – Sebastian, Ted, Clara und Phoebe – und in die Reihe hinter den Mitfords geschlüpft, wo sie nun mit versteinerten Mienen saßen.

»Das Gericht ruft die ehrenwerte Miss Pamela Mitford in den Zeugenstand!«

Pamela erhob sich und trat zum Zeugenstand, bei dem es sich in Wahrheit um ein von einem Geländer umgebenes, leicht erhöhtes Podest handelte. Ihr Gesicht besaß noch immer die weichen Rundungen eines Kindes, doch sie trug ein Ensemble aus einem dunkelbraunen Kostüm und einer hochgeschlossenen cremefarbenen Bluse aus dem Kleiderschrank ihrer Mutter, für das sie eigentlich noch viel zu jung war – ein als ausgewachsenes Schaf verkleidetes Lämmchen.

»Würden Sie uns bitte Ihren Namen und Ihre Anschrift nennen?«

»Pamela Mitford, Mitford Manor.«

»Der Anlass der Party am fraglichen Abend, dem 20. November, war Ihr achtzehnter Geburtstag wenige Tage später, richtig?«

Pamela bestätigte dies.

»Würden Sie vor der Jury bitte wiederholen, was Sie Inspector Monroe über Ihre Begegnung mit dem Verstorbenen kurz vor seinem Tod erzählt haben?«

Pamela zögerte und blickte auf ihre Schuhe. »Eigentlich war es keine richtige Begegnung, Mylord.«

»Ich bin Mr Hicks, kein Richter«, korrigierte er sie, wenn auch keineswegs unfreundlich. »Bitte, Miss Mitford.«

Pamela nickte und wandte sich der Jury zu, doch Louisa sah, dass sie den Blick nicht auf die Gesichter, sondern auf einen Punkt an der Wand hinter ihnen gerichtet hatte. »Die Party war fast vorbei. Nur eine Handvoll Gäste war noch übrig, und wir haben eine Schnitzeljagd veranstaltet. Nur eine kleine, im Haus. Wir hatten gerade angefangen, als ich benachrichtigt wurde, meine Mutter wolle mich in ihrem Zimmer sprechen.«

»Und wie wurden Sie benachrichtigt?«

»Unser Kindermädchen kam herein und sagte es mir.«

»Und wo waren Sie?«

»Im Speisezimmer, mit Adrian Curtis.«

Ihre Worte schienen Bewegung in den Saal zu bringen. Es war, als würden alle Anwesenden kollektiv den Atem einsaugen und das Gewicht auf ihren harten Holzstühlen verlagern.

Mr Hicks beugte sich vor. »Welchen Eindruck hat Mr Curtis zu diesem Zeitpunkt auf Sie gemacht?«

Pamela schien nicht recht zu wissen, ob sie sich an den Coroner oder die Jury wenden sollte. »Es ging ihm gut. Ich meine, mir ist nichts Ungewöhnliches an ihm aufgefallen. Ich hatte ihn nur ein einziges Mal davor gesehen. Wir waren im selben Raum, weil wir beide unseren zweiten Hinweis erraten sollten und mit der Suche beschäftigt waren.« Sie wandte sich an die Jury. »Sie müssen wissen, dass man einen Hinweis bekommt. Die Lösung ist dann ein Gegenstand, der …«

»Ich bin sicher, die Damen und Herren wissen, wie eine Schnitzeljagd durchgeführt wird«, unterbrach Mr Hicks sie, »auch wenn sie nicht zu den Londoner Bright Young Things gehören.« Er zog die Brauen hoch, und hier und da erklang ein leiser Lacher im Raum.

Pamelas Wangen färbten sich rot. »Ja, natürlich.«

»Bitte fahren Sie fort. Sie hatten also die Nachricht bekommen …«

»Ja, ich bin ins Zimmer meiner Mutter gegangen, wohin sie sich mit meiner Tante zurückgezogen hatte, Miss Iris Mitford. Es stellte sich heraus, dass sie gar nicht nach mir geschickt hatte, aber wo ich schon einmal da war …«

»Sagten Sie gerade, Lady Redesdale hätte gar nicht nach Ihnen geschickt?«

»Genau, Sir. Unser Kindermädchen meinte später, sie sei nur besorgt gewesen, dass meine Eltern es womöglich nicht billigen würden, wenn ich mich ganz allein mit einem Gentleman in einem Zimmer aufhielte.« Pamelas Kinn bebte leicht. Es stimmte, dass Louisa ihr diese Erklärung nach dem Vorfall gegeben hatte, für den Fall, dass es später zur Sprache kommen sollte. Was hiermit auch geschehen war.

Mr Hicks machte sich eine Notiz. »Verstehe. Bitte fahren Sie fort.«

Die Fenster des Saals waren schwarz vom Ruß und vergittert, sodass kaum Licht hereindrang, trotzdem sah Louisa, dass der Himmel sich dunkelgrau verfärbt hatte.

»Da ich schon mal da war, bat meine Tante mich, ein Buch aus ihrem Zimmer zu holen, weil sie meiner Mutter eine Passage daraus vorlesen wollte.« Pamela zögerte – um Atem zu schöpfen oder aus Sorge, dass dieses Detail völlig unwichtig sein könnte. »Also bin ich zu dem sogenannten Butterblumenzimmer gegangen, in dem meine Tante untergebracht war. Es liegt bloß ein paar Meter neben dem Ankleidezimmer meines Vaters.«

»Und Ihr Vater hielt sich in seinem Zimmer auf?«

»Ich denke, ja. Das Licht war aus, deshalb ging ich davon aus, dass er schläft.« Sie hielt inne, und Mr Hicks bedeutete ihr weiterzusprechen. »Die Tür vom Zimmer meiner Tante war geschlossen, aber ich hörte laute Stimmen …«

»Wussten Sie, wer sich in dem Zimmer aufhielt?«

»Nein, doch dann habe ich Mr Curtis' Stimme erkannt. Er hat sich mit einer Frau gestritten, allerdings wusste ich zu dem Zeitpunkt nicht, wer sie war.«

»Später wussten Sie es dann.«

Einen Moment lang herrschte Stille. Louisa lauschte mit angehaltenem Atem.

»Ja«, antwortete Pamela. »Sie hatte einen ausgeprägten Südlondoner Akzent, den ich später hörte, als … na ja, nachdem wir Mr Curtis gefunden hatten.«

»Und hatten Sie die Frau zuvor schon mal gesehen?«

»Mehr oder weniger«, antwortete Pamela mit fester Stimme. »Als ich vor einem Monat bei Lady Curtis zu einer Dinnerparty in London eingeladen war, hat sie uns als Dienstmädchen die Tür aufgemacht.«

»War sie Ihnen schon früher an dem Abend aufgefallen?«

»Nicht, dass ich wüsste.«

»Und hält sich das Mädchen hier in diesem Saal auf?«

Pamela nickte.

»Könnten Sie sie uns bitte zeigen?«

Pamela deutete auf Dulcie, die sie anstarrte, bis Pamela den Blick abwandte. Mr Hicks gab ihr zu verstehen, dass sie weitersprechen solle.

»Ich habe nur ein paar Sekunden dort vor der Tür gestanden und wollte gerade gehen, als ich einen lauten Knall gehört habe. Ich war völlig schockiert und bin weggelaufen.«

»Und was haben Sie dann getan?«

»Ich bin in die Küche gegangen, um es Louisa zu erzählen, also Louisa Cannon, unserem Kindermädchen.«

»Warum ausgerechnet ihr?«

Louisa hatte das ungute Gefühl, dass sich alle Blicke auf sie geheftet hatten, obwohl die Geschworenen wohl kaum wissen konnten, wer sie war.

Pamela hielt inne. »Ich wusste nicht, wem ich es sonst hätte sagen sollen. Alle anderen waren mit der Schnitzeljagd beschäftigt und irgendwo im Haus unterwegs. Der Streit ging mir sehr an die Nieren.«

»Was hat Miss Cannon dazu gesagt?«

Pamelas Blick schweifte kurz zu Louisa, ehe er sich wieder auf die Geschworenen heftete. »Sie meinte, wir wüssten doch gar nicht, was wirklich los sei, und dass es womöglich Teil der Schnitzeljagd sei. Ich solle einfach wieder zu der Party zurückgehen.«

»Verstehe. Sie können sich wieder setzen, Miss Mitford. Sie waren sehr hilfreich.«

Pamela setzte sich wieder neben ihre Mutter, die keine Anstalten machte, ihre Tochter zu berühren, sondern ihr lediglich ein verkniffenes Lächeln schenkte, das ebenso schnell verflog, wie es gekommen war.

Als Nächstes war Dulcie an der Reihe. Der Polizist führte sie zum Zeugenstand und trat dann hinter sie. Er hatte die Figur eines Schneemannes, und es war höchst zweifelhaft, ob er in der Lage gewesen wäre, einen flüchtigen Zeugen einzufangen, doch Dulcie würde ohnehin nicht versuchen wegzulaufen.

Nach der üblichen Feststellung der Personalien – als Adresse gab sie das Haus von Lady Curtis in Mayfair an, obwohl es höchst unwahrscheinlich war, dass sie dorthin jemals zurückkehren würde – begann der Coroner mit seiner Befragung.

»Bitte sagen Sie den Geschworenen, wie Sie nach Mitford Manor kamen.«

»Es war vereinbart worden, dass ich Miss Charlotte abholen und zu Mrs Watneys Haus begleiten sollte, wo wir untergebracht waren.«

»Mrs Watneys Haus befindet sich in der Nähe?«

Louisa sah, wie Mrs Watney sich aufrechter hinsetzte und sich in der Hoffnung auf bewundernde Blicke umsah. Doch keiner der Anwesenden schenkte ihr Beachtung.

»Etwa eine halbe Meile die Straße hinunter.«

»Was haben Sie getan, als Sie in Mitford Manor eintrafen? Wurden Sie von jemandem in Empfang genommen?«

»Ja, Sir, vom Kindermädchen, Louisa. Sie hat mich durch den Hintereingang in die Küche gelassen.« Wie alle weiblichen Untersuchungshäftlinge trug Dulcie ein schlichtes graues Kleid mit einem schmutzigen weißen Hemd darunter, das wie ein Sack an ihr herunterhing. Sie sah sich trotzig um.

Einen Moment lang herrschte Stille. »Hat Miss Cannon Sie zu dem Schlafzimmer im Obergeschoss geführt?«

»Nein, Sir.« War die Antwort zu schnell gekommen? Louisa spürte, wie sich die Hitze in ihrem Gesicht ausbreitete. »Sie hat gemeint, sie müsse Reste von der Party aufräumen gehen, und mich allein in der Küche gelassen.«

»Aber dort sind Sie nicht geblieben, richtig?«

»Nein, Sir. Ich habe die Hintertreppe gesehen und bin nach oben gegangen«, antwortete Dulcie leise.

»Und was hatten Sie in diesem Moment vor?«

»Ich dachte, ich finde vielleicht ein leeres Zimmer und …« Sie hielt inne. Louisa lauschte entsetzt. Es war ein Schock, Dulcie die Worte aussprechen zu hören. Allein beim Gedanken an ihre eigene Beteiligung an den Ereignissen wäre Louisa am liebsten vor Scham im Boden versunken. Dulcie fuhr fort, entschlossener. »Ich dachte, ich finde vielleicht etwas, das sich zu stehlen lohnte.«

»Haben Sie so etwas gewohnheitsmäßig getan, Miss Long? Ein fremdes Haus zu betreten und etwas zu stehlen?«

»Nein«, antwortete Dulcie. »Solange ich in Mrs Curtis' Diensten stand, nie.«

»Aber davor?«

Dulcie schwieg.

»Für das Protokoll sei hier angemerkt, dass die Zeugin weder bestätigt noch leugnet«, bemerkte Mr Hicks. »Bitte, fahren Sie fort.«

»Ich bin nach oben gegangen. Da war niemand. Mir fiel ein Zimmer auf, dessen Tür offen stand, also habe ich hineingesehen. Es war leer. Ich wusste, dass alle bei der Party waren, deshalb habe ich die Gelegenheit beim Schopf gepackt.«

»Kurz darauf kam Mr Curtis ins Zimmer?«

»Ja.«

»Hatten Sie im Vorfeld vereinbart, sich dort mit ihm zu treffen?«

Dulcie schüttelte den Kopf.

»Die Zeugin verneint«, sagte Mr Hicks.

Louisas Mund fühlte sich staubtrocken an.

»Was passierte dann?«

An Dulcies Haaransatz glitzerten Schweißperlen wie winzige Tautropfen an einem Spinnennetz, und sie hatte die Finger so fest um das Geländer gekrallt, dass ihre Knöchel weiß hervortraten, trotzdem blickte sie stur geradeaus. Aus einem Impuls heraus drehte sich Louisa um und ließ den Blick über die Handvoll Zuhörer schweifen, die sich auf den hinteren Bankreihen eingefunden hatten – Reporter und Journalisten, nahm sie an. In der hintersten Ecke hockte die feiste Frau, die Dulcie im *Elephant and Castle* bedroht hatte, den Blick eindringlich auf Dulcie geheftet. Dulcie musste sich ihrer Gegenwart ebenso bewusst sein wie der Tatsache, dass sie sich keinen Fehltritt erlauben konnte.

»Er hat mich erwischt, wie ich Schmuck aus der Kommode gestohlen habe.«

»Und wie hat er reagiert?«, hakte Mr Hicks nach.

»Er wurde wütend und meinte, ich solle die Sachen sofort zurücklegen, und als ich mich geweigert habe, hat er mich geschlagen.«

»Und wohin?«

»Ins Gesicht hier.« Dulcie deutete auf ihr verblassendes Veilchen.

Mr Hicks faltete die Hände auf dem Tisch. »War dies der Augenblick, als Sie beschlossen haben, sich zu rächen?«

»*Was?* Nein, Sir. Nein, das habe ich nicht getan!« Dulcie hob die Stimme, ohne ihren Griff um das Geländer zu lockern. Louisa wusste, dass sie sich festhalten musste, um nicht umzukippen.

»Haben Sie sich stattdessen auf dem Glockenturm der Kirche verabredet?«

»Nein. Er verließ das Zimmer und ich kurz danach. Wir haben nicht mehr miteinander gesprochen.«

»Dass Sie sich später in der Kirche getroffen haben, war also purer Zufall?«

Schlagartig schien Dulcie erneut die Hoffnungslosigkeit

ihrer Lage bewusst zu werden, doch sie unternahm keinen weiteren Versuch, sich vor den Geschworenen reinzuwaschen. »Ich habe mich nicht absichtlich mit ihm getroffen, Sir, sondern bloß gesehen …« Es gelang ihr nicht, den Satz zu Ende zu bringen.

»Sagen Sie uns bitte, Miss Long, was vorgefallen ist, nachdem Sie das Zimmer verlassen haben.«

Dulcie hielt inne, aber nur ganz kurz – nicht lange genug, um den Eindruck zu erwecken, als hätte sie sich ihre Antwort nur ausgedacht. »Ich bin in die Küche hinuntergegangen und habe meinen Mantel geholt. Es war niemand da.«

»So? Und was ist dann passiert?« Ein ungeduldiger Unterton hatte sich in Mr Hicks' Stimme geschlichen.

»Es war noch zu früh, um Miss Charlotte mitzunehmen, und ich wollte nicht, dass jemand mein Veilchen sieht. Deshalb wollte ich lieber draußen warten.« Wieder hielt sie inne, und Mr Hicks blickte auf seine Notizen.

»Laut Bericht des Inspectors war es in dieser Nacht kalt, aber trocken. Der Mond war hinter den Wolken verschwunden.« Er musterte die Zeugin. »Hatten Sie eine Lampe bei sich?«

»Nein, Sir, aber es drang Licht aus dem Haus. Ich bin durch den Garten gegangen und habe mich in ein altes Sommerhäuschen gesetzt, bis mir irgendwann kalt wurde. Dann fiel mir ein, dass ich ja zu dem Friedhof gehen könnte, den ich zuvor auf dem Weg gesehen hatte.«

»Ein ziemlich ungewöhnliches Ziel für einen Spaziergang mitten in der Nacht. Die meisten Menschen hätten viel zu große Angst, allein dort hinzugehen. Aber Sie wussten ja, dass Sie auf Mr Curtis treffen würden, richtig?«

»Nein, Sir, das wusste ich nicht!« Dulcie hob leicht die

Stimme, riss sich jedoch eilig zusammen. »Es ist nur … na ja, ich fürchte mich nicht vor Geistern und solchen Dingen, weil ich nicht dran glaube. Ich dachte, ich könnte in die Kirche gehen und mich dort eine Weile auf eine Bank setzen oder so.«

Louisa nahm ein Geräusch hinter sich wahr. Sie hatte fast vergessen, dass sie nicht allein hier war. Lord Redesdale und Pamela tauschten einen Blick: Sie glaubten sehr wohl an Geister, was sie jedoch schön für sich behielten, da Lady Redesdale so etwas rigoros als Unsinn abtat. Beispielsweise behaupteten Vater und Tochter steif und fest, mehrere Nächte hintereinander Wasser vor dem Fenster von Lord Redesdales Arbeitszimmer heruntertropfen gesehen zu haben, obwohl es weit und breit keinen Hahn gab und sich auch keine Pfütze gebildet hatte.

»Ich wollte zum Friedhof«, fuhr Dulcie fort, woraufhin sich mehrere Augenpaare auf sie richteten. Das Ganze war die reinste Zirkusveranstaltung, und das Dienstmädchen war der Star der Kuriositätenschau. »Es war dunkel, aber die Kirche konnte ich trotzdem erkennen. Die Steine, aus denen sie gebaut ist, sind so hell, dass sie regelrecht leuchten.« Ihre eigenen Worte schienen sie ein wenig zu erschrecken. »Ich bin um die Kirche herumgegangen, zum Eingang auf der Rückseite, und da habe ich gesehen …«

Alle Anwesenden wussten, was Dulcie gesehen hatte, und warteten mit angehaltenem Atem.

»Sagen Sie der Jury, was Sie gesehen haben, Miss Long.«

»Ich habe Mr Curtis gesehen, Sir. Er war tot.« Dulcie ließ den Kopf hängen und löste ihre Finger vom Geländer; sie schwankte leicht, blieb jedoch bei Sinnen. Louisa dachte an das Stück kalten Apfelkuchen, das sie auf einem Teller in die

Vorratskammer gestellt hatte, um es nach ihrer Rückkehr zu essen, gewissermaßen als tröstende Belohnung für diesen langen, schweren Tag. Sie malte sich aus, wie sie sich eine Gabel in den Mund schob, das weiche Obst und der Teig ihre Zunge berührten, doch mit einem Mal verwandelte sich der Bissen in bröselige Asche.

KAPITEL 18

Normalerweise ließ sich der Weg von Debenham & Freebody zur Vine Street in zehn Minuten zurücklegen, doch mit einer zeternden und wild um sich tretenden jungen Frau, die Guy und Mary praktisch die Oxford Street entlangtragen mussten, dauerte es fast eine halbe Stunde. Als sie durch die Reviertüren stolperten, schwitzte Guy heftig, und Mary trug ihren Hut unter den Arm geklemmt.

Einer der alten Hasen bemannte den Empfangstresen – sein üppiger Schnurrbart sah aus, als hätte es sich ein kleiner Dachs zwischen Oberlippe und Nasenspitze gemütlich gemacht – und grinste Guy und Mary an. In diesem Moment ließen sie beide die souveräne Gelassenheit von Polizisten vermissen, die gerade eine nennenswerte Verhaftung vorgenommen hatten. »Na, was haben wir denn da Schönes?«, fragte der Kollege – es war ein allgemeiner Scherz unter Polizisten, wie die Karikaturen aus dem *Daily Express* zu reden.

Guy, der die junge Frau immer noch beim Ellbogen festhielt, trat schwer atmend an den Tresen. »Eine junge Frau, die wir beim Ladendiebstahl bei Debenham & Freebody erwischt haben, Sir«, antwortete er. »Wir brauchen sofort einen Befragungsraum.«

Der Polizist zog die Brauen hoch. »Wir?«

»Ja, ich und Constable Moon, Sir.«

»Constable Moon sollte sich vielleicht erst einmal frisch machen. Ich bringe Sie in einen Befragungsraum und hole dann Inspector Cornish. Er muss im Haus sein.« Er überprüfte seine Liste, um zu sehen, welcher Raum zur Verfügung stand.

Mit finsterer Miene trat Mary zurück, sagte jedoch nichts, während sie noch immer die Diebin festhielt, die ihre Versuche, sich loszureißen, inzwischen aufgegeben hatte und stattdessen mürrisch neben ihnen stand. Guy beugte sich vor. »Entschuldigen Sie bitte, Sir«, sagte er mit leiser, aber fester Stimme, »Constable Moon hat wesentlich zur Verhaftung beigetragen, deshalb muss sie ebenfalls bei der Befragung anwesend sein.«

Der Polizist zuckte mit den Schultern, während sich der Dachs über seinem Mund im Schlaf umdrehte. »Wie Sie wollen. Soll Cornish sich darum kümmern. Nehmen Sie den dritten Raum links den Korridor runter.«

Guy und Mary betraten den Befragungsraum und klopften die Diebin ab, die erneut um sich zu treten begann und zeterte, sie habe nichts bei sich, bis Guy zu ihr sagte: »Geben Sie's auf, Miss. Sie sind hier drin.« Er deutete auf die schmutzig braunen Wände und die geschlossene Eisentür mit dem quadratischen Guckloch. Die junge Frau verfiel in Schweigen.

Mary tastete unterdessen suchend den Rock der Frau ab, bis sie auf zwei Ballen lavendelfarbener Seide stieß, die sie zwischen den Falten hervorzog und auf den Tisch legte. »Und was ist das?«

Die Frau zuckte mit den Schultern.

»Wie ist Ihr Name?«, fragte Guy und zückte sein Notizbuch und einen Stift.

»Elsie White.«

»Alter und Wohnort?«

»Neunzehn. 36 Dobson Road.«

»Südlich der Themse, nehme ich an?«

»Wenn Sie meinen«, erwiderte sie mit einer Dreistigkeit, über die sie selbst grinsen musste. Wahrscheinlich hatte sie auch nicht ihren richtigen Namen genannt.

Gerade als Guy ihr mit einer Anzeige wegen Behinderung der Justiz drohen wollte, wurde die Tür aufgerissen, und Cornish rauschte herein – seine massige Gestalt nahm den gesamten Türrahmen ein, sodass sich der Raum einen Moment lang verdunkelte. Beim Anblick von Mary und Elsie grinste er. »Na, gleich zwei geschnappt, was?«

»Nein, Sir«, erwiderte Guy, »nur die hier.« Er wies mit dem Kinn auf Elsie, die immer noch mitten im Raum stand. Bisher waren sie nicht auf die Idee gekommen, sich zu setzen.

»Und wer sind Sie?«, bellte Cornish Mary an.

»Constable Moon, Sir«, antwortete sie. »Ich war gemeinsam mit Sergeant Sullivan auf Streife. In Zivil, verdeckte Ermittlung …«

Cornish unterbrach sie mit einer unwirschen Handbewegung, seine Wurstfinger mit den sauberen, kurz geschnittenen Nägeln schienen frisch manikürt zu sein. »Schon gut.« Er wandte sich wieder an Guy. »Was haben wir, und ist es von Interesse für mich?«

Guy hörte das Blut in seinen Ohren rauschen. »Wir waren gegen elf Uhr in der Kurzwarenabteilung von Debenham & Freebody, als uns auffiel, dass die Verkäuferinnen eine große, schlanke Dame beobachteten, die herumging, aber nichts kaufen wollte.«

Cornish zog einen Stuhl heran und ließ sich darauf fallen. Guy wartete, während der Inspector eine Zigarre herauszog, die Enden kappte und sie anzündete. Er schien es nicht eilig zu haben, während die anderen reglos dastanden wie verzauberte Gestalten in einem Märchen. Schließlich nickte er Guy zu und durchbrach damit den Bann.

»Während alle anderen mit dieser Frau beschäftigt waren, fiel Constable Moon auf, dass diese Dame hier sich verdächtig verhielt. Als sie sich dem Ausgang nähern wollte, folgte Constable Moon ihr und …«

»Vergessen Sie das mal für einen Moment«, unterbrach Cornish und stieß eine graue Rauchwolke aus, die gen Zimmerdecke schwebte und dort umherwaberte. »Ich interessiere mich mehr für die große, schlanke Frau. Wie sah sie aus?«

Guy war verblüfft. »Sie trug einen dunklen Mantel und einen Hut, der ziemlich teuer aussah.« Er hielt inne. »Ansonsten konnte ich nicht viel von ihr erkennen, Sir.« Sein verdammtes Sehvermögen. Verflixt noch eins! Wie zum Teufel hatte die Frau ausgesehen? Was war ihm entgangen?

»Es war meine Schuld, Sir«, warf Mary ein, während Cornish sich aufsetzte. »Ich meine, ich habe Sergeant Sullivan abgelenkt, weil ich ihn herüberrief, damit wir diese Frau zusammen festhalten.«

»Wegen Ihrer Dummheit konnte Alice davonkommen«, stieß Inspector Cornish hervor, wobei er jedes Wort einzeln betonte.

Guy blickte Mary erschrocken an. Der Geschäftsführer hatte also recht gehabt. Hatte er etwas gesagt? Bereits auf dem Revier angerufen? Durchaus möglich.

Wieder schnaubte Cornish. »Sie ist ein gerissenes Weibsstück, das muss man ihr lassen. Selbst wenn Sie sie festgenommen hätten, hätte sie vermutlich nichts bei sich gehabt. Das Stehlen überlässt sie ihren Handlangern.« Mit dem letzten Wort stieß er eine weitere Rauchwolke aus, direkt Elsie ins Gesicht, die zwar eine Grimasse schnitt, jedoch kein Wort sagte. »Finden Sie heraus, wohin das Zeug gehen sollte.«

»Sir?«

»Den Hehler, Sullivan. Welchem Hehler sollte sie die Waren geben?«

Cornish stützte sich mit einer Hand auf dem Schenkel auf und erhob sich. »Nehmen Sie ihre Aussage auf, und buchten Sie sie ein. Gute Arbeit.«

Das Rauschen in Guys Ohren verebbte.

»Trotzdem hätten Sie Ihre Sachen besser machen können. Viel besser. Kaufen Sie sich mal eine neue Brille, Sullivan.« Und damit fiel krachend die Tür hinter ihm ins Schloss.

KAPITEL 19

Nach Dulcies Befragung zog sich das Gericht in die Mittagspause zurück, während der zusammengewürfelte Haufen aus Mitford Manor und London ein nahe gelegenes Café aufsuchte. Beim Gedanken daran, wie viele Verbrecher und üble Gestalten diese Stunde schon totgeschlagen hatten, während sie auf ihr Urteil warteten, lief es Louisa kalt den Rücken hinunter. Charlotte, die noch immer wie betäubt wirkte, wurde von Lord und Lady Redesdale flankiert, deren stoischer Gleichmut sie zu beruhigen schien. Pamela war von der quälenden Befragung offenbar völlig erschöpft, verbat sich jedoch jeden Anflug von Mitgefühl. »Es ist nichts im Vergleich zu dem, was Charlotte gerade durchmacht.«

Louisa, die die aus der Küche strömende Hitze und den Bratfettgestank im Café nicht ertragen konnte, ging nach draußen, wo sie Ted und Clara tuschelnd auf dem Bürgersteig stehen und rauchen sah. Instinktiv zog sie sich in einen Hauseingang zurück und lauschte angestrengt, vermochte allerdings kaum etwas zu verstehen, denn es herrschte zwar kaum Verkehr auf der Straße, doch es kamen allerlei Passanten vorbei – für alle anderen war es schließlich ein normaler Tag, so unwahrscheinlich das auch schien.

»Was, wenn sie dich noch mal fragen, wo du in der Nacht warst?«, fragte Ted.

Clara, deren rosa Mantel von einer dünnen Schicht aus Straßenstaub bedeckt war, zog eine Grimasse. »Das werden sie nicht, aber keine Sorge, ich werde schon nichts ausplaudern.«

In diesem Moment sah Ted auf und schien Louisa zu bemerken. »Wir sollten lieber wieder reingehen«, sagte er, drückte seine Zigarette mit dem Absatz aus und wandte sich zum Gehen, doch als die Tür hinter ihm und Clara zufiel, saß Louisa bereits wieder auf ihrem Platz.

Ausplaudern? Lord De Clifford und die Amerikanerin hatten irgendein Geheimnis, aber Louisa hatte keine Ahnung, ob es im Zusammenhang mit dem Mord stand oder nicht. Was es auch sein mochte – die beiden nahmen es allem Anschein nach wichtig genug, um es der Polizei vorzuenthalten. Offenbar hatten weder Ted noch Clara sich zum fraglichen Zeitpunkt dort aufgehalten, wo sie es der Polizei gegenüber angegeben hatten, das war die einzig plausible Möglichkeit.

Je länger Louisa darüber nachdachte, umso seltsamer erschien es ihr, dass, von Charlotte einmal abgesehen, keiner von Nancys Freunden sonderlich traurig über Adrians Tod zu sein schien. Natürlich waren alle schockiert über die brutale Abruptheit seines Ablebens, trotzdem hatte Louisa keinen ein Wort darüber verlieren hören, wie sehr sie ihn vermissten oder wünschten, es wäre nicht passiert. Soweit sie beurteilen konnte, war Adrian ein grober, unattraktiver, angeberischer Mistkerl gewesen, allerdings war das wohl kaum ein Grund, ihn umzubringen, oder?

Und noch etwas anderes war merkwürdig: Weshalb hatte Dulcie den Diebstahl, aber nicht den Mord zugegeben? Natürlich war das eine Verbrechen weniger schlimm als das andere, falls sie jedoch Adrian tatsächlich getötet hatte, würde sie nicht alles abstreiten und versuchen, sich von dem Verdacht zu befreien? Fest stand, dass das geheimnisvolle Gespräch zwischen Ted und Clara Dulcies Verhaftung in einem äußerst seltsamen Licht erscheinen ließ. Inzwischen war Louisa sicher, dass ihr erstes Gefühl sie nicht getrogen hatte: Dulcie hatte die Wahrheit gesagt, als sie Louisa erzählt hatte, dieser Diebstahl sei der letzte Auftrag, den sie für die Forty erledigen würde. Sie hatte lediglich den Schmuck mitgehen lassen, den Mord hingegen hatte ein anderer begangen. Aber wer?

KAPITEL 20

Nach der Mittagspause wurde die Untersuchung fortgesetzt. Auch jetzt saßen die Geschworenen wie hölzerne Soldaten mit reglosen Gesichtern auf ihren Plätzen. Ein Pathologe, Mr Stuart-Jones, ein nüchterner Mann mit auf Hochglanz polierten Schuhen, wurde in den Zeugenstand gerufen und bestätigte mit distanziert-knappen Worten den Tod des Opfers; er schilderte die als Folge des Sturzes gebrochenen Knochen und konstatierte die Todesursache – Schädelfraktur – sowie die Male an Hals und auf den Unterarmen, die sich das Opfer bei einem kurz zuvor stattgefundenen Kampf zugezogen hatte. Außerdem habe man eine zerbrochene Brille, die Teil der Kostümierung des Opfers war, auf dem Boden des Glockenturms gefunden, was die Theorie eines vorangegangenen Kampfes untermauerte.

Unmittelbar danach trat Detective Monroe in den Zeugenstand – seine Nase war dunkelviolett wie eh und je. Mr Hicks bat ihn, den Anwesenden zu beschreiben, wo sich die Partygäste zum mutmaßlichen Zeitpunkt des Mordes aufgehalten hatten.

»Es waren etliche Gäste im Haus«, begann Monroe mit unheilvoller Stimme. »Ich werde die Räume nennen, in denen sich die Teilnehmer der Schnitzeljagd zu dem Zeitpunkt aufhielten, als Alarm geschlagen wurde. Lord De Clifford befand sich in der Stiefelkammer, Miss Clara Fischer im Speisezimmer, Mr Sebastian Atlas und Miss Phoebe Morgan im Salon …«

Der Coroner hüstelte, worauf DI Monroe innehielt. »Entschuldigung«, sagte Mr Hicks.

»Miss Charlotte und Miss Nancy Mitford hielten sich im Morgensalon auf, Mr Oliver Watney in der Telefonnische, und Miss Pamela Mitford im Rauchersalon. Das Dienstmädchen, Miss Louisa Cannon, war in der Küche. Die restlichen Gäste, Lord und Lady Redesdale, die Kinder und Dienstboten hielten sich alle in ihren jeweiligen Schlafzimmern auf, bis auf Mrs Windsor, die in ihrem Wohnzimmer saß, und den Stallknecht, Hooper, der sich in seinem Zimmer über den Ställen befand. Sie schliefen zwar nicht, bekamen jedoch trotzdem nichts von dem Aufruhr mit.«

»Würden Sie dem Gericht bestätigen, was bei Miss Long gefunden wurde, als Sie sie befragt haben?«

»Ein mit Saphiren und Brillanten besetzter Platinring, ein Paar goldener Rubinohrringe, eine Perlenkette, ein mit Saphiren und Brillanten besetztes Armband und eine mit Rubinen und Brillanten besetzte goldene Halskette. Miss Iris Mitford bestätigte, dass es sich dabei um ihren Besitz handelte.«

»Danke, Detective Inspector Monroe, Ihre Aussage war sehr hilfreich.«

Louisa sah zu, wie Monroe den Zeugenstand verließ; es schien fast, als müsste er dem Drang widerstehen, einen Diener zu machen.

Es folgten einige abschließende Bemerkungen, doch Louisa hörte gar nicht hin; ihr Blick hing wie gebannt an Dulcie, die wie ein Häufchen Elend auf der Bank saß. Als die Geschworenen sich zur Beratung zurückzogen, musste sie erneut an Dulcies Worte denken, die ihr seit Tagen im Kopf herumgingen. *»Auf unseresgleichen fällt der Verdacht ja immer als Allererstes.«* Was, wenn Dulcie unschuldig war? Sie besaß doch gar nicht die körperliche Kraft, um einen erwachsenen Mann aus dem Fenster zu stoßen, außerdem ergab es keinerlei Sinn – weshalb hätte sie sich nach dem Streit in Miss Iris' Zimmer noch einmal in der Kirche mit ihm treffen sollen? Zudem gefiel ihr die Unterhaltung zwischen Ted und Clara nicht, auch wenn sie sich keinen Reim darauf machen konnte. Fest stand nur, dass die Geschichte bei Weitem nicht so klar war, wie DI Monroe es darstellte.

Nicht einmal zwanzig Minuten später kehrten die Geschworenen zurück. Eine Frau, die kaum älter als Dulcie sein konnte, hatte gerötete Augen, die anderen dagegen wirkten so unbewegt wie zuvor. Der Sprecher erhob sich auf Mr Hicks' Anweisung und verkündete, nach ihrer Einschätzung liege ein Tötungsverbrechen vor.

»Ein junger Mann musste eines tragischen und sinnlosen Todes sterben«, erklärte Mr Hicks; es war so still im Raum, dass man eine Stecknadel hätte fallen hören können. Er sah vielleicht wie ein Mann aus, dessen einzige Extravaganz eine rosa Nelke im Knopfloch sein mochte, doch er sprach mit der Haltung eines römischen Herrschers mit einer Krone aus goldenen Blättern auf dem Kopf.

»Mr Adrian Curtis war ein Mann mit einer großen Zukunft, der womöglich einen beträchtlichen Beitrag zur Gesellschaft geleistet hätte. Miss Dulcie Long, hiermit erhebe ich offiziell Anklage gegen Sie wegen Diebstahls und vorsätzlichen Mordes. Sie werden in Gewahrsam bleiben, ohne die Möglichkeit einer Kaution.« Es gab keinen Hammer, der auf einen Resonanzblock geschlagen wurde, sondern lediglich Unterlagen, die Mr Hicks einsammelte, während der Polizeibeamte Dulcie abführte. Jetzt trug sie Handschellen.

KAPITEL 21

Cornish hatte die Tür des Befragungsraums hinter sich zugeknallt. Elsie White, die immer noch mitten im Raum stand, wo Mary sie abgeklopft hatte, begann zu kichern, verstummte jedoch abrupt, als Guy sich ihr zuwandte. Wut loderte in ihm auf, und am liebsten hätte er ihr den Stuhl entgegengeschleudert und zugesehen, wie er in tausend Teile zerbarst. Mary hob beschwichtigend die Hand.

»Nicht«, sagte sie, als hätte sie seine Gedanken gelesen. »Wir gehen wieder los und wieder und wieder. Und irgendwann kriegen wir sie.«

Elsie begann zu lachen, ein tiefes, gurgelndes Geräusch, das aus ihrem Bauch aufstieg und aus ihrem weit aufgerissenen Mund mit den vergilbten Zähnen schallte. »Nie im Leben«, japste sie, während das Lachen allmählich verebbte. »Keine von uns kriegt ihr jemals«, zischte sie.

Mary trat hinter sie, packte sie bei den Schultern, riss sie mit einer Kraft, die Guy ihr nicht zugetraut hatte, herum und drückte sie auf einen der Stühle. Dann bedeutete sie Guy, auf der anderen Seite des Tisches Platz zu nehmen. Mit offenem Mund sah Elsie zu, wie sich die beiden Polizisten ihr gegenüber hinsetzten. Guy legte Notizbuch und Stift vor sich ab.

»Also, Miss White«, begann er. »Es besteht kein Zweifel daran, dass Sie sich im Besitz der gestohlenen Waren befinden und Constable Moon und ich den Diebstahl bezeugen können.«

Elsie bemühte sich um ein trotziges Lächeln, was ihr aber nicht so recht gelingen wollte.

»Falls der Richter gute Laune haben sollte, kommen Sie vielleicht mit … hm, was denken Sie, Constable Moon?«

Mary kreuzte die Arme und setzte eine gespielt nachdenkliche Miene auf. »Wenn es einigermaßen gut läuft, könnte Miss White mit ein paar Monaten davonkommen.«

Elsie sagte kein Wort.

»Allerdings habe ich das dumpfe Gefühl«, fuhr Guy fort, »dass Miss White kein unbeschriebenes Blatt ist und wir daher eher von achtzehn Monaten Zwangsarbeit ausgehen müssen.«

Mary nickte. »Das klingt ziemlich plausibel.«

»Es sei denn, Miss White, Sie lassen sich überreden, uns bei der Suche nach Ihren geschätzten Kollegen ein wenig behilflich zu sein.« Guy verspürte den Drang, die Finger unter dem Tisch zu kreuzen.

»Ich verpfeif keinen«, erklärte Elsie mit fester Stimme.

»Sie brauchen uns ja keine Namen zu nennen«, meinte Guy nachdenklich. Irgendetwas *musste* er aus ihr herausholen, allerdings würde er sich damit begnügen müssen, was sie ihm lieferte. Viel Verhandlungsspielraum hatte er nicht. Eine Frau wie Elsie hatte keine Angst vor dem Gefängnis. »Ich will nur wissen, wo wir die Männer finden, die Ihnen und Ihren Kumpaninnen die Waren abnehmen.«

Elsie schüttelte den Kopf. »Ich hab keine Ahnung, wovon Sie reden. Wenn Sie mich einbuchten wollen, nur zu. Ich hab nichts dagegen, mich in einer Zelle ein bisschen auszuruhen.«

»Wir bleiben so lange hier, bis wir fertig sind«, warf Mary ein, und wieder konnte Guy über ihre Kaltschnäuzigkeit nur staunen.

»Sie wissen genau, was ich meine«, ergriff er neuerlich das Wort. »Hehler. Männer, die Ihre gestohlenen Waren an sich nehmen und weiterverkaufen. Wo verhökern sie sie?«

Elsie presste die Lippen zu einer schmalen Linie zusammen und schüttelte den Kopf.

»Wenn Sie mir einen Namen geben«, fuhr Guy fort, »können wir die achtzehn Monate auf sechs runterhandeln. Wenn es mehrere Namen sind, sorgen wir dafür, dass Sie noch mal so davonkommen.«

Elsies Lippen blieben schmal, doch ein unsicherer Ausdruck flackerte in ihren Augen auf. Dieser Anflug eines Wankens war alles, was Guy gebraucht hatte.

»Ein Name, Elsie.«

»Ich sag Ihnen keinen Namen, nicht ums Verrecken«, stieß sie hervor, wenn auch nicht mehr ganz so überzeugt wie vorher.

»Dann nennen Sie uns einen Ort, wo wir sie finden können«, beharrte Guy. »Vielleicht halten sich ja auch noch andere Leute dort auf, sodass wir ihnen praktisch zufällig in die Arme laufen könnten und niemand je erfahren würde, dass wir es von Ihnen wissen. Ein Pub oder ein Arbeiterverein, so was in der Art.«

Mary beugte sich vor. »Haben Sie ein Kind, Elsie?«

Elsie starrte sie an. »Sie rühren mir meinen Charlie nicht an!«, schrie sie.

Mary lächelte beruhigend. »Wir werden Ihrem Charlie

nichts tun, aber überlegen Sie doch nur mal … achtzehn Monate ohne ihn wären doch eine sehr lange Zeit, denken Sie nicht auch?«

»Ein Name!«, wiederholte Guy.

»Der *43 Club*«, sagte Elsie. »Mehr kriegen Sie von mir nicht. Und jetzt lassen Sie mich gehen.«

KAPITEL 22

Nach ihrer Rückkehr rollte Louisa sich in einem Sessel am Kamin im Kinderflügel zusammen. Nanny Blor hatte ihr eine Tasse Tee mit einem Stück Gebäck gebracht, und Unity und Decca hatten eine Decke herbeigeschleppt, mit der sie sie zudeckten. Natürlich hatten die kleineren Mädchen keine Ahnung, was los war, genossen es jedoch, einmal diejenigen sein zu dürfen, die andere umsorgten. Sogar Debo war in ihr Zimmer gelaufen, um ihren Lieblingsplüschhasen mit dem fehlenden Ohr zu holen. Louisa hob sie hoch und setzte sie auf ihren Schoß. Das jüngste der Mitford-Mädchen hatte dichte, blonde Locken und besaß ein gutmütiges Naturell – wenn auch nur, bis man versuchte, sie daran zu hindern, am Daumen zu lutschen. Denn dann brach die Hölle los, wie Nanny Blor es auszudrücken pflegte. Louisa konnte nicht sagen, weshalb ihr Bedürfnis, die Mädchen ganz nahe bei sich zu haben, so groß war, sondern sie wusste nur, dass sie irgendwo auf dem Weg zwischen dem Haus und dem Gerichtssaal die Bodenhaftung verloren hatte und sich fühlte, als ginge sie über etwas Weiches, Nachgiebiges, wie Moos. Zugleich verspürte sie das überwältigende Bedürfnis, sich in einer dunklen Höhle zu verkriechen und nicht so schnell wieder herauszukommen.

Natürlich kam das nicht infrage, dafür gab es viel zu viel zu tun; abgesehen davon linderte das allabendliche Ritual, die Kinder zu baden und anschließend zu Bett zu bringen, ihre Aufgewühltheit ein wenig.

Charlotte war mit Sebastian, Ted, Phoebe und Clara nach London zurückgefahren, um dort mit ihrer Mutter das Begräbnis vorzubereiten. Pamela war nach der Rückkehr mit ihren Eltern im Salon geblieben, und Nancy hielt sich wohl ebenfalls unten auf, vermutete Louisa. Irgendwann, als sie und Nanny Blor im Kinderflügel, in dem es spürbar stiller war als sonst, ihr Abendessen einnahmen, stand Nancy auf einmal in der Tür. Sie trug Reithosen und einen alten blauen Pulli mit einem Loch am Ärmel, ihr Haar war zerzaust, zum ersten Mal seit Tagen bemerkte Louisa Tränen in ihren Augen, und rote Flecken prangten auf ihrem typisch englischen, rosig-hellen Teint.

»Ich wollte zu euch«, sagte sie. »Erstens war ich eine Ewigkeit nicht mehr hier, zweitens ist die Stimmung unten hundsmiserabel. Habt ihr schon euer Dessert gegessen? Ich hätte Lust auf etwas Süßes.«

Louisa, die keinerlei Lust auf ihren Grießbrei mit Sahne und einem Klecks Himbeermarmelade vor sich verspürte, schob Nancy dankbar das Schälchen zu.

»Du kannst meinen haben«, sagte sie. »Ich habe keinen Appetit mehr.«

»Danke, Lou-Lou.« Nancy setzte sich an den Tisch, als wäre sie immer noch sechs Jahre alt.

Nanny Blor, die bei Nancys Anblick den Löffel, auf halbem Weg zum Mund, wieder abgesetzt hatte, um im Zweifelsfall sofort aufzustehen, ließ sich zurücksinken. In kameradschaftlichem Schweigen saßen sie am Tisch, bis der letzte Rest verspeist war, dann setzte Nancy sich zurück. Sie schien etwas sagen zu wollen, besann sich jedoch eines Besseren.

»Hat es dir die Sprache verschlagen?«, fragte Nanny.

»So in der Art.«

»Ich setze mich an den Kamin.« Mit einem liebevollen Blick auf Nancy und Louisa stand Nanny Blor auf. »Mein Buch ist so spannend, dass ich gern ein bisschen weiterlesen würde.«

Louisa erhob sich und fing an, das Geschirr abzuräumen, als Nancy das Wort ergriff. »Die arme Charlotte. Ihr eigenes Dienstmädchen. Was um alles in der Welt hat sie dazu getrieben?«

Louisa hielt in der Bewegung inne und stützte das Tablett auf einer Hüfte ab. »Ich glaube nicht, dass sie es getan hat.«

»Wie meinst du das? Es war doch niemand anderes dort. Wir haben sie neben der Leiche stehen sehen, und Pam hat die beiden zuvor streiten gehört. Welche Beweise brauchst du denn noch?«

Das Tablett fühlte sich mit jeder Sekunde schwerer an. »Was, wenn jemand anderes dort war?«

Nancy richtete sich auf, nahm Louisa das Tablett aus der Hand und stellte es auf dem Tisch ab. »Wovon sprichst du? Wer denn?«

»Keine Ahnung …« Louisa presste sich die Hände auf die Augen, wie ein Kind, das so tat, als wäre niemand da, der hören konnte, was es sagte. Den ganzen Tag hatte sie an die Frau denken müssen, die während der Anhörung im Gerichtssaal gesessen hatte, als wollte sie Dulcie daran erinnern, bloß nichts über ihre Verbindung zu den Forty zu verraten. Wieso tat sie das, wenn nicht, um Alice Diamond zu schützen. Bedeutete das, dass Dulcie wiederum jemanden schützte, indem sie sich zu dem Diebstahl bekannte? Und was war mit der Unterredung zwischen Ted und Clara? Doch all das konnte Louisa nicht preisgeben, ohne dabei ihren eigenen schweren Verrat zuzugeben. Ihr wurde bewusst, wie sehr sie sich über Nancy und all ihre Freiheiten ärgerte, die sie selbst niemals haben würde. Was trennte sie denn, außer dem puren Glück der familiären Umstände, in die sie beide hineingeboren waren? Ihr Groll hatte sich seit Jahren in ihr aufgebaut und brach sich nun in einer unbändigen Wut Bahn, die in ihrem Innern pulsierte.

»Es ergibt alles absolut keinen Sinn«, platzte sie heraus. »Weshalb sollten sie sich zuerst in die Haare bekommen und sich dann ein zweites Mal treffen? Und woher sollte sie die Kraft nehmen, ihn zu stoßen? Nein, jemand anderes muss es getan haben.«

»Und was hast du jetzt vor?« Nancys Gesicht war gerötet.

Erst in diesem Moment wusste Louisa, was zu tun war. »Ich werde es beweisen. Ich werde denjenigen finden, der es getan hat, und beweisen, dass sie es nicht war.«

»Pass gut auf, Lou-Lou«, sagte Nancy. »Vielleicht wirst du dich irgendwann entscheiden müssen, auf wessen Seite du stehst. Auf Dulcies – oder auf unserer.«

KAPITEL 23

Entgegen ihren sonstigen Gewohnheiten hatte Lady Redesdale entschieden, den Vormittag in der Bibliothek zu verbringen. Nun saß sie am großen Fenster, durch das die Sonne hereinschien, wobei sie immer wieder ein Stück nachrücken musste, um die angenehm wärmenden Strahlen auf dem Rücken zu haben, während sie sich über ihre Weihnachtskarten beugte. Louisa hatte sich mit ihrem Nähkorb auf einem Holzstuhl neben dem Kamin niedergelassen – trotz des Sonnenscheins war es ein eisiger Dezembertag –, während Decca und Unity mit dem Puppenhaus spielten; Debo wollte mitspielen, doch jeder ihrer ungeschickten Versuche, das Miniaturmobiliar zu bewegen, wurde mit der scharfen Anweisung unterbunden, es gefälligst anders zu machen. Lord Redesdale und Tom – er war über die Weihnachtsferien nach Hause gekommen, sehr zur Freude aller und vermutlich der Grund, weshalb sich die gesamte Familie in der Bibliothek aufhielt – hatten das unhandliche Puppenhaus eigens aus dem Kinderflügel nach unten getragen. Im Moment warteten alle darauf, dass Vater und Sohn von ihrem Spaziergang zurückkehrten. Diana war mit der Gouvernante im Schulzimmer; noch beim Frühstück hatte sie allerdings einen Wutanfall gehabt, weil sie keinerlei Notwendigkeit sah, »dieses blöde Französisch« zu lernen. Nanny Blor hatte zugestimmt, dass die Leute auf dem Kontinent nicht einmal eine anständige Tasse Tee zubereiten könnten, dann aber angefügt, dass ihre Sprache sich jedoch wunderschön anhöre, was Louisa ein Lächeln entlockt hatte.

Pamela und Nancy halfen ihrer Mutter bei den Weihnachtskarten: Nancy suchte die Namen aus dem Adressbuch, Pamela leckte die Gummierung der Umschläge und Briefmarken ab. Die friedliche Stille hielt seit fast einer Stunde an, und gerade als Louisa überlegte, dass bestimmt bald die große Langeweile einkehren würde, begann Nancy in bettelndem Tonfall, der sich im Handumdrehen in nervtötendes Gejammer zu verwandeln drohte: »Es ist mehr als einen Monat her, seit ich das letzte Mal in London war. Für Donnerstag habe ich eine Einladung ins Theater, und am Freitag findet eine Benefiz-Tanzveranstaltung für verwitwete Mütter statt, an der *absolut alle* teilnehmen werden. Sogar Lord De Clifford hat eine Eintrittskarte, und er könnte doch ein perfekter Kandidat für unsere gute alte Pam sein.«

Nancy zwinkerte ihrer Schwester vielsagend zu, die einen Schrei ausstieß und empört rief, sie habe keinerlei Interesse an Ted, doch es war zu spät – ihre Wangen glühten rot.

Lady Redesdale unterschrieb die Weihnachtskarte, die sie gerade in Arbeit hatte, und reichte sie Pamela, ehe sie sich aufsetzte und an ihre älteste Tochter wandte.

»Koko, nach allem, was hier geschehen ist, kannst du keine Tanzveranstaltung besuchen. Das wäre unschicklich.« Sie griff nach einer weiteren Karte, um zu signalisieren, dass das Thema damit erledigt war.

»Aber das ist zwei Wochen her. Was sollen wir denn tun?

Ein Jahr lang Trauer tragen? Wir leben schließlich nicht mehr im viktorianischen Zeitalter.«

Lady Redesdale zog eine Braue hoch. »Das vielleicht nicht, aber wie du weißt, wurde ich unter der Regentschaft unserer wunderbaren Königin geboren.«

»Nun, die Zeiten ändern sich nun mal, Muv.« Nancy senkte die Stimme. »Wenn es so weitergeht, werde ich niemals heiraten. Nächstes Jahr ist meine vierte Saison …«

Dies war, wie Louisa wusste, die Achillesferse der Mitfords und ein äußerst unangenehmer Umstand. In nicht einmal drei Jahren würde Diana ihr Debüt in der Gesellschaft geben, und schon jetzt war sie eine solche Schönheit, dass zu befürchten stand, sie könnte noch vor Nancy »unter die Haube« kommen. So schwierig Nancy sein konnte und auch wenn sie noch so oft erwähnte, es gebe viel zu viel zu erleben, um sich jetzt schon auf die Suche nach einem Ehemann zu begeben (auch wenn Louisa nicht sicher war, ob sie es tatsächlich so meinte), wünschte ihr niemand diese Demütigung: als Brautjungfer bei der Hochzeit der jüngeren Schwester auftreten zu müssen. »Da kann man ja gleich ins Kloster gehen«, hatte Ada gekichert, als sie in der Küche darüber geklatscht hatten.

Lady Redesdales Federhalter verharrte über der Karte.

»Und sieh dir nur unsere Mollie an«, fuhr Nancy in ihrem normalen Tonfall fort. »Nächstes Jahr debütiert sie, und nach allem, was vorgefallen ist, muss sie völlig verängstigt sein und glauben, dass jede Party mit einem Mord endet.«

»Genug jetzt!« Lady Redesdale knallte ihren Federhalter hin, während Pamela aufsprang und die mit Briefmarken beklebten Umschläge zu Boden glitten. »Ich habe keine Angst! Ich bin kein Baby mehr!«

Ein langsames Lächeln breitete sich auf Nancys Gesicht

aus; eines, das Louisa nur allzu gut kannte: Nancy genoss nichts mehr, als ihr Gegenüber ordentlich aus dem Konzept zu bringen, was ihr wieder einmal hervorragend gelungen war. Selbst die drei Kleinen hatten ihr Spiel unterbrochen, um zu lauschen; Decca mit dem winzigen Puppenhausbett in der Hand.

»Louisa kann uns ja als Anstandsdame begleiten«, fuhr Nancy scheinbar ungerührt fort. »Ich denke, ein kleiner Tapetenwechsel wird uns guttun, oder nicht?«

In diesem Moment ging die Tür auf, und ein Schwall kalter Luft, vermischt mit dem Geruch von nassem Laub und Holzkohle, wehte herein, als Lord Redesdale, gefolgt von Tom, den Raum betrat. Lady Redesdale warf ihnen einen Blick zu und setzte sich ohne jede Hast wieder.

»Ich werde es mit deinem Vater besprechen«, sagte sie zu Nancy, und damit war die Unterhaltung beendet.

Natürlich bekam Nancy wieder einmal ihren Willen. Aus diesem Grund bestiegen sie, Pamela und Louisa am darauffolgenden Mittwoch den Zug von Shipton-under-Wychwood nach Paddington; in London würden sie, wie üblich, bei ihrer Tante Iris in Elvaston Place wohnen. Der erste Abend verlief sehr gesittet, so als wollten sie ihre guten Absichten unter Beweis stellen – sie aßen früh und gingen zeitig zu Bett. Am Morgen gab es einiges zu erledigen, danach unternahmen sie einen langen Spaziergang durch den Hyde Park, Nancy und Pamela kameradschaftlich Arm in Arm, während Louisa, die neben ihnen herging, sich unweigerlich von ihrer guten Laune anstecken ließ.

»Oh, es ist so herrlich, endlich mal von all diesen Biestern weg zu sein«, rief Nancy.

»Sei nicht so illoyal, Koko!« Pamelas Stimme überschlug sich fast.

»Ich habe doch die haarigen Vierbeiner gemeint«, erwiderte Nancy mit weit aufgerissenen Augen, woraufhin die beiden Mädchen prompt zu kichern begannen.

Um sechs Uhr abends waren die Mädchen in ihre Cocktailkleider geschlüpft, zu denen sie flache Pumps und lange Handschuhe trugen. Mit ihren Lockenköpfen – die eine blond, die andere brünett – sahen sie sehr hübsch aus. Louisa trug dasselbe Kleid wie am Morgen. Es stellte sich heraus, dass die Theaterkarten bereits für die Mitford-Mädchen gekauft worden waren. »Aber für dich nicht, Liebes«, erklärte Nancy. »Du wirst im Foyer warten müssen, bis die Vorstellung vorbei ist.« Louisa bemühte sich, ihre Enttäuschung und Demütigung zu verdrängen. Hatte sie sich ernsthaft eingebildet, sie sei ebenfalls eingeladen?

»Natürlich«, sagte sie nur, was Iris mit einem wohlwollenden Nicken quittierte.

Noël Cowards *Hay Fever* sollte im Criterion Theatre am Piccadilly Circus gespielt werden; als sie eintrafen, hatte sich bereits die schillernde Londoner Gesellschaft eingefunden, deren Glanz den nächtlichen Himmel über London erhellte – während Mitford Manor fernab im Dunkeln versank. Ihnen blieb sogar noch genug Zeit, um die bemalten Fliesen und breiten Buntglasfenster zu bewundern. »Das Theater ist die neue Kirche«, bemerkte Nancy, wofür sie einen strafenden Blick von Pamela kassierte. Wenig später stieß Clara zu ihnen, atemlos vor Aufregung und für Louisas Geschmack ein wenig übertrieben mit einer dicken Schicht Make-up und ihrem goldfarbenen Kleid mit dem skandalösen Vorder- und Rückenausschnitt, dessen Ausmaß durch die Perlenkette noch betont wurde. Anstelle von Handschuhen trug sie eine Reihe dünner Metallarmreifen, von ihren Handgelenken bis hinauf zu den Ellbogen – eine absolut verwegene Aufmachung. Vielleicht hatte sie ihre Garderobe von Fotografien von Josephine Baker, der exzentrischen Tänzerin in Paris, abgeschaut. Clara begrüßte Nancy und Pamela mit einem Kuss auf die Wange und zog sie an sich.

»Es heißt, Noël Coward erscheint heute Abend höchstpersönlich«, erklärte sie. »Das ist meine große Chance.«

»Was meinst du damit?«, fragte Pamela.

»Natürlich, um eine Rolle für sein nächstes Stück zu ergattern, was sonst? Ich bin schließlich Schauspielerin«, verkündete Clara stolz.

»Tatsächlich?«, bemerkte Nancy mit unüberhörbarem Hohn. »In welchem Stück hast du denn schon gespielt?«

Clara bemühte sich um eine lässige Miene. »Noch in keinem Stück. Aber ich war schon mehrmals beim Vorsprechen. In den Staaten.«

In diesem Moment trat Sebastian zu ihnen, den bislang noch keiner von ihnen bemerkt hatte. Auf seinem Gesicht lag ein schmieriges Lächeln. »Darauf gehe ich jede Wette ein, Miss Fischer.«

Clara fuhr zusammen, doch statt ihn zu begrüßen, wandte sie sich ab und ging davon, um sich ein Programmheft zu besorgen. Nancy trat vor und gab ihm einen flüchtigen Kuss auf die Wange. »Hallo, Darling«, sagte sie. »Du darfst sie doch nicht so ärgern.«

»Witzig, dass ausgerechnet du das sagst. Ist sonst noch keiner hier?«

Pamela blickte zur Tür. »Da ist Ted. Und jemand, den ich nicht kenne.«

»Das ist Dolly«, bemerkte Sebastian trocken. »Deine Rivalin …«

»Unsinn«, gab Pamela zurück. Louisa war stolz auf die Reife, mit der sie die alberne Bemerkung abgeschmettert hatte. Allmählich lernte Pam, Nancys Freunde in Schach zu halten.

Ted hatte lässig den Arm um Dollys Schultern gelegt. Sie war ein gutes Stück kleiner als er und mächtig aufgedonnert. Ihr langer Nerzmantel kostete vermutlich mehr als Pamelas und Nancys Garderobe zusammen. Doch ihr Lächeln wirkte reichlich nervös, als sie näher traten. Louisa bemerkte, dass Ted sich einen flüchtigen Blick in Claras Richtung erlaubte, ehe er seine dunklen Augen auf die Mitford-Schwestern richtete.

»Wie nett von euch, dass ihr alle gekommen seid«, sagte er.

»Aber nein, das Vergnügen ist ganz auf unserer Seite«, erwiderte Pamela. »Ich bin völlig aus dem Häuschen, heute Abend hier sein zu dürfen.« Nancy warf ihr einen vernichtenden Blick zu, sagte jedoch nichts.

Schließlich kam Charlotte herein – schmaler denn je, doch bei Weitem nicht mehr ganz so tief in Trauer wie noch bei dem Gerichtstermin vor wenigen Wochen. Sie begrüßte alle Anwesenden herzlich, ja sogar regelrecht begeistert. »Komme ich zu spät?«

»Nein«, antwortete Nancy. »Die Glocke hat noch nicht geläutet, aber wieso nehmen wir nicht unsere Plätze ein, wenn wir jetzt vollzählig sind?«

Sie gingen in Richtung der Logen und waren im Handumdrehen in der Menge der Theaterbesucher verschwunden, ohne Louisa auch nur mit einem letzten Blick oder einem Gruß zu würdigen.

Zwanzig Minuten später hatten auch die letzten Besucher das Foyer verlassen und mit ihnen die aufgeregte Vorfreude auf ein Stück, das die Londoner Theaterszene seit Wochen in Atem hielt. Louisa hatte beschlossen, lieber nicht allein in der Bar zu bleiben – schließlich konnte sie sich noch nicht einmal etwas zu trinken bestellen, ohne für ein Flittchen gehalten zu werden –, sondern setzte sich auf einen freien Stuhl, der vermutlich einem der Saaldiener gehörte, in der Nähe des Verkaufsstandes für Programmhefte. Sie hatte einen Roman von Agatha Christie, *Der Mann im braunen Anzug*, mitgebracht, den sie in der Bibliothek in Burford geliehen hatte, doch ihre Aufmerksamkeit wurde immer wieder abgelenkt vom Verkehrslärm und den Passanten, die vor dem Theater vorbeigingen. Und ihre Gedanken schweiften ununterbrochen zu Dulcie. Wie mochte es ihr wohl ergehen? Die jungen Leute waren hier, genossen scheinbar unbesorgt einen aufregenden Theaterabend, während das Dienstmädchen im Holloway Prison saß. Natürlich war Dulcie kein Unschuldslamm, das war Louisa völlig klar. Aber dasselbe galt auch für sie selbst. Louisa kannte das Gefühl purer Verzweiflung, und selbst wenn Dulcie eine Diebin war, verdiente sie es trotzdem, dass jemand sie beschützte. Von ihrer einstigen Herrin hatte sie nichts dergleichen zu erwarten; stattdessen war sie ebenso schnell davon überzeugt gewesen wie alle anderen, dass ihre Hausangestellte zu einer so brutalen und skrupellosen Tat imstande war.

Louisa hörte ein Knarren und sah Sebastian, der in seiner gewohnt katzenhaften Art durch die Seitentür glitt. Er schien sie nicht zu bemerken, sondern ging nach draußen. Seine Heimlichtuerei weckte Louisas Neugier auf Anhieb, deshalb trat sie leise zu der breiten Eingangstür und spähte durch eine der Glasscheiben. Sebastian stand neben einem Mann, der ein wenig kleiner war als er und einen dunklen Hut und Mantel trug. Louisa glaubte etwas Rotes am Kragen aufblitzen zu sehen. Die Unterredung dauerte nur wenige Sekunden: Sebastian reichte ihm etwas – Geld? – und nahm dafür irgendetwas entgegen. Was es war, konnte Louisa nicht erkennen, aber es war handlich klein, denn er ließ es sofort in seiner Jackentasche verschwinden. Eilig kehrte sie zu dem Stuhl zurück und griff nach ihrem Buch, um ihn glauben zu machen, sie sei in ihre Lektüre vertieft, falls er sie diesmal bemerken sollte.

KAPITEL 24

Louisa schreckte auf, als donnernder Applaus das Ende des Stücks verkündete. Die Türen wurden geöffnet, und das Publikum quoll aus dem Saal, wie ein kollektiver Seufzer der Erleichterung, der durch die Reihen ging, nachdem ein Geheimnis endlich gelüftet worden war. Die Besucher strömten zu den Toiletten und Garderoben und hinaus auf die Straße; dank der kalten Luft, die durch die weit offenen Türen hereindrang, kam Louisa wieder vollends zu Sinnen. Suchend ließ sie den Blick über die Menge schweifen, doch Pamela entdeckte sie zuerst. Ihre Augen leuchteten.

»Oh, Lou, es war so wunderbar. Ganz ehrlich, ich kann mich nicht erinnern, wann ich das letzte Mal so gelacht habe.«

Louisa konnte ihr diese harmlose Vergnügung kaum übel nehmen. »Das freut mich«, sagte sie.

»Clara kennt eine der Schauspielerinnen und will, dass wir mit ihr hinter die Bühne kommen. Los, komm mit!«

Pamela und Louisa hatten Mühe, den anderen zu folgen, die durch die Türen getreten, nach links und in die Jermyn Street gegangen waren, wo ein kleines schwarz-weißes Schild diskret auf den Bühneneingang hinwies. Sie schafften es gerade noch, Ted einzuholen, bevor er als Letzter an dem Türsteher vorbeiging, der ein Riesenbohei um ihr Auftauchen machte. »Maximal acht Leute in der Garderobe«, rief er ihnen hinterher. »Brandschutzvorschriften. Ich muss kommen und nachzählen …«

Er brach ab, als Ted sich umdrehte und ihm eine Pfundnote in die Hand drückte. »Vielen Dank, Sir«, sagte Ted aalglatt. »Wir sind alle ganz aus dem Häuschen, unsere gute Freundin Miss Blanche zu besuchen. Das verstehen Sie sicher.«

Der Türsteher lüftete seine Mütze und ließ den Geldschein in seiner Tasche verschwinden. »Ja, Sir. Ich wünsche Ihnen einen schönen Abend.« Sichtlich befriedigt setzte er sich wieder hinter seinen überfüllten Schreibtisch neben der Tür.

Doch als sie Garderobe Nummer sechs betraten, stellten sie fest, dass der Mann recht gehabt hatte – Brandschutzvorschriften hin oder her, die Garderobe war so winzig, dass sie nur knapp Platz für fünf oder sechs Leute bot. Blanche, allem Anschein nach eine überaus beliebte Schauspielerin, verlieh ihrem Entzücken über die Aufmerksamkeit lautstark Ausdruck, während sie ihren Gästen Champagner kredenzte. Sie war immer noch geschminkt, trug aber einen seidenen Kimono, dessen Gürtel sie fest um ihre schmale Taille geschlungen hatte. Der Raum war hell erleuchtet, und am Spiegel klemmte eine ganze Reihe an Karten und Fotos von Verehrern und Gratulanten; auf dem Schminktisch mit ihren Perücken befand sich eine Vase mit halb verwelkten Blumen, daneben eine mit frischen weißen Rosen. Clara stand direkt neben ihrer Freundin und sog förmlich jedes ihrer Worte in sich auf, während sie ihren Champagner hinunterkippte. Sebastian quasselte wie ein Wasserfall auf einen jungen Mann ein, der kaum zu Wort zu kommen schien. Dolly stand mit ihrem Glas in der Hand ein wenig abseits, während Ted die anderen

Männer im Raum wie eine Bulldogge beäugte, die ein saftiges Steak gegen eine Horde Streuner verteidigen musste.

Charlotte schob sich mit Nancy im Schlepptau an Pamela und Louisa vorbei, die immer noch unschlüssig auf dem Korridor herumstanden. Charlotte wollte aufbrechen, doch Nancy hielt sie zurück.

»Geh nicht«, bat sie. »Lass uns noch eine Weile bleiben. Vielleicht ziehen wir ja noch weiter, irgendwo anders hin.«

»Ich bin nicht in der Stimmung«, herrschte Charlotte sie an.

Louisa zog sich in die Schatten zurück. Charlotte wäre es zwar ohnehin nicht aufgefallen, doch sie hatte das Gefühl, Zeuge einer Unterhaltung zu werden, die nicht für ihre Ohren bestimmt war.

»Hat dir das Stück denn nicht gefallen?«, erkundigte sich Pamela in einem Anfall von Tapferkeit.

»Dolly mag die Eintrittskarten besorgt haben, aber das heißt noch lange nicht, dass sie sich unsere Freundschaft erkaufen kann.« Charlotte zog ihren eleganten Samtmantel enger um sich. »Adrian war übrigens strikt dagegen, dass Ted sie heiratet.«

»Was hatte die Verlobung denn mit ihm zu tun?« Jeder andere hätte instinktiv gewusst, dass es Fragen gab, die lieber unausgesprochen blieben, nur Nancy konnte ihre Neugier wieder einmal nicht bezähmen.

Seufzend zündete Charlotte sich eine Zigarette an. »Teds Vater ist bei einem Autounfall ums Leben gekommen, als er neun war, deshalb hat seine Mutter ihn über die Ferien immer zu uns geschickt. Pa war sein Taufpate, und er brauchte einen Mann in seinem Leben. Ted ist Pas Tod vor drei Jahren mehr an die Nieren gegangen als Adrian, und danach hat Adrian im Grunde die Vaterrolle eingenommen. Was einem Wichtigtuer wie ihm natürlich sehr gelegen kam.« Charlotte lachte bitter. »Nicht, dass Ted es ihm gedankt hätte. Ehrlich gesagt, glaube ich, dass er ein klein wenig verliebt in mich war. Er hat sich fast immer auf meine Seite gestellt, wenn ich Streit mit Ade hatte.« Sie nahm noch einen Zug an ihrer Zigarette. »Aber jetzt ist Adrian tot, und dieses Miststück hat sich Ted vollends unter den Nagel gerissen. Insofern … nein, das Stück hat mir überhaupt nicht gefallen. Können wir jetzt gehen?«

Louisa sah förmlich, wie sich die Rädchen in Nancys Kopf drehten, doch bevor sie etwas erwidern konnte, ertönte eine Männerstimme hinter ihnen.

»Wie abscheulich von mir, meine Liebe. Vielleicht kriege ich es nächstes Mal ja hin, dass Sie Ihren Spaß haben«, rief jemand und brach in lautes Gelächter aus. Nancy, Pamela, Charlotte und Louisa wandten sich um und blickten geradewegs in ein Gesicht mit sanften Augen und zarten, fast feminin geschwungenen Brauen – der Autor des Stücks, Mr Noël Coward, gemeinsam mit einer kichernden Gefolgschaft aus drei oder vier Männern und Frauen. Nancy wurde blass, und Pamela sah sich hektisch um, als suchte sie fieberhaft nach einem Loch, in dem sie verschwinden konnte, wohingegen Charlotte aussah, als hätte jemand sie aufs Übelste beleidigt. Brüsk schob sie sich an ihnen vorbei und stolzierte den Korridor hinunter.

Nancy ergriff das Wort. »Mr Coward«, sagte sie, »für einige von uns sind Worte etwas, womit sie sich und andere schnell einmal verletzen, wenn sie nicht aufpassen.« Mr Coward war vorgetreten und stand mit belustigter Miene, eine Hand lässig auf die Hüfte gestützt, vor ihr. »Sie hingegen beherrschen sie wie eine Waffe mit scharfer Klinge, wie wir heute Abend erleben durften.«

Mr Coward lachte aus vollem Halse. »Sie sind ja eine echte Kanone«, erwiderte er und schlang ihr den Arm um die Taille. »Kommen Sie. Sie müssen mir alles über sich erzählen.« Er zog sie mit sich in den überfüllten Raum, wo sich wie durch ein Wunder auf einmal ausreichend Platz bot, während Louisa und Pamela das Ganze wie gebannt verfolgten. Clara hatte alle Mühe, ihre Wut zu verhehlen und ein Lächeln auf ihre Züge zu zwingen, als sie Nancy an Mr Cowards Seite hereinkommen sah. Es lag auf der Hand, dass sie all ihre Felle davonschwimmen sah. Dolly und Ted traten hinaus auf den Korridor, um dem Gedränge zu entfliehen. »Bei dem kann sie sich jedenfalls nicht hochschlafen«, raunte Dolly verächtlich und stolzierte davon, dicht gefolgt von Ted, der sie zu beruhigen versuchte.

Pamela und Louisa sahen einander an. »Was machen wir jetzt?«, fragte Pamela.

»Wir sollten auf Nancy warten, denke ich«, antwortete Louisa ratlos.

»Ich fühle mich wie bestellt und nicht abgeholt«, meinte Pamela. »Außerdem habe ich Bärenhunger.«

Louisa ließ den Blick umherschweifen. Die Türen zu den anderen Garderoben standen ebenfalls offen, und Gelächter perlte auf den Korridor. »Vielleicht sollten wir beim Türsteher eine Nachricht hinterlassen und uns irgendwo um die Ecke ein Café suchen.«

Pamela nickte. »Gute Idee.«

Sie gingen zum Ausgang, wo sie eine Mitteilung für Nancy hinterlegten, und traten hinaus auf die Jermyn Street. Der Türsteher, der inzwischen deutlich freundlicher war, hatte ihnen den Tipp gegeben, dass sie im neu eröffneten *Kit-Cat Club* direkt hier um die Ecke etwas zu essen bekämen, und versprochen, die Freunde von Miss Blanche wissen zu lassen, dass sie sie dort finden würden. Pamela hatte protestieren wollen, sie könne unmöglich in einen Club gehen, doch er hatte sie beruhigt, es gebe dort auch einen sogenannten Grill Room, ein Restaurant im amerikanischen Stil, was bedeutete, dass man dort noch spät etwas zu essen bekam. »Ehrlich gesagt«, hatte er wichtigtuerisch erklärt, »macht die Küche vor zehn Uhr abends sowieso nicht auf. Aber wenn die Leute erst mal reinströmen, ist der Teufel los, wie man hört. Und um Mitternacht findet dann die Show statt.« Er zwinkerte vielsagend, woraufhin Pamela sich eilig verabschiedete und auf die Straße trat.

Louisa, die nicht daran gewöhnt war, ihre festen Essenszeiten zu versäumen, kam es vor, als hinge ihr der Magen bis zu den Knien. Nancy und ihre Freunde vertrieben ihren Appetit routinemäßig mit Zigaretten und Alkohol; jedenfalls schien keiner von ihnen die Notwendigkeit einer Mahlzeit zu sehen. »Ich denke nicht, dass wir dort hingehen sollten«, meinte Pamela.

»Stimmt, vielleicht lieber nicht«, bestätigte Louisa, doch nun war sie nicht nur hungrig, sondern auch noch enttäuscht. Sie hätte gern einen Blick auf die gut gekleideten Männer und Frauen geworfen, von der Show ganz zu schweigen. Noch während sie – leicht überwältigt von der Kakofonie aus Lichtern, Menschen und einem dichten Verkehr wie um elf Uhr vormittags – auf der Straße standen und überlegten, was sie tun sollten, tauchte Clara plötzlich vor ihnen auf. Ihr Gesicht war vom Weinen verquollen, und ihre Wimperntusche hatte schwarze Schlieren auf ihren Wangen hinterlassen.

»Clara!«, rief Pamela. »Was ist denn passiert?«

Schniefend blickte Clara die beiden an. Trotz ihrer fleckigen Wangen und riesigen, tränennassen Augen war sie immer noch bildhübsch. Jede andere sieht wie ein verquollenes Kleinkind aus, dachte Louisa und verkniff sich in letzter Sekunde eine Bemerkung, wie unfair das war. Manchmal färbte die alltägliche Arbeit in einer Kinderstube wohl auf einen ab.

»Nichts, was nicht auch davor schon passiert wäre«, stieß Clara aufgebracht hervor. »Es gibt offenbar keinen einzigen Mann mit Anstand im Leib mehr. Sie sind alle …« Sie unterbrach sich, als ihr Pamelas Alter wieder einzufallen schien. »Ich wünschte, jemand würde mir eine Chance geben, ohne von mir zu verlangen, dass ich …« Wieder hielt sie inne und schlug sich die Hand vor den Mund, als ihr ein kleiner Hickser entfuhr. »O Gott! Ich bin betrunken.«

»Kommt Nancy auch?«, fragte Pamela, sorgsam darauf bedacht, nicht auf Claras letzte Bemerkung einzugehen.

Clara nickte. »Ja. Mit *Sebastian.*« Pamela wich erschrocken zurück, als Clara den Namen förmlich ausspie.

»Hat er sich danebenbenommen, Clara?«

Clara blickte an ihr vorbei auf die Passanten. Niemand schenkte ihnen Beachtung. Sie schwankte ein klein wenig, als sie den Finger auf die Lippen legte und ihre an einer langen, dünnen Kette hängende Handtasche öffnete, um Pamela und Louisa einen Blick auf ihren Inhalt zu gewähren.

»Er wird es jedenfalls nicht wieder tun. Keiner von ihnen.«

Die beiden spähten in das Abendtäschchen und entdeckten ein Messer, das zwischen rosafarbenem Seidenfutter neben einer strassbesetzten Puderdose schimmerte.

»Clara …«, begann Pamela, doch das amerikanische Starlet hatte sich abgewandt und taumelte die Straße entlang. Augenblicke später hörten sie, wie sie sich heftig in den Rinnstein auf der Jermyn Street übergab.

KAPITEL 25

Einige Tage nach Elsie Whites Verhaftung arbeiteten sich Guy und Mary immer noch in ihrer Funktion als verdeckte Ermittler die Oxford Street entlang, wenn auch ohne große Hoffnung, dass der Blitz zweimal an derselben Stelle einschlagen würde. Es war mitten am Vormittag, jene Zeit des Tages, zu der einem vor lauter Langeweile der Magen knurrte, es jedoch noch zu früh war, um Mittagspause zu machen. Der Himmel war schiefergrau, Regen lag in der Luft. Der Verkehr rumpelte vorbei, und die Leute hasteten die Gehsteige entlang, doch die Läden schienen weitgehend leer zu sein. Noch war es zu früh für weihnachtliche Panikkäufe. Sie blieben vor einem Zeitungsstand stehen. Mary zog den neuesten *Tatler* aus dem Ständer und schlug die Gesellschaftsseiten im hinteren Teil auf. »Wer sind all diese Leute?«, lachte sie. »Sehen Sie sich bloß diese komischen Namen an. Ponsonby, Fitzsimmons, Kandidelheimer.«

»Kandidelheimer?« Guy gab vor, ihr über den Rand seiner Brille einen strengen Blick zuzuwerfen. »Das ist der offizielle Name?«

»Ja«, gab Mary im Tonfall eines Reporters zurück. »Miss Kandidelheimer wurde gesichtet, wie sie beim Benefizball für gefallene Soldaten im Ritz mit Lord Geckenberger tanzte.«

Sie lachten immer noch, als Guys Blick auf eine Schlagzeile der *Times* fiel, die ihn aufmerken ließ. Er reichte dem Verkäufer ein paar Münzen, ehe dieser ihn beschimpfen konnte, weil er las, ohne zu bezahlen. »Joynson-Hicks' Krieg gegen das Laster.«

»Worum geht es da?«

Guy las ein paar Zeilen. »Der britische Innenminister will die Nachtclubs schließen … natürlich nicht die, in denen die feinen Pinkel ein und aus gehen, sondern die in Soho. Hier steht, das *43* würde es auch treffen. Tja, genau hier steht es.« Er deutete auf den Abschnitt und reichte die Zeitung Mary weiter, die Mühe hatte, die Blätter in der aufkommenden Brise unter Kontrolle zu halten.

»Die Polizisten sollen in die Clubs gehen, um dem Laster auf die Spur zu kommen, aber wenn sie das tun, verschonen sie genau die Läden, die sie eigentlich dichtmachen sollen«, sagte sie. »Ich meine, wie soll denn das überhaupt gehen?«

»Keine Ahnung. Da ist auch ein Foto von George Goddard. Er ist Leiter des Sittendezernats im Revier in der Savile Road. Das ist ganz in der Nähe von uns.«

»Genau da müssen wir hin, in die Clubs, ins *43*«, meinte Mary und reichte Guy die Zeitung wieder.

»Ich weiß, aber das haben wir doch schon besprochen. Cornish kann uns die Erlaubnis nicht geben, und ohne Erlaubnis können wir nicht hin.« Guy kniff seine Nasenwurzel zusammen, hinter der sich ein Anflug von Kopfschmerz bemerkbar machte.

»Dann gehen wir eben nach Dienstschluss hin.«

Seufzend rollte Guy die Zeitung zusammen. »Den wir eigentlich nie haben.«

»Sie haben doch erzählt, Ihr Freund Harry spielt in einer Band«, fuhr Mary fort.

»Das stimmt, aber …«

»Na dann. Sollte man uns aus irgendeinem Grund erwischen, können wir doch einfach sagen, wir wollten Harry besuchen. Und wir müssen ja nichts tun, was gegen das Gesetz verstößt, solange wir dort sind, oder?« Guy registrierte den bittenden Unterton in Marys Stimme – etwas, dem er nur sehr schwer widerstehen konnte. »Wir müssen doch bloß reingehen und uns ein wenig umschauen«, fuhr sie fort. »Wir können uns ein bisschen umhören. Vielleicht ergibt sich ja etwas. Das wäre besser als gar nichts – denn das ist alles, was wir im Moment haben.«

»Aber nicht heute Abend«, wiegelte Guy ab.

»Heute Abend nicht«, bestätigte Mary. »Aber bald.«

Guy sah ihr an, dass sie die Stunden bereits zählte.

KAPITEL 26

Vor ihrer Abreise aus Mitford Manor hatte Louisa Lady Redesdale gebeten, während ihres Aufenthalts in London anstelle ihres gewohnten freien Nachmittags drei Stunden freizubekommen, um eine Verwandte zu besuchen. Sie hatte sich Lord Redesdales Stadtplan mit dem U-Bahn-Netz auf der Rückseite genau angesehen und schätzte, dass sie, wenn sie um acht Uhr morgens aufbrach, gegen elf zurück sein sollte, gerade rechtzeitig, um die Schwestern bei ihren Einkäufen zu begleiten. Lady Redesdale hatte eingewilligt, wenn auch ein wenig widerstrebend. In der Zwischenzeit hatte Louisa einen Brief an das Holloway Prison mit der Bitte um Besuchserlaubnis für die Gefangene Dulcie Long geschickt. Da Dulcie noch in Untersuchungshaft saß, kam die Antwort innerhalb kurzer Zeit, und Louisa wurde eine Besuchserlaubnis erteilt. Die Reibungslosigkeit, mit der das Ganze vonstattenging, beschwor eine beinahe entspannte Unbeschwertheit in Louisa herauf, die jedoch rasch verflog, als sie sich an jenem Freitagmorgen auf den Weg zu dem Frauengefängnis machte.

Sie bog in die Camden Road, als sich unvermittelt ein mächtiges Gebäude vor ihr erhob, bei dem es sich nur um ein Gefängnis handeln konnte. Aus der Nähe wirkte der Komplex nicht weniger bedrohlich: Zwei gewaltige Greife flankierten den steinernen Torbogen, der sich über den Eingang spannte. Überall gab es Türmchen und in den Stein gemeißelte Kreuze, und die Fenster waren nichts als schmale Schlitze, um den Insassen den Luxus eines Blickes nach draußen oder eines Sonnenstrahls zu verwehren. Louisa zog ihren Mantel enger um sich und drückte die Schultern durch. Sie musste es tun, es gab kein Zurück.

Es hatte etwas Tröstliches, dass es sich bei den anderen Besuchern, die sich vor dem schweren Holzportal in einer Schlange aufstellten, vorwiegend um Frauen aus ihrer Schicht handelte, mit dünnen Mänteln und billigen Hüten, manche mit einem Hauch Rouge auf den grauen, eingefallenen Wangen. Auch ein paar Männer befanden sich unter ihnen; sie trugen Mützen oder Homburger, dunkle Jacken mit hochgeschlagenen Krägen, und fast jeder von ihnen hatte eine Zigarette zwischen Daumen und Zeigefinger. Eine junge, auffallend hübsche Frau stach aus der Menge hervor. Sie hatte ein kleines Kind in einem Mantel mit Samtkrägelchen an der Hand, das einen Teddybären so fest umklammert hielt, als hinge sein Leben davon ab.

In der Ferne ertönte eine Glocke, dann schwang die Tür auf, und die Besucher traten ein, um ihren Namen zu nennen und sich von einem Wärter abklopfen zu lassen, dessen Miene eine unerfreuliche Mischung aus Langeweile und Argwohn verriet. Louisa schluckte ihre Beklommenheit hinunter und sagte sich, dass sie sich nichts hatte zuschulden kommen lassen. Aber galt das auch für die Frau, die sie aufsuchen würde?

Nachdem die Besucher sich registriert hatten, wurden sie angewiesen, einem Wärter durch eine Reihe von Korridoren zu folgen. Jede Tür musste einzeln aufgeschlossen werden, fiel hinter ihnen zu und wurde verriegelt, ehe es durch die nächste Tür ging. Louisa kam sich wie in einer eingepferchten Schafherde vor. Schließlich gelangten sie in den Besucherraum, in dem sich an offene Schranktüren erinnernde Schalter wie in einem Pfandleihhaus aneinanderreihten. An den Wänden hatten sich Wärter postiert, mit wachsamen Gesichtern und über ihren ausladenden Bäuchen gekreuzten Armen. Louisa bekam die Nummer der Gesprächsnische genannt und setzte sich. Augenblicke später wurde die viereckige hölzerne Trennwand zur Seite geschoben, hinter der ein Gitter zum Vorschein kam. Nach ein paar Minuten erschien Dulcie auf der anderen Seite. Ihr Gesicht war eingefallen und fahl, ihre Schlüsselbeine ragten unter der grauen Kluft hervor. Wieder konnte Louisa nur über die Ähnlichkeit zwischen ihnen staunen, allerdings war es diesmal, als blickte sie in einen Spiegel, der zeigte, wie ihr Leben verlaufen wäre, hätte sie vor ein paar Jahren nicht den anderen Weg eingeschlagen. Sie bemühte sich, sich von der Resignation auf Dulcies Miene nicht abschrecken zu lassen, die trotz ihres Lächelns nicht zu übersehen war.

»Ich konnte es kaum fassen, als man mir gesagt hat, dass du mich besuchen würdest«, sagte sie. »Ich dachte, du willst bestimmt nie wieder etwas mit mir zu tun haben.«

Louisa zögerte. Trotz allen Mitgefühls für Dulcie war sie sich immer noch nicht ganz sicher, was sie von ihr halten sollte. »Dieser Schmuck«, begann sie. Dulcie senkte den Blick. »Wieso hast du ihn genommen? War das deine Absprache mit … du weißt schon …« Sie traute sich nicht, den Namen laut auszusprechen. »Von der du mir erzählt hast?«

Dulcie nickte kaum merklich, sagte jedoch nichts.

Louisa sah sich um, aber niemand schien ihnen zuzuhören, trotzdem senkte sie die Stimme. »Dir ist klar, dass ich weiß, wie der Hase läuft, aber natürlich hätte ich dich niemals ins Haus gelassen, wenn ich gewusst hätte …«

Dulcie hob den Kopf. In ihren Augen standen Tränen. »Ich weiß«, sagte sie. »Ich musste dich belügen. Aber hätte ich eine Wahl gehabt, hätte ich es niemals getan. Und es war das Einzige, worüber ich dich belogen habe.«

»Ich habe diese Frau gesehen, die aus dem Pub. Bei der Anhörung«, fuhr Louisa fort. »Sollte sie dafür sorgen, dass du nichts ausplauderst?«

»Ja«, presste Dulcie mühsam hervor.

»Du schützt sie also, Dulcie? Das halte ich für keine gute Idee. Sie können bestimmt gut auf sich allein aufpassen.« Louisas Mut wuchs.

Ein Schatten flog über Dulcies Züge. »Sie wissen, dass ich hier bin, und haben mir eine nicht gerade dezente Erinnerung geschickt, dass ich die Klappe halten soll. Natürlich kommt es ihnen gelegen, dass ich einsitze.«

Louisa blickte auf ihren Schoß und nahm all ihren Mut zusammen, ehe sie Dulcie wieder ansah. »Hast du es getan?«, flüsterte sie.

Dulcie unterdrückte einen Schrei. »Nein, ich war's nicht. Ich weiß nicht, *was* passiert ist, aber ich war es jedenfalls nicht.«

»Dann muss es eine Möglichkeit geben, es auch zu beweisen.«

»Vergiss es«, sagte Dulcie. »Ich bin geliefert. Hier drinnen genauso wie draußen. Und wenn sie mich nicht kriegen, dann schnappen sie sich eben meine …« Sie hielt inne.

»Wen?«, fragte Louisa.

»Meine Schwester Marie. Es wäre klüger, wenn du mich einfach vergessen würdest.«

Louisa schaute verstohlen zur Seite und sah, dass der Blick

des Wärters auf eine Frau zwei Nischen neben ihnen gerichtet war, die so nah am Gitter hing, als wollte sie der Gefangenen dahinter etwas zustecken.

»Aber sie könnten dich dafür hängen.«

»Bitte, lass es gut sein.«

Louisa rang sich ein Lächeln ab. Als könnten sie einfach übers Wetter oder den neuesten Film mit Mary Pickford plaudern. »Natürlich.«

»Wieso bist du überhaupt in London?«

»Ich muss wieder mal Anstandsdame spielen. Miss Nancy und Miss Pamela sind heute Abend auf irgendeiner Tanzveranstaltung in Chelsea eingeladen.«

»Wird Miss Charlotte auch dort sein, was glaubst du?«

»Keine Ahnung«, antwortete Louisa wahrheitsgetreu. »Kann sein. Ich habe sie gestern Abend im Theater gesehen.«

Dulcie zog eine Grimasse. »Feiern ist alles, was diese Leute tun. Falls sie heute Abend kommt, würdest du ihr eine Nachricht von mir überbringen?«

»Ich weiß nicht recht, Dulcie.«

Dulcie ließ die Schultern hängen. »Nein, du hast recht. Das kann ich nicht machen. Es war nur eine Kleinigkeit. Ich weiß nicht mal, warum ich mich daran erinnert habe.«

»Was denn?«, fragte Louisa und bemühte sich um eine ermutigende Miene. »Für den Fall, dass es tatsächlich dazu kommt, wäre es gut, wenn ich Bescheid wüsste.«

»Es ist nur … Ihre Schneiderin wartet darauf, dass Miss Charlotte ein bestelltes Kleid abholt und sie bezahlt. Sie ist eine von uns … und braucht das Geld. Mrs Brewster. 92 Pendon Road in Earl's Court.«

Louisa zögerte. Sie war nicht sicher, ob sie Dulcie diesen Gefallen wirklich tun könnte. »Na gut, Dulcie. Aber wer war es deiner Meinung nach? Es muss jemand gewesen sein, der bei der Party war, oder etwa nicht?«

Dulcies Miene verdüsterte sich. »Ich weiß ja, dass du nur helfen willst, aber lass es gut sein. Wie gesagt, es ist hoffnungslos. Nach Weihnachten fängt der Prozess an, und das war's dann für mich. Du kannst nichts mehr tun. Vergiss es einfach!«

Unwillkürlich musste Louisa an ihren Onkel Stephen denken … an alles, was sie angestellt hatte und womit sie ungeschoren davongekommen war. Dulcie war keinen Deut besser oder schlechter als sie selbst, und sie hatte immerhin versucht, auf den rechten Weg zurückzufinden. Sie hatte einfach Pech gehabt – die Art von Pech, wie es ihresgleichen immer wieder heimsuchte, weil sich außer ihnen niemand vorstellen konnte, dass man diesem Los manchmal einfach nicht entgehen konnte. Wenn man unter Dieben lebte, wurde man auch wie ein Dieb behandelt, und am Ende war man so verzweifelt und hungrig, dass man sich wie einer verhielt. Das war an sich schon schlimm genug, doch wehe, man versuchte sein Schicksal in die Hand zu nehmen und sich aus dem Sumpf zu ziehen. Dabei half einem keiner, oder zumindest fast keiner. Louisa hatte eine zweite Chance bekommen – es war schwierig, aber nicht ausgeschlossen. Sie konnte Dulcie nicht einfach aufgeben. Noch nicht.

KAPITEL 27

Bei ihrer Rückkehr war Louisa so erschöpft, dass sie sich am liebsten ins Bett gelegt hätte, doch es war noch nicht einmal Mittag. Pamela und Nancy saßen im Salon mit ihrer Tante Iris, einer schlanken Frau von Mitte vierzig, attraktiv mit knallrot geschminkten Lippen und reichlich wild und ungestüm für ihr Alter. (Ihre Schwägerin, Lady Redesdale, würde eher tot umfallen, als sich zu schminken.) In Iris' grauen Augen funkelte der Schalk, wenngleich eine gewisse Härte darin zu erkennen war. Iris liebte die junge Generation – wobei jedoch keineswegs Kinder gemeint waren – und betonte stets, wie wichtig es sei, sich hübsch anzuziehen und das Leben zu genießen. »Schnapp dir den richtigen Mann, nicht den Preis«, hatte Iris gesagt, als sie von Pamelas Kostümparty erfahren hatte. (»Was sie selbst nie getan hat«, hatte Nancy bemerkt und dafür prompt einen Klaps von Pamela kassiert.)

Pamela sprang auf, als Louisa hereinkam – bestimmt hatte Iris gerade eine pikante Geschichte über ihre Jugend zum Besten gegeben, die Lady Redesdale gewiss nicht gutgeheißen hätte. Iris war diejenige, die Nancy den »Stufentrick« beigebracht hatte – die Treppe grundsätzlich ganz am Rand hinaufzugehen, wenn man spät nach Hause kam, weil das Holz dort weniger knarzte. »Schon witzig«, hatte Nancy ihnen während der Zugfahrt erklärt, »schließlich war Iris alles andere als eine Heimlichtuerin. Aber nachdem sie inzwischen eine eigene Wohnung und genug Geld hat, kann sie tun und lassen, was sie will«, fügte Nancy mit unüberhörbarem Neid in der Stimme hinzu.

»Aber sie liebt Tiere, so wie ich auch«, hatte Pamela eingewandt. »Einmal hat sie sogar einen Leserbrief an die *Times* geschrieben und darin der Duchess of Hamilton zugestimmt, die meinte, Ziegenmilch sei ›überaus bekömmlich‹ und dass alle Leute ermutigt werden müssten, sie zu trinken. Und sie hat sich in Batsford um Großvaters Hühner gekümmert, hat die Eier eingesammelt und solche Dinge.« Louisa hatte zwar Mühe gehabt, diese Geschichte zu glauben, nachdem sie Iris das erste Mal begegnet war, doch Pamela hatte darauf bestanden, dass sie stimmte.

»Hallo Louisa«, begrüßte Pamela sie. »Ich habe Iris gerade von unserem Abendessen gestern erzählt.« Das war eine Lüge, aber immerhin eine gute. Pamela war bekannt für ihre Gabe, jedes einzelne Detail ihrer Mahlzeiten wiederzugeben. Iris saß mit überkreuzten Beinen und einer langen Zigarettenspitze in der Hand in ihrem Sessel.

»Guten Morgen«, sagte Louisa, sorgsam darauf bedacht, sie weder mit »Iris«, weil es unangemessen gewesen wäre, noch mit »Miss Mitford« anzusprechen, weil sie diese Anrede missbilligte, auch wenn es korrekt gewesen wäre. Doch Lord Redesdales Schwester zog es vor, lediglich unter ihrem Vor- und Nachnamen bekannt zu sein, ohne »Miss« oder Ähnlichem. »Ich wollte nur sagen, dass ich wieder hier bin und Miss Nancy und Miss Pamela bei ihren Besorgungen begleiten kann.«

Iris warf ihr einen trägen Blick zu. »Sehr schön, dann macht euch auf den Weg, Mädels. Aber lasst euch bitte noch mal blicken, bevor ihr heute Abend aufbrecht. Ich will gern eure Kleider sehen.« Die Schwestern kicherten und verabschiedeten sich mit einem Kuss auf die Wange von ihrer Tante.

Um sechs Uhr abends – nach einem angenehmen Einkaufsnachmittag, inklusive einer heißen Schokolade im Café vom Kaufhaus Peter Jones – waren die Mädchen umgezogen und betraten den Salon, um sich zu präsentieren. Auch Iris hatte sich fürs Dinner in Schale geworfen und trug ein schwarzes Kleid aus Crèpe de Chine, das nur knapp ihre Knie bedeckte, und dazu eine Goldkette mit einem ägyptisch anmutenden Anhänger um die Hüfte. Pamela stand neben dem Kamin, aufrecht und mit durchgedrücktem Rücken wie ein Soldat bei der Parade. Wegen ihrer üppigen Kurven hing ihr Kleid nicht locker herab, wie es der derzeitigen Mode entsprach, doch der Orangeton schmeichelte zumindest ihrem Teint. Nancy trug ihr Kleid mit den Perlenschnüren, diesmal jedoch mit einem nagelneuen, gewagten Paar Handschuhe, die vom Handgelenk bis zum Ellbogen mit winzigen lila Knöpfen versehen waren.

»Ich gehe heute Abend mit Colonel Maltravers aus«, informierte Iris ihre Nichten, »und weiß nicht, wann ich zurück sein werde. Deshalb möchte ich morgen früh bitte nicht gestört werden, Mädels. Gracie kümmert sich um alles.« Einen Moment lang herrschte Stille, dann verzog sie das Gesicht zu einem wölfischen Lächeln. »Ihr seht fantastisch aus. Blamiert euch bloß nicht, verstanden?«, fügte sie hinzu, worauf alle in Gelächter ausbrachen, ehe die Mädchen unter Küssen und Abschiedsgrüßen hinausstürmten und auf dem Weg Louisa packten und mit sich in das wartende Taxi zogen.

Zuerst ging es zu einem Abendessen im kleinen Rahmen,

das eine Freundin von Lady Redesdale organisiert hatte; Louisa saß unterdessen allein in der Halle und lauschte dem Klirren von Besteck und den leisen, höflichen Stimmen, die aus dem Speisezimmer wehten. Nach dem Essen fuhren sie mit einem weiteren Taxi zu der Tanzveranstaltung, auch wenn sie quasi um die Ecke in der Lower Sloane Street stattfand. Während der Fahrt waren Nancy und Pamela ganz aufgeregt gewesen, doch als sie eintrafen, ahnte Louisa bereits, dass der Abend eine Enttäuschung werden würde: Zwar hatte sich eine Handvoll Männer eingefunden, allerdings gab es deutlich mehr Frauen, vorwiegend in Nancys Alter, keine davon sonderlich attraktiv und in der Mehrzahl in Begleitung ältlicher Tanten. Beim Anblick eines auf einen Gehstock gestützten Gentleman mit Zylinder, der jedes Mal missbilligend das Gesicht verzog, wenn der Minzzweig in seinem Glas beim Trinken seine Nase streifte, musste Louisa ein Lachen unterdrücken.

Pamela entdeckte zwei Freundinnen und gesellte sich zu ihnen, während Nancy schmollend ein Glas vom Tablett eines vorbeikommenden Kellners schnappte. Eine Kapelle stimmte einen Walzer an, obwohl es noch viel zu früh war, um das Tanzbein zu schwingen, während sich die Tanten am Rande des Saals setzten, in kleinen Grüppchen wie Raben, die ihr Terrain markieren wollten. Louisa blieb neben Nancy stehen, als sträubte sie sich gegen die Tatsache, dass ihr Platz in Wahrheit bei den verstaubten Anstandsdamen war.

»Das wird übel«, bemerkte Nancy. Louisa sah sie mitfühlend an. Nanny Blor hatte ihr beigebracht, den Mädchen immer wieder vor Augen zu halten, dass sie selbst in ihren vermeintlich unangenehmsten Stunden noch zu den Glückspilzen im Leben zählten, doch hier hätte nicht einmal Nanny so tun können, als ob Nancy ein vergnüglicher Abend bevorstünde. Eine stämmige Frau mit fleischigem Hals und Pferdegesicht trat zu ihnen, woraufhin Louisa sich eilig zurückzog.

»Nancy, meine Liebe«, trompetete die Dame. »Wie schön, dass Sie gekommen sind, vor allem nach diesem grauenvollen Vorfall mit dem Curtis-Jungen.« Beim letzten Teil ihres Satzes hatte sie die Stimme zu einem dramatischen Flüstern gesenkt, das bis vor die Eingangstür zu hören war.

»Mrs Bright«, erwiderte Nancy mit eisiger Höflichkeit. »Meine Mutter lässt Sie und Ihren Gatten herzlich grüßen. Wir waren so betrübt, von Pauls Rauswurf aus Oxford zu hören.«

Mrs Bright zuckte zusammen. »Er hat sich nach einem Missverständnis freiwillig exmatrikuliert«, murmelte sie, doch es lag auf der Hand, dass Nancys Bemerkung sie wie ein Dolchstoß getroffen hatte.

»Bitte richten Sie ihm ebenfalls schöne Grüße aus.« Und damit wandte Nancy sich ab und ließ die Frau stehen.

Pamela trat mit unglücklicher Miene zu ihnen. »Die Leute reden über nichts anderes«, flüsterte sie. Keiner von ihnen brauchte zu fragen, was damit gemeint war.

Nancy leerte ihr Glas. »Wir müssen eine Weile bleiben, weil Muv ihre Spione hier hat, die ihr jeden Muckser von uns berichten. Sie ist schlimmer als die verdammten Kommunisten. Sieh mich nicht so verdattert an, Mollie. Du weißt doch selbst, wie sie sein kann. Wir schleichen uns später einfach davon und gehen in einen Nachtclub.«

»Aber das geht nicht!«, japste Pamela erschrocken. »Muv wird es herausfinden!«

»Wieso?«, erwiderte Nancy. »Wir können zurückkommen, bevor der Tanz zu Ende ist, damit alle sehen, wie wir uns von Mrs Bright und den anderen verabschieden.«

Louisa wollte etwas sagen, doch Nancy unterbrach sie. »Du brauchst nicht mitzumachen, Lou. Du bleibst hier, und sollten wir auffliegen, sage ich, dass du nichts davon wusstest.«

»Schön und gut, aber ich wusste es trotzdem«, wandte Louisa ein. Und abgesehen davon wollte sie die Mädchen in den Nachtclub begleiten, tausendmal lieber, als bei den alten Schabracken zu bleiben, sie war jedoch klug genug, ihre Gedanken für sich zu behalten. Schon vor langer Zeit hatte sie gelernt, dass es alles andere als ratsam war, vor der Herrschaft übermäßigen Eifer an den Tag zu legen; ebenso gut konnte man sich einen Eimer kaltes Wasser ins Gesicht schütten. Die Upperclass würde alles tun, um unter sich zu bleiben. Gespieltes Desinteresse war die bessere Strategie, wenn man etwas erreichen wollte. Es sei denn, man kam aus Amerika – dies bildete die berühmte Ausnahme in einer Fülle von Regeln. Clara Fischer war eifrig wie ein Labrador-Welpe, und ihre Freunde waren völlig verzaubert von ihr. Das Messer in ihrer Handtasche kam Louisa wieder in den Sinn: Hatte sie es schon einmal benutzt? Wieso um alles in der Welt trug sie es bei sich? Louisa zwang sich, den Gedanken beiseitezuschieben: Jetzt war nicht der richtige Zeitpunkt, sich damit zu befassen.

Die drei sahen sich um. Es war immer noch genauso steif und langweilig wie zuvor, und selbst den Kellnern schien die Freude mit jeder Minute mehr zu vergehen.

»Es gibt nichts Deprimierenderes als eine öde Party«, meinte Nancy. »Da kann ich ja gleich zu einem Leichenschmaus gehen. Dort darf man wenigstens die ganze Zeit ungeniert heulen.« Pamela lachte, was Nancy ein wenig zu versöhnen schien.

»Los, wir plaudern mit möglichst vielen Leuten, damit alle

bestätigen, wie nett wir waren, wenn Muv sie fragt«, meinte Pamela.

Die Schwestern sahen Louisa erwartungsvoll an. »Na gut«, sagte sie und tat so, als hätten sie sie gerade überredet. »Aber ich komme lieber mit. Ich muss sicher sein können, dass euch beiden nichts passiert und dass ihr rechtzeitig wieder hier seid.«

»Ich hab's gewusst«, sagte Nancy, als Stille eintrat und ein Zeremonienmeister die Herrschaften bat, den Ballsaal zu betreten. »Wir treffen uns in zwanzig Minuten wieder hier«, flüsterte sie. »Dann wird keiner merken, dass wir uns aus dem Staub gemacht haben.«

Wenig später führte Nancy ihre Schwester und Louisa durch die Verandatüren im hinteren Teil des Ballsaals nach draußen; zwar herrschte eisige Kälte, doch sie hasteten um das Gebäude herum und auf die Straße, wo Nancy ein Taxi heranwinkte, als hätte sie ihr ganzes Leben nichts anderes getan. Sie bemerkte Louisas Blick.

»Manchmal erzähle ich Muv, ich würde Tom in Eton besuchen, und nehme stattdessen den Zug nach Oxford, um dort den Tag zu verbringen. Sieh mich nicht so schockiert an, Lou, ich bin einundzwanzig und muss ab und zu mal raus.« Sie stiegen ins Taxi, und Nancy nannte dem Fahrer die Adresse, 43 Gerrard Street, Soho.

»Soho, Nancy? Wirklich?« Louisa war noch nie in Soho gewesen, hatte jedoch wie alle anderen die Artikel im *Daily Sketch* über Prostituierte, Luden und wilde Saufgelage gelesen. Seit die Flappers, die Jazzmusiker und mit ihnen verrückte neue Tänze den Stadtteil für sich entdeckt und erobert hatten, ganz zu schweigen von den Geschichten über übermäßigen Kokainkonsum und illegal verkauften Alkohol, die die Runde machten, galt Soho als Sündenpfuhl, wie er im Buche stand.

»Die anderen werden alle dort sein«, gestand Nancy. Pamela schwieg, doch seltsamerweise wirkte sie einigermaßen ruhig.

Das Taxi fuhr durch die nächtlichen Straßen, näherte sich dem turbulenten Kreisverkehr am Hyde Park, wo die Fahrzeuge aus allen vier Zufahrten heraus und geradewegs in das Rondell schossen, in der Hoffnung, an der richtigen Stelle wieder herauskatapultiert zu werden.

»Woher weißt du das?«, fragte Louisa.

»Weil Ted mit Dolly Meyrick verlobt ist und sie den Club leitet, solange ihre Mutter für ein paar Monate in Paris untergetaucht ist. Deshalb wird die ganze Clique dort sein.« Nancy zog ein trauriges Gesicht. »Tut mir leid, Pamela. Das ist das letzte Mal, dass ich ihren Namen erwähne.« Pamela ging nicht darauf ein.

»Dolly ist die Tochter von Mrs Meyrick?«, fragte Louisa erstaunt. Und dass sie mit Lord De Clifford verlobt war, erschien ihr reichlich ungewöhnlich. Mrs Meyrick war, wie jeder wusste, der sich für Klatsch und Tratsch interessierte, für ihre verrufenen Nachtclubs und häufigen Verhaftungen berüchtigt.

»Ja«, antwortete Nancy mit hochgezogenen Brauen. »Aber keine Angst, zu einer Heirat wird es wohl nicht kommen. Ted ist noch nicht mal zwanzig, und seine Mutter wird ihm ganz bestimmt nicht die Erlaubnis dafür geben. Dabei war sie selbst ebenfalls Schauspielerin, als sie seinen Vater geheiratet hat, und nun ja, einige könnten behaupten – was sie gewiss auch tun werden –, dass Ted in Wahrheit seine Mutter heiratet, so wie alle Männer.«

»Nancy, sei nicht so boshaft«, tadelte Pamela sie, doch Sekunden später kicherten und prusteten alle drei Mädchen haltlos, was eine echte Wohltat nach der Anspannung der vergangenen Wochen war, von der drögen Freudlosigkeit des Abends ganz abgesehen. Schließlich kam Piccadilly Circus in Sicht, mit den grellbunten Leuchtreklameschildern im Hintergrund, die »Army Club Cigarettes« und »Cannes – Badeort und Blumenparadies« anpriesen, mit Kaskaden aus rosa und orangen Glühbirnen, die den Sonnenuntergang über dem blauen Meer darstellen sollten. Louisa spürte, wie das Adrenalin durch ihre Adern pumpte und eine pulsierende Energie sie durchströmte.

Die Tür des Hauses in der 43 Gerrard Street verriet nichts von dem, was sich dahinter verbarg. Trotz der späten Stunde herrschte ein Trubel wie in Burford am Markttag; Männer und Frauen drängten sich auf den Bürgersteigen und wichen Betrunkenen aus. Aus dem Augenwinkel glaubte Louisa den Beginn einer Schlägerei zu erkennen. Kaum waren sie ausgestiegen, brauste das Taxi davon; scheinbar hatte der Fahrer keinerlei Interesse daran, sich länger als nötig hier aufzuhalten. Nancy klopfte an die geschlossene Tür, die von einem riesigen Kerl in einem schwarzen Anzug geöffnet wurde, der sie mit einem kurzen abschätzigen Blick musterte, leicht fragend in Louisas Richtung die Augenbraue hob und dann hereinwinkte.

Im Eingangsbereich befand sich ein Fenster, hinter dem ein Mädchen mit rotem Haar so leuchtend wie eine nagelneue Kupfermünze saß, das mit einem strahlenden Lächeln zehn Shillinge verlangte – für die Clubmitgliedschaft –, die Nancy bezahlte.

»Ich hab das Sparschwein geschlachtet, bevor wir los sind«, erklärte sie.

»Doch wohl nicht Unitys?«, bemerkte Pamela, aber Nancy grinste nur verschmitzt. Die Rhythmen einer Jazzband ertönten, und melodische Klänge eines Saxofons perlten ihnen entgegen, als sie die kurze, steile Treppe hinabgingen, deren Wände zu beiden Seiten mit dunkelrotem Samt bespannt waren. Schließlich betraten sie einen schwach erleuchteten Raum, und einen Moment lang war es, als liefen sie gegen eine Wand aus Zigarettenrauch, Hitze, Stimmengewirr und lauter Musik. Nancy stieß einen kleinen Schrei aus und winkte jemandem zu, ehe sie sich durch die Menge schob, die sich wie magisch vor ihr teilte und hinter ihr wieder schloss. Pamela hakte sich bei Louisa unter und rief ihr ins Ohr: »Ich kenne hier keinen Menschen, Lou!«

»Folge Nancy«, rief Louisa. Und dann stürzten sie sich in die Fluten, wobei Louisa beinahe hoffte, niemals wieder an die Oberfläche zu tauchen, um Atem zu schöpfen.

KAPITEL 28

Wie Nancy prophezeit hatte, waren alle ihre Freunde in den Club gekommen – Sebastian, Clara, Ted und Charlotte. Und Phoebe ebenfalls. Sie belegten zwei Tische am Rand der Tanzfläche, auf denen halb oder ganz gefüllte Champagnergläser standen. Einige andere junge Leute hatten sich zu ihnen gesellt, die Louisa jedoch nicht kannte: Frauen mit schwarz umrandeten Augen, Lippenstift in der Farbe von reifen Pflaumen und todschicken Bobfrisuren; die Männer hohlwangig und in modischen Abendanzügen, dazwischen der eine oder andere Dandy. Durch den dichten Zigarettenqualm sah Louisa das Weiße in ihren Augen aufblitzen, als sie Louisa und Pamela musterten. Louisa fühlte sich wie ein Opferlamm auf dem Weg zum Altar. Clara trat zu ihnen und umarmte Pamela, ehe sie das Gesicht zu einem entschuldigenden Lächeln verzog. Ihre letzte Begegnung war nicht gerade glorreich gewesen.

»Aber das Leben geht weiter, nicht wahr, ihr Süßen«, meinte sie und musterte Pamela. »Du siehst absolut fantastisch aus. Ja, wirklich!« Pamela stand die Freude über das Lob ins Gesicht geschrieben. Clara wandte sich Louisa zu. »Und du bist wirklich bildhübsch«, sagte sie ernst. »Du solltest dein Haar zu einem Bob schneiden lassen, dann sieht dir kein Mensch an, dass du ein Dienstmädchen bist.« Louisa war nicht sicher, was sie darauf erwidern sollte, doch Clara wartete gar nicht erst eine Antwort ab, sondern drehte sich zu der leicht erhobenen Bühne mit der Band um, die Arme wie ein Conférencier ausgebreitet.

»Ihr habt Riesenglück. Heute Abend spielt nämlich Joe Katz«, rief sie mit unverhohlener Bewunderung, doch Louisa war viel zu überwältigt von der Situation, der hämmernden Musik, den zuckenden Leibern, dem Zigarettenqualm und dem Kitzel der Gefahr, um das einordnen zu können.

»Hier.« Jemand drückte Louisa ein Glas in die Hand; wer, vermochte sie nicht zu sagen. Ihre Kehle war wie ausgedörrt, deshalb kippte sie es in einem Zug hinunter und spürte augenblicklich, wie ihr der Alkohol in den Kopf stieg. Sie konnte nur hoffen, dass Pamela es nicht mitbekommen hatte. Nancy war in ein Gespräch mit Seb und Ted vertieft, der den Arm um Dollys Taille geschlungen hatte. Dolly schien weniger schüchtern zu sein als sonst – sie drehte sich zu einer Kellnerin um und bestellte etwas, ansonsten hing sie förmlich an den Lippen ihres Beaus. Charlotte saß mürrisch allein am Tisch und zog hektisch an ihrer Zigarette. Sie sah aus, als hätte sie sich mit jemandem in die Wolle bekommen oder sei drauf und dran, es zu tun. Vielleicht war sie auch nur bedrückt. Nancy hatte im Taxi verraten, dass ihre Mutter, Lady Curtis, sich immer noch in ihrem Zimmer verbarrikadierte und keinerlei Interesse daran zeigte, was aus ihrer Tochter wurde, nun, nachdem ihr geliebter Sohn nicht mehr unter ihnen weilte. Clara hatte Pamela an der Hand hinter sich her auf die Tanzfläche gezogen, wo sie augenblicklich von zwei jungen, verlegen grinsenden Männern mit pomadisiertem Haar in Beschlag genommen wurden. Louisa konnte Pamelas Blondschopf erkennen, als sie sich zu einem der Männer hinunterbeugte – unglücklicherweise war er ein paar Zentimeter kleiner als sie – und eine höfliche Bemerkung über die Musik machte, wobei sie ihn bitten musste, seine Erwiderung zu wiederholen, weil sie im Getöse schlicht untergegangen war. Louisa schenkte sich nach und drehte sich zur Bühne, um einen Blick auf die Band zu werfen.

Joe Katz stand mit dem Rücken zum Publikum, um zu dirigieren. Die Band bestand aus rund einem Dutzend Musikern, allesamt in modischen Anzügen und mit einem Instrument bewaffnet – Saxofon, Trompete, Posaune. Abrupt wechselte der Rhythmus, Joe wirbelte herum, packte das Mikrofon vom Ständer und begann zu singen. Erst jetzt fiel Louisa auf, dass er schwarz war, mit hohen Wangenknochen, ebenmäßigen weißen Zähnen und einem Blick, der sie förmlich aufzufordern schien mitzusingen. Er sang – worüber auch sonst? – von Liebe und sternenklaren Nächten, jeder einzelne Ton wie flüssiges Gold.

Louisa spürte, wie der Rhythmus durch ihre Venen pulsierte, und ehe sie sich's versah, stand sie auf der Tanzfläche, inmitten all der Shimmy tanzenden Menschen, die wie zu einer Einheit verschmolzen schienen, die Schultern zucken, die Hüften im Takt der heißen Jazz-Rhythmen kreisen ließen. Sobald sie begann, sich zu bewegen, schien sich jedes Härchen ihres Körpers aufzurichten, und ihre Haut fühlte sich an, als stünde sie in Flammen. Mit einer Drehbewegung befreite sie sich von der Jacke, die sie über ihrem gerade geschnittenen Kleid getragen hatte, und schleuderte sie auf einen Stuhl, auch auf die Gefahr hin, dass sie sie nie wiederfinden würde. Na und? Joes Stimme schlängelte sich durch die Tanzenden, wie ein Seidenschal, der sie zu umschmeicheln schien. Louisa fühlte förmlich, wie er sie näher und näher zu sich zog, schob sich weiter in die Mitte der Tanzfläche, tauschte hier ein Lächeln, dort einen Blick, mit Männern und Frauen gleichermaßen, freundlich und zugleich ein wenig verführerisch. Eine dünne Schweißspur rann an ihr herab, trotzdem tanzte sie weiter, schüttelte die Schultern, ließ die Hüften kreisen, immer weiter, bis es sich anfühlte, als wären sie alle zu einem einzigen, gestaltlosen Wesen verschmolzen. Sie nahm nichts anderes wahr als die Musik und Joes Stimme, die weiter von Romantik und Liebe sang. Alles fiel von ihr ab, und es zählte nur das Hier und Jetzt. Ein Mann gesellte sich zu ihr, begann, sich symmetrisch zu ihr zu bewegen, und sie lächelte ihm zu, gestattete ihm hier und da, sich ihr zu nähern, ehe sie sich wieder entfernte und alleine weitertanzte. Es war unbeschreiblich. Einmal tanzte eine Frau in einem mit lila Federn besetzten Kleid sie an, kam näher als jeder Mann zuvor, rieb sich an Louisa und raunte ihr ins Ohr: »Ja, mach genauso weiter. Genau so!« Und Louisa gehorchte.

Niemand wusste, dass sie bloß ein Dienstmädchen war. Niemand wusste, dass sie in Peabody Estate aufgewachsen war. Niemand wusste von ihren Ängsten, die sie quälten, wenn sie allein in ihrem Bett lag und zusah, wie die Nacht allmählich der Dämmerung wich. Niemand wusste, dass sie in diesem Moment vor Glück frohlockte, in einer Weise, wie sie es noch nie zuvor erlebt hatte und, wie ihr mit einem Mal bewusst wurde, es vielleicht nie wieder tun würde. All die Tanzenden um sie herum wussten absolut nichts über sie, und Louisa wusste ihrerseits nichts über jene, die sie umgaben, und es war perfekt.

Aber natürlich musste das Glück irgendwann ein Ende haben.

Die Band verstummte, Joe kündete eine kurze Pause an, und die Tanzfläche leerte sich. Louisas Beine brannten, der Schweiß auf ihrem Rücken fühlte sich ganz kühl an, und ihr Mund war völlig ausgetrocknet. Sie entdeckte Clara und Pamela und trat zu ihnen. »Ist er nicht wunderbar?«, rief Pamela und ergriff Louisas Hand.

»Wer?«, fragte Louisa, obwohl sie die Antwort längst kannte.

»Joe Katz!«, stieß Pamela atemlos hervor. Auch sie hatte wild getanzt, und ihre Locken hatten sich gelöst. Alle waren verliebt in Joe, und Louisa bemerkte mehrere Frauen, die ihn auf dem Weg an die Bar umringten.

»Wo ist Nancy?«, fragte Louisa, als sie sich ihrer Pflichten besann. Sie hatte jedes Zeitgefühl verloren. Pamela deutete zu einem Tisch, an dem Nancy sich, mit einer Zigarette in der Hand, mit Charlotte unterhielt. Louisa fragte sich, ob sie es wagen konnte, die beiden zu unterbrechen, als jemand sie auf die Schulter tippte. Sie drehte sich um. Im ersten Moment sah sie niemanden, doch dann erblickte sie plötzlich Harry, der mit einem breiten Grinsen neben ihr stand – es war wahrhaftig Harry, Guys alter Freund aus der Zeit bei der Bahnhofspolizei. Er war nicht allzu groß gewachsen, hatte mit seinen leuchtend blauen Augen und dem Grübchen im Kinn jedoch das Aussehen eines Hollywoodstars. »Harry!«, rief sie. Jemanden hier zu kennen machte das Ganze noch aufregender – nun fühlte sie sich endgültig so, als gehörte sie dazu.

»Miss Louisa Cannon«, sagte er mit seidiger Stimme, ergriff ihre Hand und beugte sich vor, um sie zu küssen. »Es ist mir eine Freude, Sie hier zu sehen.«

»Wie geht es Ihnen? Was machen Sie denn hier?«, rief sie erfreut.

»Ich spiele in der Band«, antwortete er und wies zur Bühne. »Gut, was? Dieser Joe ist schon eine Nummer, oder?«

»Sie gehören zur Band? Ich habe Sie gar nicht gesehen. Welches Instrument denn?«

»Ha, Gott hat ein bisschen gespart, als es ans Verteilen der Zentimeter ging, deshalb sieht man mich nicht, wenn ich sitze«, lachte er. »Aber ich spiele Saxofon. Ich habe der Polizei den Rücken gekehrt, um mich voll und ganz meiner Karriere als Musiker zu widmen. Könnte nicht besser laufen.«

Eine Woge der Nostalgie erfasste Louisa. »Es freut mich so, Sie zu sehen, Harry. Wie geht es Guy?«

»Ich habe ihn in letzter Zeit nicht sehr oft gesehen. Er ist keiner, der in Clubs wie diesen geht, aber wenn Sie häufiger hier sind, sollten wir versuchen, ihn zu überreden. Er freut sich immer so, Sie zu sehen.«

Louisa wurde rot. »Ich weiß. Mir geht es genauso.«

Harry zeigte auf ihr leeres Glas. »Los, besorgen wir Ihnen etwas zu trinken.« Er winkte einen Kellner heran und bestellte eine Flasche Champagner. »Wieso nicht?«, fragte er, als er ihr Gesicht sah. »Wir sollten unser Wiedersehen feiern.« Der Champagner wurde serviert, und sie suchten sich einen Platz. Harry zündete sich eine Zigarette an und wandte sich ihr zu. »Also, was verschlägt ein hübsches Mädchen wie Sie an einen Ort wie diesen?«

»Wie meinen Sie das?«

»Nun ja, hier gibt es jede Menge anrüchiger Gestalten. Musiker, Ganoven, leichte Mädchen … Aber keine Angst, Sie sind in Sicherheit. Razzien gibt es hier keine.«

»Ich hatte ja keine Ahnung«, antwortete Louisa und machte ein schockiertes Gesicht, das jedoch innerhalb von Sekunden einem breiten Grinsen wich. »Das hier sind meine Leute«, sagte sie, ehe sie einen Moment lang schwieg. »Aber was meinen Sie mit Ganoven?«

»Ach, natürlich keine üblen Gestalten wie die Gangsterbosse in New York, obwohl einige von ihnen so tun, als würden sie in derselben Liga spielen, weil es glamouröser aussieht. Aber ab und zu verirrt sich einer herein, meistens Drogenbarone. Und« – er beugte sich vor – »Alice Diamond. Sie ist Stammgast hier.« Er setzte sich auf und tippte sich mit dem Finger gegen den Nasenflügel.

Louisa gefror das Blut in den Adern. Alice Diamond kam hierher?

»Heute ist sie nicht hier. Meistens kommt sie samstags. Nach einem erfolgreichen Tag in der Bond Street, nehme ich an. Jeder weiß, dass sie eine Gangsterkönigin und Kopf einer Truppe von vierzig Diebinnen ist. Doch wenn man sie sieht, würde man es nie im Leben glauben – immer todschicke Kleider und an jedem Finger einen Brillantring.« Er grinste, sichtlich erfreut, mit Insiderwissen aufwarten zu können.

»Wann haben Sie sie zuletzt gesehen?«, fragte Louisa, die inzwischen stocknüchtern war.

»Letztes Wochenende erst. Sie kommt ziemlich oft. Ich glaube, sie hat eine kleine Schwäche für den guten, alten Joe, aber wer hat das nicht?«

Louisa lächelte dünn und kippte den Inhalt ihres Glases hinunter. Wenn Alice Diamond hier ein und aus ging, könnte es ihre Chance sein, sie zu sehen und herauszufinden, was sie tun konnte, um Dulcie zu helfen.

Eines stand fest: Sie würde alles tun, was in ihrer Macht stand. Wenn sie Alice Diamond und ihre Truppe nicht schlagen konnte, würde sie sich wohl oder übel mit ihnen verbünden müssen.

KAPITEL 29

Erleichterung durchströmte Louisa am nächsten Morgen beim Aufwachen … sie hatten es noch rechtzeitig zur Tanzveranstaltung in der Lower Sloane Street geschafft, um sich bei ihren Gastgebern zu bedanken. Es hatte nicht den Anschein gehabt, als hätte sich die Stimmung in ihrer Abwesenheit merklich gehoben. Bei der Vorstellung, was für ein Abenteuer sie um ein Haar versäumt hätte, schickte Louisa ein Dankesgebet gen Himmel. Sie glaubte nicht an Gott, trotz all der Vaterunser in der Schule und der allwöchentlichen Kirchenbesuche der Mitfords, wo Lord Redesdale jedes Mal die Zeit für die Predigt des Vikars stoppte (»Exakt zehn Minuten, keine Sekunde länger«), doch nachdem sie Joe Katz' Stimme gelauscht hatte, war sie fest davon überzeugt, dass sich hier eine andere Art spiritueller Magie offenbart hatte.

Auch Harrys Erwähnung von Guy Sullivan hatte sie völlig aus der Bahn geworfen. Erst jetzt wurde ihr bewusst, dass sie sich seit Monaten nicht mehr gesehen hatten. In vielerlei Hinsicht wäre es das Bequemste und Einfachste, sich in Guy zu verlieben und seine Frau zu werden. Bestimmt wäre ihnen ein Happy End vergönnt. Sie wusste, was ihre Mutter dachte: Mit dreiundzwanzig wurde es höchste Zeit, unter die Haube zu kommen. Für einen Mann mochte eine Heirat allenfalls den Beginn eines neuen Lebensabschnitts darstellen, mit einer Frau, die für ihn sorgte und seine Kinder gebar, wohingegen es für die Frau selbst bedeutete, dass sie für die nächsten Jahre ans Haus gefesselt war. Wann immer sie in der Zeitung über Frauen las, die als Wissenschaftlerinnen oder Politikerinnen arbeiteten – und im fernen Amerika sogar Flugzeuge flogen –, fiel ihr unweigerlich auf, dass kaum eine von ihnen verheiratet war.

Sie schüttelte unwillig den Kopf. Egal. Es gab jede Menge Arbeit zu erledigen.

Sie ging in die Küche, um Gracie zu helfen, ehe sie bei Pamela an die Tür klopfte.

»Guten Morgen, Lou«, begrüßte Pamela sie, schob ihren Tweedrock hoch und zog stöhnend den Bauch ein, um die Knöpfe zu schließen. »Ich glaube, ich sollte heute nur eine halbe Grapefruit zum Frühstück essen. In der *Lady* stand, dass Grapefruitsaft alle schlechten Kalorien verbrennt, die man später zu sich nimmt.«

Louisa beschloss, es wie Nanny Blor zu halten und derlei Weisheiten einfach zu ignorieren, aber sie sah Pamela an, dass sie darauf brannte, über den Vorabend zu reden. »Du glaubst doch nicht, dass Muv herausfindet, was wir getan haben, oder?«, fragte sie.

»Solange du nichts sagst, gibt es keinerlei Grund zur Sorge«, erwiderte Louisa und bemühte sich um einen warnenden Tonfall, in der Hoffnung, dass es genügte, um Pamela daran zu hindern, etwas auszuplaudern.

»Das werde ich ganz bestimmt nicht tun. Sie würde es sowieso nicht verstehen. Es war, als wären wir plötzlich in einer völlig neuen Welt, nicht? Die Musik, die Leute auf der Tanzfläche … und all die wunderschönen Kleider … und die Cocktails.« Sie legte sich die Hand an die Schläfe und schnitt eine Grimasse.

Pamela erging sich in Schwärmereien über die Kleider, Drinks und natürlich über die Häppchen, die immer wieder gereicht worden waren. »So eine reizende Idee, diese kleinen Toastquadrate mit Pastete und die Kaviarhäufchen auf Crackern. Glaubst du, Mrs Stobie würde so etwas auch einmal für uns zubereiten? Farve bekäme einen Wutanfall!«

Louisa lächelte, obwohl sie bei der Vorstellung, nach Mitford Manor zurückzukehren, eine tiefe Müdigkeit überkam. Näherte sich ihre Zeit bei den Mitfords allmählich dem Ende? Sie trieb es nicht bewusst voran, unternahm jedoch auch keinen Versuch, es aufzuhalten.

»Was sind Miss Nancys Pläne für den heutigen Tag?«, fragte sie.

»Ich glaube, es steht nichts Besonderes an«, antwortete Pamela. »Sie hat etwas erwähnt, sich mit Clara zum Tee zu treffen.«

»Ich habe eine Idee. Hast du Lust, mich zu begleiten?«, fragte Louisa. Ihr war etwas eingefallen, und nun, da sich der Gedanke einmal in ihrem Kopf festgesetzt hatte, ließ er sich nicht mehr abschütteln.

Pamela setzte sich auf die Bettkante. »Ja, das klingt prima. Ein bisschen frische Luft wird mir guttun.«

Nicht einmal zehn Minuten später standen sie vor einem Friseursalon. Der eisige Dezemberwind blähte ihre Mäntel, und sie mussten ihre Hüte mit beiden Händen festhalten. Elegante Frauen saßen auf Drehstühlen im Salon, während die Coiffeure mit leidenschaftlicher Hingabe die Scheren schwenkten.

»Bist du ganz sicher?«, fragte Pamela.

»Ja, ziemlich sicher.« Louisa spürte ein aufgeregtes Kichern in ihrer Kehle aufsteigen.

Eine junge Frau an der Rezeption blickte auf, als sie eintraten. Ihr in wunderschöne Wellen gelegtes Haar glänzte wie frisch vom Baum gefallene Kastanien. »Kann ich den Damen helfen?«

»Ja, ich hätte gern einen Bob.«

Die Wände waren fliederfarben gestrichen, und in einem Körbchen neben dem Empfang lag ein Zwergpudel, dessen Fell in derselben Farbe gefärbt war wie das Haar seiner Besitzerin. Pamela stieß Louisa an und zeigte erschrocken auf das Tier.

»Er sieht genauso aus wie der von Antoine de Paris«, erklärte die junge Frau, seufzte jedoch, als sie sah, dass der Name keinerlei Reaktion hervorrief. »Monsieur Antoine, der berühmte Coiffeur?« Louisa war nicht ganz sicher, ob die Färbetechnik an Pudeln unbedingt ein Gütesiegel war, doch für einen Rückzieher war es zu spät.

Pamela nahm auf einem niedrigen weißen Sofa am Fenster Platz und griff nach dem *Tatler*, während Louisa zu einem Stuhl vor einem Spiegel geführt wurde. Offen fiel ihr Haar in einem eher langweiligen Braunton bis über die Schultern und war weder lockig noch glatt. Es wurde gewaschen, und dann sah sie zu, wie die langen Strähnen zu Boden fielen, ehe der Friseur ihr mit dem Haartrockner und einem Lockenstab zu Leibe rückte, der leise zischte und dessen Hitze ihre Ohren prickeln ließ. Als er fertig war, blickte Louisa in bewunderndem Staunen in den Spiegel und sah glänzende Wellen, die den Braunton satter machten, während die klaren, geraden Konturen der Frisur ihre Augen größer und ihr Kinn markanter wirken ließen.

Pamela riss die Augen auf. »O mein Gott! Farve kriegt einen Anfall, wenn er dich so sieht!«

Louisa fühlte sich so großartig und von neuem Mut erfüllt, dass sie sich aus einem Impuls heraus vorbeugte. »Willst du es auch tun?«

Pamela schnappte nach Luft. »Oh!« Sie wurde rot und blickte verzweifelt an sich hinunter. »Ja. Glaube ich. Aber ich traue mich nicht.« Sie hielt inne. »Nanny wäre stinksauer, wenn sie mich so reden hören würde. Außerdem sieht sowieso keiner hin, sagt sie ja immer.« Die beiden brachen in Gelächter aus. Sie kannten Nanny und ihre Lebensweisheiten nur allzu genau.

Sie verließen den Salon und schlenderten durch die Straßen Chelseas mit den weihnachtlich geschmückten Schaufenstern. Louisa fühlte sich wie neugeboren, und die bewundernden Blicke des einen oder anderen jungen Mannes trugen noch zu ihrer Hochstimmung bei.

»Eine völlig neue Frisur kann ich mir vielleicht nicht leisten, aber ein neues Kleid wäre schön.« Sie lächelte wehmütig. »Ich habe noch etwas Geld von meinem Geburtstag, und Sebastian hat gestern Abend eine Bemerkung über mein Kleid gemacht … es war zwar keine richtige Gemeinheit, aber …«

In diesem Moment fiel Louisa etwas ein: Sie hatte sich nach dem Gefängnisbesuch etwas notiert, es danach jedoch völlig vergessen. Eilig zog sie den Zettel heraus. *Mrs Brewster, 92 Pendon Road, Earl's Court.* »Ja«, sagte sie. »Dulcie hat mir kürzlich von einer Schneiderin erzählt. Wir Dienstmädchen geben uns immer gegenseitig wichtige Tipps.«

»Dulcie? Das Dienstmädchen, das …« Pams Stimme erstarb.

»Ja, aber das spielt jetzt keine Rolle. Dies ist der Name von

Miss Charlottes Schneiderin, bei der ein Kleid hängt, das Miss Charlotte in Auftrag gegeben hat. Wir könnten ihr doch einen Gefallen tun und sie mit einem Kleid für dich beauftragen. Kann doch nicht schaden, oder?«

»Nein.« Pamela lächelte freudig. »Gar nicht. Danke, Lou-Lou.«

»Also gut«, meinte Louisa voll hoffnungsvoller Vorfreude, wie sie nur die Aussicht auf ein neues Kleid heraufzubeschwören vermag. »Gehen wir. Was du heute kannst besorgen …«

Arm in Arm marschierten sie fröhlichen Schrittes zur U-Bahn-Station South Kensington.

KAPITEL 30

Pamela und Louisa nahmen die U-Bahn nach Earl's Court und folgten dann der Beschreibung des Schaffners durch schäbige Seitenstraßen, bis sie vor Mrs Brewsters Haus standen. Die Haustür war geschlossen, jedoch nicht verriegelt – es gab mehrere Wohnungen im Haus, darunter offenbar ein oder zwei, deren Besitzer regelmäßig Kundenbesuch bekamen. Sie stiegen die mit fadenscheinigem Teppichboden ausgelegte Treppe hinauf bis in den zweiten Stock und traten vor die Tür mit einem kleinen Messingschild mit dem Namen Brewster. Auf ihr Klopfen hin ertönten Schritte, dann wurde der Riegel zurückgeschoben, und eine alte Frau erschien im Türrahmen. Sie blickte eher kampflustig als nervös drein, doch Louisa beschloss, keine voreiligen Schlüsse zu ziehen.

»Hallo, ich bin Louisa Cannon, und das ist Miss Mitford. Bitte entschuldigen Sie, dass ich nicht vorher angerufen habe, aber Sie wurden uns von Miss Charlotte Curtis empfohlen.«

Die Tür wurde vollends geöffnet, und die alte Frau ging den Korridor entlang, ohne abzuwarten, ob die beiden jungen Frauen ihr folgten. Sie betrat einen Raum auf der linken Seite, der kaum größer war als die Stiefelkammer in Mitford Manor und ähnlich spartanisch möbliert. In der Mitte stand ein langer Tisch, auf dem mehrere Stoffstapel und Nähutensilien lagen, das Kopfende nahm eine schwere, schwarz-goldene Singer-Nähmaschine ein. Es schien einige Jahre her zu sein, seit die Wände tapeziert worden waren, denn überall lösten sich die Kanten und Ecken. Kleider, die man ohne Weiteres auch in den Schaufenstern der schicken Geschäfte in Knightsbridge finden könnte, waren sorgfältig über Stühle gelegt oder hingen an willkürlich an der Wand verteilten Nägeln. Die Schneiderin selbst trug eine weiße Schürze mit Stecknadeln in den Trägern, und aus den Taschen quollen bunte Bänder. Sie trat an den Tisch und berührte ihn kurz, wie die Siegerin eines Wettlaufs, ehe sie ihn umrundete und dahinter Position bezog, als wollte sie sich verschanzen. Ein Lächeln trat auf die Züge der Schneiderin. Erst jetzt bemerkte Louisa den olivfarbenen Ton ihrer faltigen Haut und das Tiefschwarz ihres zu einem straffen Knoten im Nacken frisierten Haars, trotz der grauen Strähnen an den Schläfen.

»*Signorina* Curtis hat Sie geschickt?«, fragte sie zu Pamelas und Louisas Verblüffung mit ausgeprägtem italienischem Akzent, der in Anbetracht ihres Äußeren jedoch durchaus nachvollziehbar war.

»Ja«, antwortete Pamela; sie und Louisa hatten sich im Vorfeld auf diese kleine Notlüge geeinigt. »Ich hätte gern ein neues Kleid. Etwas, das ein bisschen modischer ist als das hier.« Sie deutete auf ihren grünen Tweedrock, der für einen Kirchenbesuch in Mitford Manor passend sein mochte, nicht jedoch für einen Nachmittagsausflug in London. Auf dem Weg hierher hatte Louisa einen leisen Stich verspürt – Pamelas Kindheit neigte sich mit jedem Tag mehr ihrem Ende zu. Die Pamela von vor ein paar Monaten hätte sich einen feuchten Kehricht darum geschert, wie sie aussah, solange sie sich nur im Freien aufhalten, mit ihrem heiß geliebten Pferd ausreiten oder mit Mrs Stobie den Speiseplan für das sonntägliche Mittagessen besprechen konnte.

»Ich verstehe Sie sehr gut, *signorina«,* sagte Mrs Brewster, verschränkte die Finger und sah sich im Raum um, bis ihre zusammengekniffenen Augen beim Anblick eines schlicht geschnittenen, aber atemberaubenden Kleides aus silberfarbenem Ausbrennersamt mit einem nicht zu tiefen Rundhalsausschnitt und tief angesetzter Taille hängen blieben. »Etwas in der Art vielleicht?« Sie trat um den Tisch herum, nahm das Kleid und hielt es vor Pamela.

»Ja, genau«, rief Pamela entzückt. »So habe ich es mir vorgestellt!«

»Dieses hier kann ich Ihnen nicht verkaufen. Es gehört Miss Peake, aber ich kann Ihnen ein ähnliches Kleid anfertigen, wenn Sie mögen. Ja?« Sie trat zu den Ballen und zog einen honigbraunen Samtstoff heraus, der beinahe Pamelas Haarfarbe entsprach. »Diese Farbe sollte Ihnen gut stehen, denke ich«, sagte sie und hielt den Stoff vor Pamelas Ausschnitt. »Und dazu … das hier.« Sie zog ein dunkelrosafarbenes Satinband aus ihrer Schürzentasche. »Diese Farbe als Taillenband?«

Das letzte Mal, als Louisa Pamela so glücklich erlebt hatte, war der Moment gewesen, als das Mädchen die Glasur eines Schokoladeneclairs bewundert und gleich darauf hineingebissen hatte.

»Dürfte ich vielleicht Ihr Badezimmer benutzen?«, fragte Louisa – sie verspürte zwar keinerlei Drang, doch etwas sagte ihr, dass Pamela diesen Augenblick allein mit der Schneiderin brauchte – das Gefühl, endlich erwachsen zu sein und ihre eigene Entscheidung über das Kleid zu treffen.

»Den Gang hinunter links«, sagte Mrs Brewster, die bereits

die Nadeln zwischen den Zähnen hatte und den Stoff heranzog.

Louisa ließ sich Zeit, betrachtete eingehend ihre neue Frisur im Spiegel. Sie drehte sich hin und her, nahm sie aus verschiedenen Winkeln in Augenschein, sogar mithilfe eines Handspiegels, der neben dem Waschbecken lag, um einen Blick auf das raspelkurz geschnittene Haar im Nacken zu erhaschen. Laut Dianas Meinung war sie eine Frau mittleren Alters, für alle anderen ging sie aber vielleicht noch als etwas jünger durch. Sollte sie Mrs Brewster fragen, ob sie auch ein Kleid für sie schneidern könnte? Wahrscheinlich war es nicht angemessen, wenn ein Mädchen aus gutem Haus und ihr Kindermädchen ein und dieselbe Schneiderin beauftragten. Schließlich verließ Louisa das Badezimmer, blieb jedoch wieder stehen, als sie den Jungen bemerkte, der sie durch den Spalt der angelehnten Tür auf der anderen Seite des Korridors beobachtete. Er konnte nicht älter als drei Jahre sein. Sie beugte sich zu ihm hinab.

»Hallo«, sagte sie freundlich. »Wie heißt du denn?«

Der Kleine blickte sie nur wortlos aus riesigen braunen Augen an. Sein dunkles Haar war ganz kurz geschnitten, die typischen Babylöckchen waren gänzlich verschwunden, nur dort, wo sich in ein paar Jahren markante Fingerknöchel wölben würden, waren noch weiche Grübchen in seiner Haut. Seine Wimpern waren dicht und ebenfalls tiefdunkel. Er trug eine hellblaue, kurze Hose, die perfekt zur Farbe seiner Augen passte, jedoch mehr als einmal geflickt worden war, und der Stoff seines Hemdchens war bereits weich vom vielen Waschen.

»Ich heiße Louisa«, sagte sie, aber er wandte sich um, verschwand im Zimmer und schloss die Tür hinter sich.

Mrs Brewster nahm gerade die letzten Maße, als Louisa zurückkehrte.

»Wer ist denn der kleine Junge?«, fragte sie, obwohl sie nicht sicher war, ob es richtig war, doch ihre Neugier war größer.

»Er ist nicht mein *bambino*«, antwortete die Schneiderin, »Ich passe bloß für ein wenig Extrageld auf ihn auf, das allerdings fast ganz fürs Essen draufgeht. Es ist schwer für eine alte Frau wie mich, aber seit *mio caro signore* Brewster nicht mehr ist, muss ich eben sehen, wo ich bleibe …« Sie unterbrach sich, nannte Pamela den Preis für das Kleid und erklärte, sie könne es in ein paar Tagen abholen kommen. Louisa erkundigte sich, ob ein Kleid oder die Rechnung für Miss Charlotte zur Abholung bereit seien. Mrs Brewster schien hocherfreut zu sein, dass sie sie daran erinnert hatte. Sie drückte Louisa einen Zettel in die Hand und brachte die beiden zur Tür.

Zurück auf der Straße, hakte Pamela sich bei Louisa unter. »Komm, lass uns nach Hause gehen und umziehen. Ich will unbedingt noch einmal in den Club.«

Louisa wusste, dass sie eigentlich Nein sagen sollte, doch wie sollte sie nur, schließlich konnte sie es genauso wenig erwarten wie ihr Schützling, endlich ins *43* zurückzukehren.

KAPITEL 31

Diesmal waren die drei jungen Frauen vorbereitet: Louisa hatte Geld bei sich, Pamela ein frisches Paar Seidenstrümpfe eingepackt, und Nancy hatte Clara angerufen, um sicherzugehen, dass die anderen ebenfalls dort wären. Natürlich hatte Louisa kein neues Kleid, deshalb schlüpfte sie in ihr Sonntagskleid mit den hübschen weißen Spitzenmanschetten und -kragen, das sie auf Nannys Rat hin eingepackt hatte, weil es immer gut sei, für alle Fälle gerüstet zu sein. Und sie hatte noch einen weiteren Pluspunkt: ihre nagelneue Frisur, mit der sie sich ebenso verführerisch fühlte wie jede andere junge Frau.

Die beiden Schwestern aßen mit ihrer Tante zu Abend, ehe sie sich, wie vereinbart, in ihre Zimmer zurückzogen, um vermeintlich früh schlafen zu gehen, obwohl sie sich in Wahrheit in ihre Abendgarderobe warfen.

Louisa, die sich getrennt von den Mädchen aus dem Haus geschlichen hatte, war zur vereinbarten Uhrzeit an der Ecke des Elvaston Place erschienen. Es war nicht allzu kalt, doch die festliche Stimmung in der Stadt verlieh dem Abend eine ganz besonders winterliche Atmosphäre. Sie zog ihren Hut tiefer über die Ohren und stellte fest, dass nur ein oder zwei Hausbesitzer ihre Haustüren mit Zweigen und Adventskränzen geschmückt hatten. Als Nancy und Pamela kamen, begrüßten sie einander ohne große Worte und ein wenig angespannt, als könnte ihre Tante sie aus fünfzig Metern Entfernung und über zwei Stockwerke hinweg hören. Leise hasteten sie davon und hielten nach einem freien Taxi Ausschau.

»Wir haben uns angezogen ins Bett gelegt und die Decke bis unters Kinn gezogen, für den Fall, dass Iris noch einmal hereinsieht und uns eine gute Nacht wünscht«, erklärte Pamela Louisa atemlos, sobald sie im Taxi saßen. »Aber dann hätte sie bestimmt gemerkt, dass Nancy mit ihren goldenen Ohrringen zu Bett gegangen ist.« Ihr Wagemut versetzte sie in Hochstimmung.

Bei Ankunft vor dem *43* erkannte der bullige Türsteher sie offensichtlich wieder, denn er ließ sie anstandslos eintreten. Sie bezahlten bei dem Mädchen am Empfang das Eintrittsgeld und gingen die steile Treppe hinunter, als wären sie seit Jahr und Tag Stammgäste. Wie am Vorabend war auch jetzt die Luft rauchgeschwängert, und die Musik schlug ihnen entgegen. Louisa sog die vielfältigen Sinneseindrücke in sich auf wie die frische Luft eines Frühlingsmorgens auf dem Lande. Schließlich war sie ein Stadtkind, das erst mit Benzingestank und Ziegelstaub zum Erblühen kam.

Es herrschte noch mehr Betrieb als am Vorabend; die rings um die Tanzfläche gruppierten Tische und Stühle waren noch weiter nach außen geschoben worden, um mehr Platz zu haben. Diesmal erhaschte Louisa einen Blick auf Harry, der mit geschlossenen Augen konzentriert auf seinem Saxofon spielte, während ihm der Schweiß über die Schläfen lief. Joe Katz stand, beide Hände um das Mikrofon gelegt, auf der Bühne und schwankte wie Schilfrohr in einer Brise, während die

Töne wie flüssiger Honig über seine Lippen quollen. Für den Bruchteil einer Sekunde glaubte Louisa, er habe sie gesehen, ihre neue Frisur registriert, verwarf den Gedanken jedoch sofort wieder. Bestimmt hatte sie es sich bloß eingebildet. Die Tanzfläche war so voll, dass es kaum Platz gab, um eine Drehung zu machen, ganz zu schweigen davon, einen Foxtrott zu tanzen. Stattdessen schienen sich die Tanzenden zu bewegen, als wären sie zu einem einzigen Körper verschmolzen, von Joes samtiger Stimme angetrieben und umschmeichelt.

Und dann sah Louisa sie. Alice Diamond. Normalerweise wäre es unmöglich gewesen, sie in der Menge auszumachen, doch sie war so groß, dass sie fast alle überragte, dennoch bewegte sie sich leichtfüßig und voller Eleganz. Ihr Haar war schick frisiert, sie trug Rouge und falsche Wimpern, und trotz ihrer eigentlichen Unscheinbarkeit ließ der Ausdruck purer Seligkeit sie wirken, als fühlte sie sich rundum wohl in ihrer Haut. Louisa bemerkte drei Frauen, ebenfalls herausgeputzt und nach der neuesten Mode gekleidet, die sich in ihrer Nähe hielten; sie tanzten allerdings nicht wirklich, sondern behielten stattdessen offenbar das Geschehen ringsum im Auge. War sie es wirklich? Aber falls ja, wieso schien es niemand zu bemerken?

Louisa hätte um ein Haar wegen ihrer eigenen Dummheit aufgelacht. Natürlich war genau das der Grund, weshalb Alice Diamond hierherkam: Weil man sie hier in Ruhe ließ, so wie alle anderen auch. Die dunklen Wände, das trübe Licht, die Menschen, die zu den elektrisierenden Klängen tanzten, all das machte die Gäste gleich, ganz egal, wer sie waren und woher sie kamen.

Nancy und Pamela schoben sich durch die Menge, vorbei an Kellnern mit Tabletts voller Champagnergläsern und Gästen auf dem Weg zur Tanzfläche. Louisa erblickte die Freunde der Mädchen und zählte durch wie auf einem Schulausflug: Sebastian, Charlotte, Clara, Phoebe und Ted saßen am selben Tisch wie am Vorabend. Clara begrüßte Pamela und Nancy freudig, ehe sie Louisas neue Frisur in Augenschein nahm und den Daumen reckte. Louisa konnte ihre Freude nicht verhehlen – es war ein schönes Gefühl, zur Kenntnis genommen zu werden.

Pamela, die sich gerade zum Gehen gewandt hatte, drehte sich noch einmal um. »Hast du die Rechnung der Schneiderin dabei? Ich kann sie Charlotte bei der Gelegenheit gleich geben.« Louisa zog sie aus der Tasche und reichte sie Pamela, dann sah sie zu, wie sie zu Charlotte trat, die ein wenig trübselig am Tisch saß, den Blick wie gebannt auf Sebastian geheftet. Er hatte bereits glasige Augen und einen Arm um eine aufgedonnerte junge Frau in einem Kleid mit einem gefährlich tiefen Ausschnitt gelegt. Sie versuchte die Aufmerksamkeit eines Kellners auf sich zu ziehen, obwohl der Tisch vor ihnen voller Getränke, einer Kanne Kaffee und einer geöffneten, aber unberührten Schachtel Konfekt stand. Louisa wollte sich gerade abwenden, als sie aus dem Augenwinkel wahrnahm, wie die Frau sich abrupt von Sebastian löste und ihm eine schallende Ohrfeige verpasste, ehe sie davonmarschierte. Die Umstehenden erstarrten kurz, doch Sebastian hob lediglich unbekümmert eine Schulter, zog leicht schwankend einen Stuhl heran und ließ sich darauf fallen. Charlotte stand auf und setzte sich neben ihn; sie schien ihm die Rechnung zeigen zu wollen, die Pamela ihr gegeben hatte, aber er winkte nur ab. Gleichzeitig beobachtete Louisa, wie seine andere Hand in seine Hosentasche wanderte und dort etwas zu suchen schien.

Louisa zwang sich, den Blick abzuwenden und wieder zu Alice Diamond hinüberzusehen, doch sie hatte sich seitlich weggedreht, weshalb Louisa nicht mit Sicherheit sagen konnte, ob sie es tatsächlich war. In diesem Moment tippte ihr jemand auf die Schulter, und als sie sich umwandte, sah sie zu ihrer Überraschung Phoebe vor sich stehen. Sie schwankte ein wenig, vereinzelte Strähnen hingen ihr ins Gesicht, und sie streckte mit wissendem Blick Louisa die Hand entgegen. Louisa sah eine offene kleine Metalldose mit einem weißen Pulver darin.

»Willst du was?«, nuschelte Phoebe. »Das ist der richtig gute Stoff. Seb hat ihn mir besorgt.«

Louisa war völlig schockiert. »Nein, danke.« Sie wusste, dass sie wie eine prüde Gouvernante klang, hoffte jedoch, dass Phoebe zu betrunken war, um es zu bemerken.

Phoebe klappte die Dose zu und begann sich mit halb geschlossenen, glasigen Augen im Takt der Musik zu bewegen. »Früher war ich mal eine der Merry Maids, wusstest du das?«

»Tatsächlich?« Louisa bemühte sich um einen höflich-interessierten Tonfall.

»Ja, deshalb dachte ich … du und ich, wir sind ja praktisch vom selben Schlag.« Sie machte eine ausladende Handbewegung und gab ein hohles Lachen von sich. »Sie bezeichnen mich als ihre Freundin, dabei vergessen sie niemals, woher ich komme. Stattdessen benutzen sie mich nur, weil ich gut aussehe.« Sie beugte sich näher zu Louisa und zwinkerte ihr zu; einen Augenblick lang fürchtete Louisa, sie würde das Gleichgewicht verlieren. »Deshalb hat mich auch keiner ins Theater eingeladen.«

»Verstehe.« Louisa versuchte so unverbindlich wie möglich

zu klingen, da eine Unterhaltung mit einer betrunkenen Person erfahrungsgemäß niemals gut endete. Gleichzeitig wollte sie nicht unhöflich klingen, denn vielleicht war ihre Gefühlslage doch ähnlich. Obwohl Phoebe die richtigen Kleider trug, hübsch aussah und regelmäßig von Nancy und ihrer Clique eingeladen wurde, würde sie nie wirklich »eine von ihnen« werden.

»Wie ich sehe, geht es Ihrem Knöchel inzwischen besser.«

Phoebe brach in schallendes Gelächter aus. »Da war ja gar nichts dran.«

»Was?«

»Ich meine, ich bin tatsächlich über den Hund gestolpert, aber meinem Knöchel ist nichts passiert. Ich wollte bloß mit Sebastian allein sein, aber diese dämliche Kuh kann ihn ja keine Sekunde aus den Augen lassen.« Sie schnitt eine Grimasse und sah zu Charlotte hinüber, die auf einen eher desinteressiert wirkenden Sebastian einredete. »Ich denke, ich sollte mal rübergehen.«

Phoebe hatte wegen ihres Knöchels gelogen?

Plötzlich verstummte die Musik, und Phoebe machte sich von dannen. Einen Moment lang stand Louisa verloren da, während alle an ihre Tische oder hinauf an die Bar strebten. Zu Pamela und Nancy konnte sie sich nicht gesellen, andererseits wollte sie die beiden auch nicht aus den Augen lassen. Sie hatten sich zusammen in dieses Abenteuer gestürzt, doch sie war nicht bereit, Nancy die Gelegenheit zu geben, ihr zu entwischen.

Stattdessen ging sie zur Band, und diesmal war sie diejenige, die Harry auf die Schulter tippte, während er sich gerade mit einem großen Taschentuch den Schweiß von der Stirn wischte. Er lachte. »Na so was! Schon wieder laufen wir uns hier über den Weg, ohne uns vorher verabredet zu haben. Wie kommt es, dass Sie heute auch hier sind?«

Louisa hob in gespielter Hilflosigkeit die Hände. »Die Mädchen wollten unbedingt herkommen, und ich muss schließlich auf sie aufpassen.«

Er grinste und musterte sie. »Wenn ich es richtig sehe, waren Sie beim Friseur.« Er stieß einen leisen Pfiff aus. »Sieht klasse aus, Miss Cannon. Ehrlich.«

Louisa setzte zu einem angedeuteten Shimmy an. »Vielen herzlichen Dank, Sir«, erwiderte sie erfreut.

»Guy wollte heute Abend vorbeikommen, wussten Sie das? Vielleicht ist er sogar schon hier«, sagte er. »Ich habe ihm erzählt, dass wir uns gestern über den Weg gelaufen sind, und er meinte, er würde am Wochenende mal reinschauen. Seit einer Ewigkeit versuche ich ihn herzulocken, aber kaum erwähne ich Ihren Namen …«

»Schluss mit den Neckereien, Harry«, lachte Louisa. »Aber ich würde ihn wirklich gern wiedersehen.«

»Dann sollten wir uns schleunigst auf die Suche nach ihm machen. Ich habe zehn Minuten Pause, außerdem muss ich, falls er hier ist, ohnehin dafür sorgen, dass ihm die Merry Maids nicht auf die Pelle rücken.«

»Wer sind die Merry Maids?«

»Offiziell die Tänzerinnen des Clubs«, antwortete er. »Inoffiziell … nun ja.« Er zwinkerte vielsagend.

»Gern, aber ich darf den Raum nicht verlassen, weil ich meine Mädchen im Auge behalten muss«, wandte Louisa ein. »Falls Guy hier sein sollte, sagen Sie ihm bitte, dass er herkommen soll.«

»Geht in Ordnung.« Harry wandte sich ab und schlängelte sich durch die Gäste von dannen.

Louisa zog sich in eine Ecke zurück und sah den Leuten zu, wie sie rauchten, tranken, plauderten. Eine sanfte Stimme riss sie aus ihren Gedanken. »Hey, Lady, haben Sie zufällig Feuer?«

Erschrocken fuhr sie zusammen, konnte jedoch niemanden sehen. Erst jetzt merkte sie, dass die Stimme von irgendwoher aus den tiefen Schatten hinter ihr kam. Weiße Zähne blitzten auf. Joe Katz.

»Oh, tut mir leid, aber, leider nein«, stammelte sie. Verdammt! Wieso hatte sie bloß kein Streichholzbriefchen in der Handtasche?

»Kein Problem, Schätzchen. Eigentlich sollte ich sowieso die Finger von den Glimmstängeln lassen. Die Ärzte sagen, sie tun meiner Stimme nicht gut.«

»Das ist wahr«, bestätigte Louisa und ohrfeigte sich innerlich, weil ihr keine schlagfertigere, witzigere Erwiderung einfiel, wie die Flapper-Mädchen sie stets scheinbar mühelos aus dem Ärmel schüttelten.

»Habe ich Sie hier nicht schon mal gesehen?«, fragte Joe, seine unangezündete Zigarette immer noch zwischen den Fingern.

»Ja, gestern Abend«, sagte sie und nahm all ihren Mut zusammen, weiterzusprechen. »Ich finde Ihre Musik ganz wunderbar, Mr Katz.«

»Sie können gern Joe zu mir sagen.«

»Joe.«

»Aus Ihrem Mund klingt das hinreißend.« Er erhob sich leise lachend. »War mir ein Vergnügen, Miss …«

»Cannon. Louisa Cannon. Aber Sie können gern Louisa sagen.« Verdammt, sie konnte keinen klaren Gedanken fassen.

»Louisa.« Er schien ihren Namen über seine Zunge gleiten

zu lassen, weich und geschmeidig. »Verzeihen Sie mir, aber ich sollte zurück auf die Bühne.« Einen Augenblick lang glaubte sie, er küsse sie gleich, doch dann ergriff er ihre Finger und drückte einen Kuss auf ihren Handrücken. Seine Lippen fühlten sich weich und warm an – genauso, wie sie sich auf ihrem Mund anfühlen würden.

KAPITEL 32

Sekunden später bemerkte Louisa, dass die Stimmung wie auf ein geheimes Signal hin umschlug. Schlagartig füllte sich der Raum neuerlich, jeder hatte einen Tanzpartner an der Hand oder ein Glas und schien zu warten, dass die Musik einsetzte.

Im nächsten Moment fuhr Louisa zusammen: Guy stand mit bestürzter Miene nur wenige Meter neben ihr und überragte die Mehrzahl der Gäste. Der Schein der Lampen auf den Tischen, das Funkeln der mit Perlenschnüren besetzten Kleider der Frauen und ihr Schmuck spiegelten sich in seinen Brillengläsern. Sie trat auf ihn zu und versuchte den Gedanken an Joe Katz zu verbannen, als befürchtete sie, Guy könnte ihrem Gesicht ablesen, dass der Schwarze ihr soeben die Hand geküsst hatte.

»Guy«, rief sie. »Ich bin's. Louisa.«

»Du hast deine Haare abgeschnitten«, erwiderte er in seiner Verblüffung statt einer Begrüßung.

»Stimmt.« Sie musste die Stimme heben, als die Trompete einsetzte und sich mit den vollen Klaviertönen vereinte. Eine Unterhaltung war praktisch unmöglich. »Ich bin mit Miss Nancy und Miss Pamela hier.« Sie wies mit dem Kopf in Richtung der Mädchen, ohne zu wissen, ob sie überhaupt noch dort saßen.

»Verstehe. Ich habe mich gefragt …« Er beugte sich zu ihr, die Stirn sorgenvoll in Falten gelegt. »Ich habe in der Zeitung gelesen, was passiert ist. Es muss grauenvoll gewesen sein. Wie geht es der Familie?«

Louisa wollte gerade antworten, als eine hübsche junge Frau zu ihnen trat und ihr die Hand hinstreckte. »Hallo, ich bin Mary Moon. Ich arbeite mit Guy zusammen.«

»Hallo«, sagte Louisa und fragte sich, was das genau bedeuten mochte. Sie sah Guy an, dessen Miene verriet jedoch nichts. Mary Moon – allein der Name war die reinste Farce. Sie trug ein wild gemustertes Kleid mit Pailletten und allerlei Schnickschnack, das sie vielleicht als modisch empfinden mochte, für Louisas Geschmack allerdings viel zu übertrieben und unruhig war.

Mary verkrallte die Hände ineinander und sah sich mit großen Augen um. Guy winkte Louisa näher zu sich und flüsterte ihr ins Ohr. »Laut Harry geht das Gerücht, Alice Diamond sei heute Abend hier.«

Dann hatte Louisa also richtig beobachtet.

»Hast du sie gesehen?«, fragte sie.

Er schüttelte den Kopf. »Nein, aber das kann sich ja vielleicht bald ändern. Es ist ein bisschen ungewohnt, in diesem Aufzug zu ermitteln, aber was sein muss, muss nun mal sein.« Erst jetzt fiel Louisa auf, dass er einen Zylinder in der Hand hielt.

»Ich dachte, du bist hier, weil Harry dich eingeladen hat.« Sie kam sich gemein vor, schließlich hatte Guy so offensichtlich Eindruck mit seiner Polizeiarbeit schinden wollen.

»Das stimmt auch, aber wo wir schon mal hier sind … Du weißt ja, wie es immer heißt: Ein echter Polizist ist immer im

Dienst.« Er schien sich ein wenig unwohl in seiner Haut zu fühlen.

»Vielleicht sollten wir erst einmal etwas zu trinken besorgen«, schlug Louisa vor.

Guy stimmte zu und bestellte bei einem Kellner einen *Fruit Cup*. Wenn sie tatsächlich verdeckt ermitteln wollten, müssten sie schon Gin oder Champagner bestellen, so wie die echten Gäste, sagte Mary zu ihm, kaum dass der Kellner verschwunden war. »Aber dann hätten wir gegen das Gesetz verstoßen, weil es schon nach zehn Uhr abends ist.«

»Ihr seid doch gar nicht im Dienst«, meinte Louisa.

»Wie gesagt, wir sind immer im Dienst«, korrigierte er ein wenig lahm. In diesem Moment kehrte der Kellner zurück und übergab ihnen einen Glaskrug mit einer dunkelroten Flüssigkeit, drei Gläser und die Rechnung. »Zwei Pfund!«, stieß Guy hervor. »Wollen Sie mich etwa hochnehmen?«

Der Kellner zuckte mit den Schultern. »Ich mache die Preise nicht«, erwiderte er, wobei Louisa sein italienischer Akzent auffiel. Wieso liefen ihr neuerdings eigentlich ständig Italiener über den Weg?

Guy kramte das Geld aus der Tasche, bezahlte, nahm einen Schluck und begann zu prusten. »Das ist ja Gin!«, rief er verärgert, als er Louisa und Mary lachen sah.

»So läuft das hier nun mal«, bemerkte Mary und imitierte das übertriebene Achselzucken des Kellners, ehe sie selbst einen Schluck nahm. Louisa begann beinahe, sie zu mögen.

Guy sammelte sich und schob seine Brille hoch. »Würdet ihr mich bitte entschuldigen«, sagte er. »Ich will mich mal ein bisschen umsehen.«

»Ich komme mit«, sagten Louisa und Mary wie aus einem Munde. Guy musterte sie mit zusammengezogenen Brauen.

»Nein danke«, sagte er, »das muss ich alleine erledigen. Bin gleich zurück.«

Sie sahen ihm hinterher. Die Band spielte immer noch, doch Louisa hatte sich allmählich daran gewöhnt, deshalb schien ihr Gehirn die Klänge ein wenig zu filtern und die allzu hohen, scharfen Töne abzumildern.

»Ist er nicht wunderbar?« Mary blickte sie über den Rand ihres Glases hinweg an.

Im ersten Moment wusste Louisa nicht recht, was sie sagen sollte. »Äh … ja, das ist er wohl.«

»Es gibt nicht viele von seiner Sorte … bei der Polizei, meine ich«, fügte sie hinzu; für Louisa hörte es sich so an, als hätte Mary die Worte sorgfältig einstudiert. Aber bestimmt irrte sie sich. »Er ist freundlich und sanftmütig. Und dazu noch humorvoll.« Sie sah Louisa direkt an. »Ich weiß, dass Sie beide gute Freunde sind. Wissen Sie zufällig, ob er … nun ja, mit einem anderen Mädchen ausgeht?«

»Nein, das weiß ich nicht. Woher auch?«, erwiderte Louisa verärgert.

»War nur eine Frage.« Mary hob erneut das Glas an ihre rosigen Lippen und nippte daran.

»Ich gehe tanzen«, meinte Louisa. »Sie können ja auf Guy warten.« Und damit ließ sie Miss Moon stehen, wobei sie sich ärgerte, weil sie sich von ihr so aus dem Konzept hatte bringen lassen.

Doch es gelang ihr nicht, mit derselben Befreitheit zu tanzen wie am Vorabend; aus irgendeinem Grund war sie zu befangen, um sich ganz der Musik hinzugeben, daher beschloss sie, nach Nancy und Pamela zu sehen. Nancy tanzte nahe bei den Tischen mit einem Gentleman – zumindest wollte er diesen Eindruck vermitteln –, während Pamela im Gespräch mit

Charlotte war, genauer gesagt, redete Charlotte auf eine reichlich bestürzt dreinsehende Pamela ein. Bevor Louisa hinzutreten konnte, kam Clara zu ihr und nahm sie beiseite.

»Hey, Louisa«, sagte sie. »Ich an deiner Stelle würde lieber nicht rübergehen.«

»Wie meinen Sie das?«

Clara wies mit dem Kinn auf Charlotte. »Sie ist nicht sonderlich gut auf dich zu sprechen. Dass du mit Dulcie befreundet warst, bereitet ihr Sorgen. Und diese Rechnung der Schneiderin, die Pamela ihr überbracht hat?«

Wieder spürte Louisa einen Anflug von Verärgerung. »Was ist damit?«

»Nun sei doch nicht gleich eingeschnappt. Es ist eine schwierige Zeit für sie. Du weißt doch, wie das ist.«

»Nein«, entgegnete Louisa. »Das weiß ich nicht.«

Clara musterte sie kühl, und als sie fortfuhr, klang ihre Stimme frostig und hart. »Du solltest nicht vergessen, wer du bist. Offen gestanden, findet Miss Charlotte es ziemlich seltsam, dass Dulcie genau wusste, wo sie den Schmuck findet. Ich bin sicher, es gibt eine logische Erklärung dafür, aber dir ist sicherlich klar …«

Es war, als hätte jemand eine dicke Decke über Louisa gelegt, die ihr die Luft abschnürte. Dieser Club, der sich gestern noch wie eine Zufluchtsstätte angefühlt hatte – ein warmer, sicherer Hafen, in dem nichts als die Musik und die Menschen zählten, die gern tanzen wollten –, war zu einem Ort der Vorwürfe geworden, an dem sie beinhart in ihre Schranken gewiesen wurde.

»Sagen Sie bitte Miss Nancy und Miss Pamela, dass ich oben in der Damengarderobe auf sie warte«, sagte sie. »Wir müssen innerhalb der nächsten Stunde aufbrechen.«

Als Louisa der Tanzfläche den Rücken kehrte, wurde die Musik lauter und schneller, und die Tanzenden nahmen den Takt bereitwillig auf. Mary stand immer noch ein wenig verloren am Rand der Tanzfläche, als Louisa Guy zurückkommen sah. Er schien sich in seinem Anzug alles andere als wohlzufühlen, und sie sah, wie seine Brillengläser beschlugen. Sie beschleunigte ihre Schritte, um ihn abzufangen, bevor er Mary erreicht hatte.

»Louisa«, sagte er, scheinbar überrascht, sie hier zu sehen.

»Was ist los?«

Guy sah sich um. »Es ist nur … ich dachte, ich hätte gerade einen Kollegen hereinkommen sehen, ebenfalls undercover.«

»Jemanden, den du kennst?«

»Eigentlich nicht. Er ist ein ziemlich hohes Tier … arbeitet bei der Sitte vom Revier in der Savile Row.«

»Spielt es für dich denn eine Rolle, ob er hier ist oder nicht?«

»Ich denke nicht, aber vielleicht passt es ihm nicht, wenn ich mich hier in seinem Terrain herumtreibe. Ich denke, ich sollte lieber gehen.« Einen Moment lang standen sie reglos da und lauschten Harrys temperamentvollem Solo. »Tut mir leid, Louisa, ich hatte mich so gefreut, dich zu sehen.«

»Ich mich auch. Vielleicht klappt es ja ein andermal. Auf Wiedersehen, Guy!« Ohne sich noch einmal nach Mary Moon umzudrehen, verließ Louisa den Raum und stapfte eilig die Treppe hinauf zur Damengarderobe. Warum war sie so wütend? Sie konnte es selbst nicht sagen.

In dem Garderobenraum herrschte ein ähnliches Gedränge wie unten auf der Tanzfläche – Frauen schoben sich an die Spiegel, um sich die Lippen nachzuziehen und ihre Frisur zu richten, andere saßen in Dreier- oder Vierergrüppchen auf den beiden rosa Samtsofas und plauderten. Vor den Toiletten hatte sich eine kleine Schlange gebildet, und eine Frau stand mit fast bis zur Taille hochgezogenem Rock mitten im Raum und befestigte ihre Seidenstrümpfe an den Strumpfhaltern. Das dumpfe Wummern der Musik drang von unten herauf. Einige Frauen rauchten, was dem dunkel gestrichenen Raum eine Atmosphäre verlieh, als wäre dies ein Hinterzimmer des Clubs. Als die Frau ihren Rock herunterzog, stellte Louisa schockiert fest, dass es sich um »Babyface« handelte, Alice' rechte Hand, auf die Dulcie sie an jenem Abend im *Elephant and Castle* aufmerksam gemacht hatte. Die Tätowierungen auf beiden Armen hätten sie eigentlich verraten, doch sie hatte sie unter ihren langen Handschuhen verborgen. Die Forty wussten genau, wie man es anstellen musste, Klasse zu verströmen. Nachdem Alice Diamond hier war, lag es eigentlich auf der Hand, dass sich auch ihre engste Vertraute unter den Gästen befand, trotzdem blieb Louisa beinahe das Herz stehen – vor Aufregung und vor Angst gleichermaßen. Sie hatte von Achterbahnen in Amerika gelesen, in denen die Leute in kleinen, offenen Wägelchen auf Schienen in wilder Fahrt dahinbrausten, manche davon sogar mit Loopings. Fahrgäste beschrieben die Übelkeit erregende Todesangst, die einen während der Fahrt packte, gefolgt von einem unbeschreiblichen Hochgefühl der Erleichterung, danach wieder festen Boden unter den Füßen zu haben. Inzwischen konnte sie durchaus nachvollziehen, wie es ihnen ging.

Womöglich wusste Babyface von Dulcie und dem Hehler, dem sie das gestohlene Geld und den Schmuck hätte übergeben sollen. Aber wie sollte Louisa sie danach fragen? Das war unmöglich. Der Frust schnürte ihr die Luft ab.

Eine Frau kam hereingerauscht und trat zu Babyface; Louisa stand dicht genug neben ihnen, um zu hören, was sie sagte. »Die elenden kleinen Wichtigtuer sind reingekommen, verdammt!« Die Frau war ebenfalls jung und trug ein teuer aussehendes Abendkleid aus rotem Samt, hatte jedoch einen ausgeprägten Südlondoner Akzent.

»Wer hat sie reingelassen?«, knurrte Babyface.

»Keine Ahnung, aber Mrs M ist nicht hier, und der Typ an der Tür hat sie offenbar nicht erkannt. Und jetzt machen sie da unten ein Riesentheater. Was, wenn sie Alice sehen?«

»Die schafft das schon. Trotzdem sollten wir lieber runtergehen. Sie sollten das Zeug doch bloß loswerden, nicht reinkommen. Nicht nach dem Riesenzinnober. Sie wird stocksauer sein, und ich will nicht, dass sie sich prügelt.«

Die beiden wandten sich zum Gehen. Babyface schnippte mit den Fingern, woraufhin ein paar andere Frauen eilig ihre Lippenstifte einsteckten und ihnen folgten. Louisa war nur wenige Schritte hinter ihnen. Ihre Gedanken überschlugen sich. Was hatte die Frau mit »das Zeug bloß loswerden« gemeint?

Kaum betrat sie den Tanzraum im Keller, spürte sie, dass die Atmosphäre umgeschlagen war. Die Musik war immer noch ohrenbetäubend laut, doch die Tanzenden hatten sich in die Ecken zurückgezogen, möglichst weit von einer Gruppe von Männern weg, die mehrere Tische in Beschlag nahmen. Trotz ihrer schwarzen Anzüge und ihres pomadisierten Haars hatten sie etwas Grobes, Brutales an sich, außerdem waren sie sichtlich betrunken. Louisa sah einen mit einem Kellner wegen einer Bestellung streiten, andere packten irgendwelche Frauen bei der Taille, um sie entweder zu küssen oder an sich zu ziehen, ohne sich darum zu scheren, dass ihre Tanzpartner sie schützend wegzuschieben versuchten. Ein großer, kräftiger Kerl mit buschigen, schwarzen Augenbrauen und meliertem Haar, der Louisa vage bekannt vorkam, näherte sich ihnen gemeinsam mit einer Handvoll Kellner, und Sekunden später hatte sich eine handfeste Rauferei entwickelt.

Noch immer spielte die Band weiter, förmlich im Takt mit den fliegenden Fäusten, während mehrere Tische und Stühle umkippten. Frauen kreischten vor Angst, doch es gelang ihnen, die Flucht die Treppe hinauf anzutreten. Louisa schob sich um die Tanzfläche herum und packte Nancy und Pamela bei den Händen.

»Los, wir müssen hier raus«, rief sie und zog sie mit sich. Pamela wirkte besorgt, Nancy verärgert, aber darauf konnte Louisa jetzt keine Rücksicht nehmen. Auf der Treppe schoben und drängten sich die Gäste, um hinauf und auf die Straße zu gelangen, trotzdem fühlte sich Louisa viel sicherer.

In diesem Augenblick bemerkte sie Babyface ein paar Stufen vor ihnen; sie hatte einen Arm um die Taille einer Frau gelegt, bei der es sich nur um Alice Diamond handeln konnte. Doch kaum hatten sie das Erdgeschoss erreicht, waren die beiden wie vom Erdboden verschluckt. Durch die Eingangstür konnten sie nicht gegangen sein, ebenso wenig die Treppe hinauf zur Damengarderobe, da Louisa sie sonst trotz des herrschenden Gedränges bemerkt hätte. In diesem Moment sah sie Dolly Meyrick aus einer dunklen Ecke im hinteren Teil des Eingangsbereichs treten. Sie strich sich das Haar glatt und schien zu versuchen, wieder zu Atem zu kommen. Teds Freundin. Es gab eine Verbindung zu Alice Diamonds Verschwinden, darauf ging Louisa jede Wette ein.

KAPITEL 33

Am nächsten Morgen musste Louisa Nancys und Pamelas Koffer für die Rückkehr nach Mitford Manor packen. Sie waren früh aufgestanden – was ihnen dank ihrer Gewohnheit nicht weiter schwerfiel – und hatten sich zum gemeinsamen Frühstück mit ihrer Tante begeben. Keine von ihnen hatte das Bedürfnis, die Mahlzeit unnötig in die Länge zu ziehen, daher blieb Louisa nicht viel Zeit. Sie würden den Zehn-Uhr-Zug ab Paddington nehmen, und nach ihrer Rückkehr wäre sie wieder in ihrem Alltag gefangen. Verständlicherweise würde Nanny Blor es kaum erwarten können, sich ein wenig Ruhe zu gönnen, nachdem Louisa die letzten Tage in London verbracht hatte. Doch vorher musste sie etwas erledigen. Sie schwang ihren braunen Lederkoffer vom Bett und ging in den Korridor. Es gab nur ein einziges Telefon im Haus, und Privatgespräche waren normalerweise nicht gestattet, aber weil Iris und die Mädchen beim Frühstück saßen, konnte sie es vielleicht riskieren.

»Die Vine Station, bitte«, sagte sie zu der Telefonistin.

»Sofort, Miss.« Es ertönte ein Klicken, dann das Freizeichen, und schließlich meldete sich ein Polizist, der sich erkundigte, wie er ihr helfen könne.

»Könnte ich bitte Sergeant Sullivan sprechen?«

Sie spürte sein Zögern; vermutlich hatte er erwartet, eine Anzeige oder eine Verlustmeldung aufnehmen zu müssen.

»Kann ich Ihnen vielleicht weiterhelfen, Miss?«, fragte er dann. Wieso gingen eigentlich alle davon aus, dass sie eine Miss und keine Madam war?

»Nein, tut mir leid«, sagte sie so kühl wie möglich.

»Nun gut. Bleiben Sie bitte am Apparat.«

Sie hörte, wie der Hörer beiseitegelegt wurde, und es ertönten schwere Schritte, als der Polizist sich auf die Suche nach Guy machte. Nach einer Weile hörte sie weitere Schritte, schließlich wurde der Hörer hochgehoben.

»Hallo? Hier ist Sergeant Sullivan. Mit wem spreche ich?«

»Guy, hier ist Louisa.«

»Louisa. Ist alles in Ordnung?«

»Ja, ja, ich dachte nur, du solltest wissen, was gestern Abend passiert ist.«

»Was denn?«

»Kurz nachdem ihr gegangen seid, tauchten ein paar ziemlich üble Typen auf und machten Ärger. Es kam zu einer Schlägerei, und wir hatten alle Hände voll zu tun, noch rechtzeitig hinauszukommen.«

»Das tut mir leid.« Er klang aufrichtig erleichtert. »Aber geht es euch allen gut?«

»Ja, ja, uns geht es gut. Ich rufe nur an, weil ich ziemlich sicher bin, dass Alice Diamond gestern tatsächlich da war.«

»Was? Woher weißt du das?«

»Jemand hat mich auf sie hingewiesen.« Sie konnte ihm schlecht auf die Nase binden, dass sie bereits gewusst hatte, wie sie aussah. »In der Damengarderobe habe ich eine Frau gehört, die eine andere gewarnt hat, dass es gleich zu einer

Prügelei kommen würde. Sie sagte etwas davon, dass die Typen ›das Zeug bloß loswerden und nicht reinkommen‹ sollten. Und dann sind alle geflüchtet.«

»Das könnte ein Anhaltspunkt sein«, sagte Guy aufgeregt. »Die Forty haben Hehler, die ihr Diebesgut verkaufen, damit die Frauen sich nicht darum zu kümmern brauchen. Ich hatte einen Tipp bekommen, dass sie regelmäßig im *43* auftauchen.«

Louisa wusste, dass sie diese Information im Hinterkopf behalten musste, bis sie sich einen Reim darauf machen konnte. »Alice Diamond war direkt vor uns, als wir die Treppe hinaufgegangen sind, und ich weiß sicher, dass sie den Club nicht durch die Eingangstür verlassen hat oder weiter zur Damengarderobe hinaufgegangen ist. Ich hätte sie sehen müssen.«

»Wie meinst du das?«

»Ich glaube, Dolly Meyrick hat sie durch einen geheimen Hinterausgang hinausgeschmuggelt.«

Einen Moment lang herrschte Stille. »Haben Sie das mit eigenen Augen gesehen, Miss Cannon?« Dass er sie unvermittelt Miss Cannon nannte, bedeutete, dass er nicht alleine war, sondern irgendwelche Kollegen in der Nähe herumstanden.

»Das nicht, aber sie war da und dann auf einmal nicht mehr. Und dann habe ich Miss Meyrick gesehen. Sie ist die Tochter der Clubbesitzerin und kümmert sich ums Geschäft, solange ihre Mutter sich in Paris aufhält.«

»Angeblich«, bemerkte Guy.

»Ja, vermutlich. Jedenfalls habe ich die Tochter aus einer dunklen Ecke treten sehen. Sie war ein wenig außer Atem. Ich kann mir nicht vorstellen, wie die Frauen den Club sonst verlassen haben sollen.«

Bei Tageslicht betrachtet, kam ihr diese Theorie ein klein wenig armselig vor. Aber immerhin hatte sie mehr zu bieten, als diese alberne Gans Miss Moon gestern Abend zuwege gebracht hatte. Ganz zu schweigen davon, dass Pamela hocherfreut über die Neuigkeiten sein würde, denn vielleicht würde Lord De Clifford die Verlobung ja lösen, wenn er erfuhr, was seine Zukünftige getan hatte.

»Danke, Miss Cannon, wir kümmern uns darum«, sagte Guy.

Aus dem Speisezimmer drang das Klappern von Besteck, das ihr verriet, dass das Frühstück beendet war.

»Ich sollte lieber Schluss machen. Ich hoffe, es hilft dir weiter.« Louisa legte auf, noch bevor Guy etwas erwidern konnte, und gerade rechtzeitig, als Gracie, Iris' Dienstmädchen, in die Eingangshalle trat und sie streng musterte.

»Ich warte auf Miss Nancy und Miss Pamela«, sagte Louisa so souverän, wie sie nur konnte. »Wir müssen bald zum Bahnhof aufbrechen.«

Egal, was sie tat, irgendwie war es immer knapp.

Während Louisa sich gemeinsam mit Nancy und Pamela reisefertig machte, legte Guy auf dem Revier den Hörer auf und überlegte, was er als Nächstes tun sollte.

Harry wusste bestimmt von der Schlägerei, deshalb ließ Guy ihm eine Nachricht zukommen, er solle ihn so schnell wie möglich auf dem Revier anrufen. Er hatte nichts gehört, dass die Polizei gerufen worden war, was durchaus nachvollziehbar war, denn Miss Meyrick würde wohl kaum die Aufmerksamkeit der Polizei auf sich ziehen wollen, wenn sie in ihrem Club außerhalb der erlaubten Ausschankzeiten Alkohol verkaufte.

Wegen der langen Clubnächte schlief Harry tagsüber ziemlich lange, deshalb war es bereits kurz vor vier, als Guy erneut ans Telefon geholt wurde.

»Hallo, Guy. Was gibt's denn?«, fragte Harry wie üblich gut gelaunt. »Willst du mich wieder mal wegen Miss Cannon ausquetschen?«

»Nein«, antwortete Guy knapp. »Das ist vorbei.«

»Ich wusste nicht mal, dass es überhaupt angefangen hatte«, neckte Harry.

Aber Guy war nicht in Stimmung für seine Witzchen. »Ich habe gehört, dass es gestern Abend zu einer Schlägerei im Club kam. Weißt du etwas darüber?«

»Du willst doch nicht, dass ich es bereue, dich eingeladen zu haben, oder?«, fragte Harry. »Ich wollte, dass du als Freund kommst, nicht als Polizist.«

Guy beschloss, seinen Standardspruch *Ein Polizist ist immer im Dienst* ausnahmsweise für sich zu behalten. »Nein, natürlich nicht. Ich werde nichts unternehmen, es interessiert mich einfach bloß.«

»Es war die Elephant-and-Castle-Gang, also die Jungs«, sagte Harry. »Die tauchen häufiger auf, aber wenn Mrs Meyrick da ist, kommen sie nicht rein. Jetzt ist sie gerade weg, zumindest offiziell, und offenbar hat das Mädchen an der Tür die Jungs nicht erkannt. Sie haben ziemlich Randale gemacht, wie immer.«

»Was ist mit Alice Diamond? Louisa hat gesagt, sie hätte sie tatsächlich gesehen, jemand hat sie ihr gezeigt – und du hast mir schließlich auch erzählt, dass sie Gast im Club ist.«

Einen Moment lang herrschte Stille, dann sagte Harry: »Ja, sie kommt ja auch manchmal vorbei. Sie ist schwer zu übersehen, und jeder kennt sie. Aber ihre Mädchen benehmen sich wenigstens anständig, es sei denn, jemand fängt Streit mit ihnen an. Dann prügeln sie sich wie Kerle. Das habe ich allerdings schon eine ganze Weile nicht mehr erlebt. Offenbar gab es diese Woche Ärger zwischen ihnen und der Elephant-and-Castle-Gang.«

»Verstehe. Danke, Harry.«

»Du willst doch nicht anfangen, lästige Fragen zu stellen, oder?«

Guy kreuzte die Finger. »Nein. Ich werde dir deinen Auftritt schon nicht vermasseln, keine Angst.«

»Gut, dann war's das?«

»Ja, das war's, Kumpel.« Guy legte den Hörer auf.

Nun hatte er wenigstens etwas, das er Cornish vorlegen konnte.

Nachdem er überprüft hatte, dass sowohl seine Stiefel als auch seine Gürtelschnalle auf Hochglanz poliert waren, trat er an Cornishs Bürotür. Das Herz schlug ihm bis zum Hals, als er klopfte. Nichts geschah. Er wusste, dass sein Vorgesetzter da sein musste, daher klopfte er ein zweites Mal. Diesmal ertönte ein ungeduldiges »Herein!«.

Das Büro des Inspectors war so winzig, dass kaum mehr als der ausladende Schreibtisch hineinpasste. An der Wand hing ein Foto des Königs, und das Fenster ging auf den rückwärtigen Gebäudeflügel des Reviers hinaus. Cornish wühlte mit erschöpfter Miene in einigen Unterlagen und sah nur flüchtig auf, als Guy hereinkam. »Oh, Sie sind's«, sagte er und wandte sich wieder seinen Papieren zu.

»Guten Tag, Sir«, sagte Guy und trat mit durchgedrücktem Rücken vor.

Cornish murmelte etwas Unverständliches.

»Ich habe ein paar Informationen über Alice Diamond, die Ihnen womöglich weiterhelfen könnten, Sir.«

Nun hob Cornish den Kopf und sah Guy erwartungsvoll an.

»Es scheint, dass sie regelmäßig in dem Nachtclub in der 43 Gerrard Street auftaucht. Dort wurde sie auch gestern Abend beobachtet.«

Seufzend ließ Cornish die Papiere sinken. »Ach, tatsächlich? Und wobei wurde sie beobachtet?«

Erst jetzt dämmerte Guy, dass er nicht danach gefragt hatte. »Bei gar nichts, Sir. Genauer gesagt, weiß ich es nicht. Ich habe nur die Information erhalten, die von zwei Zeugen bestätigt wurde, dass sie sich im Club aufgehalten hat und dass es kurz danach zu einer Schlägerei kam.«

»Wurde sie dabei beobachtet, wie sie etwas gestohlen hat? Oder hat sie sich mit irgendwelchen erfolgreichen Beutezügen gebrüstet?«

»Nein, Sir, zumindest nicht, soweit ich weiß.« Obwohl Guy das Büro nicht übermäßig warm erschienen war, stand ihm plötzlich der Schweiß in den Achselhöhlen.

»Es mag hilfreich sein zu wissen, dass sie sich in London aufhält, aber das war uns auch vorher schon klar. Dass Alice Diamond einen Nachtclub besucht hat, ist dagegen absolut irrelevant. Es sei denn, sie wurde dabei beobachtet, wie sie Alkohol konsumiert hat?« Ein Anflug von Hoffnung schwang in seiner Stimme mit.

»Das kann ich leider nicht bestätigen, Sir.«

»Dann ist die Information nutzlos, vollkommen nutzlos«, schnauzte Cornish ihn an. »Los, verschwinden Sie, und kommen Sie erst wieder, wenn Sie etwas haben, das sich anzuhören lohnt!«

KAPITEL 34

Bei Tageslicht sah das Gebäude in der 43 Gerrard Street genauso aus wie jedes andere verwahrloste Stadthaus in Soho. Die Bürgersteige waren rußig und verschmutzt, und es waren nicht ganz so viele Menschen unterwegs. Erst in zwei oder drei Stunden würden sich die Freier einfinden, um sich ihre verbotenen Vergnügungen zu erkaufen. Guy ignorierte die Türklingel eines gewissen Mr Gold, dem Schneider in der obersten Etage, und klopfte stattdessen beherzt an die Tür, die Sekunden später von einem Mann geöffnet wurde, der den gesamten Türrahmen auszufüllen schien.

»Ja?« Der Türsteher vom Vorabend stand vor ihm – Albert der Deutsche.

Guy trug Uniform, deshalb gab es vermutlich keinen Zweifel an seiner Tätigkeit. Dass er auf der Suche nach einem frühen Drink war, würde hier wohl keiner vermuten. »Ich würde gern Miss Meyrick sprechen.«

Die Tür wurde Guy vor der Nase zugeschlagen. Einen Moment lang fragte er sich, was er jetzt tun sollte, als sie erneut geöffnet wurde und der Hüne Guy bedeutete, ihm zu folgen. Sie gingen an der Kasse und der Treppe vorbei, die einerseits nach unten in den Tanzraum und andererseits zu den Garderoben im ersten Stock führte, und betraten einen kleinen Salon mit einer gemusterten Tapete und zwei Sofas, auf denen sich Kissen in allen möglichen Größen stapelten. Es gab einen Kamin mit einem Tigerfell davor; unwillkürlich musste Guy an den Reim über die berühmte Skandalautorin denken (»Würdest du's mit Elinor Glyn gern treiben / dich nackend vor dem Kamin an ihr reiben / auf dem weichen Fell von einem Tiger / oder wär dir ein anderes wohl lieber?«). Seine Brüder hatten den Reim so lange skandiert, bis ihre Mutter sie erwischt und ihnen allen einen Klaps auf den Hinterkopf gegeben hatte. Glücklicherweise auf einem der Sofas – und nicht auf dem Fell vor dem Kamin – saß eine junge Frau mit dunklem, sorgfältig in Wellen gelegtem Haar und einem schicken Kostüm aus olivgrüner Wolle; sie hatte nicht die geringste Ähnlichkeit mit den Merry Maids aus dem Nachtclub ihrer Mutter, eher sah sie aus, als befände sie sich auf dem Weg zu einer Vorstandssitzung. Ein lächerlicher Gedanke. Es gab keine Frauen, die an einer Vorstandssitzung teilnahmen. Guy beschloss, sich ausschließlich auf die vor ihm liegende Aufgabe zu konzentrieren und sich nicht vom verführerischen Knistern des Kaminfeuers und dem betörenden Duft der Lilien in der Vase auf dem Tisch ablenken zu lassen.

Die Frau erhob sich und reichte ihm die Hand. »Guten Tag, Officer. Wie kann ich Ihnen helfen?«

»Guten Tag. Sie sind Miss Dorothy Meyrick?«, fragte Guy ein wenig perplex.

»Ja, aber alle nennen mich Dolly. Bitte, setzen Sie sich.« Sie deutete auf das Sofa gegenüber von ihr. Guy nahm Platz und spürte, wie er tief in den Kissen versank. Es war unmöglich, aufrecht zu sitzen, es sei denn, er quetschte sich auf die Kante, doch allein in diese Position zu gelangen, erforderte ein überaus peinliches Strampeln und Rangeln. Es war, als kämpfe man gegen eine Wolke an.

Dolly lachte. »Bitte entschuldigen Sie. Diese Sofas mögen gemütlich sein, aber leider nicht sonderlich praktisch. Darf ich Ihnen etwas zu trinken anbieten? Wir haben einen ausgezeichneten Single Malt Whisky.«

»Nein danke, Ma'am.« Endlich gelang es Guy, sein Gleichgewicht wiederzuerlangen – zumindest hoffte er es –, und er zog Notizbuch und Stift heraus.

»Oh, Officer«, schnurrte sie, »bitte stecken Sie das doch ein. Was wir hier zu besprechen haben, lässt sich gewiss vernünftig zwischen uns regeln, deshalb brauchen Sie sich bestimmt keine Notizen zu machen.« So, wie sie es ausdrückte, klang es, als wäre es idiotisch, ihr zu widersprechen, deshalb steckte er beides widerstrebend wieder ein.

»Ich habe Kenntnis erhalten, dass sich Alice Diamond gestern Abend hier aufgehalten hat?«

Dollys Miene wurde ausdruckslos. »Nun, Officer, Sie können kaum von mir erwarten, dass ich mich an jeden meiner geschätzten Gäste erinnere. Es müssen an die hundert Leute hier gewesen sein.«

»Aber Sie empfangen sie doch persönlich an der Tür, oder nicht? Und sehen sie, wenn sie hereinkommen.«

»Das ist richtig, Officer … haben Sie auch einen Namen? Es wäre so viel netter, wenn ich Sie korrekt ansprechen könnte.«

»Sergeant Sullivan.« Guy bemühte sich nach Kräften, sich nicht von ihr weichkochen zu lassen, doch die Hitze aus dem Kamin setzte ihm allmählich zu.

»Sergeant Sullivan, Sie haben absolut recht. Das hätte ich gestern Abend tun sollen, aber ich war mit anderen Angelegenheiten beschäftigt. Sicher können Sie sich vorstellen, wie schwierig es ist, diesen Club ohne meine Mutter zu leiten. Einige unserer Mitarbeiter sind es nicht gewöhnt, Anweisungen von einem Mädchen wie mir entgegenzunehmen, und gelegentlich muss ich sie beiseitenehmen, um sicherzugehen, dass sie auch tun, was sie sollen.« Sie hielt inne. »Sind Sie sicher, dass Sie keinen Whisky wollen, nur ein kleines Schlückchen? Oder ein Glas Wein?«

»Nein danke.«

»Nun, gestern Abend hat Susie den Mitgliedsbeitrag kassiert. Und leider hat sie eine Horde wilder Jungs hereingelassen, die ein wenig Ärger gemacht haben. Ich werde dafür sorgen, dass sie künftig nicht mehr am Eingang sitzt.«

»Und kannten Sie die Burschen?«, hakte Guy nach, während er allmählich begriff, wie geschickt sie jene Fragen umging, die ihr nicht gefielen.

»Sie kommen ab und zu vorbei, nicht allzu oft. Aber die machen uns keinen Ärger, den wir nicht in den Griff kriegen würden.« Ihre Stimme war wie buttriger Karamell. Sie wandte sich halb ab, um sich am Kamin zu wärmen, dann sah sie ihn mit schief gelegtem Kopf wieder an. »Sergeant Sullivan, wir haben Leute, die uns beschützen. Männer wie Sie, die so liebenswürdig sind und uns im Austausch für ein paar kleine Gefälligkeiten im Auge behalten. Es ist wirklich nett in unserem Club. Vielleicht haben Sie ja Lust, sich auch zu unseren werten Stammgästen zu zählen?«

Guy war völlig perplex. »Wie bitte, Ma'am?«

Sie lachte, als hätte er einen herzerfrischenden Witz gerissen. »Oh, ich bin noch eine ›Miss‹ – wenn auch nicht mehr lange. Ich bin mit Lord De Clifford verlobt, müssen Sie wissen.«

Guy war klar, dass ihn dieses Eingeständnis in seine Schranken weisen sollte. *Du sprichst hier nicht mit einer abgehalfterten Nachtclub-Kellnerin,* sollte ihm die Information sagen, *sondern mit der zukünftigen Frau eines angesehenen Adligen. Und du bist nichts als ein kleiner Polizist in Uniform.*

Sie kniff die Augen zusammen. »Überrascht Sie das?«

»O nein, natürlich nicht.« Er bemühte sich um einen neutralen Tonfall. »Meinen Glückwunsch, Ma'am. Ich meine, Miss Meyrick.«

»Danke«, erwiderte sie höflich. »Hier und da gab es Einwände, wenn ich es so ausdrücken darf. Aber letzten Endes konnten wir sie überzeugen.«

»Verstehe«, erwiderte Guy, obwohl er nicht ganz sicher war, was sie ihm damit sagen wollte. Es schien, als spräche diese Frau in einem Code, den er beim besten Willen nicht knacken konnte.

»Sollten Sie sich entschließen, uns zu besuchen, würden wir uns sehr gern Ihrer annehmen. Und als Mann so *sympathique*, wie Sie sind, so stark … werden Sie gewiss dafür sorgen, dass uns nichts geschieht, nicht wahr?«

Wieder hatte Guy keine Ahnung, was er darauf erwidern sollte, doch er hatte ohnehin keine Gelegenheit dazu.

»Und nun, mein lieber Sergeant, müssen Sie mich bitte entschuldigen. Mir steht ein geschäftiger Abend bevor, und es gibt noch einiges, worum ich mich kümmern muss. Albert erwartet Sie an der Tür.« Sie erhob sich. Guy begriff, dass dies sein Stichwort war. Er stand ebenfalls auf, was ihm jedoch erst nach einem weiteren demütigenden Kampf gegen die Kissen gelang, schüttelte ihr die Hand und ging – wenngleich keinen verdammten Deut schlauer als vorher.

KAPITEL 35

In Mitford Manor schien sich die Stimmung ein klein wenig gehoben zu haben, und die ganze Familie freute sich auf das bevorstehende Weihnachtsfest. Mrs Stobie beschwerte sich zwar über die zusätzliche Arbeit, gleichzeitig wehten die köstlichsten Düfte aus dem Ofen. Pamela schlich bei jeder sich bietenden Gelegenheit in die Küche, und obwohl die Köchin maulte, sie hätte auch ohne Kochunterricht schon mehr als genug zu tun, bemerkte Louisa sehr wohl den zufriedenen Ausdruck auf ihrem Gesicht, als Pamela ein Tablett voll goldgelber *Mince Pies* aus dem Ofen nahm, deren Ränder so perfekt gekräuselt waren wie der Saum eines Faltenrocks.

Am Morgen nach ihrer Rückkehr aus London betrat Nancy nach dem Frühstück die Küche, wo Louisa gerade das Tablett aus dem Kinderzimmer abstellte und Pamela in der Vorratskammer nach einer frischen Tüte Korinthen kramte. Als sie mit triumphierender Miene herauskam, warf Nancy ihr einen vernichtenden Blick zu. »Also ehrlich, du bist wie ein altes Weib. Man könnte glauben, du bist Küchenmädchen.«

Louisa sah, wie Ada verärgert das Gesicht verzog, als Pamela erwiderte: »Und wäre das so schlimm?«

Nancy ging nicht auf die Bemerkung ein, sondern wedelte

mit dem Brief in ihrer Hand. »Eigentlich wollte ich zu dir, Lou-Lou. Jennie kommt morgen zum Tee vorbei. Sie und Richard sind auf dem Weg zu seinen Eltern, und sie hat gefragt, ob sie uns besuchen darf. Ich wollte dir nur Bescheid geben. Ihr seid doch alte Freundinnen, stimmt's?«

»Ja, vielen Dank«, antwortete Louisa, obwohl sie Jennie eine halbe Ewigkeit nicht mehr gesehen hatte und sie zugegebenermaßen ein wenig gekränkt war, weil sie ihr nie geschrieben hatte. Sie waren im selben Viertel von Chelsea aufgewachsen und zusammen zur Schule gegangen, doch Jennie hatte diese Welt für immer hinter sich gelassen, als sie ihrem Ehemann Richard Roper, einem Architekten und Lebemann, begegnet war und ihn geheiratet hatte. Obwohl sie immer noch die süße, nette Jennie von früher war, bewegte sie sich mittlerweile in völlig anderen Kreisen, vor allem seit sie drei Jahre zuvor nach New York gezogen war. Wenn sich nun die Gelegenheit ergeben sollte, sich zu sehen, würde Louisa sie dennoch mit Freuden ergreifen. Schließlich war Louisa Nancy das erste Mal in Begleitung von Jennie begegnet – eine Begegnung, der sie ihre Stellung als Kindermädchen zu verdanken hatte. Sie sollte ihrer alten Freundin zu großem Dank verpflichtet sein, oder etwa nicht?

Am Ende entpuppte sich die Begegnung als nicht so schwierig wie erwartet. Nach dem Tee mit Lord und Lady Redesdale in der Bibliothek wurde Louisa nach unten gerufen. Normalerweise holte sie um diese Uhrzeit die Kleinsten ohnehin von der täglichen gemeinsamen Stunde mit ihren Eltern ab, heute jedoch erbot sich Lady Redesdale, die Mädchen in den Kinderflügel zurückzubringen, während Lord Redesdale und Richard sich für eine Zigarre in das Arbeitszimmer des Hausherrn zurückzogen. Louisa und Jennie blieben allein zurück – eine überaus freundliche Geste ihrer Herrschaft, wenngleich sie dieses Entgegenkommen vermutlich Nancy zu verdanken hatte. Louisa war zu nervös, um sich einfach zu setzen – irgendwie idiotisch, da schließlich außer ihnen niemand anwesend und Jennie nicht ihre Arbeitgeberin war. Trotzdem standen sie gesellschaftlich nicht mehr auf derselben Stufe, was durch Louisas Schürze und Jennies modisches Kaschmirkleid und den dazu passenden Mantel mit Nerzbesatz noch betont wurde – und vielleicht auch, weil Louisa nach all den Jahren als Kindermädchen nicht länger in der Lage war, ihrer Jugendfreundin auf Augenhöhe gegenüberzutreten, wie sie traurig erkannte. Um sich die Entscheidung zu ersparen, ob sie sitzen oder lieber stehen sollte, gab sie vor, Ordnung in den Nähkorb auf dem Fußboden zu bringen. Schweren Herzens fragte sie sich, ob sie Jennie anvertrauen konnte, was sie so sehr beschäftigte. Doch bevor es dazu kam, ergriff Jennie das Wort.

»Ich muss dir etwas sagen, Liebes«, flüsterte sie. »Ich bin schwanger. Noch sieht man nichts, und Richard will mit der Bekanntgabe warten, bis wir es seinen Eltern gesagt haben. Deshalb fahren wir zu ihnen.«

Louisa erhob sich und umarmte ihre Freundin. »Das sind ja wunderbare Neuigkeiten. Wann ist es denn so weit?«

»Ende Juli. Ein Sommerbaby. Alle sagen, dass sie die fröhlichsten sind.« Jennies Porzellanteint schien förmlich von innen heraus zu leuchten.

»Du wirst eine wunderbare Mutter sein, ganz egal, wie fröhlich dein Baby ist«, erwiderte Louisa, die sich aufrichtig für Jennie freute.

»Ich hoffe es.« Ein Schatten zog über Jennies Gesicht. »Ich habe nur ein bisschen Sorge … nun ja, es wird ganz anders aufwachsen als wir beide, hab ich recht? Was, wenn ich etwas falsch mache?«

»Jede Mutter denkt so, aber du hast schließlich Richard an deiner Seite. Du wirst alles perfekt hinkriegen, das weiß ich. Außerdem hast du immer noch mich. Du kannst mich jederzeit fragen. Ich weiß alles darüber, wie man ein Baby badet und solche Dinge.«

Jennie lachte. »Das stimmt. Außerdem werden wir ein Kindermädchen engagieren, deshalb muss ich das wahrscheinlich nicht allzu oft selbst übernehmen.«

Louisa wusste, dass Jennies Bemerkung nicht böse gemeint gewesen war – dass sie, Louisa, dafür bezahlt wurde, anderer Leute Kinder zu baden, während Jennie sich um derlei Dinge nicht zu kümmern brauchte –, trotzdem versetzte es ihr einen Stich. Aber an wen sollte sie sich sonst wenden? Sie musste sich dem einzigen Menschen anvertrauen, der sowohl die Welt kannte, in der sie aufgewachsen waren, als auch die, in der sie heute lebten. Ganz zu schweigen von ihrem mulmigen Gefühl im Hinblick auf Dulcie, das sie mit irgendjemandem besprechen musste.

»Ich wollte auch etwas mit dir bereden«, begann Louisa, während sie überlegte, ob sie tatsächlich fortfahren sollte.

»Was denn, Liebes?«

In knappen Sätzen schilderte Louisa die Ereignisse der vergangenen Wochen, wobei die Worte nur so über ihre Lippen sprudelten – von dem Abend, als sie Dulcie kennengelernt und ins *Elephant and Castle* begleitet hatte, bis hin zu Adrian Curtis' tragischem Tod, sie erzählte vom *43 Nachtclub*, dem seltsamen Verhalten von Nancys Freunden, von Alice Diamond und den Forty Thieves. Selbst Joe Katz erwähnte sie kurz. Jennie unterbrach sie lediglich hier und da, um sie zu bitten, etwas zu wiederholen, oder um einen Laut des Erstaunens auszustoßen. Als Louisa endete, war sie den Tränen nahe.

»Was soll ich denn jetzt machen, Jennie?«, fragte sie flehend.

»Welchen Teil genau meinst du? Mir schwirrt regelrecht der Kopf.«

»Das Problem ist, dass wir, wie du selbst sagst, nicht länger die sind, die wir früher waren, aber auch in dieses neue Leben nicht immer hineinpassen. Mir ist klar, dass ich ein besseres Leben habe als meine Mutter. Ich muss nicht so schwer arbeiten, und die Mitfords kümmern sich um mich. Doch dann sehe ich diese Frauen …«

»Welche Frauen?«

»Die Forty und selbst die Tänzerinnen im Nachtclub. Sie wirken so unabhängig, tragen schöne Kleider und machen, was sie wollen. Sie sind niemandem verpflichtet.«

»Aber sie sind Diebinnen und Prostituierte, Louisa«, stieß Jennie verärgert hervor. »Das ist doch kein Leben, und das weißt du auch! Dir und mir ist es gelungen, so einem Leben zu entfliehen.« Sie sah sich um, als fürchtete sie, jemand könnte sie hören. Wusste ihr Mann tatsächlich, aus welchen Verhältnissen sie in Wahrheit stammte? »Du darfst es nicht einmal wagen, so zu denken.«

»Bitte sei nicht so. Ich habe eben das Gefühl, nirgendwo dazuzugehören. Ich weiß nicht, was ich tun soll.«

»Ich kann dir genau sagen, was du tun wirst.« Jennie spie die Worte förmlich aus. »Du wirst der Polizei von Dulcie und ihrer Verbindung zu den Forty erzählen. Was hast du dir dabei gedacht, es ihnen vorzuenthalten? Was, wenn sie dich belogen hat?«

»Das geht nicht. Wenn ich das tue, wird sie sterben.« Louisa hatte sich noch nie zuvor so schlecht gefühlt.

»Louisa. Dulcie war bei den Forty. Du hast keine Ahnung, ob man ihr über den Weg trauen kann. Woher willst du wissen, ob sie nicht doch der Schlüssel zu dem Mord ist? Das sind ziemlich viele Zufälle, findest du nicht auch? Sie klaut Schmuck, und kurz darauf steht sie neben der Leiche.«

»Das stimmt, aber das kann nicht alles sein. Es passt einfach nicht zusammen. Mir ist aufgefallen, dass sie an dem Abend eine Uhr getragen hat. Weshalb sollte sie das tun, wenn nicht, um jederzeit genau zu wissen, wie spät es ist?«

Jennie sah sie verwirrt an. »Was meinst du damit?«

»Ich glaube, sie war mit jemandem beim Glockenturm verabredet. Allerdings nicht mit Adrian. Es ergibt keinerlei Sinn, dass sie sich zuerst mit ihm im Haus trifft und dann noch einmal in der Kirche. Ich glaube eher, es war jemand, dem sie den gestohlenen Schmuck übergeben sollte. Das ist die Methode, wie die Forty sich des Diebesguts entledigen – sie geben es an einen Hehler weiter, der es anschließend für sie verkauft. Ich glaube, dass derjenige, mit dem sie sich treffen wollte, Adrian Curtis' Mörder ist, wer auch immer es gewesen sein mag.«

»Wieso sagt sie es dann nicht aus?«

»Weil sie damit die Forty und ihre Hintermänner verraten würde, und dafür würden sie sie und ihre Schwester töten.«

Jennie sah nachdenklich aus. »Wenn das so ist, dann ist sie so oder so eine tote Frau. Aber das bedeutet auch, dass sie jemanden zu schützen versucht.« Sie hielt inne. »Und zwar sich selbst, logischerweise. Hat sie es nicht sogar bewusst eingefädelt, dass du diejenige bist, die der Polizei von den Forty berichtet?«

»Wie meinst du das?«

»Sie hat dich doch in den Pub mitgenommen, richtig? Dort hat sie dir von den Forty erzählt und dich dann angebettelt, im Haus ein freies Zimmer zu finden, wo sie sich mit Adrian treffen konnte.«

Louisa dachte darüber nach. »Du glaubst also, sie wollte, dass ich der Polizei davon berichte, damit nicht sie diejenige ist, die die Katze aus dem Sack lässt? Glaubst du, Dulcie wusste, dass der Mord geplant war, und wollte sie auf diese Weise austricksen, solange ich brav meine Rolle spiele?«

»Genau.«

»In diesem Fall muss ich den Mitfords sagen, dass ich eine Diebin ins Haus gelassen habe, auch wenn ich nicht wissen konnte, was sie vorhatte.«

Jennies erbarmungsloser Blick durchbohrte sie regelrecht. »Aber genauso war es doch, oder nicht? Und ich trage eine Mitschuld daran, weil ich dich ihnen vorgestellt habe. Sie haben dich aufgenommen, und so dankst du es ihnen. Du bist ihnen ein anständigeres Verhalten schuldig. Genauso wie mir.«

Ohne ein weiteres Wort erhob sich Jennie und verließ den Raum, während Louisa allein zurückblieb und in das Kaminfeuer starrte.

KAPITEL 36

Guy und Mary Moon saßen mit ihren Sandwiches auf dem Revier in der Vine Street an einem Schreibtisch zwischen Stapeln brauner Aktendeckel, die die Spuren diverser Mittagessen trugen. Guy konnte es kaum erwarten, wieder auf die Straße zu kommen, wohingegen man Mary unmissverständlich klargemacht hatte, dass sie auf dem Revier bleiben solle, für den Fall, dass eine Beamtin für die Betreuung vermisster Kinder oder weiblicher Opfer benötigt wurde. Guy hatte Mitleid mit ihr. Trotz der erfolgreichen Verhaftung von Elsie White hatte der Chief Inspector gemeint, er könne nicht alle seine Leute auf die Suche nach den Forty draußen herumlaufen lassen, deshalb war Mary zurückgepfiffen worden.

»Es ist ein Jammer«, sagte sie zwischen zwei Bissen Weißbrot mit Schinken. »Ich weiß ganz genau, dass ein paar Frauen im *43* Kokain verkauft haben, aber solange mich der Chief Inspector nicht hinschickt, um verdeckt zu ermitteln, sind mir die Hände gebunden.«

»Also ich weiß nicht, Mary«, sagte Guy. »Die Arbeit ist wirklich gefährlich. Ich an Ihrer Stelle wäre nicht so scharf darauf.«

Seufzend blickte Mary zum Fenster hinaus und kaute auf

ihrem Sandwich herum. »Ich will nur ab und zu mal hier raus.«

Ein Constable trat zu ihnen. »Tut mir leid, wenn ich die Party störe«, sagte er feixend, »aber jemand will Sie am Telefon sprechen, Sullivan.«

Errötend stand Guy auf und wischte sich die Krümel ab. »Entschuldigung, bin gleich wieder da.«

Guy ging an den Empfangstresen und drückte auf die rot blinkende Telefontaste, um das Gespräch anzunehmen. »Hallo, Sergeant Sullivan hier«, meldete er sich förmlich. Vielleicht war es ja Miss Meyrick, der wieder eingefallen war, dass Alice Diamond sich im Club aufgehalten hatte und bei etwas beobachtet worden war, wofür sie verhaftet werden konnte.

»Guy? Ich bin's, Louisa.«

»Oh, hallo.« Unvermittelt sah er Joe Katz vor sich, wie er sich über Louisas Hand beugte.

»Ich muss dir etwas Wichtiges sagen. Es ist eine Polizeiangelegenheit, trotzdem will ich nicht, dass es offiziell wird.«

»Ich weiß nicht recht, ob ich verstehe, was du meinst«, sagte er, während er daran denken musste, wie kompliziert sie manchmal sein konnte.

»Ich auch nicht.« Ein Laut drang durch die Leitung, bei dem es sich sowohl um einen unterdrückten Schluchzer als auch um ein ersticktes Lachen handeln konnte. »Hör dir einfach an, was ich zu sagen habe, und hilf mir, herauszufinden, was ich tun soll. Bitte.«

Es war Mittagszeit, auf dem Revier herrschte wenig Betrieb. »Also gut. Worum geht's?« Stille. »Louisa. Bist du noch dran?«

»Ja. Es geht um den Mord an Adrian Curtis. Ich weiß etwas über Dulcie Long, das Dienstmädchen, das deswegen verhaftet wurde. Ihr wurde auch Diebstahl vorgeworfen, und diese Tat hat sie bereits gestanden.«

»Ich erinnere mich.«

»Damals hätte ich der Polizei etwas sagen müssen, habe es aber nicht getan. Sie ist eine der Forty Thieves, und ich wusste es schon, bevor sie nach Mitford Manor kam. Ehrlich gesagt, hat sie mich in ihren Pub mitgenommen.«

»Was meinst du mit ›ihren Pub‹?«

»Den Pub, wo sie sich immer treffen. *The Elephant and Castle* heißt er. Wenn du Alice Diamond und ihre Leute suchst, musst du genau dort hingehen.«

»Und was hat das mit Adrian Curtis zu tun?«

Louisa schluckte. Dies war das weitaus schwierigere Geständnis. »Vor der Party hat Dulcie mich gebeten, ein freies Zimmer zu suchen, wo sie sich mit Adrian treffen konnte. Und ich musste ihr helfen, ihn dazu zu bringen, nach oben zu gehen.«

»Was?«, fragte Guy ungläubig.

»Sie sagte, sie müsse allein mit ihm reden, aber er gehe ihr ständig aus dem Weg. Sie hat für seine Mutter und seine Schwester gearbeitet, während er ja meistens in Oxford war, deshalb kam sie so gut wie nie an ihn heran. Sie hatten eine … du weißt schon.«

»Ich kann es mir vorstellen.«

Louisa war heilfroh, dass Guy durch das Telefon die Schamesröte nicht sehen konnte, die sich auf ihrem Gesicht ausbreitete. »Bei der Gelegenheit hat er sie erwischt, wie sie den Schmuck gestohlen hat, und sie geschlagen. Deshalb glaubt die Polizei, dass sie schuldig ist … weil sie zuvor Streit hatten.«

»Weiter.« Mit jedem Wort klang Guy unfreundlicher.

»Was, wenn Dulcie ein Treffen mit einem Hehler der Forty

arrangiert hatte, um ihm die gestohlenen Schmuckstücke zu übergeben? Sie hat angedeutet, dass Dienstmädchen immer als Allererstes eines Diebstahls bezichtigt werden.«

»Aus gutem Grund, wie man sieht«, bemerkte Guy.

»Ja, ja, schon gut. Der Punkt ist doch, wenn sie von Anfang an wusste, dass sie einen Diebstahl begehen würde, hätte sie auch dafür sorgen müssen, dass man die Sachen nicht bei ihr findet, wenn der Vorfall bemerkt wird. Eine Verabredung mit einem Hehler hätte das Problem wunderbar gelöst.«

»Ich weiß, dass einige der Forty als Dienstmädchen in großen Herrenhäusern gearbeitet haben«, sagte Guy. »Das war eine hervorragende Möglichkeit, um an Wertgegenstände heranzukommen.«

»Und neulich fiel mir ein, dass Dulcie an dem Abend eine Armbanduhr getragen hat, die eigentlich viel zu groß für sie war, so als hätte sie sie geborgt. Vielleicht hat sie diese Uhr gebraucht, weil sie zu einem bestimmten Zeitpunkt mit jemandem verabredet war.«

»Sie sollte doch Miss Charlotte abholen, richtig?«

»Das stimmt, andererseits gibt es im Haus ja genügend Uhren. Ich glaube, sie wollte die Schmuckstücke entweder einem Mitglied der Forty oder einem Mittelsmann übergeben.«

»Trotzdem leuchtet mir immer noch nicht ein, was das mit Adrian Curtis zu tun haben soll.«

»Das weiß ich auch noch nicht genau, aber ich denke, Dulcie war mit jemandem im Glockenturm verabredet. Aus dem Adrian Curtis gestürzt wurde.«

»Weshalb hätte jemand Adrian Curtis dorthin bestellen sollen?«

»Vielleicht war es ja nicht Dulcie selbst, sondern der Hehler. Ich gehe davon aus, dass Dulcie mit ihm verabredet war, der Mord jedoch dazwischenkam. Ich wusste nicht, dass sie etwas stehlen wollte, sondern dachte, sie will nur unbedingt mit Adrian Curtis allein sprechen, mehr nicht. Sie meinte, sie würde versuchen, ein anständiges Leben zu führen, und mache ihre Arbeit als Dienstmädchen gern. Aber ihre Schwester hat geheiratet, und als Dulcie ebenfalls aussteigen wollte, sind die Forty nervös geworden und haben gedroht, dass etwas Schlimmes passieren würde, wenn sie sich nicht loyal zeigt. Und jetzt wird sie des Mordes verdächtigt, und sie kann der Polizei nicht sagen, dass die Forty in Wahrheit dahinterstecken, weil die Bande sonst sie und ihre Schwester umbringt. Und dabei fiel mir ein, dass sie vielleicht mich dazu bringen wollte, dir zu erzählen, dass sie alle in Gefahr schweben. Also, der Polizei. Wahrscheinlich hat sie mich deshalb in den Pub mitgenommen.«

»Das halte ich für durchaus möglich. Sie hat die Forty ausgetrickst und benutzt dich dafür, die Drecksarbeit zu erledigen«, sagte er langsam, während er sich einen Reim auf das alles zu machen versuchte. »Trotzdem verstehe ich immer noch nicht, weshalb Mr Curtis in die Sache verstrickt gewesen sein soll.«

»Darüber will ich lieber gar nicht nachdenken«, sagte Louisa langsam. »Aber sie hatte Streit mit ihm. Vielleicht wollte sie sogar, dass ihm etwas zustößt. Ich kann mir zwar nicht vorstellen, dass sie den Mord an ihm geplant haben könnte, aber ausgeschlossen ist es nicht.«

»Egal, wie wir es drehen und wenden, Dulcie Long trifft eine Mitschuld«, sagte Guy, »selbst wenn nicht sie ihn eigenhändig aus dem Turm gestoßen hat, sondern der Hehler.«

»Ja, das ist wohl wahr«, räumte Louisa kleinlaut ein.

»Und du wusstest, dass sie eine Diebin ist, und hast sie trotzdem ins Haus gelassen. Was bedeutet, dass du auch in der Sache drinhängst.«

Abgesehen von Louisas flachen Atemzügen, herrschte Stille in der Leitung.

Guy zwang sich, professionell zu bleiben, sich von ihrem offenkundigen Kummer nicht beeinflussen zu lassen. Er musste alle Informationen zusammensammeln, die er nur kriegen konnte, das war das Einzige, was jetzt zählte.

»Was ist mit dem Mann? Hat ihn jemand gesehen, oder könnte Dulcie ihn bloß erfunden haben?«

»Niemand hat ihn gesehen«, antwortete Louisa leise.

»Dulcie Long hat kein Alibi, und jetzt erzählst du mir auch noch, dass sie mit den Forty unter einer Decke gesteckt hat. Und du wusstest davon.« Er hielt inne. Einen Moment lang schnürte es ihm die Luft ab. »Du hast sie ins Haus gelassen. Du hast alle verraten, Louisa. Wie konntest du das nur tun?«

Doch er bekam keine Antwort. Louisa hatte aufgelegt.

Guys Handflächen waren schweißnass, und sein Herz raste. Er musste seine nächsten Schritte sorgfältig überdenken. Dies war nicht sein Fall, daher durfte er sich nicht dabei erwischen lassen, dass er sich einmischte. Trotzdem hatte Cornish ihn damit beauftragt, einen Hehler der Forty aufzustöbern, und wenn Dulcie Longs Verbindung zu der Bande nachgewiesen wurde, war sie so gut wie verurteilt und würde durch den Strang sterben. Und er wollte der Polizist sein, der dieses Urteil mithilfe seiner Arbeit erwirken würde.

KAPITEL 37

Das neue Kleid war fertig und lag bei Mrs Brewster bereit. Pamela war fest entschlossen, es rechtzeitig vor Weihnachten und dem alljährlichen Jägerball abzuholen, auch wenn Nancy erklärte, dies sei der langweiligste von allen – »nichts als näselnde Langweiler mit einem Stock im Hintern, die in Wahrheit am liebsten ihre Mutter heiraten würden und noch dazu von Mädchen umringt sind, die genauso aussehen wie diese«. Wenn es nach Nancy ginge, würde sie jede Woche nach London fahren, daher wusste Pamela, dass sie sich verbünden und ihre Mutter überreden mussten, sie noch einmal in die Stadt reisen zu lassen, ehe sie wegen der Feiertage in Mitford Manor festsaßen. Und Louisa sollte sie natürlich begleiten.

»Ist es nicht zu viel verlangt, dass Iris euch erneut bei sich aufnimmt?«, fragte Lady Redesdale, doch Louisa registrierte, dass Nancy bereits die Schwachstelle im Panzer ihrer Mutter ausgemacht hatte und gnadenlos den Hebel ansetzte.

»Nein, nein, Muv«, sprang Pamela hilfreich ein. »Sie sagt, es sei sogar praktisch, uns in London zu haben, weil wir ein paar Besorgungen für sie erledigen können.«

»Wenn das so ist … von mir aus«, sagte Muv. »Aber nicht lange. Ihr könnt den Zug morgen Vormittag nehmen und übermorgen zum Tee wieder hier sein. Ich soll bei einer Versammlung der hiesigen Konservativen anwesend sein und hätte gern euch beide dabei.«

Das Entzücken über Lady Redesdales Erlaubnis überwog das übliche Stöhnen angesichts des bevorstehenden Pflichttermins. Pamela gab ihrer Mutter einen Kuss auf die Wange, die abwinkte. »Nun geht schon. Und vergesst nicht, euren Vater zu fragen, ob er etwas von Army and Navy braucht.«

Auf der Hinfahrt am nächsten Morgen hatten sie ein Erste-Klasse-Zugabteil für sich alleine, und wie so oft in letzter Zeit drehte sich das Gespräch um Adrian Curtis und die Vorkommnisse jener tragischen Nacht.

»Ich verstehe immer noch nicht, was Adrian im Glockenturm wollte«, sagte Nancy.

»Dulcie muss ihm gesagt haben, dass sie sich dort treffen, als sie in Tante Iris' Zimmer waren«, meinte Pamela.

»Das mag ja sein, aber sie hatten sich doch gestritten. Weshalb sollte er sich mit ihr treffen wollen, nachdem sie gerade erst Streit hatten? Das ergibt keinerlei Sinn.« Nancy hatte die Stirn in Falten gelegt, was sie wesentlich jünger aussehen ließ. »Weißt du vielleicht mehr, Lou? Du hast Dulcie doch bei der Party in London kennengelernt, richtig? Hat sie damals etwas zu dir gesagt?«

Louisa konnte nur hoffen, dass ihre Bluse hochgeschlossen genug war, um die roten Flecken zu verbergen, die sich unweigerlich an ihrem Hals ausbreiten würden. Natürlich traf sie in Wahrheit keine Schuld – schließlich hatte sie nichts von dem geplanten Mord geahnt, und auch von Dulcies Unschuld war sie nach wie vor überzeugt; zumindest ging sie davon aus, dass sie keine Mörderin war. Aber dass sie etwas anderes Schreckliches getan hatte, ließ sich nicht abstreiten. »Nein, natürlich nicht«, antwortete sie.

Pamela blickte aus dem Fenster auf die topfebenen Felder und Heckenreihen. Schon bald kämen die sorgsam angelegten Schrebergärten und Vorstadthäuschen in Sicht, ehe der Zug in den letzten Tunnel eintauchte und auf der anderen Seite an den schmalen, von Reihenhäusern gesäumten Straßen bis zur Paddington Station vorbeifuhr.

»Die Schnitzeljagd war seine Idee«, murmelte Pamela. »Was, wenn Adrian seinen eigenen Tod inszeniert hat?«

»Das ist doch absurd. Außerdem hat Ted damit angefangen, soweit ich mich erinnere«, warf Nancy ein, zog ein Magazin heraus und begann wahllos darin zu blättern.

Louisa wurde den Verdacht nicht los, dass die Schwestern nicht ganz unrecht hatten: Wenn Lord De Clifford die Schnitzeljagd vorgeschlagen und Dulcie sich tatsächlich in jener Nacht mit einem Hehler der Forty getroffen hatte, wäre er die offensichtliche Verbindung, da sich die Clique regelmäßig im Club seiner Verlobten traf. Und dann war da noch die mysteriöse Unterhaltung zwischen Lord De Clifford und Clara – und Claras Beteuerung, nichts auszuplaudern. Ganz zu schweigen von dem Messer in ihrer Handtasche. Und Phoebe, die früher einmal im *43* gearbeitet hatte, hing auch irgendwie in der Sache drin, schließlich hatte sie zugegeben, ihren verstauchten Knöchel lediglich vorgetäuscht zu haben. Es mochte alles ziemlich weit hergeholt sein, trotzdem musste eine Verbindung zwischen alldem bestehen. Ob es sich um eine Verschwörung mit oder gegen Dulcie handelte, vermochte Louisa allerdings nicht zu sagen.

Nachdem das Gepäck der Mädchen auf ihr Zimmer gebracht worden war und sie ihre Tante Iris begrüßt hatten, machten sich die drei auf den Weg zu Mrs Brewster. Nancy hatte unbedingt mitkommen wollen, um sicherzugehen, dass Pamela bei ihrer Wahl nicht »kolossal danebengriff«, wie die ältere Schwester es charmant formulierte. Sie klopften an die Tür. Einige Momente vergingen, ehe Mrs Brewster öffnete. Sie wirkte dünner und erschöpfter als zuvor, ihr Gesicht war hohlwangig und von tiefen Furchen durchzogen, und ihr olivfarbener Teint hatte eine ungesunde gräuliche Färbung angenommen. Nichtsdestotrotz klatschte sie in die Hände und führte sie in ihr Nähzimmer, in dem sich unverändert Stoffe und Utensilien stapelten. Nancy stieß einen entzückten Schrei aus und begann sofort die weichen Samt- und glatten Seidenstoffe einiger ausgestellter Kleider in Augenschein zu nehmen. Mrs Brewster brachte Pamelas Kleid, dessen schwerer honigfarbener Stoff in Verbindung mit dem rosafarbenem Taillenband sie in wahre Begeisterungsstürme ausbrechen ließ.

»Sie müssen es anprobieren, *signorina*«, sagte Mrs Brewster. »Wenn noch etwas geändert werden muss, will ich es heute noch erledigen. An Nadeln und Faden mangelt es mir ja nicht.« Sie lachte, doch es klang ein wenig hohl.

Louisa, die im Türrahmen stand, wandte sich um und spähte in den Korridor. Ob der kleine Junge auch da war? Sie hatte ein paar Sachen für ihn mitgebracht, ausgemusterte Kleidung aus den Schränken der Kinder, die niemand vermissen würde. Etwas an seinen blauen Augen hatte sie nicht mehr losgelassen, seit sie ihm begegnet war. Sie schlich den Korridor hinunter, wohl wissend, dass niemand sie im Moment vermissen würde. Vor der Tür, durch die der Junge bei ihrem letzten Besuch gespäht hatte, zögerte sie kurz, dann klopfte sie und öffnete. Vor ihr befand sich eine winzige Küche mit einem Fenster, das auf die Rückseiten der umstehenden Häuser hinausging. Im fahlen Winterlicht sah sie das Kind mit einem Malstift am Tisch sitzen und sie aus riesigen Augen anstarren.

»Hallo«, sagte Louisa. »Du brauchst keine Angst zu haben, ich bin eine Freundin.« Sie ging in die Hocke, um auf Augenhöhe mit ihm zu sein, während er jede ihrer Bewegungen verfolgte und sich seine Finger fester um den Stift schlossen. Noch immer war kein Wort über seine Lippen gekommen. »Ich bin Louisa, aber du kannst Lou zu mir sagen. Wie heißt du?«

Die Unterlippe des Kleinen begann zu beben, doch noch immer schwieg er. Plötzlich wurde die Tür aufgerissen, und Mrs Brewster stand vor ihr.

»Was ist los? Hat er Lärm gemacht?«, fragte sie. »Ich habe dir doch gesagt, du musst leise sein, *bambino.*«

Louisa erhob sich. »Er hat nichts getan, Mrs Brewster. Ich wollte ihm nur Hallo sagen. Ich habe ein paar Sachen mitgebracht, die wir nicht mehr brauchen.« Sie reichte Mrs Brewster das in braunes Papier eingeschlagene Päckchen. Die alte Frau legte es auf den Tisch.

»*Grazie*«, sagte sie. »Kleidung ist gut, aber eigentlich brauchen wir zu essen.«

Louisa fühlte sich zurechtgewiesen, als hätte sie ihre Verantwortung dem Jungen gegenüber nicht erfüllt. »Aber warum?«, fragte sie. »Haben Sie denn nicht genug Arbeit?«

»Oh, sogar mehr als genug. Zu viel. Aber trotzdem reicht es hinten und vorne nicht. Ständig ist die Miete fällig. Mr Brewster hat mir leider nichts hinterlassen, *niente.* Bloß seine Spielschulden. Und die Mutter von diesem *bambino* … sitzt im Gefängnis und schickt mir kein Geld.«

Louisa kam ein Gedanke, den sie jedoch sofort als lächerlich verwarf.

»Und was werden Sie jetzt tun?«, fragte sie.

Mrs Brewster sah den Jungen traurig an. »Ich mag ihn wirklich gern, den armen kleinen Kerl. Er kann ja nichts für die Umstände, in die er hineingeboren wurde. Aber ich kann ihn nicht durchfüttern, deshalb werde ich ihn wohl ins Armenhaus geben müssen. Er oder ich, so traurig es auch sein mag.«

»Was ist mit seinem Vater?«

»Oh, über den weiß ich nichts. Er ist gestorben oder hat sich dünnegemacht, wer weiß.« Sie zuckte mit den Schultern.

»Sie können ihn nicht ins Armenhaus schicken«, flüsterte Louisa, obwohl der Kleine wohl kaum verstand, was damit gemeint war. Das Armenhaus war der Albtraum von Louisas Kindheit, ihre größte Angst. Wenn man seine Arbeit verlor oder krank wurde, kam man ins Armenhaus, es war der Ort, wo die armen Leute unweigerlich starben.

Der Gedanke, den sie gerade noch verdrängt hatte, kehrte mit aller Macht zurück: dass Dulcie Louisa absichtlich zu Mrs Brewster geschickt hatte, und zwar nicht, um Miss Charlotte damit einen Gefallen zu tun.

»Heißt seine Mutter zufällig Dulcie Long?«, fragte sie unvermittelt. Mrs Brewsters Augenbrauen schossen in die Höhe.

»Sì«, antwortete sie. »Aber woher wissen Sie das?«

Das war also der eigentliche Grund, weshalb Dulcie Louisa zu Mrs Brewster geschickt hatte. Und komischerweise war es nicht so, dass der Junge Ähnlichkeit mit Dulcie hatte, was Louisas Neugier geweckt hatte, sondern die Tatsache, dass er dem verstorbenen Adrian Curtis wie aus dem Gesicht geschnitten war.

KAPITEL 38

Louisa ließ zwei weitere Zuckerstückchen in ihren ohnehin sehr süßen Tee gleiten. Sie saß in der Küche von Iris Mitfords Wohnung, während die Mädchen mit ihrer Tante ein spätes Mittagessen einnahmen. Die Köchin, eine wortkarge Schottin, war zwar ebenfalls anwesend, doch ihre Sorge galt eher der Konsistenz ihrer Vanillesoße als den Kümmernissen eines Dienstmädchens, das zu Gast im Haus war. Louisas Gedanken kreisten ebenso wie ihr Löffel im Teebecher. Natürlich hatte sie keinerlei Beweis dafür, dass es sich bei dem Jungen um Dulcie Longs und Adrian Curtis' Sohn handelte, allerdings legte die bemerkenswerte Mischung von zwei strahlend blauen Augenpaaren den Verdacht nahe. Wusste Charlotte Curtis Bescheid? Wenn Louisa mit ihrer Vermutung richtiglag, drängte es sich förmlich auf: Dulcie musste während ihrer Tätigkeit für die Curtis-Familie schwanger geworden sein und war vermutlich für die Geburt des Babys fortgeschickt worden, um danach ihre Arbeit wiederaufzunehmen. Doch bei genauerer Betrachtung war die Vorstellung reichlich merkwürdig. Würde Lady Curtis ein Dienstmädchen wieder bei sich aufnehmen, nachdem ihr Sohn es geschwängert hatte?

Vielleicht. Wenn das Mädchen zum Schweigen gebracht werden sollte. Und bedeutete dies auch, dass Dulcie ein Motiv gehabt hatte, Adrian zu töten? Wenn die Forty von der nicht standesgemäßen Affäre der beiden erfahren hatten, hätte Dulcie womöglich um ihr Leben fürchten müssen. Wenn Adrian gedroht hatte, aller Welt zu erzählen, dass er der Vater des Jungen war, wäre das durchaus ein Grund gewesen. Aber hätte Adrian das Geheimnis tatsächlich freiwillig gelüftet? Soweit Louisa wusste, wurden aus derartigen Verbindungen entstandene Babys sonst kurzerhand zur Adoption freigegeben und der Vorfall hübsch unter den Teppich gekehrt. Was der Grund gewesen sein mochte, weshalb Dulcie ein Geheimnis aus ihrem Sohn gemacht hatte. Vielleicht hatte sie Lady Curtis ja erzählt, sie hätte den Kleinen weggegeben, und ihr verschwiegen, dass sie immer noch Kontakt zu ihm hatte und sogar dafür bezahlte, dass sich jemand seiner annahm. Hatte Dulcie von Adrian Geld für den Unterhalt verlangt? War dies der Grund für ihren Streit gewesen?

Es gab nur eine Lösung: Sie musste mit jemandem reden, von dem sie Antworten bekam. Bloß wer könnte das sein? Sie würde sich ja an Dulcie wenden, aber nur, wenn sie sicher sein könnte, dass sie ihr nicht noch mehr Lügen auftischte. Zu glauben, dass sie und Dulcie so etwas wie Gleichgesinnte waren, nur weil sie aus ähnlichen Verhältnissen stammten, war ein großer Fehler gewesen, das war ihr inzwischen klar. Denn sie waren definitiv nicht verbündet.

Gleichzeitig unternahm Dulcie keinerlei Versuch, ihre eigene Haut zu retten, sondern würde sich ihrem Prozess in dem Wissen stellen, dass man sie wegen Mordes zum Tode verurteilen und sie nichts dagegen tun konnte. Guy mochte die Verbindung zu den Forty überprüfen, doch es war nahezu ausgeschlossen, dass er etwas Aufschlussreiches fand, ganz zu schweigen von einem handfesten Beweis, dass sie etwas mit dem Mord an Adrian zu tun hatten. Sie brauchten etwas Konkreteres, und dies war vermutlich ihre einzige Hoffnung. Wenn Louisa bewies, dass Adrian der Vater von Dulcies Sohn war, beziehungsweise das Gericht zumindest darüber in Kenntnis setzte, dass sie ein Kind hatte, könnte dieser Umstand sie mit ein wenig Glück vor dem Galgen bewahren.

Nach dem Essen wurde Louisa in den Salon gerufen. Selbst in einer Stadtwohnung von der Größe wie Iris' gab es klar definierte Bereiche, die einen ähnlichen Zweck erfüllten wie die offiziellen Empfangsräumlichkeiten eines Palastes. Pamela erhob sich, als Louisa eintrat, und bedeutete ihr, zusammen den Raum zu verlassen.

»Lass uns raus an die frische Luft gehen«, schlug sie vor. »Ein kleiner Tapetenwechsel wäre ganz nett.« Sie holten ihre Mäntel und Hüte und traten hinaus.

Es war ein kalter, aber klarer Tag; die Frauen trugen lange Pelzmäntel, die Männer hatten sich ihre Schals fest um den Hals geschlungen. Fast automatisch schlugen sie den Weg zum Kaufhaus Peter Jones am Sloane Square ein, dessen Schaufenster mit hübsch dekorierten Christbäumen geschmückt waren. Sie gingen in das Café im Obergeschoss, von wo aus sich ein herrlicher Blick über die mit roten Schindeln gedeckten Dächer Chelseas bot.

»Was war denn vorhin los?«, fragte Pamela, als sie sich mit einer Kanne Tee, Milch und Zucker an einen Tisch setzten.

»Was meinst du?«, fragte Louisa, obwohl sie es ganz genau wusste.

»Ich habe dich mit Mrs Brewster reden hören, während ich mein Kleid anprobiert habe.«

Louisa gelangte zu dem Schluss, dass sie mit irgendjemandem reden musste, und Pamela war immer eine gute Adresse, nicht zuletzt, weil sie ganz anders war als ihre Schwestern. Ein Fels in der Brandung, nannte Nanny Blor sie immer, der Anker der Familie. Nancy und Diana waren flatterhaft, wohingegen Pamela stets die Verlässlichkeit und Freundlichkeit in Person blieb. Und vor allem während der letzten Wochen hatte sie unter Beweis gestellt, dass sie sich von nichts und niemandem aus der Ruhe bringen ließ. Wenn es um ihre eigenen Belange ging, mochte sie nicht ganz so entspannt bleiben, anderen gegenüber legte sie hingegen eine beeindruckende Loyalität und Unterstützungsbereitschaft an den Tag. Louisa bewunderte sie sehr.

»Sie hat einen etwa dreijährigen Jungen bei sich aufgenommen. Ich hatte ihn schon letztes Mal dort gesehen, und er wollte mir einfach nicht mehr aus dem Sinn gehen. Deshalb habe ich ihm heute ein paar von Toms alten Kindersachen mitgebracht.«

Pamela nickte. »Wie nett von dir.«

»Aber darum geht es nicht«, fuhr Louisa fort. »Mrs Brewster hat mir erzählt, dass sie nicht mit ihm verwandt ist, sondern sich gegen ein kleines Zusatzentgelt um ihm kümmert. Heute meinte sie, die Mutter des Kleinen sei im Gefängnis und könne deshalb kein Geld mehr schicken, und sie könne es sich nicht leisten, ihn durchzufüttern. Vielleicht muss sie ihn sogar ins Armenhaus geben.«

»Du liebe Zeit, das ist ja schrecklich.« Pamela goss Milch in ihrer beider Tee. Louisa würde sich wohl nie daran gewöhnen, den Tee in dieser Reihenfolge einzuschenken.

»Das Problem ist …« Sie hielt inne, in der Hoffnung, dass sie das Richtige tat. »Der Junge ist Dulcie Longs Sohn.«

Pamela stellte das Milchkännchen hin und sah sie erschrocken an. »Bist du sicher?«

»Das hat Mrs Brewster bestätigt, und weshalb sollte sie mich anlügen?«

»Wie ungewöhnlich. Der arme Junge. Vermutlich wird er seine Mutter niemals wiedersehen.«

»Ebenso wenig wie seinen Vater.« Louisa konnte nur hoffen, dass ihre Taktik aufgehen würde.

»Woher willst du das wissen? Wer ist denn sein Vater?«

»Ganz sicher weiß ich es nicht, aber sein Gesicht erinnert mich stark an Adrian Curtis.« Louisa sah Pamela an, um ihre Reaktion einzuschätzen.

»Ich bitte dich«, erwiderte Pamela. »Das ist wirklich zu weit hergeholt.«

»Wieso?«

»Weil … nun ja, das wirst du nie im Leben beweisen können. Und wie kommst du überhaupt darauf? Weil der Junge so dunkles Haar hat?«

»Es sind eher die Augen. Aber logisch wäre es doch, oder nicht?«

»Logisch? Inwiefern? Jetzt verstehe ich überhaupt nichts mehr.« Pamela trank einen Schluck Tee und setzte sich aufrecht hin, wie eine Rektorin, die ein Schulkind in seine Schranken verweist.

»Miss Charlotte hat der Polizei erzählt, ihr Bruder und ihr Dienstmädchen hätten ein …«

»Was die Zeitungen als ›gutes Verhältnis‹ bezeichnen«, warf Pamela ein.

»Genau. Und vielleicht hatte der Junge ja etwas mit ihrem Streit in dieser Nacht zu tun. Vielleicht sogar mit ihrem Motiv.«

»Ich dachte, du hältst sie für unschuldig.«

Seufzend legte Louisa die Hände in den Schoß. »Das dachte ich auch. Aber jetzt weiß ich nicht mehr, was ich glauben soll.«

»Ich bin nicht ganz sicher, ob du dir überhaupt darüber den Kopf zerbrechen solltest. Wäre es nicht klüger, all das der Polizei zu erzählen? Obwohl mir nicht ganz einleuchtet, was es bringen soll.« Pamela machte ein strenges Gesicht, als ärgerte sie sich, weil Louisa sie mit ihren Vermutungen belastet hatte; und vielleicht war ihre Verärgerung ja sogar berechtigt.

Doch Louisa konnte das Thema nicht fallen lassen. »Es gibt noch ein paar andere Dinge, die keinen Sinn ergeben.«

»Was meinst du damit?«

»Ich glaube nicht, dass alle die Wahrheit über das gesagt haben, was in jener Nacht vorgefallen ist.«

»Alle …«

»Die Teilnehmer der Schnitzeljagd«, antwortete Louisa, wagte es jedoch nicht, Pamela in die Augen zu sehen.

»Vorsicht, Lou-Lou.«

»Ich habe mitbekommen, wie Lord De Clifford mit Miss Clara in der Mittagspause bei der Anhörung geredet hat«, platzte Louisa heraus. »Er hat gesagt, sie solle nicht ausplaudern, wo sie in der Nacht gewesen sei. Und Miss Phoebe hat zugegeben, dass sie sich ihren Knöchel gar nicht verstaucht hat.«

»Wie bitte?« Pamela war schockiert.

»Sie meinte, sie hätte nur so getan, um mit Mr Atlas allein zu sein.« Louisa war erleichtert, dass sie mit der Sprache herausgerückt war, ob es nun richtig oder falsch gewesen sein mochte.

»Siehst du? Ich muss zugeben, dass es nicht gerade schön ist, aber immerhin ein Motiv.« Pamela schob ihre Tasse weg.

»Ich denke, du solltest auf die Polizei vertrauen. Sie haben die Aussagen aufgenommen, und ich bin sicher, dass ihre Ermittlungen gründlich waren. Wenn du Angst hast, dass etwas nicht so ist, wie es sein sollte, wäre es klüger, den offiziellen Weg zu verfolgen.«

»Stimmt. Ich rede mit Guy Sullivan. Er weiß bestimmt, was zu tun ist.«

»Gut«, stimmte Pamela zu. »Ich denke, es ist für alle Beteiligten das Beste, wenn wir die Ermittlungen in die Hände derjenigen legen, die sich damit auskennen.« Das war ein Tadel, ganz eindeutig. Und Louis wusste, dass sie die Mitfords nicht länger in die Angelegenheit hineinziehen durfte, ganz egal, was als Nächstes passierte. Das Problem war nur, dass sie das kaum für möglich hielt.

KAPITEL 39

An diesem Abend erschien Guy nach Feierabend an der vereinbarten Ecke am Elvaston Place, nachdem Louisa ihm eine Nachricht per Telefon hinterlassen hatte. Während die Mädchen mit ihrer Tante zu Abend aßen, hatte sie sich aus dem Haus geschlichen und stand nun unter der Straßenlaterne, in der Hoffnung, nicht wie eine Bordsteinschwalbe auszusehen, obwohl sie ihren Mantel bis obenhin zugeknöpft, ihren Hut tief ins Gesicht gezogen und die Hände in den Taschen vergraben hatte. Ihr Atem bildete kleine Wölkchen, und sie trat von einem Fuß auf den anderen, um die Kälte zu vertreiben. Wenige Minuten später entdeckte sie ihn. Auch ohne Uniform war er eine beeindruckende Gestalt – groß und schlank in seinem langen Mantel und dem Homburg aus braunem Filz. Um den Hals trug er einen selbst gestrickten Schal, was ihm etwas Rührendes verlieh. Wie gewohnt funkelten seine Brillengläser im Schein der Straßenlaterne. Nur wenige Meter trennten sie noch, als er sie bemerkte und das Gesicht zu einem Lächeln verzog, das die Lücke zwischen seinen Vorderzähnen entblößte. Oh, sein wunderbares Lächeln, was für eine Wohltat – sie war fast sicher gewesen, es nach ihrem Geständnis vor wenigen Tagen nie wiederzusehen.

»Du bist wie die Busse in der Stadt«, bemerkte er. »Zuerst kriegt man dich nicht zu Gesicht, und dann tauchst du plötzlich zweimal direkt nacheinander auf.«

»Sehr witzig«, gab sie zurück. »Wollen wir eine Runde um den Block drehen? Es ist zu kalt, um herumzustehen, und für einen Kaffee habe ich nicht genug Zeit.«

Sie spazierten die grauen Bürgersteige entlang, vorbei an den hohen, schlanken Stadthäusern mit den cremefarbenen Säulen und um die Ecke, wo sich Louisas Lieblingsgebäude befand, das Natural History Museum mit den roten, blauen und weißen Ziegeln und den auf die Passanten herabgrinsenden Fratzengesichtern der Wasserspeier. Als Kind hatte sie einmal im Jahr herkommen und die Dinosaurier ansehen dürfen, obwohl sie noch viel lieber vor den großen Schaukästen stand und die pastellfarbenen Muscheln bestaunte. Laut ihrer Mutter konnte man in ihnen das Meeresrauschen hören.

Schweigend gingen sie weiter, während Louisa überlegte, wo sie anfangen sollte. Schließlich ergriff Guy das Wort.

»Ich muss zugeben, dass es ein echter Schock war, was du mir letztes Mal erzählt hast. Ehrlich gesagt, weiß ich nicht so ganz genau, weshalb ich hergekommen bin, allerdings kann ich schlecht Nein sagen, wenn du mich um etwas bittest.« Er lächelte wehmütig.

»Danke. Mir ist klar, dass es schwer für dich sein muss. Aber du musst mir auch glauben, dass es das kleinere Übel war. Ich habe es getan, weil ich dachte, Dulcies Leben sei sonst in Gefahr.«

»Das weiß ich«, meinte er. »Ich habe noch einmal darüber nachgedacht – ich konnte tatsächlich kaum an etwas anderes denken – und mich gefragt, ob in Wahrheit nicht sie diejenige war, die vom Glockenturm gestürzt werden sollte.«

»Das erklärt aber trotzdem nicht, was Mr Curtis dort zu suchen hatte.«

»Es könnte ein tragischer Zufall gewesen sein.«

»Nein.« Louisa schüttelte den Kopf. »Außerdem ist da noch etwas, weswegen ich dich sprechen wollte. Es ist ein vager Verdacht, den ich hege, aber mir sind die Hände gebunden, deshalb muss ich dich ins Vertrauen ziehen.« Sie schilderte Guy ihre Besuche bei der Schneiderin, wie sie den Jungen zufällig entdeckt hatte, wer seine Mutter war und ihren Verdacht, dass Adrian Curtis sein Vater sein könnte.

Als sie endete, hatten sie die Cromwell Road erreicht und gingen in Richtung Knightsbridge, vorbei am Victoria and Albert Museum. Guy war tief in Gedanken versunken.

»Ich denke, wir sollten umkehren«, sagte sie und nahm seinen Arm. Nach ein paar Minuten hielt sie es nicht länger aus. »Und? Was hältst du davon?«

»Es gibt so viele Aspekte, und keiner davon ist wirklich hieb- und stichfest«, antwortete Guy. »Das ist das Problem. Wird Dulcie sich zu ihrem Kind bekennen?«

»Keine Ahnung. Mir hat sie nichts von ihm erzählt, aber Mrs Brewster kennt ihren Namen.«

»Wenn das Kind ihr gehört, wird sie wohl kaum einen Mord begehen und eine Gefängnis- oder gar die Todesstrafe riskieren.«

»Genau das glaube ich auch«, bestätigte Louisa. »Sie hat den Jungen nicht im Stich gelassen, sondern dafür gesorgt, dass sich jemand um ihn kümmert. Allerdings bin ich sicher, dass die Familie nichts von ihm weiß, denn niemand schickt Mrs Brewster Geld, um ihn zu ernähren.«

»Falls Adrian Curtis der Vater war, frage ich mich, ob er Bescheid wusste.«

»Ganz bestimmt«, erwiderte Louisa aufgeregt. Sie wandte sich ihm halb zu, während sein Gesicht abwechselnd vom gelben Licht der Straßenlaternen erhellt und in Schatten getaucht wurde. »Wenn Dulcie schwanger wurde, während sie für die Familie gearbeitet hat, muss er daran beteiligt gewesen sein, dass sie das Baby zur Welt bringen und anschließend ihre Arbeit wieder aufnehmen konnte. Es war wohl kaum möglich, ihren Zustand zu verheimlichen.«

»Das stimmt«, bestätigte Guy. »Für eine Heirat war sein Mitleid dann aber doch nicht groß genug.«

»Stimmt«, sagte Louisa, »aber da ist er nicht der Erste.«

»Willst du damit andeuten, dass sie unschuldig ist?«, hakte Guy nach. »Was ist mit dem Hehler, von dem du dachtest, er wollte sich mit ihr treffen?«

»Das wissen wir nicht genau. Außerdem gibt es ein paar Dinge, die mich diese Idee bezweifeln lassen.«

»Zum Beispiel?«

»Dulcie ist nicht die Einzige, die Verbindungen zu den Forty hat und an dem Abend anwesend war. Lord De Clifford war ebenfalls da – ehrlich gesagt, war die Schnitzeljagd sogar seine Idee, hat Nancy gesagt –, und seine Verlobte …«

»… ist Dolly Meyrick, die mit ihrer Mutter das *43* betreibt, wo auch die Forty regelmäßig auftauchen«, warf Guy ein.

»Ich habe auch eine ziemlich merkwürdige Unterhaltung zwischen Lord De Clifford und Miss Clara angehört, in der er sie gebeten hat, nicht preiszugeben, wo sie sich in der Nacht wirklich aufgehalten hat, und sie hat versprochen, nichts ›auszuplaudern‹.«

»Das ist nichts Konkretes, aber ich gebe zu, dass es merkwürdig klingt. Tja, trotzdem wird Dulcie ihre Unschuld beweisen müssen, falls sie tatsächlich nichts mit dem Mord zu tun hatte.«

»Wie soll ihr das bloß gelingen?« Louisa war zu allem bereit. Denn wenn Dulcie entlastet wäre, dann wäre sie es ebenfalls.

»Wenn wir beweisen könnten, dass ihr Verhältnis zueinander beidseitig wohlwollender Natur war, könnte das helfen.«

»Aber wie sollen wir das anstellen?«

»Durch Briefe oder ein Liebespfand oder sonst etwas, keine Ahnung.« Mit einem Mal wirkte Guy verärgert. »Es ist wirklich frustrierend, weil zwei Menschen einander manchmal aufrichtig zugetan sind, von außen jedoch nichts darauf hindeutet.« Er hatte unwillkürlich die Stimme gehoben, und nun wandte er sich von ihr ab und tat so, als betrachtete er ein Schaufenster.

Louisa berührte seinen Arm, woraufhin er sich zu ihr umwandte und ihr einen entschuldigenden Blick zuwarf, den sie erwiderte. »Ich werde ins Gefängnis gehen und mit ihr reden«, sagte sie. »Sie muss uns den Schlüssel dafür liefern, damit wir beweisen können, dass sie es nicht war.«

»Noch hat sie das nicht getan«, sagte Guy. »Ist sie allen Ernstes bereit, den Kopf hinzuhalten, statt zuzugeben, dass es jemand von den Forty war?«

»Es sieht ganz danach aus«, antwortete Louisa. »Aber ich bin es nicht, und ich werde alles in meiner Macht Stehende tun, um sie zu retten. Das hätte genauso gut ich sein können, Guy.«

»Was meinst du damit?«, fragte er verwirrt.

»Hättet du und die Mitfords mich nicht gerettet, wäre ich vielleicht genauso geworden wie sie, eine Verbrecherin, weil ich keine andere Wahl hätte.« Sie würde nicht zugeben, wie dicht sie davorgestanden hatte, in dieses alte Leben zurückzukehren, doch sie wusste es nur allzu gut. »Ich schulde es jedem Menschen, der so aufgewachsen ist wie ich, für Gerechtigkeit zu sorgen.«

KAPITEL 40

Als Louisa zurückkehrte, stand das Geschirr immer noch auf dem Tisch im Speisezimmer. Eilig suchte sie ihr Zimmer auf, das eigentlich nur ein Lagerraum mit einem Feldbett war, zog Hut und Mantel aus und ging in die Küche. Mit ein bisschen Glück hatte die Köchin ein paar Reste für sie aufgehoben. Gracie, das Dienstmädchen, war deutlich älter als Louisa, und bislang hatten sie nie mehr als ein paar Höflichkeiten ausgetauscht. Normalerweise wäre Louisa froh über ein wenig Gesellschaft gewesen, doch nun war sie dankbar, dass niemand Small Talk von ihr erwartete. Im Ofen stand ein Teller mit warmem, wenngleich etwas trockenem Schinken, gekochten Karotten und Kartoffeln. Das würde reichen.

Kaum hatte sie sich ein oder zwei Gabeln in den Mund geschoben, kam Nancy herein. »Da bist du ja!«

»Entschuldigung«, sagte Louisa und schluckte eilig den Bissen hinunter. »Hast du mich gesucht?«

»Erst jetzt.« Nancy zog einen Stuhl heran. »Aber iss ruhig weiter.«

Verlegen spießte Louisa ein paar weiche Karottenscheiben auf.

»Pam hat mir von dem Jungen bei Mrs Brewster erzählt.«

Louisa verschluckte sich um ein Haar. Eilig trank sie einen Schluck Wasser. »Was?«

Nancy lachte. »Nun schau nicht so besorgt. Dir passiert schon nichts. Glaubst du denn ernsthaft, dass Adrian der Vater ist?«

»Keine Ahnung. Sie sehen sich durchaus ähnlich, aber beschwören kann ich es natürlich nicht.«

»Wer könnte das schon? Wirst du Dulcie fragen?«

»Diese Frage habe ich mir auch schon gestellt, allerdings bin ich nicht sicher, was es nützen würde, abgesehen davon, dass ich von ihrer Unschuld überzeugt bin und dass sie wohl kaum vorhatte, den Vater ihres Kindes zu ermorden.«

»Genau dasselbe habe ich mir auch gedacht.« Nancy wirkte so souverän in ihrem schwarzen Kostüm und der Seidenbluse, viel erwachsener, als Louisa sich fühlte. »Und deshalb möchte ich dich ins Gefängnis begleiten.«

Glücklicherweise hatte Louisa ihren Bissen mittlerweile geschluckt und lief somit nicht länger Gefahr, daran zu ersticken. »Ich weiß nicht, ob das so eine gute Idee ist.«

»Wieso denn nicht? Mollie kann auch mitkommen. Außerdem denke ich, ein bisschen mehr Kontakt mit dem wirklichen Leben tut ihr gut.«

»Lord und Lady Redesdale wären außer sich.«

»Sie brauchen es ja nicht zu erfahren. Lass uns gleich morgen früh hingehen, bevor wir zurück nach Hause fahren.«

»Ich weiß nicht, ob das möglich ist. Man muss sich vorher eine Besuchserlaubnis ausstellen lassen.«

»Hast du sie schon einmal besucht?«

»Ja.« Louisa war nicht sicher, worauf Nancy hinauswollte, aber auch nicht scharf darauf, es herauszufinden.

»Dann stehst du doch automatisch auf der Liste der zugelassenen Besucher, und was mich betrifft …«

»Was?«

»Einen Gefängniswärter weichzuklopfen sollte ja wohl zu schaffen sein.«

Nach einer schlaflosen Nacht verließ Louisa mit den beiden Schwestern am nächsten Morgen das Haus, nachdem sie Iris erzählt hatten, sie wollten noch zu Army and Navy, um die letzten Geschenke zu besorgen. Iris hatte sich überrascht über die Anzahl der Geschenke in diesem Jahr gezeigt, jedoch keinen Versuch unternommen, sie aufzuhalten. Zu Fuß gingen sie zur U-Bahn-Station South Kensington und nahmen die Piccadilly Line in Richtung Holloway Road – es war eine Fahrt quer unter der Stadt hindurch in den Londoner Norden, die sich wie eine Weltreise anfühlte, und die Tatsache, dass Pamela die ganze Zeit über mit gesenktem Kopf über *Mrs Dalloway* von Virgina Woolf brütete, ohne auch nur eine Seite umzublättern, war nicht gerade hilfreich. Nancy plapperte unablässig, doch Louisa war nicht recht in der Stimmung dafür. Was, wenn man sie zurückwies? Dann wäre die Fahrt völlig umsonst gewesen, und dennoch bestand die Gefahr, dass eine von ihnen sich verplapperte und ihre Herrschaft von dem Ausflug erfuhr, was sie ihre Stellung kosten könnte. Aristokratische Familien mochten es unter Garantie nicht, wenn ihre Töchter potenzielle Verbrecher im Gefängnis besuchten.

Als sie auf die imposante Festung zugingen, spürte Louisa dieselbe Mischung aus Angst und Ehrfurcht bei den beiden wie bei ihrem eigenen ersten Besuch hier.

Pamela zupfte Nancy am Ärmel. »Wir sollten das lieber nicht tun, Koko.«

Doch eine Bemerkung wie diese war, als würde man Nancy den Fehdehandschuh direkt vor die Füße werfen: Sie bestärkte sie nur noch in ihrer Entschlossenheit und gab ihr eine weitere Gelegenheit, ihre kleine Schwester niederzumachen. »Sei nicht so ein Angsthase. Jemand muss die Wahrheit ans Licht bringen, und wir sind diejenigen, die das tun werden.«

Sie stellten sich zu den anderen Wartenden, die bereits vor den Toren Stellung bezogen hatten. Nancys grüne Augen schweiften unablässig umher, während Pamela eisern zu Boden starrte, sichtlich verängstigt von den Menschen ringsum und dem Gefängniskomplex. Schließlich wurden sie aufgefordert, zur Besucherregistrierung zu treten. Louisa nannte ihren eigenen und Dulcies Namen, woraufhin der Wärter nickte, ehe er Nancy und Pamela ansah, die in sich zusammensank, als hoffte sie, ihr Mantel möge sie verschlucken. »Und die beiden gehören zu Ihnen?«, fragte er mit einem Nicken in ihre Richtung.

»Ja«, antwortete Louisa. »Miss Nancy Mitford und Miss Pamela Mitford.«

Er sah auf seine Liste. »Die Namen stehen hier aber nicht. Sie dürfen nicht rein.«

Sichtlich erleichtert, wandte Pamela sich zum Gehen, doch Nancy hielt sie zurück. »Du liebe Zeit, Officer«, schnurrte sie. »Onkel Winston wird schrecklich enttäuscht sein.«

Der Wärter sah sie an. »Wie?«

»Winston Churchill, der derzeitige Schatzkanzler«, erklärte Nancy mit Unschuldsmiene. »Er ist unser reizender Onkel und hat uns gebeten, ihm unseren Eindruck von den Umständen in einem Frauengefängnis zu schildern. Das ist Teil seiner Aufgabe als Minister des Kabinetts … das Leben hier im Land zu verstehen, von Grund auf.«

Die Nase des Wärters zuckte leicht. »Ihr Onkel, sagen Sie?«

»Ja«, antwortete Nancy mit einer aristokratischen Überlegenheit, die beinahe an Queen Mary erinnerte. »Unser lieber, reizender Onkel.«

Der Wärter sah sich um. »Na gut, ich schätze, in dem Fall können wir eine Ausnahme machen.« Er notierte ihre Namen im Besucherregister. »Solange Sie ein gutes Wort für uns einlegen.«

»Aber natürlich, das werde ich sehr gern tun, Mr …«

»Marsh. Mr Marsh. Ich arbeite schon seit achtunddreißig Jahren hier. Nicht mehr lange bis zur Pensionierung.«

»Herzlichen Glückwunsch, Mr Marsh.« Nancy schenkte ihm ein strahlendes Lächeln. »Wir müssen hier entlang, stimmt's?«

Auf dem Weg in den Besucherraum stieß Nancy Louisa mit dem Ellbogen an. »Ich hab's dir doch gleich gesagt.«

»Ich finde es trotzdem nicht richtig«, wandte Louisa ein. »Winston Churchill ist nicht mal euer Onkel.«

»Aber ein angeheirateter Cousin. Das ist verwandt genug«, erwiderte Nancy. »Der Punkt ist … wir sind drin.«

Auch Pamelas Nervosität schien sich ein wenig gelegt zu haben. »Das ist ja grauenvoll hier«, flüsterte sie, an niemand Bestimmtes gewandt. »Und es stinkt nach gekochtem Kohl.«

»Das hier ist kein Luxushotel, schon vergessen?«, tadelte Nancy, woraufhin Pamela in Schweigen verfiel. Louisas größere Sorge galt der Frage, wie Dulcie wohl reagieren würde, wenn sie die Schwestern und sie ohne Vorwarnung gleich hinter dem Gitter sehen würde. Sie hatten drei Holzstühle dicht zusammengeschoben und warteten. Blanke Angst zeichnete sich auf Dulcies Miene ab, als sie sah, wer sie besuchen kam, doch sie machte keine Anstalten, auf dem Absatz umzudrehen und in ihre Zelle zurückzukehren.

»Was ist denn das?«, fragte sie stattdessen und setzte sich. Sie war noch dünner geworden, und ihre Haut wirkte beinahe wächsern, wie ein Geschöpf der Nacht, das niemals die Sonne zu sehen bekam. In ihren Augen lag ein Ausdruck, der sie um Jahre älter aussehen ließ als die drei Frauen ihr gegenüber.

»Sie wollen dir helfen, Dulcie«, sagte Louisa so freundlich, wie sie nur konnte, obwohl Dulcie immer noch wie erstarrt auf ihrem Stuhl saß. »Ich wollte dich etwas fragen, aber du musst mir versprechen, dass du nicht böse wirst.«

Zu Louisas Verblüffung ergriff Pamela das Wort. »Wir haben nicht viel Zeit, deshalb sollten wir auf den Punkt kommen. Miss Long, wir waren bei Mrs Brewster.«

Besorgnis zeichnete sich auf Dulcies Miene ab.

»Dort hat Louisa einen kleinen Jungen kennengelernt. Mrs Brewster hat uns erzählt, er sei Ihr Sohn. Ist das richtig?«

»Ja«, antwortete Dulcie, die viel zu verblüfft zu sein schien, um es abzustreiten. Louisa sah, dass ihr die Tränen in die Augen schossen. »Wie geht es ihm? Er fehlt mir so. Es ist so lange her, seit ich ihn zuletzt gesehen habe.«

»Es geht ihm gut«, unterbrach Louisa. »Ich habe ihm ein paar Sachen gebracht. Er scheint sich bei Mrs Brewster sehr wohlzufühlen.«

»Aber ich habe kein Geld geschickt. Weil ich keines habe. Ich habe Angst, dass sie ihn wegschickt und ich ihn für immer verliere.«

»Sie hat tatsächlich von Geld gesprochen«, erklärte Louisa, weil niemandem geholfen wäre, wenn sie die Situation beschönigte. »Hast du Familie, die dir helfen könnte?«

»Niemanden«, sagte Dulcie. »Ich habe mich nicht getraut,

es jemandem zu sagen. Wenn die For…« Sie unterbrach sich. »Niemand darf erfahren, wo er ist«, sagte sie stattdessen und sah Louisa ins Gesicht. »Das ist mein Ernst.«

»Was ist mit der Familie Curtis?«, fragte Pamela.

Dulcie wandte sich ihr zu. Ihre Augen waren gerötet. »Was soll mit ihr sein?«

»Wer ist der Vater des Jungen?«, fragte Pamela.

Dulcie sah Louisa an, die ihr aufmunternd zulächelte. »Adrian Curtis«, gestand Dulcie mit einem zittrigen Seufzer. »Er wusste von Daniel. So heißt der Kleine. Er hat ihn ein paarmal gesehen, wollte aber nichts mit ihm zu tun haben. Sonst hätte sich seine Familie von Adrian distanziert und ihm den Geldhahn zugedreht.« Bitterkeit schwang in den letzten Worten mit.

»Es geht um Folgendes.« Nancy übernahm das Ruder. »Wenn Sie beweisen können, dass Adrian der Vater Ihres Jungen ist, werden die Geschworenen nicht ganz so bereitwillig glauben, dass Sie eine Mörderin sind, und Sie könnten zumindest um die Todesstrafe herumkommen.«

Das Wort hing bedeutungsschwanger zwischen ihnen.

»Aber das kann ich nicht«, wandte Dulcie ein, die immer noch sehr aufgewühlt wirkte, obwohl sie zumindest ein klein wenig ruhiger war. Man durfte nicht vergessen, dass sie während der letzten Wochen in ihrer einsamen Zelle mehr als genug Zeit gehabt hatte, über ihre Lage nachzudenken und sich ihrem Schicksal zu ergeben. »Es steht mein Wort gegen ihres, und wer würde mir schon glauben? Vor allem jetzt.« Sie holte tief Luft, als müsste sie all ihre Kraft zusammennehmen. Minutenlang saßen sie alle stumm da, als eine Glocke ertönte, gefolgt vom Scharren von Stuhlbeinen. Die dreißig Minuten waren vorüber.

»Wir müssen gehen«, sagte Louisa. »Es tut mir leid, Dulcie.«

»Geh zu meinem Jungen, sag ihm, dass seine Mum ihn lieb hat, ja? Und gib ihm einen Kuss.« Ihre Stimme brach.

»Natürlich.« Inzwischen war Louisa noch mehr davon überzeugt, dass Dulcie unmöglich die Mörderin sein konnte und sie die Wahrheit ans Licht bringen musste. Aber wenn Dulcie es nicht getan hatte, wer dann? Die Forty? Einer von den Gästen bei der Party? Immerhin waren sie alle da gewesen, und jeder von ihnen hätte die Gelegenheit gehabt, die Tat zu begehen.

KAPITEL 41

Auf der Rückfahrt in die Stadt waren die drei sehr still; jede von ihnen verarbeitete auf ihre Art, was sie soeben gesehen und gehört hatten. Louisa verspürte einen Anflug von Gewissensbissen, weil sie die Mädchen aus ihrer gewohnten heilen Welt gerissen hatte, trotzdem konnte sie eine gewisse Befriedigung nicht leugnen. Vielleicht kam sie ihnen ja ab sofort nicht mehr ganz so fremd vor, sondern einfach wie jemand, der in völlig andere Lebensumstände hineingeboren worden war. Sie wollte weder ihr Mitleid erregen, noch verspürte sie den Wunsch, jemand anderer zu sein, sondern wünschte sich lediglich so etwas wie Verständnis von ihnen.

Ausnahmsweise war Pamela bei der Rückkehr diejenige, die die Initiative ergriff und Nancy anwies, sich zu beeilen. Der Besuch im Gefängnis hatte sie zutiefst erschüttert, und sie konnte es kaum erwarten, in ihr »normales Leben« zurückzukehren.

»Was heißt schon normal?«, schnauzte Nancy sie an.

»Das kann ich selbst nicht so genau sagen«, erwiderte Pamela, »aber fest steht, dass ich mich erst wieder gut fühle, wenn ich einen Sattel unter mir habe.«

Louisa packte unterdessen die Koffer, als Iris hereinkam.

»Hallo, meine Mädchen«, sagte sie liebenswürdig. »Ich habe beschlossen, euch heute Nachmittag nach Mitford Manor zu begleiten. Eurer Mutter habe ich schon Bescheid gesagt. London ist mir in der Vorweihnachtszeit einfach zu viel. Da lege ich mich lieber bei euch aufs Sofa und genieße ein Stück von Mrs Stobies Kuchen.«

Louisa horchte auf. Wenn Iris die Mädchen nach Hause begleitete, würde sie selbst noch bleiben können. Zwar wären Mrs Windsor und Lady Redesdale sicherlich nicht begeistert, von Nanny Blor ganz abgesehen, doch in Anbetracht dessen, was sie für Dulcie tun musste, war es eindeutig das kleinere Übel.

Kaum war Iris verschwunden, unterbreitete sie Nancy und Pamela ihren Plan. Nancy zog bloß wortlos eine Braue hoch, während Pamela meinte, all das bestärke sie noch in ihrem Wunsch, möglichst schnell in den nächsten Zug zu steigen.

Nachdem sie die Mädchen und Iris verabschiedet hatte – Nancy hatte eine Nachricht für Mrs Windsor in der Tasche, und der verblüfften Iris hatten sie etwas von einem Notfall in der Familie erzählt –, verspürte Louisa ein unbändiges Freiheitsgefühl in sich aufsteigen. Sie beschloss, mit dem Bus in Richtung Piccadilly Circus zu fahren, in der Hoffnung, dass sie Guy auf dem Revier in der Vine Street antreffen würde, ehe sie ihren nächsten Schritt unternahm – sie würde alleine zu Mrs Brewster gehen und herauszufinden versuchen, ob sich unter den Habseligkeiten des Jungen etwas fand, das als Beweis für eine Verbindung zu Adrian Curtis dienen könnte. Außerdem wollte sie mit der Schneiderin überlegen, wie sie den Jungen vor dem Armenhaus bewahren könnten.

Auf dem Revier wurde Guy benachrichtigt, während sie auf einer Holzbank wartete, in der Hoffnung, nicht wie eine Verbrecherin auszusehen. Wenig später erschien er.

»Louisa.« Er schien sich zu freuen, sie zu sehen, zugleich machte er auch einen besorgten Eindruck. »Ist alles in Ordnung? Ist etwas passiert?«

Sie wusste nicht recht, wo sie anfangen sollte. »Hast du vielleicht ein paar Minuten?«

Guy nickte. »Natürlich. Schieß los.«

»Dulcie hat inzwischen zugegeben, dass sie ein Kind mit Adrian Curtis hat.«

»Kann sie es beweisen?«

»Natürlich nicht. Niemand kann das«, gab Louisa verärgert zurück. »Aber diese Tatsache muss ihr doch zugutegehalten werden, oder nicht? Die Zeit wird allmählich knapp. Bald ist Weihnachten, und direkt nach Neujahr beginnt ihr Prozess.«

Guys Schweigen verriet weder Zustimmung noch Widerspruch.

»Ich bin sicher, dass sie jemanden zu decken versucht, ich weiß nur immer noch nicht, ob es jemand von den Forty oder jemand anderes ist.«

»Wie kommst du darauf?«

»Sie muss irgendetwas wegen ihres Kindes mit ihm zu besprechen gehabt haben. Das würde erklären, weshalb sie das freie Zimmer haben wollte. Mir leuchtet einfach nicht ein, weshalb sie sich später beim Glockenturm mit ihm hätte treffen wollen, wenn sie vorher Streit hatten, und zwar einen so heftigen, dass er sie sogar geschlagen hat.«

»Das stimmt. Das sage ich mir auch schon die ganze Zeit«, meinte Guy.

Sergeant Cluttock ging vorbei und warf Guy einen skeptischen Blick zu, sagte jedoch nichts.

»Trotzdem stellt sich die Frage, weshalb Mr Curtis dort gewesen sein sollte, wenn Dulcie sich mit einem Mitglied der Forty treffen wollte.«

»Darauf habe ich immer noch keine Antwort«, räumte Louisa ein.

Einen Moment lang saßen sie schweigend auf der Bank. »Was, wenn die Forty von dem Jungen wussten?«, fragte Guy schließlich. »Wenn der Mord an Adrian Curtis ein Racheakt war?«

»Wofür?«

»Dafür, dass er Dulcie geschwängert und sie und den Jungen dann sitzen gelassen hat.«

»Ich kann mir nicht vorstellen, dass die Forty so kaltblütig sind. Sie sind zwar Diebinnen, für Mörderinnen halte ich sie allerdings nicht.« Louisa war sich sehr wohl bewusst, dass es sich anhörte, als wollte sie die Bande in Schutz nehmen, aber sie hatte sie an jenem Abend im Pub beobachtet. Zugegeben – sie waren eine Horde ungehobelter Verbrecherinnen, doch es hatte nicht den Anschein gehabt, als würden sie gern Blut fließen sehen.

»Wenn nicht sie, dann vielleicht die Burschen der Elephant-and-Castle-Gang.«

»Möglich.« Sie wollte sich auf keine Theorie festnageln lassen. Mit einem Mal erschien ihr alles so vage und theoretisch. Aber sie war in diesem Gefängnis gewesen, hatte Dulcies wächsernes Gesicht gesehen. Das hier war keine Schachpartie, sondern hier ging es um Leben und Tod.

»Fest steht, dass Miss Long etwas weiß, das sie uns nicht sagen will«, nahm Guy den Gesprächsfaden wieder auf. Auch er wusste, dass die Lage ernst war, daran hatte Louisa nicht den geringsten Zweifel. »Vielleicht sollte ich ja einmal mit ihr reden.«

Louisa horchte auf. Sie wollte nicht, dass Dulcie glaubte, der Verdacht gegen sie hätte sich erhärtet. »Aber es gibt noch andere Umstände, die nicht zusammenpassen«, sagte sie zögernd. »Ich spreche von den anderen, die bei der Party waren.«

Guy blickte sie entsetzt an, dann brach er in Gelächter aus. »Sag bloß nicht, einer von Miss Nancys Freunden war's!«

»Ich fürchte, als Täter ausschließen kann ich sie nicht.« Verlegen zupfte Louisa einen Fussel von ihrem Mantel. »Eine von ihnen, Miss Phoebe, hat zugegeben, ihr verstauchter Knöchel sei vorgegaukelt gewesen, damit sie mit Mr Atlas allein sein kann. Folglich hat sie kein Alibi.«

Guy nahm seine Brille ab, polierte die Gläser und setzte sie wieder auf. »Das ist allerdings besorgniserregend, das muss ich zugeben. Trotzdem war sie zum Tatzeitpunkt mit ihm zusammen, richtig? Also macht es keinen Unterschied.«

»Und an einem anderen Tag habe ich gesehen, dass Miss Clara ein Messer in ihrer Handtasche herumträgt.«

Guy blinzelte. »Diese Leute leben tatsächlich in einer völlig anderen Welt, was? Hat sie dir verraten, warum?«

»Männer – womöglich Sebastian Atlas – würden sie dazu bringen wollen, bestimmte Dinge zu tun, hat sie uns gegenüber angedeutet, aber damit sei jetzt Schluss.«

»Uns?«

»Pamela und mir.«

»Und welcher ist Sebastian Atlas?«

»Der große, dünne mit den hellblonden Haaren. Ich kann nicht sagen, dass ich ihn sonderlich mag, wenn auch nicht genau, warum. Und er verhält sich seltsam. Ich habe ihn beobachtet, wie er sich aus der Theatervorstellung geschlichen hat, während ich im Foyer gewartet habe. Er hatte eine kurze Unterredung mit einem Mann auf der Straße, und es sah so aus, als würde er ihm etwas abkaufen.«

»Was das war, kann ich mir gut vorstellen.« Guy stand auf. »Es tut mir sehr leid, aber ich muss wieder an die Arbeit. Darf ich dich zur Tür begleiten?«

Louisa lächelte dankbar. »Natürlich.«

»Eigentlich darf ich mich in diesen Mordfall nicht einmischen«, flüsterte er ihr auf dem Weg zur Eingangstür zu. »Er fällt nicht in meinen Zuständigkeitsbereich, trotzdem werde ich versuchen, einen Blick auf die Protokolle der Anhörung zu werfen und mir die Partygäste und ihre Alibis genauer anzusehen. Sollte Dulcie tatsächlich unschuldig sein, müssen wir es beweisen, in diesem Punkt stimme ich dir zu. Und wenn sie sich in der Tatnacht mit einem Mann beim Glockenturm treffen wollte, müssen wir auch ihn finden.«

Als Louisa auf die Straße hinaustrat, fragte sie sich, weshalb sie trotz des grauen, wolkenverhangenen Himmels und der beißenden Kälte plötzlich Zuversicht und Optimismus verspürte. Dann begriff sie: Jemand stand an ihrer Seite. Es war ein gutes Gefühl.

KAPITEL 42

Ein beinahe überschwängliches Glücksgefühl durchströmte Louisa, als sie in die Pendon Road einbog und auf das Haus zutrat, in dem Mrs Brewster wohnte. Vielleicht lag es daran, dass sie ausnahmsweise kein Kleinkind an der Hand und keine Besorgung für Mrs Windsor zu erledigen hatte, sondern genau dort sein durfte, wo sie sein wollte. Im Großen und Ganzen war ihre Arbeit als Dienstmädchen nicht allzu anstrengend und ermöglichte ihr ein recht behagliches Leben, und sie war dankbar für die Sicherheit und den Verdienst, die sie den Mitfords verdankte. Sie brauchte sich die Finger nicht schmutzig zu machen, wurde von allen fair und anständig behandelt, selbst wenn man sie gelegentlich bevormundete. In London dagegen sah sie an jeder Ecke junge Frauen auf dem Heimweg von ihren modernen, aufregenden Jobs, um sich in ihren eigenen Wohnungen zum Tanzen oder für eine Einladung zum Abendessen umzuziehen. Womöglich würde sie niemals Teil dieser Welt werden, doch sie war ihr nahe genug gekommen, um eine Kostprobe davon zu bekommen. Inzwischen war die Angst, die sie während all der Jahre in Armut angetrieben hatte, etwas anderem gewichen: Ehrgeiz – ein großes, mutiges Wort für ein Mädchen wie sie, aber es bestand kein Zweifel. Sie strebte nach mehr.

Sie öffnete die Eingangstür, die auch jetzt unverschlossen war, rannte die Treppe hinauf bis vor Mrs Brewsters Wohnungstür und läutete Sturm. Mrs Brewster öffnete die Tür und sah sie erstaunt an.

»Hallo«, sagte Louisa. »Darf ich eintreten?«

»*Sì, sì*, natürlich, aber Sie müssen entschuldigen, ich habe nicht mit Ihnen gerechnet …« Sie deutete auf ihr Nähzimmer, ihr kleines Atelier, wo auf den ersten Blick zu erkennen war, dass sie mitten in der Arbeit steckte. Ein halb fertiges Kleid hing über der Nähmaschine, und überall lagen Stofffetzen und Garnreste herum.

Auf dem Fußboden stapelte Daniel sorgfältig Bauklötze auf, nur um sie voller Hingabe mit einer einzigen Handbewegung wieder umzuwerfen. Als Louisa eintrat, drehte er sich um, lächelte ihr zu und winkte.

»Ich habe seine Mutter besucht«, sagte Louisa.

Statt einer Erwiderung hob Mrs Brewster Daniel auf und sagte zu ihm: »Komm, es ist Zeit für Tee.«

Louisa folgte ihnen in die Küche, wo Mrs Brewster Wasser aufsetzte und Daniel eine Brotkante zum Knabbern gab. Als die Schneiderin die Teedose aus dem Schrank nahm, sah Louisa, dass sie fast leer war. Irgendwie passte das alles nicht ganz zusammen – dass Mrs Brewster sich für wohlhabende Kundinnen wie Charlotte Curtis die Finger wund arbeitete und trotzdem praktisch keinerlei Geld besaß. Andererseits hatte sie etwas von Spielschulden ihres verstorbenen Ehemannes gesagt; möglicherweise steckte sie ja deswegen in der Klemme. Und Louisa wusste sehr genau, wie kräftezehrend Armut war. Plötzlich hatte sie ein schlechtes Gewissen, weil sie so viel Geld für den Friseur ausgegeben hatte, wo Mrs Brewster es so viel nötiger hätte.

Louisa hob Daniel auf ihren Schoß, strich ihm übers Haar und drückte ihm lächelnd einen Kuss auf die Stirn. »Der ist von deiner Mama«, sagte sie, doch er gab keine Antwort, sondern konzentrierte sich auf den Brotkanten in seiner kleinen Faust.

Die alte Frau goss heißes Wasser in die Teekanne und schwenkte es einige Male, ehe sie es wieder auskippte und sorgfältig Tee hineinlöffelte. »Ich will den *bambino* nicht hergeben, aber …«, stieß sie mit einem erstickten Schluchzer hervor und wischte sich eilig die Tränen ab.

»Ich weiß«, sagte Louisa. Was sollte sie auch sonst erwidern? Ihr waren die Hände gebunden.

In diesem Moment läutete es an der Tür, und lautes Klopfen ertönte, dreimal hintereinander. Vor Schreck ließ Mrs Brewster beinahe die Tassen und Untertassen fallen, die sie auf den Tisch hatte stellen wollen. »Bleiben Sie hier«, sagte sie und verschwand.

Louisa hielt Daniel fest, der zu wimmern begann und auf ihrem Schoß hin und her zappelte. »Bleib bei mir«, flüsterte sie eindringlich, als laute Stimmen aus dem Flur ertönten. Sie hörte Mrs Brewster in einem schrillen Stakkato aus Englisch und Italienisch die Besucher beschwören, sie habe nichts, was sie ihnen geben könne.

Männerstimmen wurden laut, mit ausgeprägtem Südlondoner Akzent und so barsch, dass sie bis in die Küche zu hören waren. Louisa konnte nicht mit Gewissheit sagen, wie viele es waren, zwei, vielleicht drei. Daniel hatte seinen Brotkanten fallen lassen und schluchzte immer lauter. »Schhh«, machte Louisa, doch da hatte er bereits den Türknauf gepackt. Louisa versuchte zu lauschen, aber inzwischen klangen die Stimmen ein wenig gedämpfter. Offensichtlich waren sie in Mrs Brewsters Atelier gegangen, dem eindringlichen Tonfall der Italienerin nach wollte sie die Männer jedoch so schnell wie möglich loswerden.

Entsetzt stellte Louisa fest, dass Daniel im Moment ihrer Unaufmerksamkeit hinausgelaufen war und laut weinend auf dem Korridor stand. Sie hielt inne, überlegte, ob sie ihn zurück in die Küche ziehen sollte, doch es war zu spät.

»Na, wen haben wir denn da?«, fragte eine Stimme vor der angelehnten Küchentür.

»Er ist bloß ein Junge«, antwortete Mrs Brewster mit unüberhörbarer Panik.

»Aber nicht deiner, oder? Das wäre ja ein medizinisches Wunder«, lachte einer der Männer.

»Hast du hier ein Kinderheim aufgemacht, oder was?«, fragte eine zweite, unüberhörbar jüngere Männerstimme.

Unterdessen hatte Daniel aufgehört zu weinen. Entweder hatte Mrs Brewster ihn auf den Arm genommen, oder die feindselige Atmosphäre hatte ihn verstummen lassen – aus ihrer Erfahrung mit Kindern wusste Louisa, dass die Kleinen sehr empfänglich für Stimmungen der Erwachsenen waren, auch wenn sie die Gründe nicht verstanden.

»Und kriegst du Geld dafür, dass du auf den Knirps aufpasst?«, fragte der eine Mann.

Mrs Brewster schien keine Antwort zu geben.

»Könnte für unsere Zwecke nützlich sein«, sagte der zweite Mann. »Ich sag dir was. Wenn wir nächstes Mal herkommen, und du kannst uns immer noch kein Geld geben, nehmen wir stattdessen einfach ihn mit. Es gibt jede Menge Möglichkeiten, mit einem hübschen kleinen Jungen wie ihm ein bisschen

Geld zu machen. Das klingt doch nach einem fairen Angebot, oder nicht?«

Auch jetzt war nichts zu hören. Augenblicke später fiel die Tür ins Schloss. Nun erst wagte Louisa, die Küche zu verlassen. Sie hastete in das Atelier, wo Mrs Brewster mit Daniel auf dem Arm dastand, der aufgehört hatte zu weinen und dennoch nicht einmal ansatzweise so fröhlich wirkte wie noch eine halbe Stunde zuvor. Auf dem Tisch neben der Nähmaschine lag ein großes, in braunes Papier eingewickeltes Paket.

»Sie kommen wieder«, sagte Mrs Brewster, aus deren Gesicht sämtliche Farbe gewichen war, was die dunklen Ringe unter ihren Augen noch deutlicher hervortreten ließ.

»Wer waren die Männer?«

Die Schneiderin ließ die Schultern sacken und senkte den Kopf, um Louisa nicht in die Augen sehen zu müssen. »Das waren welche von der Elephant-and-Castle-Gang. Normalerweise kommt ein anderer, der das Material bringt, aber ich schulde ihnen Geld. Es sind schlimme Männer, und ich fürchte mich vor ihnen.«

»Sie wollen damit sagen, Sie bekommen die Stoffe, aus denen Sie die Kleider schneidern, von ihnen?« Die eigentliche Frage lag auf der Hand: War Mrs Brewster bewusst, dass es sich dabei um Diebesgut handelte?

Es schien Mrs Brewster sehr schwerzufallen, die Wahrheit zuzugeben, trotzdem tat sie es. Flehend sah sie Louisa an. »Ich musste es tun, weil ich es mir nicht leisten konnte, die Stoffe bei Händlern zu kaufen. Daniels Mutter … sie hat mich mit ihnen zusammengebracht. Und die Ware ist ausgezeichnet. Was sollte ich denn tun? Ich muss sie nun mal bezahlen.«

»Wir überlegen uns einen Ausweg«, sagte Louisa. »Das verspreche ich.« In Wahrheit wusste sie nur allzu genau, dass sie ein solches Versprechen eigentlich nicht geben konnte, doch sie konnte den Jungen unmöglich im Stich lassen; nicht, wenn er in die Fänge der Elephant-and-Castle-Gang zu geraten drohte. Schließlich war es nicht Daniels Schuld, in derartige Lebensumstände hineingeboren worden zu sein – etwas, was sie besser verstand als jeder andere. Das Wichtigste war, ihn erst einmal von hier wegzuschaffen, aber wohin?

KAPITEL 43

Obwohl nicht allzu viel nötig gewesen war, um Mrs Brewster davon zu überzeugen, dass Louisa Daniel wegbringen musste, war der alten Frau der Abschied nicht leichtgefallen. Sie hatte Louisa ein kleines Bündel mit seinen Habseligkeiten übergeben – ein paar Kleidungsstücke und Spielzeuge –, darunter auch ein Foto von Dulcie, nicht gerahmt, sondern lediglich zwischen zwei schlichten Pappdeckeln und mit einer Schleife versehen. Es war nichts dabei, das auf Adrian Curtis hinwies.

Tief betrübt blickte Mrs Brewster auf den Kleinen hinab. »Ich werde ihn vermissen.«

»Ich weiß«, sagte Louisa. »Dulcie wird sich bestimmt bei Ihnen melden, um Ihnen für alles zu danken, was Sie getan haben. Es war sehr nett von Ihnen, so gut für ihn zu sorgen.«

Mrs Brewster erwiderte nichts darauf. Daniel spielte mit seinen Bauklötzen, ohne auf die Unterhaltung der beiden Frauen zu achten. Selbst als Louisa neben ihm in die Hocke ging und seinen Arm berührte, war er völlig darin vertieft, einen roten Holzklotz auf einen gelben zu legen.

»*Bambino*, du musst jetzt schön auf die Lady hören«, ermahnte ihn Mrs Brewster.

Erst jetzt wandte er sich Louisa zu, sodass sie ihr Gesicht

sehen konnte, das sich in seinen hellblauen Augen widerspiegelte.

»Daniel, ich bringe dich jetzt zu deiner Familie zurück, die sich um dich kümmern wird.«

Wortlos wandte er sich ab und griff nach einem weiteren Holzklötzchen.

»Komm jetzt. Du bekommst auch ein Stück Kuchen. Eins mit Schokolade. Magst du Schokolade, Daniel?« Louisa spürte, wie ihre Stimme versagte. Sie hatte keine Ahnung, was sie tun sollte, falls Daniel sich weigerte, mit ihr zu kommen. Am Ende hob sie ihn auf den Arm und schlang seine Beine um ihre Taille. Er wand sich und zappelte, kniff die Augen zusammen, streckte den Arm aus und öffnete und schloss abwechselnd seine kleine Hand, während ein Wimmern über seine bebenden Lippen drang.

»Geben Sie ihm bitte einen seiner Bauklötze«, sagte Louisa zu Mrs Brewster. Die alte Frau drückte ihm den roten in die Hand, den Daniel packte und mit beiden Händen umklammerte, ehe er den Kopf an Louisas Hals barg, den Holzklotz fest an seine Brust gedrückt, als wollte er ihn nie wieder hergeben.

Erst draußen auf der Straße wurde Louisa das Ausmaß dessen bewusst, was sie gerade getan hatte. Sie trug nun die volle Verantwortung für einen Dreijährigen, und falls ihr Plan nicht aufgehen sollte, gab es schlicht keine Alternative. Alles, was jetzt zählte, war Dulcies Leben – und der Junge war der Schlüssel dazu.

Es wurde allmählich spät. Louisa kaufte Daniel in einem Café um die Ecke ein Brötchen – das war nicht genug für ein richtiges Abendessen, trotzdem vertilgte der Kleine es mit Begeisterung, während sie ihn auf den Boden eines Telefonhäuschens setzte. Dulcies Familienname lautete Long, und wenn sie zu den Forty Thieves gehörte, musste ihre Familie irgendwo in Lambeth gelebt haben, im Umkreis einer halben Meile des *Elephant and Castle*. Louisa ging das Telefonbuch durch und stieß tatsächlich auf drei Adressen, die infrage kamen. Sie notierte sie, ehe sie auf dem Polizeirevier in der Vine Street anrief und eine Nachricht für Guy hinterließ, in der sie ihn bat, sich gemeinsam mit Mary Moon um elf Uhr abends an der U-Bahn-Station Lambeth North mit ihr zu treffen. Sie konnte nur hoffen, dass ihr die verbleibende Zeit ausreichte.

Es war ein langer Tag gewesen, und Daniel war todmüde, deshalb beschloss Louisa, ein Taxi von Earl's Court nach Lambeth zu nehmen. Zwar würde die Fahrt das ganze Geld auffressen, das sie ihrer Mutter diesen Monat hatte schicken wollen, doch darüber würde sie sich später Gedanken machen.

Die Fahrt zum südlichen Flussufer dauerte fast eine Stunde – der Fahrer ließ sich erst breitschlagen, die Fahrt zu machen, nachdem sie ihm die Hälfte des Preises im Voraus bezahlt hatte. (»Von dort kriege ich ja keine Rückfahrt mehr«, hatte er gegrummelt.) Sie ließ sich auf dem Sitz zurücksinken. Daniel war mittlerweile eingeschlafen, während sie auf das von Straßenlampen erleuchtete Embankment hinausblickte. Auf der anderen Themse-Seite wirkte die Stadt deutlich dunkler. Wenig später fuhr das Taxi durch enge Straßen, auf denen kaum ein anderes Automobil unterwegs war. Zweimal mussten sie sogar anhalten und einen Passanten nach dem Weg fragen.

Sie bat den Taxifahrer, zu warten, während sie bei der ersten Adresse an die Tür klopfte. Daniel ließ sie auf dem Rücksitz zurück. Doch die Frau, die öffnete, erklärte ihr, die Longs seien vor einigen Monaten weggezogen und sie wisse nicht, wohin. Bei der zweiten Adresse machte niemand auf, und das Haus sah verwaist aus. Louisa spürte, wie ihre Nerven zu flattern anfingen. Was sollte sie tun, wenn sie die Longs nicht fand?

Das dritte Haus, in der Johanna Street 33, war zwar ebenfalls dunkel, doch sie bemerkte, dass im oberen Stock halbmondförmiges Licht durch einen Spalt über den Vorhängen drang. Der Fahrer hatte inzwischen Mitleid mit ihr bekommen und das Taxameter ausgeschaltet, während er mit laufendem Motor vor dem Haus wartete. Daniel schlief tief und fest, wobei immer wieder ein leises Schnurcheln seine Lippen kräuselte. Zitternd vor Kälte klopfte Louisa an die Tür und wartete. Währenddessen ging auf der anderen Straßenseite ein Mann den Bürgersteig entlang. Sie klopfte ein weiteres Mal. Endlich hörte sie jemanden die Treppe herunterkommen, ehe ein Riegel zurückgeschoben und die Tür geöffnet wurde.

Vor ihr stand ein klein gewachsener Mann in einem gestreiften Schlafanzug, bei dessen Anblick es Nanny Blor in den Fingern gejuckt hätte, ihn an sich zu nehmen, um ihn gründlich zu waschen und zu bügeln. »Was ist los?«, fragte er nicht gerade freundlich.

»Ich bin eine Freundin von Dulcie«, sagte Louisa.

Der Mann streckte den Kopf heraus. »Mit wem sind Sie hier?«

»Mit gar niemandem.«

»Was macht dann das Taxi da vor dem Haus?« Er schien eher nervös als aggressiv zu sein. Louisa bemerkte, dass seine Bartstoppeln nahezu vollständig grau waren.

»Der Fahrer wartet auf mich. Bitte, es besteht kein Grund, sich zu fürchten. Ich versuche nur, Dulcies Schwester Marie zu finden.«

»Ich kenne keine Marie.«

Er knallte die Tür zu und verriegelte sie.

Natürlich hatte der Mann gedacht, sie gehöre zu den Forty, die es auf Marie abgesehen hatten. Wie dumm von ihr! Louisa beugte sich über den Briefschlitz und rief: »Ich bin keine von denen, ich schwöre!«

Keine Antwort. Damit gab es nur eine Lösung. »Ich habe Daniel bei mir. Dulcies Jungen. Bitte, Sie müssen mir helfen.«

Der Mann musste direkt hinter der Tür gestanden haben, denn Sekunden später ging sie erneut auf. »Sie haben Dulcies Jungen bei sich?«

»Ja«, antwortete Louisa. Inzwischen war sie bis auf die Knochen durchgefroren und völlig verunsichert, ob sie das Richtige getan hatte; andererseits: Was hätte sie auch sonst tun sollen? »Er ist im Taxi und schläft.«

»Du liebe Güte, bringen Sie ihn rein!«

Minuten später saß Louisa in der Küche. Den Taxifahrer hatte sie fortgeschickt, und Daniel schlief eingepackt in eine Decke auf einem Sofa im vorderen Zimmer. Der Mann, bei dem es sich, wie sie nun erfahren hatte, um Dulcies Vater William handelte, hatte Marie geweckt. Louisa hatte nicht viel Zeit – Guy würde am Bahnhof Lambeth auf sie warten, und sie konnte nur hoffen, dass er nicht wieder ging, wenn sie nicht rechtzeitig auftauchte. Trotzdem schilderte sie William und Marie, wie sie Dulcie kennengelernt hatte, dass sie fest von ihrer Unschuld überzeugt sei und Daniel vor dem Armenhaus bewahrt hatte.

»Sie hat sich immer geweigert, uns zu verraten, wo er ist«, sagte William. »Sie hatte Angst, Alice und ihre Weiber könnten ihn finden und benutzen, um an sie heranzukommen. Aber wir haben uns immer Sorgen um den Kleinen gemacht.«

Marie nickte. »Bei uns ist er besser aufgehoben«, sagte sie. »Immerhin sind wir seine Familie.«

»Wissen Sie, wer sein Vater ist?«, fragte Louisa.

Marie und William tauschten einen Blick. »Dieser Mr Curtis, richtig? Nicht, dass er sich dazu bekannt hätte, nein, stattdessen hat er seine Hände in Unschuld gewaschen und so getan, als hätte er mit dem armen Kerlchen nichts zu schaffen.«

»Ich möchte gern dabei helfen, zu beweisen, dass Dulcie es nicht getan hat … den Mord begangen, meine ich«, sagte Louisa.

»Das hat sie auch nicht«, stimmte Marie zu. »So etwas würde unsere Dulcie niemals tun. Ich weiß, dass einige von uns ziemlich rabiat sein können, aber nicht Dulcie. Schon von Anfang an wollte sie wieder aussteigen. Es ist allein meine Schuld, dass sie da überhaupt …« Sie unterdrückte ein Schluchzen, und William strich seiner Tochter beruhigend über den Rücken.

»Ich glaube, Dulcie weiß, wer es war, kann es der Polizei aber nicht sagen«, fuhr Louisa fort.

»Sie weiß es?« Marie wischte sich mit dem Handrücken die Tränen ab.

»Ich denke schon«, fuhr Louisa fort. »Ich vermute, sie wollte sich in der Nacht mit jemandem treffen, der zwischen ihr und den Forty steht. Vielleicht hat sie alles so eingefädelt, dass dieser Jemand kommt, um die gestohlenen Sachen zu holen und zu verhökern. Ich denke, derjenige hat Adrian getötet, aber sie kann seinen Namen nicht preisgeben. Denn die Strafe, die sie erwartet, wenn herauskommt, dass sie die Bande verpfiffen hat, wird schlimmer sein als jedes Urteil eines Richters.«

»Einem von der Elephant-and-Castle-Gang würde ich so etwas durchaus zutrauen«, sagte Marie grimmig. »Aber weshalb sollten sie ausgerechnet auf Adrian losgehen?«

»Wussten sie, dass er der Vater von Dulcies Jungen ist?«, fragte Louisa. »Vielleicht wollten sie sich auch an ihr rächen, weil sie aussteigen wollte. Oder weil Adrian Daniel verleugnet hat.«

Marie nickte. »Könnte sein. So was spricht sich herum.«

William barg das Gesicht in den Händen.

»In Wahrheit will ich damit sagen, dass ich durchaus mit der Polizei reden kann«, sagte Louisa. »Ich könnte sagen, dass ich ihn gesehen habe. Damit käme der entscheidende Hinweis von mir, nicht von Dulcie.«

Ihr Vater hob den Kopf. Seine geweiteten Pupillen ließen seine Augen wie tiefschwarze Seen wirken. »Würden Sie das wirklich für sie tun?«

»Nun ja, die Forty können mir ja nichts anhaben, oder?«, erwiderte Louisa. »Schließlich kennen sie mich nicht.«

»Aber sie werden es herausfinden!«, rief Marie, während ihr Vater im selben Moment laut und deutlich einen Namen sagte.

»Billy Masters. Das ist Ihr Mann.«

KAPITEL 44

Früher an diesem Tag hatte sich auf dem Revier in der Vine Street ein gutmütiges Streitgespräch zwischen Guy und Mary entsponnen.

»Bitte, Guy, Sie müssen mich unbedingt noch einmal ins *43* mitnehmen.« Mary Moon hatte die Hände wie zum Gebet aneinandergelegt und ihn mit weit aufgerissenen Augen flehend angesehen.

Guy hatte gelacht. »Aber warum wollen Sie denn unbedingt dorthin?«

Schmollend hatte Mary die Hände in den Jackentaschen vergraben. »Ich will einfach, und alleine kann ich es nicht.«

»Ich weiß nicht recht, ob es das Richtige für eine anständige, nette Frau ist.«

»Das mag ja sein, aber wenn ich eine richtige Polizistin sein will, darf mich nichts mehr schockieren.«

Guy hatte sich ihre Bitte durch den Kopf gehen lassen. Auch er wollte den Club unbedingt noch einmal aufsuchen, denn falls es tatsächlich eine Verbindung zwischen Lord De Clifford, Dolly Meyrick und den Forty Thieves geben sollte, liefen die Fäden wahrscheinlich im *43* zusammen. Es könnte sich sogar als hilfreich erweisen, eine Frau an seiner Seite zu haben, weil es leichter wäre, den Anschein eines ganz gewöhnlichen Gastes zu erwecken. Andererseits war er nicht versessen darauf, seinem Polizeikollegen in die Arme zu laufen. Guy war ziemlich sicher, dass George Goddard, der Leiter des Sittendezernats, das *43* nicht in seiner offiziellen Funktion aufsuchte, deshalb wäre es überaus peinlich und indiskret, wenn er ihm dort begegnete. Guy mochte es nicht gutheißen, dass Goddard illegal Alkohol trank und sich mit den Merry Maids umgab, andererseits ging es ihn schlicht nichts an. Harry hatte Guy gewarnt, vor seinen Kollegen den Mund zu halten, falls herauskommen sollte, dass jemand gequatscht hatte. Guy war sicher, dass dort irgendwelche Machenschaften vonstattengingen, doch er schien der Einzige zu sein, der nicht bereit war, achselzuckend danebenzustehen.

»Na gut«, sagte er schließlich. »Wir treffen uns um halb neun am Piccadilly Circus und gehen gemeinsam hin.«

»Danke, Guy!« Mary hatte einen Luftsprung gemacht, und einen Moment hatte es so ausgesehen, als wollte sie ihn küssen, hatte sich jedoch in letzter Sekunde zurückgehalten. Mary verfolgte also ihre eigenen Ziele, dachte Guy, nur wusste er nicht recht, welche das sein sollten.

Zur verabredeten Zeit stand Guy am Piccadilly Circus und ließ begeistert den Blick über die blinkenden Reklameschilder und die gut gelaunten Passanten auf dem Weg zu ihren abendlichen Vergnügungen schweifen. Er selbst fühlte sich zugegebenermaßen selbst sehr schick in seinem Anzug, den er sich erst kürzlich geleistet hatte; sogar sein Bruder Bertie hatte den modischen Schnitt und die gute Qualität des grauen Kaschmirs gelobt, wenngleich Guy der neugierigen Frage, weshalb – und für wen – er sich so in Schale warf, hatte ausweichen müssen. Seine Brüder besuchten üblicherweise die Pubs in Hammersmith, die Nachtclubs in Soho waren eindeutig nicht ihre Liga. Aus irgendeinem Grund hatte er Mary nicht erwähnen wollen, obwohl er nicht genau sagen konnte, weshalb – ob nun, um es nicht zu verschreien, oder weil er sich seiner Gefühle für sie noch nicht ganz sicher war. Außerdem ging ihm Louisa neuerdings wieder im Kopf herum. Aber, so ermahnte er sich, der heutige Abend stand einzig im Zeichen der Arbeit.

Er war so in Gedanken versunken, dass er Mary erst bemerkte, als sie vor ihm stand und lachend mit der Hand vor seinem Gesicht herumwedelte.

»Na, Brillenschlange«, neckte sie ihn kichernd.

Guy gab sich alle Mühe, sich seine Verblüffung nicht anmerken zu lassen. Zwar hatte er sie bereits bei der Jagd auf die Forty in Zivilkleidung gesehen, und obwohl sie den Club schon einmal gemeinsam besucht hatten, bestand kein Zweifel, dass auch sie sich an diesem Abend mächtig Mühe mit ihrem Äußeren gegeben hatte. Ihr Haar war zu einem akkuraten Bob mit perfekt platzierten Schmachtlocken an den Ohren frisiert, dazu trug sie einen silbergrauen Glockenhut mit einem Netz, das ihr Gesicht bedeckte, was in Kombination mit ihren dunkelrot geschminkten Lippen absolut atemberaubend aussah. Unter ihrem bis oben zugeknöpften Mantel lugte der mit silberfarbenen Perlenschnüren besetzte Saum ihres Kleides hervor, zu dem sie hohe Absatzschuhe trug. Am auffallendsten waren jedoch ihre ausgelassene Vorfreude und ihr mädchenhaftes Lächeln, das ihn seine Verwirrung sofort wieder vergessen ließ.

Sie machten sich auf den Weg, wobei Guy sich bemühen musste, langsamer zu gehen, damit sie auf ihren hohen Absätzen mithalten konnte. Er war daran gewöhnt, dass sie strammen Schrittes in ihren Stiefeln neben ihm hermarschierte, obwohl sie sich oft beschwerte, das Leder sei viel zu hart und unnachgiebig. Im Dienst trug sie ihr Haar vorschriftsmäßig streng aus dem Gesicht frisiert und nicht einmal einen Hauch Make-up. Die Kollegen auf dem Revier neckten sie regelmäßig, und häufig zog sie in ihrem langen Rock und dem Polizeihelm die neugierigen Blicke der Passanten auf sich, aber für Guy war ihre Uniform längst zur Gewohnheit geworden. Nun jedoch wusste er nicht recht, was er sagen sollte, und war hin- und hergerissen zwischen dem Wunsch, ihr einen möglichst netten Abend zu bescheren – wonach ihr unübersehbar der Sinn stand –, und dem Bestreben, den Gesprächston zwischen ihnen geschäftsmäßig zu halten.

Am Eingang hatte sich wie üblich Albert der Deutsche postiert, der Guy zwar argwöhnisch musterte, ihnen aber trotzdem die Tür öffnete. Dolly Meyrick saß am Empfang und kassierte die obligatorischen 10 Shillinge Mitgliedsgebühr – nachdem die üblen Typen den Club auseinandergenommen hatten, wollte sie keinerlei Risiko mehr eingehen. Sie lächelte breit, als sie Guy erblickte.

»Wie schön, Sie hier wieder begrüßen zu dürfen. Und wie ich sehe, haben Sie diesmal auch Ihre Liebste mitgebracht?«, fragte sie mit einem Blick auf Mary.

Unwillkürlich wich Guy einen Schritt zur Seite und wollte protestieren, als er ihre gekränkte Miene sah. »Wir wollten nur einen Moment hereinschauen. Mein Freund spielt in der Band«, erklärte er.

»Ich bitte jemanden, einen schönen Tisch für Sie zu suchen, Sergeant Sullivan«, erklärte Dolly, die trotz ihres jungen Alters – sie konnte höchstens zwanzig sein – das Charisma und das Durchsetzungsvermögen einer Frau wie ihrer Mutter besitzen musste.

»Nein, nein, wirklich, ich …«, begann Guy, doch Mary nahm seinen Arm, und er verstummte. Trotzdem war ihm nicht ganz wohl dabei, die Gastfreundschaft der Clubbesitzerin in Anspruch zu nehmen. Bestimmt verstieß er damit gegen irgendein Gesetz. Er beschloss, keinen Tropfen Alkohol zu trinken. Und mit keiner der Merry Maids zu tanzen, ja, er würde sie nicht einmal eines Blickes würdigen. Oh, verdammt! Wieso hatte er sich nur darauf eingelassen hierherzukommen?

Dolly schnippte mit den Fingern, woraufhin eine junge Frau in einem roten Flapper-Kleid und einem Stirnband mit einer exklusiven schwarzen Straußenfeder darin aus den Schatten trat; Guy musste den Kopf wenden, damit ihn das Ding nicht in der Nase kitzelte.

»Kommen Sie mit mir«, sagte sie nach einer kurzen Unterredung mit Dolly.

Guy und Mary blieb keine andere Wahl, als ihr die steile Treppe ins Untergeschoss zu folgen. Es war noch nicht so voll wie beim letzten Mal, allerdings befanden sich mehrere Gäste auf der Tanzfläche, während Joe Katz schmeichelnd in sein Mikrofon sang. Das Flapper-Mädchen führte sie zu einem Zweiertisch und segelte von dannen. Guy sah sich um, konnte Alice Diamond jedoch nirgendwo entdecken, wobei er gestehen musste, dass sein Sehvermögen in dem schummrig erleuchteten Raum ein wenig eingeschränkt war. Mary hatte ihren Mantel oben abgegeben, trug aber immer noch ihren Hut. Sie saß mit übergeschlagenen Beinen neben ihm und sah sich neugierig um.

»Wonach halten Sie denn Ausschau?«, fragte Guy.

Eine zarte Röte breitete sich auf ihren Wangen aus. »Ich

habe nur die Band beobachtet«, sagte sie. »Haben Sie nicht erwähnt, dass Harry heute hier sein würde?«

Oh, daher weht der Wind, dachte Guy.

»Ja, eigentlich sollte er hier sein. Da hinten.« Er widerstand dem Drang, mit dem Finger auf seinen halb hinter den anderen verborgenen Freund zu zeigen.

Ihm war bewusst, dass er Manieren zeigen und Mary zum Tanzen auffordern sollte, doch der Kellner, der mit einer Flasche Champagner und zwei Gläsern an den Tisch trat, rettete ihn. »Geht aufs Haus«, sagte er und verschwand wieder.

Mary sah Guy fragend an. »Können wir davon bitte ein Gläschen trinken? *Bitte!*«

»Noch ist der Ausschank erlaubt«, sagte er. »Es steht mir nicht zu, Ihnen die Erlaubnis zu geben. Ich bin allerdings im Dienst.« Kaum waren die Worte über seine Lippen gekommen, bereute er sie bereits. Wieso musste er immer bloß so prüde sein?

Marys Enthusiasmus verflog, und sie stellte das Glas wieder hin, während sie einige Male heftig blinzelte, den Blick auf den Boden vor sich geheftet.

In diesem Moment verstummte die Musik. Joe kündigte eine kurze Pause an, und die Gäste verließen die Tanzfläche, um sich zu ihren Tischen oder nach oben in die Bar zu begeben. Erst jetzt bemerkte Guy einen blonden Mann, den er als einen von Nancy und Pamela Mitfords Freunden erkannte, die ihm bei seinem letzten Besuch bereits aufgefallen waren. Zwei junge Frauen, die soeben von der Tanzfläche zurückkehrten, gesellten sich zu ihm an den Tisch. Auch sie kamen ihm bekannt vor – die Dunkelhaarige musste die Schwester des jungen Mannes sein, der in Mitford Manor ermordet worden war; sie wirkte ein wenig zurückhaltend, was jedoch angesichts der Umstände nicht weiter verwunderlich war. Die andere junge Frau, eine zierliche Blondine, war auffallend hübsch und trug ein Kleid, das an Rosenblätter im Herbst erinnerte. Dann trat Dolly Meyrick zu ihnen und setzte sich auf das Knie eines jungen Mannes in einem gut geschnittenen Anzug, den Guy erst jetzt bemerkte. Etwas an der Stimmung zwischen den jungen Menschen kam ihm seltsam vor. Obwohl sie einander gut kennen mussten, herrschte eine gewisse Verlegenheit zwischen ihnen, als fühlten sie sich alle nicht ganz wohl in ihrer Haut. Die hübsche Blonde nippte unablässig an ihrem Glas, während ihre blauen Augen umherschweiften, als hielte sie nach jemandem Ausschau, der zu ihrer Rettung herbeieilte. Dolly und ihr Beau waren die Einzigen, die in einer Glücksblase zu schwimmen schienen; eng aneinandergeschmiegt, flüsterten sie vertraulich miteinander. Guy beobachtete, wie die Dunkelhaarige mit der Müßigkeit einer schläfrigen Katze am Ärmel des jungen Mannes mit den hellblonden Haaren und dem gräulichen, eingefallenen Gesicht herumzupfte, der keinerlei Reaktion zeigte.

»Hey, *amigo,* schön, dich zu sehen!« Ein kräftiger Schlag auf den Rücken riss Guy aus seinen Gedanken. Harry stand mit einer Teetasse in der Hand vor ihm, über deren Rand die dunkle Flüssigkeit direkt auf Guys neuen Anzug tropfte.

»Pass doch auf!«, herrschte Guy ihn ein wenig zu barsch an.

»Ist ja gut. Kein Grund, gleich aus der Haut zu fahren.« Harry lachte leise und zwinkerte Mary zu, die zu kichern begann.

Guy sah von einem zum anderen. »Ihr beide kennt euch ja, oder?«

Harry und Mary tauschten einen Blick. »Könnte man so sagen, ja«, antwortete Harry, woraufhin Marys Wangen sich erneut röteten. Guy hatte sie einander bei ihrem letzten Besuch im *43* vorgestellt, nun fragte er sich, ob sie sich seitdem noch ein weiteres Mal begegnet waren.

»Wenn das so ist, macht es euch bestimmt nichts aus, wenn ich mich verabschiede. Entschuldigt mich.« Er erhob sich, und bevor Harry ihn aufhalten konnte, verließ er den Club, gerade einmal zwanzig Minuten nachdem er eingetroffen war. Er musste weg von hier, weg von dem Lärm und der verqualmten Luft, brauchte frische Luft.

KAPITEL 45

Guy schob sich an Albert dem Deutschen vorbei und trat hinaus auf die Straße, wo das gewohnte spätabendliche Treiben herrschte. Obwohl er den Club überstürzt verlassen hatte, sah er keinen Grund, jetzt schon nach Hause zu gehen. Er war viel zu aufgedreht, spürte das Adrenalin durch seine Venen pumpen. Außerdem sollte er zurückgehen, um dafür zu sorgen, dass Mary zumindest unversehrt nach Hause kam. Er ärgerte sich, weil er nicht lange genug geblieben war, um herauszufinden, ob sich Mitglieder der Forty oder ihre Spießgesellen im Club aufhielten. Aber wie sollte man seine Arbeit als Polizist erledigen, wenn man als Polizist eigentlich gar nicht dort sein sollte? Er beschloss, in Ruhe alles zu überdenken, und betrat ein kleines Café auf der anderen Straßenseite, wo er eine heiße Schokolade bestellte. »Und damit meine ich eine heiße Schokolade«, sagte er, als die Kellnerin eine Braue hob. »Ohne Rum oder so was.«

»Wie Sie wünschen«, sagte sie, steckte ihren Block in die Schürzentasche und schlurfte davon. Guy setzte sich an einen Fenstertisch, von wo aus er zumindest das Kommen und Gehen der Gäste des *43* im Auge behalten konnte. Es war noch nicht einmal halb zehn, deshalb lief das Straßengeschäft eher schleppend, was sich jedoch ändern würde, wenn die Leute aus den Clubs strömten, üblicherweise gegen drei Uhr früh. Guy wusste, wie es ablief: Die meisten klapperten zwei oder drei Clubs ab, ehe sie ein Lokal aufsuchten, wo es entweder chinesische Küche oder Eier und Schinken gab – ein ziemliches Lotterleben, fand Guy. Am Tisch neben ihm saß ebenfalls ein Mann ganz allein; er hatte seinen Hut nicht abgenommen und den Mantelkragen hochgeschlagen. Vermutlich war auch er Polizist. Oder er wartete darauf, dass die Straßenmädchen ihre Tätigkeit aufnahmen.

Guy trank seine Schokolade, genoss das Knirschen des Zuckers auf dem Tassenboden. Als er ein paar Münzen aus der Tasche fischte, fiel sein Blick auf zwei Männer, die wenige Meter neben dem *43* im Schatten der Häuser standen, während Albert der Deutsche in die andere Richtung blickte. Hielt er nach jemand Bestimmtem Ausschau? Der eine der Männer trug keinen Hut, weshalb sein leuchtend blondes Haar selbst im Halbdunkel gut zu erkennen war – Sebastian Atlas. Der andere Mann war kleiner und wirkte wendiger. Die beiden schienen irgendetwas auszutauschen. Guy glaubte zu erkennen, dass Mr Atlas dem Mann Geld reichte und dafür etwas entgegennahm. Das bedeutete, dass Louisa etwas beobachtet hatte, was wohl keine einmalige Angelegenheit war. Aus einem Impuls heraus legte Guy die Münzen auf den Tisch, schnappte seinen Hut und stürmte hinaus und über die Straße, wobei er einem Auto ausweichen musste, das prompt hupte. Die beiden Männer bemerkten ihn und rannten in entgegengesetzte Richtungen davon. Guy beschloss, Nancys Freund erst einmal laufen zu lassen und sich stattdessen den Kerl zu schnappen, der die Ware verkauft hatte.

Der Mann hetzte die Gerrard Street hinunter, Guy auf den

Fersen, der alles daransetzte, ihn nicht aus den Augen zu verlieren. Es waren so viele Menschen auf dem Bürgersteig unterwegs, dass der Fremde sein Tempo drosseln musste, um sich an ihnen vorbeizudrängeln, und Guy holte allmählich auf, als der Flüchtige unvermittelt in eine Seitengasse einbog. Guy blieb an der Ecke stehen und stieß einen Fluch aus – er hatte ihn verloren!

»He, was soll das?«, ertönte in diesem Moment eine Männerstimme, und als Guy sich umdrehte, sah er einen Polizisten, der den flüchtigen Mann mit eisernem Griff festhielt. Einem Polizisten buchstäblich in die Arme zu laufen war schon schlimm genug, gleich zweien dagegen roch nach grobem Leichtsinn.

»Halten Sie ihn fest«, rief Guy. »Ich bin Sergeant Sullivan vom Revier in der Vine Street.«

»Mit dem größten Vergnügen«, gab der Kollege zurück und hatte, als Guy die beiden erreichte, dem Übeltäter bereits Handschellen angelegt.

»Ich hab nichts getan«, erklärte der junge Mann. Er konnte höchstens zwanzig sein, war einen guten Kopf kleiner als Guy und hatte ein pockennarbiges Gesicht und trübe Augen. Sein schlechter Atem schlug Guy entgegen, dennoch trug er modische Kleidung; Guy registrierte das rote Seidenfutter seines Mantels, dessen Kragen er hochgeschlagen hatte – vermutlich, um zwischen seinen wohlhabenden Kunden nicht aufzufallen.

»Das glaube ich nicht«, widersprach Guy. »Was haben Sie da gerade verkauft?«

»Gar nichts.«

Guy durchsuchte die Taschen des Mannes und förderte ein Päckchen Zigaretten, eine Schachtel Streichhölzer und ein paar Münzen zutage. »Das ist alles, Chef«, sagte der Junge. »Und jetzt lassen Sie mich los!«

Guy seufzte nur, schob die Hand in die Innentasche des Mantels und zog ein emailliertes Zigarettenetui heraus, in dem sich mehrere kleine weiße Papierbriefchen befanden. »Was ist da drin?«, fragte er.

Der Mann sah ihn erstaunt an. »Keine Ahnung. Die muss jemand da reingelegt haben. Aber jetzt, wo Sie's sagen – das ist gar nicht mein Mantel. Ich muss versehentlich den falschen genommen haben.«

»Los, Sie kommen erst mal mit.« Guy packte ihn bei der Schulter.

Auf dem Revier führte Guy ihn in den Befragungsraum, wo er ihn gemeinsam mit Sergeant Oliver, dem diensthabenden Beamten der Nachtschicht, in die Mangel nehmen würde. Der Kollege, der den Übeltäter verhaftet hatte, verabschiedete sich und machte sich wieder auf den Weg. In den Papierbriefchen befand sich ein weißes Pulver, das Sergeant Oliver als Kokain identifizierte, indem er sich einen winzigen Klecks auf die Zungenspitze gab. Drogenbesitz mit der Absicht der Weiterveräußerung, lautete der offizielle Vorwurf, auch wenn der Übeltäter, Samuel Jones, alles abstritt und auf seiner Unschuld beharrte. Guy listete Jones' Besitztümer auf, von den Zigaretten bis zu einem Bündel Geldnoten, als ihm seine Manschettenknöpfe ins Auge stachen. »Was sind denn das für Manschettenknöpfe?«, fragte er.

»Lapislazuli«, antwortete Jones stolz. »Erstklassige Qualität.«

»Wo haben Sie die gekauft?«

Jones senkte den Blick. »Die waren ein Geschenk.«

»Von wem?«

»Was geht Sie das an?«

Guy wollte bei Sergeant Oliver Eindruck schinden, besser gesagt, war ihm daran gelegen, dass sich herumsprach, wie effizient er vorging und dass er sich von keinem für blöd verkaufen ließ.

»Wäre es Ihnen lieber, wenn ich es Ihnen noch ein bisschen schwerer mache, als es unbedingt sein muss?«, fragte er, um einen möglichst eisigen Tonfall bemüht. »Wir können auch auf den Richter warten. Ich bin sicher, Sie nehmen die Gastfreundschaft der Polizei gern in Anspruch, bis es so weit ist …«

»Ich kann Ihnen nicht sagen, von wem ich sie bekommen habe, und selbst wenn ich es könnte, würde ich es nicht tun«, erwiderte Jones. »Der Mann ist eine wichtige Persönlichkeit. Jemand, der mir zu großem Dank verpflichtet ist.« Er feixte, und Guy bemerkte, dass auch Sergeant Oliver grinste.

»Und wer war der Mann vor dem Club vorhin?«, bohrte Guy weiter.

Jones schwieg.

»Einer Ihrer Stammkunden, stimmt's?« Guy deutete auf die Manschettenknöpfe mit den leuchtend blauen, in Gold gefassten Steinen. »Die sind von ihm, hab ich recht?«

Noch immer schwieg Jones beharrlich.

»Ich werte das als ein Ja, in Ordnung?«

Wieder grinste Sergeant Oliver, diesmal jedoch galt es unübersehbar Guy.

»Werten Sie es, wie Sie wollen«, fauchte Jones.

»Bringen Sie ihn in die Zelle«, wies Guy Sergeant Oliver an. »Der Richter wird sich morgen mit ihm befassen.«

Jones zeterte und trat wild um sich, doch der Sergeant zerrte ihn am Kragen aus dem Befragungsraum.

Guy überflog noch einmal die offizielle Liste von Jones' Habseligkeiten und steckte alles zusammen in einen braunen Umschlag. Bis auf die Manschettenknöpfe. Die würde er zuerst noch jemand anderem zeigen. Etwas sagte ihm, dass sie sich als hilfreich erweisen würden. Doch bevor er sich darum kümmern konnte, händigte ihm einer der Kollegen eine Nachricht aus. »Sie ist von Miss Louisa Cannon«, sagte er. »Sie meinte, es sei dringend.«

Die Anweisung war klar, was es zu bedeuten hatte, dagegen keineswegs. »Treffen um 23 Uhr an der U-Bahn-Station Lambeth North. Bitte Constable Moon mitbringen.« Er konnte nur hoffen, dass er es rechtzeitig schaffen würde. Und wieso wollte sie, dass Mary mitkam? Tja, das würde er wohl herausfinden müssen.

KAPITEL 46

Vom Haus der Longs zum Bahnhof Lambeth North waren es nur ein paar Minuten zu Fuß. Louisa hatte ihren Mantel gegen die Kälte fest um sich geschlungen, als sie die Straße entlanghastete, in der Hoffnung, dass Guy immer noch auf sie wartete. Sie wusste nicht, wie viel Uhr es genau war, doch seine Miene verriet, dass sie nicht bloß ein paar Minuten zu spät kam. Mary Moon stand neben ihm und stampfte mit den Füßen auf, die ausnahmsweise nicht in den gewohnten dicken Stiefeln, sondern in erstaunlich hübschen Absatzschuhen steckten; sie hatte die Arme vor der Brust gekreuzt und die Hände unter die Achselhöhlen geschoben, um sie zu wärmen.

»Entschuldigung«, keuchte Louisa. »Ich erkläre gleich alles, aber erst einmal danke, dass ihr gekommen seid.«

»Was ist denn passiert?«, fragte Guy.

Erst jetzt wurde Louisa bewusst, dass sie ihm mit ihrer kryptischen Nachricht einen Heidenschreck eingejagt haben musste. »Wir müssen den Bus kriegen«, sagte Louisa. »Wir fahren ins *Elephant and Castle*. Ich erkläre euch alles unterwegs.«

Sie setzten sich ins obere Stockwerk des Busses, Louisa und Mary nebeneinander, Guy auf dem Sitz hinter ihnen. Außer ihnen gab es nur einen weiteren Fahrgast, einen Mann, der mit halb geschlossenen Augen und seinem im hochgeschlagenen Kragen verborgenen Gesicht auf einem der hinteren Sitze kauerte.

Eindringlich flüsternd schilderte Louisa den beiden Polizisten, wie sie Daniel von Mrs Brewster zu Dulcies Familie gebracht und welchen Namen man ihr dort genannt hatte: Billy Masters.

»Ich will ins *Elephant and Castle* und so viel wie möglich über ihn in Erfahrung bringen. Wenn er es war, muss es doch zumindest Gerüchte geben.«

»Was? Sie können da nicht einfach reingehen und anfangen, Fragen zu stellen«, zischte Mary entsetzt.

»Ich werde ihnen einfach erzählen, dass ich bei ihnen einsteigen will. Sie haben mich schon mal gesehen und wissen, dass ich Dulcie gegenüber loyal bin – immerhin habe ich der Polizei nichts von der Verbindung zwischen ihnen und Dulcie erzählt. Das müssen sie mir doch zugutehalten.«

Guy schüttelte den Kopf. »Das ist viel zu gefährlich, Louisa. Das kann ich nicht zulassen. Nur wenn ich mitkommen kann.«

Louisa sah ihn erschrocken an, während Mary einwarf: »Nein, dadurch wird es erst richtig gefährlich. Als Mann würdest du zu sehr auffallen.« Sie wandte sich an Louisa. »Ich komme mit dir. Zwei sind besser als eine alleine. Das ist sicherer, falls es schwierig wird.« Inzwischen hatten sie alle miteinander zum vertraulichen Du gewechselt.

Guy wollte protestieren, besann sich jedoch eines Besseren. »Wenn es unbedingt sein muss. Aber ich bleibe auf jeden Fall in der Nähe, falls etwas passiert.«

Unterdessen hatte der Bus die Haltestelle eine Station vor dem *Elephant and Castle* erreicht, und die drei stiegen aus.

Nach ein paar Metern blieb Louisa stehen. »Guy, ich will nicht, dass du noch weiter mitkommst. Es ist zu riskant. Wir treffen uns danach an der Haltestelle. Dort kannst du bequem auf uns warten.«

Guy war sichtlich unwohl, gleichzeitig begriff er, dass die beiden Frauen keinen Millimeter nachgeben würden. Verdammt!

»Na gut, auch wenn ich es nur ungern tue.«

»Wir kommen schon zurecht«, meinte Mary, nahm Louisas Arm und zog sie mit sich, während Guy nichts anderes übrig blieb, als ihnen nur mit seinem Blick zu folgen.

Louisa und Mary bogen um die Ecke und sahen, dass der Pub noch geöffnet hatte. Normalerweise durften in Pubs nach elf Uhr abends keine Getränke mehr ausgeschenkt werden, doch solange es die Gäste nicht scherte, ob sie gegen das Gesetz verstießen, gab es immer Wirte, die auf die Sperrstunde pfiffen. Die Vorhänge waren zwar zugezogen, aber gerade drückten drei Frauen, die vor ihnen den Bürgersteig entlanggegangen waren, die Tür des Pubs auf, sodass lautes Stimmengewirr auf die Straße drang, gefolgt von einer Wolke Zigarettenqualm.

»Schnell«, sagte Mary. »Wenn wir mit ihnen reingehen, sieht es so aus, als würden wir dazugehören.« Sie rannten los und schlüpften gerade noch hinein, ehe die Tür zufiel. Praktisch in derselben Sekunde wurden sie von einem Paar Hände gepackt und gegen die Tür geknallt. Louisa erkannte die fette Frau wieder, die sie sowohl bei ihrem ersten Besuch hier als auch bei der Anhörung im Gerichtssaal gesehen hatte – und die weder anziehender wirkte noch sonderlich erfreut über ihre neuerliche Begegnung zu sein schien.

»Du«, sagte sie. Louisa schlug ihr schaler Gin-Atem ins Gesicht, als sich ihre Nasen beinahe berührten. »Was hast du hier verloren?«

»Ich bin eine Freundin von Dulcie«, stieß Louisa hervor. »Erinnerst du dich an mich?«

Mit erschreckender Klarheit wurde Louisa bewusst, dass sie einen schweren Fehler begangen hatte: Sie hatte ihr eigenes Zugehörigkeitsgefühl zu den Forty überschätzt und war zudem davon ausgegangen, dass die Bande ihre Loyalität Dulcie gegenüber erkennen würde und wüsste, dass sie ihre Freundin bei der Befragung nicht verraten hatte. Stattdessen war sie nichts als ein lästiges Insekt für sie … eines, das geradewegs in ihr Spinnennetz getappt war.

»Ich weiß, wer du bist«, sagte die Fette, aus deren Mund selbst die einfache Feststellung wie eine Drohung klang. »Aber wer ist die da?« Sie wies mit dem Kopf auf Mary und kniff die Augen zusammen. Mary wich ein Stück zurück, trotzdem war Louisa beeindruckt von ihrer stählernen Entschlossenheit. Die junge Polizistin hatte nicht auf dem Absatz kehrtgemacht und war davongelaufen, wie man es hätte erwarten können.

»Eine Freundin«, antwortete Louisa kleinlaut. Inzwischen waren zwei weitere Frauen hinzugetreten.

»Was gibt's, Bertha?«, fragte die eine, eine drahtige Frau mit sorgfältig geschminktem Gesicht, das keinerlei Humor verriet.

»Ich hab's im Griff«, erwiderte Bertha und warf sich in die Brust. »Keine Sorge.« Sie packte Mary beim Revers. »Also, raus mit der Sprache, wer bist du?«

»Vera«, antwortete Mary. Bertha sah Louisa an, als wollte

sie herausfinden, wie sie reagierte, doch Louisa setzte eine ausdruckslose Miene auf.

»Können wir uns irgendwo unterhalten?«, fragte sie nur.

»Ja, gleich hier.« Bertha machte keine Anstalten, von Mary abzulassen. Die beiden Frauen hinter ihr brachten sich bereits in Position, während sich eine andere, direkt neben ihnen, eine Zigarette anzündete. Das schien Berthas Stichwort zu sein. »Wir haben alle Zeit der Welt«, sagte sie.

»Wir wollen den Forty beitreten«, erklärte Louisa rundheraus.

Bertha riss ihre Knopfaugen auf. »Für wen hältst du uns? Für eine Art Herrenclub? Hier zahlt man keine Mitgliedschaft und gehört einfach dazu.« Sie lachte schallend über ihren eigenen Scherz.

»Das weiß ich auch«, erwiderte Louisa, »aber das, was ihr habt, will ich auch. Schöne Kleider und ein bisschen Geld. Meine Mutter war Wäscherin und hat ein schweres Leben geführt. Ich will etwas Besseres für mich.« Einen Moment lang schien Bertha allen Ernstes beeindruckt von Louisas mutigem Vorstoß zu sein.

»Wir glauben, dass Dulcie unschuldig ist«, platzte Mary heraus. Panik stieg in Louisa auf. Das war ein Fehler gewesen, ganz bestimmt.

Die beiden Frauen merkten auf, und Bertha musterte Mary von oben bis unten. »So, tut ihr das, ja?«

Sie saßen in der Falle. Die Eingangstür des Pubs ging nach innen auf, außerdem standen sie direkt davor. Bertha baute sich vor ihnen auf – breitbeinig und mit Schenkeln so dick wie Schweineschinken. Die beiden Frauen hinter ihr schienen es kaum erwarten zu können, eine anständige Prügelei anzufangen. Louisa registrierte, dass es mucksmäuschenstill geworden war. Ihre Unterredung war nicht unbemerkt geblieben. Und das Schlimmste kam noch.

Plötzlich schlug die Stimmung um. Köpfe fuhren herum, Münder nippten nervös an Gläsern. Louisa kannte dieses Signal. Gleich würde etwas passieren, und sie waren mittendrin. Bertha hatte Mary losgelassen, trotzdem gab es keinerlei Möglichkeit, umzudrehen, die Tür aufzureißen und hinauszustürmen, ohne dass sie sie am Kragen erwischen würde. Sie wagte es nicht einmal, in Marys Richtung zu sehen, trotzdem spürte sie ihre Angst, die wie die Wellen am Strand von Brighton an einem kalten Wintertag ans Ufer klatschten. Sie hatte keine Ahnung, was sie tun sollten. Sie war aus einem Impuls heraus hereingeschneit, in der Annahme, dass sie ihnen schon irgendwie begreiflich machen würde, dass sie eine von ihnen war. Aber wie es aussah, lag ihre Karriere als Diebin an der Seite von Onkel Stephen zu lange zurück, und selbst wenn Kriminelle ihre eigene Sprache hätten – was nicht so war –, hätte sie sie längst vergessen. Wem wollte sie etwas vormachen? Ihre Welt war nun das Leben auf dem Land, in einem Dienstbotenquartier, mit einem Stall voller Kinder, die zu Bett gebracht werden mussten, mit Nanny Blors Verärgerung über fehlende Puzzleteilchen und dem Wissen, dass Lord Redesdale manchmal barsch sein mochte, es aber niemals böse meinte.

Und um das Ganze noch schlimmer zu machen, hatte sie auch noch Mary hineingezogen. Wozu? Um es ihr mal so richtig zu zeigen, als wäre sie eine stumpfsinnige Schlägerbraut? Sie hatte Guy beweisen wollen, dass sie nicht nur knallhart, sondern auch clever war, und Mary sollte sie in ihrem Element erleben und sich ihr gnadenlos unterlegen fühlen. Eitelkeit, das war es, was sie angetrieben hatte. Sie kam sich wie eine völlige Idiotin vor. Eine Idiotin, die Gefahr lief, so richtig in die Mangel genommen zu werden.

In diesem Moment merkte sie, wie Bertha unvermittelt zur Seite taumelte, den Mund zum Protest geöffnet, ehe sie sich eines Besseren besann und ihn wieder schloss. Vor ihnen stand die große, schlanke Frau, die Louisa hier und auch im *43* gesehen hatte – elegant gekleidet und mit Ringen an jedem Finger. Die Queen höchstpersönlich. Alice Diamond.

KAPITEL 47

Die kalte Angst packte Louisa, schnürte ihr die Luft ab, während sich sämtliche Härchen an ihrem Körper sträubten. Wie gelähmt sah sie zu, wie Alice die Arme vor der Brust kreuzte, wobei die Brillanten an ihren Fingern funkelten. Ihre Nägel waren kurz geschnitten, aber sauber. Ihre dunklen Augen schienen sie förmlich zu durchbohren, und ihr Mund war zu einer schmalen Linie zusammengepresst. Bertha wollte etwas sagen, doch Alice brachte sie mit einem Blick zum Schweigen.

Auch Mary stand wie angewurzelt da; sie brachte weder einen Ton heraus, noch konnte sie sich vom Fleck rühren, zudem schien ihre durchscheinende Haut noch ein wenig blasser geworden zu sein.

Louisa versuchte zu schlucken, aber ihr Mund war staubtrocken. Sie wollte etwas sagen, brachte jedoch nur ein Krächzen zustande. Alice brüllte vor Lachen, während Bertha Laute von sich gab, die vermutlich ein Kichern sein sollten. In Wahrheit klang es so, als würde jemand mit Schrotkugeln auf eine Blechdose zielen.

»Da haben wir ja zwei reizende Gäste, was?«, sagte Alice und sah sich um, als wartete sie darauf, dass ihre loyalen Gefolgsleute höflich lachten. Was sie pflichtschuldig taten.

»Die beiden haben wegen Dulcie herumgeschnüffelt«, knurrte die Frau, die sich zuvor eine Zigarette angezündet hatte.

Alice beugte sich vor, während ihre Miene plötzlich ernst wurde. »Ich an eurer Stelle würde mich schön raushalten.«

Louisa nahm all ihren Mut zusammen. Inzwischen war es ohnehin zu spät. »Ich glaube nicht, dass sie es war, sondern dass sie jemand reingelegt hat.«

Statt einer Erwiderung schnippte Alice mit den Fingern, woraufhin ihr jemand eine bereits brennende Zigarette reichte.

»Ich glaube, sie hält den Kopf für einen Mann hin.« Louisa war sich Marys Gegenwart nur allzu bewusst; die Polizistin stand dicht neben ihr, beide Arme fest gegen die Seiten gepresst, als wollte sie sich so klein wie möglich machen.

Alice zupfte einen Tabakkrümel von ihrer Lippe. »Erzähl mir mehr.«

»Mehr weiß ich nicht«, erwiderte Louisa. »Nur, dass das alles nicht zusammenpasst. Dulcie hat zugegeben, dass sie den Schmuck geklaut hat, behauptet aber nach wie vor, dass der Mord nicht auf ihr Konto geht. Ich glaube, sie wollte in der Nacht jemanden treffen, kann aber nicht verraten, wen, weil sie sie sonst fertigmachen, sobald sie aus dem Zuchthaus entlassen wird.«

Die Stille dröhnte in Louisas Ohren. Trotzdem sprach sie weiter. »Ich denke, es war jemand, den Sie kennen. Was, wenn er Sie alle austricksen will? Wenn er die Forty zu Fall bringen will?«

Bertha spuckte auf den Boden. »Uns bringt kein Mann zu Fall!«, stieß sie hervor.

»Was, wenn es Billy Masters war?«

»Woher kennst du den Namen?«, schnauzte Bertha sie an.

Bevor Louisa etwas erwidern konnte, trat eine weitere Frau zu ihnen, vielleicht aus purer Neugier, um zu sehen, was sich an der Tür abspielte. Louisa überlegte immer noch fieberhaft, wie sie erklären sollte, dass sie Billys Namen kannte, doch Mary wich zurück, als hätte ihr jemand einen Schlag verpasst. Die Frau trat näher und musterte sie eingehend, ehe sie Bertha auf die Schulter schlug.

»Die sind von der Polente.«

Alice fuhr herum. »Wie bitte?«

»Ja, das ist die, die mich bei Debenham & Freebody hopsgenommen hat.«

Louisa wagte nicht, Mary anzusehen, aber sie hatte Angst, dass die Polizistin neben ihr gleich ohnmächtig würde. Gab es irgendeine Möglichkeit, Alice begreiflich zu machen, dass hier ein schrecklicher Irrtum vorlag und sie lediglich helfen wollte, Dulcies Unschuld zu beweisen?

Nein.

Aus dem Augenwinkel nahm Louisa wahr, dass Stühle zurückgerückt worden waren und eine Frau die Ärmel hochgeschoben hatte, unter denen bis zu den Ellbogen reichende schwarze und lilafarbene Tätowierungen zum Vorschein kamen. Sie hörte das leise Zischen des Zapfhahns, als die Schankkellnerin die Pints eingoss, das Fauchen eines Streichholzes hier und da. Ansonsten hatte sich Stille über den Pub gesenkt, wie bei einem Publikum, das darauf wartete, dass sich der Vorhang hob, in dem sicheren Wissen, dass sie ihre Plätze innehatten und der Star bereits auf der Bühne wartete.

Doch heute Abend sollte die Vorstellung ausfallen. Alice klatschte kurz in die Hände und lachte, als Louisa und Mary vor Schreck zusammenzuckten. Sie wandte sich an Bertha.

»Ich glaube, unsere kleine Polizistin ist ein bisschen nervös, dabei braucht sie das gar nicht zu sein, oder?«

Berthas Knurren klang wie von einem Kettenhund.

»Nein«, fuhr Alice fort. »Denn in Wahrheit sind wir sehr nett. Es gibt keinerlei Anlass zur Sorge.« Sie wandte sich wieder an Louisa. »Ich würde euch ja auf einen Drink einladen, aber ich glaube nicht, dass ihr bleiben wollt, oder?«

Mary und Louisa gaben keine Antwort, sie waren vollkommen ratlos, was von ihnen erwartet wurde.

Alice senkte die Stimme. »Jetzt wäre vielleicht ein guter Zeitpunkt, die Kurve zu kratzen.«

Ganz langsam wandte Louisa sich um, wobei sie noch einen letzten Blick über die Schulter warf, doch niemand rührte sich vom Fleck, als sie die schwere Tür aufzog und Mary an ihr vorbei nach draußen stürzte. Louisa wollte ebenfalls loslaufen, aber Alice packte sie am Arm. »Dulcie Long ist diejenige, der der Stift gehen sollte. Unsere Jungs sind dir gefolgt. Dir und ihrem Jungen. Den ganzen Weg zum Haus ihrer Schwester. Jetzt gibt es zwei Verräter in der Familie, und das gefällt mir nicht. Überhaupt nicht.«

Sie ließ Louisa los und verpasste ihr einen leichten Schubs. Louisa stürzte auf die Straße hinaus und rannte los, ohne zu wissen, wohin, solange es nur ganz, ganz weit weg vom *Elephant and Castle* und allen seinen Gästen war.

KAPITEL 48

Blind vor Angst rannte Louisa denselben Weg zurück, den sie hergekommen waren, bis sie auf die Straße stieß, in der sich die Bushaltestelle befand. Erst als sie sicher war, dass ihr niemand gefolgt war, beugte sie sich vor, die Hände auf die Knie gestützt, und rang um Atem. Ihre Brust schmerzte, und ihre Augen brannten. Nach ein paar Momenten richtete sie sich auf, spürte jedoch augenblicklich Übelkeit in ihrer Kehle aufsteigen. Ehe sie es verhindern konnte, beugte sie sich über den nächsten Zaun und übergab sich heftig – sie hoffte nur, dass ihr Erbrochenes in einem Blumenbeet gelandet war. Langsam und mit zitternden Knien kehrte sie zum vereinbarten Treffpunkt zurück, wo sie Guy erblickte, der beide Arme um die schluchzende Mary gelegt hatte. Der Anblick gefiel ihr nicht, andererseits konnte sie es ihr nicht verdenken. Wäre sie die Erste gewesen, hätte er sie gewiss genauso getröstet.

Louisa trat näher, und Mary löste sich von Guy, als sie sie kommen sah. Sie hatte geweint. »Es tut mir so leid, Louisa«, sagte sie. »Ich war völlig nutzlos, aber ich hatte solche Angst …« Wieder brach sie in Tränen aus.

Guy wirkte wie ein Ballon, aus dem sämtliche Luft entwichen war. »Ich hätte euch begleiten sollen.«

»Nein«, widersprach Louisa. »Das hätte alles bloß noch schlimmer gemacht. Aber jetzt mache ich mir ernstlich Sorgen um Marie. Wir müssen sie unbedingt warnen.«

Mary putzte sich die Nase und fing sich allmählich. »Was meinst du damit?«

»Alice hat mir gerade etwas zugeflüstert … darüber, dass Dulcie Verrat begangen hat. Jemand ist mir von Mrs Brewster gefolgt. Und ich habe Billy Masters erwähnt, was sie wütend gemacht hat. Wegen uns glaubt Alice jetzt, Dulcie hätte bei der Polizei gesungen und ihnen von ihm und den anderen erzählt. Und jetzt sinnen sie auf Rache.«

»Das bedeutet, es besteht tatsächlich eine Verbindung zwischen Dulcie und den Forty und diesem Billy Masters. Er ist der Schlüssel. Glaubst du, er ist derjenige, mit dem sie sich in Mitford Manor treffen wollte?« Guy, der in der letzten halben Stunde Blut und Wasser geschwitzt hatte, war wild entschlossen, den Fall zu lösen, gewissermaßen als Wiedergutmachung.

»Es besteht eine Verbindung«, bestätigte Louisa. »Aber das ist auch schon das Einzige, das wir sicher wissen, richtig?«

»Hieb- und stichfeste Beweise haben wir jedenfalls keine«, warf Mary ein.

»Nein«, stöhnte Guy.

Es war spät, und die Kälte war ihnen in die Knochen gedrungen. Louisa war völlig übermüdet und ausgehungert, hatte allerdings keinerlei Vorbereitungen getroffen, wo sie die Nacht verbringen sollte. Ursprünglich hatte sie gehofft, den letzten Zug nach Shipton nehmen zu können, doch der war längst weg.

»Du kannst bei mir übernachten«, bot Mary an. »Mein Zimmer ist zwar klein, aber ich kann ein paar Decken und Kissen auf den Boden legen.«

Sie verabschiedeten sich von Guy und fuhren mit dem Bus zu dem Wohnheim für Krankenschwestern und die wenigen Beamtinnen, die bei der Londoner Polizei arbeiteten. Marys Zimmer war tatsächlich so klein, dass kaum mehr als das Bett, eine Kommode und ein Waschbecken hineinpassten, aber blitzsauber; es gab sogar ein altes Marmeladenglas mit hübschen Stechpalmenzweigen darin, doch Louisa war viel zu müde, um die Einzelheiten aufzunehmen. Es war bereits nach ein Uhr früh, und sie konnte sich vor Erschöpfung kaum noch auf den Beinen halten. Sie schlichen hinein – die Wände seien dünn wie Papier, erklärte Mary, die dennoch darauf bestand, Louisas Nachtlager so bequem wie möglich zu machen. Sie erbot sich sogar, eine heiße Schokolade auf dem kleinen Gaskocher zuzubereiten, aber Louisa war bereits eingeschlafen, noch bevor sie zu Ende gesprochen hatte … Noch nicht einmal ihre Stiefel hatte sie ausgezogen.

KAPITEL 49

Mrs Stobie war bereits mit den Vorbereitungen fürs Mittagessen beschäftigt und zog eine Braue hoch, als Louisa am nächsten Vormittag durch die Hintertür in die Küche von Mitford Manor geschlichen kam.

»Na, du bist ja eine echte Augenweide«, bemerkte sie streng. »Nanny Blor hat dich gedeckt, aber ich denke, du solltest es schleunigst wiedergutmachen.«

Louisa war so erschöpft von der kurzen Nacht und der Zugfahrt in aller Herrgottsfrüh und ohne Frühstück, gefolgt von einem strammen Marsch durch den eisigen Nieselregen, dass sie bloß stumm nicken konnte. Sie schleppte sich nach oben, in der Hoffnung, wenigstens für eine Katzenwäsche ins Badezimmer schlüpfen zu können, ehe sie zu den Kindern ging. Tom, Diana, Nancy und Pamela sollten in der Bibliothek oder auf einem Spaziergang sein; Debo, Unity und Decca saßen höchstwahrscheinlich mit ihren Malsachen im Unterrichtsraum – damit wurden sie während der Weihnachtsferien an Tagen bei Laune gehalten, an denen es zu kalt und zu ungemütlich war, um zwischen dem Frühstück und dem Mittagessen nach draußen zu gehen; ein Spaziergang am Nachmittag blieb natürlich ein Muss, selbst wenn es wie aus Kübeln goss.

Nichts rührte sich in den Kinderzimmern. Louisa hastete in ihr Zimmer, zog sich um und wusch sich mit erfrischend eiskaltem Wasser Gesicht und Hände, ehe sie ins Schulzimmer ging. Nanny Blor saß in der Ecke und spitzte mit einem Messer die Malstifte. Debo kam sofort angelaufen, als sie Louisa erblickte, und schlang ihr die Arme um die Knie, während Unity und Decca sie zwar kurz begrüßten, sich jedoch sofort wieder ihren Kunstwerken widmeten. Es war, als hätte Louisas Fehlen am Vormittag keinerlei Auswirkungen gehabt.

Was man von den Menschen in London nicht behaupten konnte. Sie hatte schreckliche Angst um Marie und Daniel. Jemand musste sie warnen und ihnen sagen, dass Alice Diamond von Daniels neuem Aufenthaltsort wusste. Aber wie sollte sie das anstellen, ohne preiszugeben, dass sie diejenige gewesen war, die sie dummerweise zu ihnen geführt hatte? Diese Männer mussten gesehen haben, wie sie aus Mrs Brewsters Wohnung gekommen war. Noch schlimmer war, dass die Forty jetzt glaubten, Dulcie hätte Louisa – und einer Polizistin – Billy Masters' Namen verraten. Er schien deutlich wichtiger für sie zu sein als Dulcie. Wenn einer von ihnen sie oder Mary irgendwo sah, wäre ihrer beider Leben in Gefahr. In Mitford Manor mochte sie zwar sicher sein, trotzdem bereitete ihr allein die Vorstellung schlaflose Nächte.

»Ich nehme an, der Notfall hat sich erledigt?«, bemerkte Nanny.

Louisa nickte und bemühte sich um eine gelassene Miene. »Es war dann doch nicht so schlimm wie erwartet«, erwiderte sie, in der Hoffnung, sich nicht verraten zu haben. Nanny sei die Einzige, die ihr ein schlechtes Gewissen machen könne, wenn sie etwas angestellt habe, pflegte Nancy zu sagen, was Louisa nur allzu gut nachvollziehen konnte. Zum Glück hatte sie nur einen einzigen Tag gefehlt und würde sich etwas einfallen lassen, um es wieder auszubügeln. Louisa wusste, dass Nanny Blor sie gern um sich hatte, gleichzeitig war Debo kein Baby mehr, und auch die anderen machten von Tag zu Tag weniger Arbeit. Natürlich gab es immer irgendetwas aufzuräumen, Kindersachen zu bügeln und Wäsche zu flicken, doch ehrlich gesagt war die Arbeit nicht sonderlich schwer und wurde nun, da die Gouvernante die meiste Zeit im Haus war, automatisch immer weniger. Vielleicht hatte sie sich auch deshalb von den Vorkommnissen in London ablenken lassen.

In den vergangenen Jahren hatten ihr die routinierten Tagesabläufe mit den festgelegten Essenszeiten, Spaziergängen, Bädern und Wäschearbeiten Trost und das Gefühl von Sicherheit vermittelt, doch inzwischen schnürten sie ihr die Luft ab. Debo war ein stilles, braves Kind, wohingegen Unity und Decca sich in ihre Geheimwelt zurückzogen, mit einer eigenen Sprache, die außer ihnen keiner im Haushalt verstand. Trotzdem gab es immer wieder Momente, in denen ihr verschwörerisches Kichern unvermittelt in einen handfesten Streit umschlug, inklusive wütendem Aufstampfen und zornigem Geschrei.

Tom war zwar über die Weihnachtsferien nach Hause gekommen, betrachtete sich mit seinen knapp siebzehn als jungen Mann und begleitete lieber seinen Vater auf dessen endlosen Märschen und Jagdausflügen, als sich mit den kleinen Schwestern herumzuplagen, die ihn mit Fragen über das Internatsleben und Details darüber, was dort auf dem Speiseplan stand, löcherten. Diana, mit ihren fünfzehn sowohl äußerlich als auch in ihrem Auftreten bereits sehr fraulich, hasste es wie die Pest, im Kinderflügel festzusitzen, und war häufig frustriert, weil ihre Versuche, sich Nancy und Pamela anzuschließen, nicht die gewünschte Wirkung zeigten. Sie saß oft allein in der Bibliothek und las, ihr hübsches Gesicht, das sich mit jedem Jahr mehr der Perfektion einer Marmorbüste näherte, zu einem Schmollen verzogen. In Gesellschaft neigte sie zu einer gewissen Reizbarkeit, die ihre Mutter zur Weißglut trieb.

Louisa war bewusst, dass die Mädchen nicht schlimmer waren als sonst auch, und sie lagen ihr auch jetzt noch sehr am Herzen. Sie konnte nur hoffen, dass ihre Zweifel lediglich daher rührten, dass ihre Gedanken ständig abschweiften. Selbst wenn da nicht ihre Angst um Marie und Daniel gewesen wäre, hätte sie London am liebsten gar nicht mehr verlassen, sondern wäre dortgeblieben. Vielleicht begann Nancys Ruhelosigkeit ja auf sie abzufärben: Die Schönheit und Weitläufigkeit der Äcker und Felder auf dem Land drohten sie zunehmend zu ersticken, und sie sehnte sich stattdessen nach der Freiheit, die ein Leben im Großstadtgetümmel mit sich brachte, inmitten der Männer und Frauen, die sich auf der Tanzfläche dieses verrufenen Clubs in der Gerrard Street drängten.

KAPITEL 50

Ada war diejenige, die Louisa erzählte, dass Charlotte später am Tag erwartet wurde.

»Ein vorgezogener Weihnachtsbesuch«, meinte Ada, während sie im Kinderflügel das Geschirr abräumten. »Ein bisschen seltsam, wenn du mich fragst.«

Louisa wunderte sich, weshalb weder Nancy noch Pamela den Besuch erwähnt hatten, aber vermutlich hatte sie die beiden mit ihrem Entschluss, eine weitere Nacht in London zu bleiben, vor den Kopf gestoßen.

Charlotte traf um vier Uhr ein, und Nancy holte sie gemeinsam mit Hooper mit dem Wagen am Bahnhof ab. Es war zwar noch knapp eine Woche bis Weihnachten, doch da ihre Mutter sich in einem Sanatorium in Südfrankreich erholte, hatte Charlotte gefragt, ob sie die Woche mit den Mitfords in Mitford Manor verbringen dürfe. Die Bitte war auf einiges Erstaunen im Haushalt gestoßen und hatte sowohl bei Mrs Stobie und Ada als auch bei Lord und Lady Redesdale für einigen Gesprächsstoff gesorgt. Weshalb sollte Charlotte das Weihnachtsfest ausgerechnet in dem Haus verbringen wollen, in dem ihr Bruder umgekommen war? Louisa wurden unterschiedliche Theorien dazu übermittelt: Vielleicht wollte Charlotte ja weitere Ermittlungen über die Todesumstände anstellen, oder aber sie wünschte sich ein wenig mehr von der Zuwendung, die Lady Redesdale ihr in den Tagen unmittelbar nach der Unglücksnacht hatte zuteilwerden lassen. Oder sie wusste schlicht nicht, wohin sie sonst gehen sollte, nachdem sie noch nie vorher in den Elternhäusern ihrer Freunde übernachtet hatte. Nancy glaubte an eine ganz einfache Erklärung: Mitford Manor lag einigermaßen nahe bei Oxford, und sie würde Adrians Freunde auch sehen wollen.

Jeder konnte sehen, dass Charlotte weit davon entfernt war, den Tod ihres Bruders verwunden zu haben. Lage um Lage ihres aufwendig gearbeiteten Kleides war in einem tiefen, fast violetten Schwarz gehalten; es spiegelte ihre unendliche Trauer wider. All ihre Sachen schienen nagelneu zu sein, Kragen, Manschetten und Säume wiesen noch immer die typische Standkraft eines Kleidungsstücks auf, das noch nie gewaschen und gebügelt worden war. Ihr Haar fiel in dichten, kastanienbraunen Wellen bis auf Kinnhöhe, und ihre Augen hatte sie mit schwarzem Kholstift umrahmt, was den dramatischen Look noch unterstrich und außerhalb Londons recht gewagt war. Sie bewegte sich langsam, doch anmutig und machte eine angedeutete Handbewegung auf ihr Gepäck, als wäre es eine metaphorische Bürde, die sich jemand anderes aufzuhalsen hatte. Nichtsdestotrotz zeigte die Geste die überlegene Souveränität einer Frau, die niemals etwas Schwereres als einen Brillantring hatte tragen müssen.

Lady Redesdale hatte die Anweisung erteilt, dass sich die ganze Familie in der Bibliothek einfinden solle, wo eine etwas weniger förmliche und angenehmere Atmosphäre für ihren Gast herrschte, den sie in Wahrheit kaum kannten. Die Hausherrin hatte Mrs Windsor anvertraut – die es wiederum

Mrs Stobie erzählt, die es wiederum Ada weitergetragen, die es wiederum Louisa berichtet hatte –, sie sei ein wenig besorgt darüber, Miss Charlotte könnte die fröhliche Weihnachtsstimmung der Kleinen mit ihrer Gegenwart trüben, gleichzeitig sei sie dankbar für die Gelegenheit, ihre Schuld, dass sich etwas so Tragisches unter ihrem Dach ereignet hatte, ein wenig zu lindern. Wenn es ihnen gelänge, Miss Curtis in den kommenden Tagen ein wenig aufzumuntern, trage dies womöglich dazu bei, ihre Erinnerung daran erträglicher zu machen. Lord Redesdales größere Sorge galt dem Umstand, dass ein Flapper-Girl so viel Zeit in seinem Haus verbrachte und folglich einen ungebührlich schlechten Einfluss auf die weniger charakterstarken seiner Töchter ausüben könnte, doch es war nicht auszuschließen, dass die Dienstboten die zuschlagenden Türen und seine laute Stimme falsch interpretiert hatten.

Jedenfalls hatten sie sich nun alle in der Bibliothek eingefunden. Auf dem Kaminsims stand der Adventskalender, hinter dessen neunzehntem Türchen Decca an diesem Morgen ein hübsches Rotkehlchen mit leuchtend roter Brust entdeckt hatte. Louisa brachte Debo, Unity und Decca nach ihrem Nachmittagsspaziergang herunter – allesamt in sauberen Kleidchen, weißen Strumpfhosen und schwarzen Schnallenschuhen sowie mit frisch gebürstetem und mit Samtschleifen gebändigtem Haar. Tom kehrte vom Spaziergang mit seinem Vater zurück, gemeinsam mit Pamela, die im Stall gewesen war, wohingegen Diana bereits den ganzen Nachmittag mit einer Biografie über Elizabeth I. auf dem Sofa gelegen hatte. Zumindest hatte sie das ihrer Mutter erzählt. Die Gouvernante war bis Anfang Januar beurlaubt, und die Kinder hatten unisono behauptet, bis zu ihrer Rückkehr keinerlei »Hausaufgaben« erledigen zu müssen.

Ada trug ein Tablett mit heißen, gebutterten Crumpets herein, auf die die Kinder sich augenblicklich stürzten, nachdem Charlotte höflich abgelehnt und stattdessen um eine Tasse Tee ohne Milch, dafür mit einer dünnen Scheibe Zitrone gebeten hatte. Louisa musterte sie verstohlen; die Ähnlichkeit mit Daniel war unverkennbar, dachte sie, nicht nur wegen des dunklen Haars, sondern auch ihr Schmollmund und das sanft gerundete Kinn ähnelten eindeutig ihrem Bruder. Und selbst in den glücklichen Stunden ihres Lebens verrieten die Mienen der Curtis stets einen Anflug von Missbilligung – über einen Eiswürfel zu viel in ihrem Drink, einen Saum, der sich während einer Party löste, oder sonst irgendeine Kleinigkeit.

Der Tee ging halbwegs glatt über die Bühne; die Kinder plapperten unablässig, löcherten Charlotte, auf welches Weihnachtsgeschenk sie am meisten hoffe und ob sie Rotkehlchen oder Jesus besser fände. (»Natürlich auf den Weihnachtskarten!«, riefen sie, als ihre Mutter protestierte.) Vielleicht war es die etwas träge Stimmung, die Nancy veranlasste, unvermittelt anzukündigen, dass sie für den folgenden Abend eine Dinnerparty planen würde.

»Wie bitte?«, fragte Lady Redesdale völlig perplex – Nancy wusste nur allzu gut, dass ihre Mutter sie wohl kaum vor Charlotte in ihre Schranken weisen würde.

»Sebastian und Ted sind in Oxford und könnten ohne Weiteres herkommen«, erklärte sie unbekümmert und machte sich die einsilbige Erwiderung ihrer Mutter gnadenlos zunutze, während sich Charlottes Züge freudig erhellten. »Ich habe heute Morgen mit Clara telefoniert, und sie meinte, dass sie ebenfalls gerne käme. Vielleicht könnten wir ja Phoebe auch noch einladen.«

Lady Redesdale gab einen kehligen Laut von sich, doch

Nancy fiel ihr eilig ins Wort. »Ich habe schon mit Mrs Stobie gesprochen. Solange wir uns mit einem einfachen Brathähnchen begnügen, hat sie alles im Haus, was sie braucht. Wir könnten den Tisch hier decken, dann würden wir dich und Farve nicht stören.«

Iris Mitford, die das Gespräch mit ihrer gewohnt stillen Eleganz beobachtet hatte, lachte über die entwaffnende Nonchalance ihrer Nichte, wenngleich keineswegs missbilligend. Lady Redesdale runzelte die Stirn, schien jedoch zu resignieren. »Nun, wenn Sie vor Weihnachten nicht mehr nach London zurückkehren, wäre es vielleicht ganz nett für Sie, nicht, Charlotte?«

»Es wäre schön, sie alle zu sehen«, erwiderte Charlotte; die hektische Röte auf ihrem Hals verriet Louisa, dass dies der wahre Grund für ihren Aufenthalt in Mitford Manor war. Charlotte wandte sich an Nancy. »Dolly sollten wir vielleicht lieber nicht dazubitten. Ich nehme an, sie muss sowieso im Club die Stellung halten.«

Nancy lachte. »Na gut, dann lade ich Dolly nicht ein. Komm mit, wir rufen die anderen an.«

Was um alles in der Welt führte Nancy im Schilde?, überlegte Louisa.

Sie würde nicht allzu lange auf die Antwort warten müssen.

KAPITEL 51

Am nächsten Morgen betrat Louisa die Wäschekammer, um die Regale neu zu sortieren, auch wenn es nur eine Ausrede war, um sich für ein oder zwei Stunden zu verkriechen. Die Kammer selbst war kaum größer als ein begehbarer Kleiderschrank und mit einem hohen Fenster ausgestattet. Der Duft von frisch gewaschener Wäsche erinnerte sie stets an ihre Mutter, ein höchst intensives Gefühl, das eine eigenartige Mischung aus Trost und Kummer in ihr auslöste. Wann immer sie das Bedürfnis hatte, ihre anderen Sinne für eine Weile auszublenden, zog sie sich hierher zurück. Sie versuchte sämtliche Gedanken an Dulcie zu verscheuchen, die sie praktisch die ganze Nacht wach gehalten hatten. Sie waren wild umhergewirbelt, ohne jedoch auch nur den Ansatz einer Lösung zutage zu fördern. Dulcie in einem Brief vor Alice Diamond zu warnen, kam nicht infrage, da die Post im Gefängnis streng kontrolliert wurde, ebenso wenig konnte sie sich mit einer weiteren Ausrede nach London begeben, ohne dabei ihre Stellung zu riskieren. Außerdem wäre es sowieso sinnlos. Damit würde sie Dulcie bloß vollends verrückt machen, weil das arme Ding keine Möglichkeit hatte, es ihrer Familie zu sagen.

Gerade als Louisa überlegte, ob sie die Laken für die Einzelbetten in eines der unteren Regale in Reichweite der Kinder räumen sollte, die ihnen ab und zu beim Beziehen halfen, kam Pamela herein. Louisa wusste, dass sie ebenfalls gelegentlich Zuflucht in der Wäschekammer suchte, meist mit einem Buch, um sich dem lästigen Zugriff ihrer Schwestern zu entziehen. Dank der an der hinteren Wand verlaufenden Warmwasserrohre war es behaglich warm in der Kammer, auch wenn der Rest des Hauses infolge der strikten Kaminheizregeln von Lord Redesdale eiskalt war. Heute jedoch hatte Pamela kein Buch bei sich.

»Lou«, sagte sie. »Ich brauche deine Hilfe.«

Louisa bemühte sich um eine neutrale Miene. Für gewöhnlich baten Mitford-Kinder um Hilfe, wenn es galt, eine sterbende Maus wiederzubeleben oder einen Hasen zu befreien, der in eine der verhassten Fallen des Wildhüters geraten war, so wie andere Kinder ihre Nannys baten, ihnen beim Zubinden der Schuhe zu helfen.

Pamela schloss die Tür hinter sich, was die beiden zwang, ganz dicht beisammenzustehen. »Nancy will eine Séance abhalten«, sagte Pamela.

»Eine was?« Louisa hatte nicht die leiseste Ahnung, was Nancy damit bezweckte.

»Du weißt schon, eine Versammlung, bei der man zu einem Toten Kontakt aufnimmt«, flüsterte Pamela, als fürchtete sie, die hinter den gefalteten Kissenbezügen versteckten Geister könnten sie belauschen.

»Ja, ja, ich weiß, was eine Séance ist, aber warum?«

»Sie glaubt, wenn wir mit Adrian Kontakt aufnehmen, finden wir heraus, was passiert ist.«

»Ich dachte immer, du glaubst an Geister.«

»Tue ich auch!«, erwiderte Pamela bierernst.

»Aber hältst du das dann nicht für ziemlich gefährlich?« Louisa wusste nicht recht, ob sie an Spukgestalten oder übersinnliche Kräfte glauben sollte, doch das Ganze kam ihr recht widernatürlich vor, deshalb war sie alles andere als angetan. Und die anderen würden es genauso sehen. Nanny Blor wäre außer sich, wenn sie davon erführe.

Pamela ließ die Schultern sacken. »Ja, das stimmt, aber du weißt ja selbst, wie Koko sein kann, wenn sie sich erst einmal etwas in den Kopf gesetzt hat.«

Louisa spürte, wie ihre Entschlossenheit ins Wanken geriet. Es mochte ziemlich weit hergeholt sein, aber wenn einer von ihnen Dulcie mit diesem Billy Masters beobachtet hatte oder sich sonst an etwas erinnern konnte, wäre es den Versuch womöglich wert. Wenn schon alle zusammenkamen, war es zumindest eine Chance, mehr in Erfahrung zu bringen. Mit ein bisschen Glück hätte sie immerhin etwas Brauchbares in der Hand, das sie Guy erzählen konnte, der wiederum seine Vorgesetzten informieren könnte.

Hatte sie etwa Interesse an der Polizeiarbeit? Sie schob den Gedanken beiseite.

»Und wann soll das Ganze stattfinden?«

»Wenn Muv und Farve schlafen gegangen sind. In der Bibliothek. Nach dem Abendessen.«

»Ich kann nicht glauben, dass ich dich ernsthaft frage, aber was genau brauchst du von mir?«

»Eigentlich nicht viel, bloß vier Kerzen und ein weißes Tischtuch. Nancy, Charlotte, Sebastian, Ted, Phoebe, Clara und ich werden dabei sein. Nancy hat auch Oliver gefragt, was schrecklich peinlich ist.«

Louisa sagte nichts, verstand sie jedoch nur allzu gut. Die arme Pamela … ständig wurde sie mit ihm zusammengespannt, obwohl sich die Begeisterung auf beiden Seiten in Grenzen hielt. Louisa dachte an jenen grauenvollen Sommernachmittag zurück, als eine Tennisparty arrangiert worden war und Pamela entsetzt feststellen musste, dass sich alle anderen davongestohlen hatten und nur sie und Oliver noch auf dem Platz standen. Sie hatte sie auf der anderen Seite der Hecke kichern gehört und sich in Grund und Boden geschämt.

»Aber er kann nicht kommen. Seine Mutter ist auch nicht gerade versessen darauf, jede Wette. Deshalb brauchen wir dich dabei.«

»Bist du sicher?«

Pamela schnalzte ungeduldig mit der Zunge. »Für eine Séance braucht man eine gerade Teilnehmerzahl, und Tom oder Diana kann ich wohl schlecht fragen. Diana ist noch zu klein, und Tom würde uns bei Farve verpetzen, nachdem die beiden ja neuerdings ein Herz und eine Seele sind.«

Die Bemerkung war wie eine Nadel, die sich unter Louisas Fingernagel schob.

»Na gut. Sobald Mrs Windsor sich zurückgezogen hat, komme ich mit den Kerzen in die Bibliothek, wahrscheinlich gegen Mitternacht. Zur Geisterstunde.«

In gespieltem Entsetzen verzog Pamela das Gesicht und verließ die Wäschekammer.

KAPITEL 52

Da Louisa bei der Dinnerparty nicht zu helfen brauchte, sondern bei Nanny Blor und den kleineren Kindern bleiben sollte, bekam sie nicht mit, wie die jungen Gäste eintrafen. Sie hörte nur, dass Hooper sich beschwerte, weil er mehrmals zum Bahnhof fahren musste, um sie abzuholen, denn sie trafen zu den unterschiedlichsten Zeiten ein. Nancys Beteuerung zum Trotz, dass Mrs Stobie mit Freuden Brathühnchen zubereiten würde, grummelte die Köchin wie der Ätna, als sie Ada befahl, Kartoffeln zu schälen, während sie selbst einen Apfelkuchen backte. Ada und Louisa waren bester Dinge. Wegen Lord Redesdales unvorhersehbaren Temperaments wurden nur selten Gäste eingeladen, weshalb dies eine willkommene Abwechslung ihrer täglichen Routine darstellte. Adas Bäuchlein begann sich allmählich zu runden, und sie gestand Louisa, dass sie gern so viel wie möglich erleben wollte, bevor sie zwangsläufig die Arbeit ruhen lassen musste. »Du musst dann immer vorbeikommen und mir den ganzen Klatsch berichten«, sagte sie. Louisa lächelte zwar, dennoch wurde ihr das Herz schwer. Sollte dies ihre Zukunft sein?

Um Viertel vor zwölf, als Louisa sicher war, dass Diana tief und fest schlief, ging sie leise nach unten. Es war zu einer erbitterten Auseinandersetzung gekommen, weil das Mädchen unbedingt an dem Abendessen von Nancy und ihren Freunden hatte teilnehmen wollen, Lord Redesdale ihr jedoch strengstens untersagt hatte, sich länger blicken zu lassen als unbedingt notwendig. Trotz Dianas legendärem Talent zum Schmollen war ihr Vater hart geblieben und hatte ihr lediglich erlaubt, die Gäste bei der Ankunft begrüßen zu dürfen.

Louisa betrat die Küche und sah, dass Mrs Stobie bereits zu Bett gegangen war, und auch von Mrs Windsor war nichts zu sehen. Ihr Wohnzimmer war dunkel, deshalb hatte auch sie sich offenbar zurückgezogen. Leise ging Louisa ins Speisezimmer, um eine saubere Tischdecke und vier silberne Kerzenständer mit Kerzen aus der Anrichte zu holen. Es war frustrierend, keine Ahnung zu haben, was Guy im Hinblick auf die Drohung gegen die Longs unternehmen würde, deshalb war sie froh und dankbar für jede Beschäftigung, die sie von ihren düsteren Gedanken ablenkte.

Als Louisa die Bibliothek betrat, sah sie, dass Ada das Geschirr vom Abendessen bereits abgeräumt hatte. Pamela legte Holz im Kamin nach und stocherte in der Asche. Sebastian und Ted standen gegen den Kaminsims gelehnt, rauchten und unterhielten sich. Mehrere leere Weinflaschen standen herum, und auch der Dekanter war nur noch halb voll. Charlotte, in ihrem mittlerweile gewohnten Schwarz, saß auf dem Sofa und rauchte ebenfalls. Sie rührte sich nicht vom Fleck, als Louisa hereinkam, während Pamela mit verängstigter Miene leicht den Kopf schüttelte, als wollte sie sie warnen, doch es war zu spät. Nancy, die neben Clara auf dem Fenstersitz saß, sprang auf und klatschte in die Hände.

»Wunderbar, da bist du ja!«, rief sie.

Charlotte hob abrupt den Kopf. »Was ist hier los?«

»Koko, ich finde nicht …«, begann Pamela. Es lag auf der Hand, dass ihr anfänglicher Mut sie inzwischen verlassen hatte.

»Unsinn«, unterbrach Nancy in einem Tonfall, der Louisa an Nanny Blor erinnerte, als sie Unitys Behauptung, der Weihnachtsmann sei in Wahrheit Lord Redesdale, vom Tisch gewischt hatte. »Los, Leute. Wir halten eine Séance ab und versuchen, mit Adrian in Kontakt zu treten.«

»Kommt überhaupt nicht infrage.« Charlotte richtete sich auf und warf ihre Zigarettenkippe in den Kamin. »Ich glaube nicht an solchen Humbug. Das gibt nur Ärger.«

»Willst du denn nicht mit deinem Bruder reden?«, fragte Pamela, deren Mut offenbar zurückgekehrt war.

»So, wie du es ausdrückst, hört es sich an, als ginge es um einen Telefonanruf, dem ich mich verweigern würde. Er ist tot. Ich kann ebenso wenig mit ihm sprechen, wie ich meinen Kopf abnehmen und unter dem Arm herumtragen kann.«

»Aber in dem Fall kann ein Versuch ja nicht schaden«, wandte Nancy ein. »Und wenn es uns eben doch gelingt, finden wir vielleicht etwas heraus.«

»Was genau wollen wir denn herausfinden?«, fragte Sebastian, der es sich auf dem Sofa bequem gemacht und den Kopf auf Charlottes Schoß gelegt hatte.

Louisa stand da, niemand nahm von ihr Notiz, während die Kerzenleuchter mit jeder Sekunde schwerer wurden.

»Natürlich, wer ihn ermordet hat«, antwortete Pamela rundheraus.

»Das wissen wir doch längst«, sagte Seb mit halb geschlossenen Augen, ohne sich aufzurichten. »Und schon bald wird sie deshalb hingerichtet.«

»Louisa glaubt nicht an Dulcies Schuld.« Nancy blickte ihr Kindermädchen herausfordernd an. Louisa spürte, wie sie rot wurde. Am liebsten hätte sie die Sachen auf den Tisch gelegt und kehrtgemacht.

Ted drehte sich um und blickte Louisa an, als sähe er sie zum allerersten Mal. »Sie? Was weiß sie schon?«

Louisas Zunge fühlte sich wie ein dicker Klumpen in ihrem Mund an, und ihre Lippen waren so trocken, dass sie zusammenklebten. Sie versuchte etwas zu sagen, doch es wollte ihr nur mit Mühe gelingen. »Ich glaube, dass Mr Curtis jemand anderem im Glockenturm begegnet ist, bevor Dulcie kam.«

»Wie kommst du darauf?« Ted wandte sich mit finsterer Miene direkt an sie.

Noch nie zuvor hatte Louisa sich mit derartiger Inbrunst gewünscht, in einer Rauchwolke zu verschwinden. »Es ist nur eine Theorie«, murmelte sie. Diese verdammte Nancy!

Charlotte nahm eine weitere Zigarette aus dem silbernen Etui. Louisa sah, dass ihre Finger zitterten. Erst mit dem zweiten Streichholz gelang es ihr, sie anzuzünden.

»Wieso habt ihr mir nicht schon früher etwas gesagt?«, fragte sie leise.

»Wieso fragen wir nicht einfach Adrian?«, meinte Nancy, stand auf und nahm Louisa die Kerzenständer ab. »Jetzt ist doch der perfekte Zeitpunkt dafür.«

KAPITEL 53

Louisa breitete die Tischdecke auf der langen Tafel aus, die eigens für den Abend hergerichtet worden war, und verteilte die Kerzenleuchter mit den Kerzen darauf. Pamela zündete sie an, während Nancy das elektrische Licht löschte. Charlotte erhob sich und verkündete, sie gehe jetzt zu Bett.

»Nein«, widersprach Nancy entschlossen. »Es besteht immerhin die Möglichkeit, dass wir die Wahrheit über den Tod deines Bruders herausfinden. Was auch immer du davon halten magst, wir müssen es versuchen.«

»Wir kennen die Wahrheit längst«, widersprach Charlotte. »Unser Dienstmädchen hat ihn von diesem Glockenturm gestoßen. Und falls ihr es vergessen haben solltet – sie sitzt im Gefängnis und wartet auf ihren Prozess, und alle gehen davon aus, dass sie dafür hängen wird.«

»Was, wenn in dieser Nacht doch jemand anderes in diesem Glockenturm war?«, warf Pamela ein.

»Mach dich nicht lächerlich«, herrschte Ted sie an. Pamela hatte Mühe, ihre Wut im Zaum zu halten.

»Du bist gerade mal ein Jahr älter als ich, schon vergessen?«, erwiderte Pamela, woraufhin er einen versöhnlichen Laut von sich gab, jedoch nichts weiter sagte.

Clara und Phoebe erhoben sich, um am Tisch Platz zu nehmen. Ein trotziger Ausdruck lag auf Phoebes hübschem Gesicht, das in den unwirklichen Schatten des Raums ungewöhnlich hart wirkte. Louisa merkte ihr an, dass sie nicht daran gewöhnt war, sich in einem herrschaftlichen Haus wie Mitford Manor aufzuhalten. Auf Partys konnte sie mit ihrer Schönheit und Lebendigkeit glänzen, aber bei einem Essen im kleineren Rahmen schien sie sich ungeschützt und verletzlich zu fühlen. Ihr Anflug eines Londoner Akzents deutete darauf hin, dass sie nicht in einer der umliegenden Grafschaften aufgewachsen war.

Pamela nahm Charlottes Arm. »Komm, setz dich. Niemand bezweifelt, was bisher bekannt ist. Wir wollen doch nur helfen. Los, versuchen wir es einfach.«

»Wie soll der Geist denn mit uns kommunizieren?«, fragte Nancy. »Wir haben kein Ouija-Brett.«

»Wir können ein Glas Wasser auf den Tisch stellen«, schlug Pamela vor, »und den Geist bitten, als Antwort auf unsere Fragen das Wasser zu bewegen. Würdest du netterweise eins holen, Louisa?« Sie setzte sich ebenfalls.

»Los, Jungs, kommt rüber«, rief Clara unbeschwert, um die angespannte Stimmung ein wenig aufzulockern. »Ich denke, wir sollten uns alle ein bisschen beruhigen und den Spaß mitmachen.«

Sebastian kam lässig herübergeschlendert. »Mir ist es gleich«, ließ er wissen und setzte sich neben Clara. Charlotte sah ihn an, als hätte er Verrat begangen.

Louisa holte ein Glas Wasser. Dann saßen alle acht im Halbdunkel um den Tisch, Knie an Knie, ihre Gesichter lediglich vom Kerzenschein und dem Kaminfeuer erhellt.

»Wir müssen uns bei den Händen halten«, erklärte Pamela.

»Und dann fragen wir Adrian, ob er unter uns ist. Ich übernehme das, weil nur einer das Medium sein kann und ich diejenige bin, die wirklich daran glaubt.«

Charlotte schnalzte abfällig mit der Zunge, ließ sich jedoch von Pamela und Nancy an der Hand nehmen, während Ted Nancys andere Hand und auf der anderen Seite neben sich Claras Hand ergriff. Phoebe saß zwischen Pamela und Louisa, die Sebastian zwischen sich und Clara hatte.

»Adrian Curtis, bist du hier?«

Im Halbdunkel des Raums schien die Atmosphäre nicht mehr ganz so angespannt zu sein. Trotzdem fühlte Louisa sich unbehaglich, Sebastians trockene Hand auf der einen Seite, Phoebes Klammergriff auf der anderen zu spüren. Sie war heilfroh, dass sie trotz Pamelas und Lord Redesdales fester Überzeugung, dass es in Mitford Manor spuke, noch nie mit einem eisigen, geheimnisvollen übersinnlichen Wesen konfrontiert gewesen war. Auch Nancy hatte sich gegen jeglichen Geist immun erklärt. Gleichzeitig hatte Louisa eine Idee, wie diese Séance sich der Lösung des Falles als nützlich erweisen könnte, und war sich auch nicht zu schade, notfalls ein wenig nachzuhelfen.

Es herrschte völlige Stille im Raum, und nichts regte sich in dem Wasserglas.

»Adrian, wenn du hier bist, gib uns ein Zeichen, indem du das Wasser bewegst«, hob Pamela erneut an.

Nancy verdrehte die Augen, doch Louisa bemerkte, dass Charlotte mit verängstigter Miene wie gebannt auf das Glas starrte.

Der Regen prasselte gegen die Fensterscheiben, und in der Ferne war das Knarzen von Holz zu hören, wofür es zweifellos ganz harmlose Erklärungen gab, trotzdem fuhr dem einen oder anderen der Schreck in die Glieder. Alle acht hatten den Blick auf das Glas in der Mitte des Tisches geheftet, als die Oberfläche leicht zu zittern begann. Nancy fuhr zusammen. »Was war das?«

»Schsch«, machte Pamela. »Adrian, wenn du es bist, wollen wir dir eine Frage stellen, wie …« Sie schien nach den richtigen Worten zu suchen. »Über den Abend, als wir dich das letzte Mal gesehen haben.«

Wieder bebte das Wasser ganz leicht. Louisa konzentrierte sich darauf, beide Füße fest in den Boden zu stemmen. Könnte einer der Anwesenden die Bewegung mit dem Knie ausgelöst haben? Durchaus möglich.

Und dennoch …

Charlotte fixierte unverwandt das Glas.

»Wir wollen den Namen der Person erfahren, die du als Letztes gesehen hast.«

Sebastian versuchte sich zu lösen, doch Louisa hielt seine Hand fest umklammert.

»Sollten wir nicht als Erstes eine Frage stellen, deren Antwort wir schon kennen? Um eine Verbindung herzustellen?«, flüsterte Clara, die offenbar ihrerseits Sebastian festhielt.

Ted lachte bellend auf. »Wir betreiben das hier doch nicht ernsthaft, oder?«

»Wo wir schon mal dabei sind, kann es nicht schaden, oder?«, tadelte ihn Nancy.

Pamela versuchte ihr Glück ein weiteres Mal. »Wir wollen den Namen des letzten Menschen wissen, der dich gesehen hat. Ich werde jetzt die Buchstaben des Alphabets nennen. Wenn ich beim entsprechenden Buchstaben angelangt bin, gib uns durch das Wasser ein Zeichen.«

Angespannte Stille breitete sich im Raum aus.

»A.«

Nichts. Keiner bewegte sich. Alle schienen mit angehaltenem Atem zu warten.

»B.«

Das Glas bewegte sich kaum merklich.

»B«, bestätigte Pamela ruhig, ehe sie erneut das Alphabet durchging. Nichts rührte sich, bis sie zum »I« gelangte.

Irgendetwas geschah. Finger und Hände wurden verlagert, fühlten sich plötzlich steif und schweißig an. Charlottes Atemzüge wurden flacher.

Wieder begann Pamela von vorn und hielt beim »L« inne, als das Glas sich erneut bewegte.

Ted sprang auf. »Das ist doch lächerlich«, rief er. »Ich mache da nicht mehr mit. Jemand treibt hier Schabernack mit uns, und wer auch immer es sein mag, eines kann ich euch versichern – es ist nicht Adrian.« Er trat vom Tisch weg. Sekunden später sah Louisa ein Streichholz aufflammen, als er sich eine Zigarette anzündete.

Charlotte war in Tränen ausgebrochen. In diesem Moment ruckelte der Tisch – es war unklar, ob sie oder jemand anderes die Bewegung ausgelöst hatte –, das Glas kippte um, und das Wasser ergoss sich über die Tischdecke. Schreiend sprang sie auf und schlug sich die Hände vors Gesicht.

»Hört auf!«, rief sie. »Schluss jetzt! Hört auf damit!«

Clara erhob sich und knipste das Licht an. »Das sehe ich auch so. Trinken wir erst mal einen Schluck und machen dann etwas anderes.«

Louisa war kurz vor ihr aufgestanden und wieder in ihre Rolle des Kindermädchens geschlüpft; sie begann den Tisch zu säubern, wobei sie hoffte, dass die anderen gleich wieder vergessen hätten, dass sie überhaupt dabei gewesen war. Schließlich war es der sanfte Druck ihrer Knie gewesen, der die gewünschte Wirkung erzielt hatte.

Die eigentlich interessante Frage war jedoch, weshalb Ted bei der Buchstabenfolge »BIL« am ganzen Leib zu zittern begonnen hatte.

KAPITEL 54

Guy war klar, dass die Lösung des Problems nicht darin bestehen konnte, einen Streifenpolizisten vor Marie Longs Haus zu postieren. Im Gegenteil – falls ihn jemand sah, würde dies Alice Diamonds Wut auf die Familie nur noch weiter schüren. Ein verdeckter Ermittler kam ebenfalls nicht infrage: Ein Automobil in den Straßen von Lambeth würde nicht einmal einen Tag lang herumstehen, ohne Verdacht zu erregen. Außerdem würde Cornish nie im Leben mitspielen. Dafür hatte Guy schlicht nicht genug in der Hand; in Wahrheit war es lediglich die nebulöse Drohung der Forty, irgendwann und in irgendeiner Form Rache an den Longs zu nehmen. Was sie brauchten, war ein konkreter Zeitpunkt, wann und wo Alice zuschlagen würde. Und er musste diesen Billy Masters finden.

Es gab noch ein anderes Problem: Die einzigen Menschen, die er kannte und die Billy Masters identifizieren konnten, waren Dulcie Long und ihr Vater William, allerdings hatten beide gute Gründe, lieber den Mund zu halten.

Am Morgen nach dem Ausflug ins *Elephant and Castle* saßen Mary und Guy müde und bedrückt auf dem Revier in der Vine Street.

»Wir müssen Dulcies Familie warnen«, sagte Mary.

»Mir leuchtet nicht ein, was das bringen soll, außer dass wir ihnen damit noch mehr Angst einjagen«, erwiderte er. »Schließlich wissen sie selbst, dass sie sich den Unmut der Forty zugezogen haben.«

»Aber jetzt haben sie einen kleinen Jungen bei sich, der ebenfalls in Gefahr schwebt.«

Guy seufzte. »Wenn wir Billy Masters finden, schnappen wir wahrscheinlich auch denjenigen, der Adrian Curtis getötet hat oder der den Täter zumindest kennt. Sie gehören zum selben Klüngel. In diesem Fall wäre Dulcie frei und könnte mit ihrer Familie leben, wo sie es gern möchte.«

»Aber solange die Forty davon ausgehen, dass Dulcie Billy verpfiffen hat, kann sie sich ihre Freiheit in die Haare schmieren. Wohin sollten die Longs denn schon gehen? Sie können schließlich nicht einfach ihre Sachen packen und wegziehen. So einfach ist das alles nicht, Guy.« Mary sah ihn tadelnd an. »Das weißt du genauso gut wie ich.«

»Ja, das stimmt. Aber ich weiß auch, dass ich Polizist bin und es meine Aufgabe ist, Verbrechen aufzuklären. Das Wichtigste ist, Billy Masters aufzustöbern.«

Sie tranken ihren Kaffee aus. Wie es aussah, würden sie in diesem Punkt zu keiner Einigung gelangen, aber in Wahrheit spielte es auch keine Rolle. Sie hatten keinerlei Spur, der sie folgen könnten, und was noch viel schlimmer war – sollte Billy Masters tatsächlich wegen dieses Mordes die Kurve gekratzt haben, könnte er überall sein.

»Es gibt nur eine Lösung«, sagte Guy. »Wir müssen mit Dulcie reden und vielleicht sogar ihren Vater und ihre Schwester befragen.«

»Aber damit bringen wir sie in Gefahr«, wandte Mary ein.

»Wir haben keine andere Wahl«, erklärte Guy mit fester Stimme.

Es war einiges an Überredungskunst nötig, ehe DI Cornish einen Besuch bei Dulcie Long im Holloway Prison genehmigte, weil das Dienstmädchen offiziell wegen des Verdachts an einem Mord in der Grafschaft Oxfordshire in Untersuchungshaft saß und damit in den Zuständigkeitsbereich der dortigen Polizei fiel. Doch da Cornish eigene Ermittlungen im Hinblick auf Alice Diamond und ihre Bande durchführte, deren Mitglied auch Dulcie gewesen war, hatte ein Gefängnisbesuch durchaus seine Berechtigung.

»Trotzdem schafft so etwas immer böses Blut«, meinte Cornish. »Diese Landpomeranzen verteidigen ihre Fälle wie ein Jack Russell sein Revier. Ich kann Ihnen nur raten, etwas Handfestes im Gepäck zu haben, wenn Sie dort auftauchen.«

»Ja, Sir«, sagte Guy. »Wir kommen der Sache allmählich näher, Sir, ich weiß es ganz genau.« Natürlich hatte er DI Cornish nichts von Marys Begegnung mit Alice Diamond im *Elephant and Castle* erzählt. Wie auch? Schließlich war er ohne Durchsuchungsbefehl und Verstärkung unterwegs gewesen und hatte keinerlei Recht gehabt, Mary in diesen Pub zu schicken. Je länger er darüber nachdachte, umso törichter erschien ihm ihr nächtliches Abenteuer. Was, wenn die Forty sich auf Louisa und Mary gestürzt und sie zusammengeschlagen hätten? Stattdessen hatte er Cornish erzählt, eine Quelle aus dem *43* hätte ihnen den Tipp gegeben, dass Billy Masters ein Hehler sei. Das genügte; es war nicht nötig, den Zusammenhang mit dem Mord an Adrian Curtis herzustellen. Dafür wäre noch genug Zeit, wenn er den entscheidenden Beweis vorlegen konnte, nach dem er so fieberhaft suchte und den er bestimmt bald finden würde. Das würde ihm endlich zur Versetzung in die Mordkommission und damit zu einem anständigen Gehalt verhelfen. Mehr als das. Die Beförderung würde ihm endlich Respekt einbringen.

Ein Anruf genügte, und schon befand Guy sich auf dem Weg zum Holloway Prison, wo Dulcie Long in einem Befragungsraum auf ihn wartete. Er verspürte einen Anflug von Gewissensbissen, weil er Mary Moon nicht gefragt hatte, ob sie ihn begleiten wolle, doch er wollte den Besuch allein machen.

Der weißlich blaue Himmel hob die düstere Trostlosigkeit der Gefängnismauern noch deutlicher hervor – ein Anblick, der Guy gewaltig zusetzte, als er auf das Gebäude zuging und sich ein weiteres Mal vor Augen führte, weshalb er sich auf der anderen Seite des Gesetzes befand. Im Innern des Gefängnisses gab es nichts, das auf das nahende Weihnachten hindeutete, und die einzige Geräuschkulisse war das Rasseln der Schlüssel am Bund des Wärters, der Guy durch lange, graue Korridore führte, und das metallische Scheppern zufallender Türen. Dulcie Long saß mit Handschellen an einen Stuhl gefesselt im Befragungsraum. Sie wirkte resigniert, mager, ausgezehrt. Mit einem Nicken in Richtung des Wärters in der Ecke setzte Guy sich und zog sein Notizbuch heraus.

»Danke, dass ich Sie besuchen darf, Miss Long«, begann er.

Dulcies Mundwinkel sackten herab. »Ich hatte ja wohl kaum eine andere Wahl.«

Guy hüstelte und beschloss, nicht darauf einzugehen. »Ich bin hier, um mit Ihnen über Ihre Verbindung zu den Forty zu sprechen.«

»Was?« Damit schien Dulcie nicht gerechnet zu haben. Sie versuchte sich ihren Schreck nicht anmerken zu lassen. »Ich habe keine Verbindung zu den Forty.«

»Miss Long. Ich bin ein guter Freund von Miss Louisa Cannon. Sie hat mir alles erzählt. Es bringt nichts, wenn Sie leugnen.«

Blanke Panik zeichnete sich auf Dulcies Miene ab – mit seiner Enthüllung hatte er dafür gesorgt, dass sie sich nur noch verletzlicher fühlte, statt ihr ein Gefühl von Sicherheit zu vermitteln. Tränen kullerten ihr über die Wangen. »Meine Familie …«

»Wir tun alles in unserer Macht Stehende, um sie zu beschützen«, beteuerte Guy.

»Aber wie?«

In Ermangelung einer plausiblen Antwort beschloss er, es sich einfach zu machen. »Das ist leider vertraulich.«

»Sie werden überhaupt nichts tun!« Ihre Angst war in Wut umgeschlagen. »Sie sind doch ein korrupter Haufen, alle miteinander. Meinesgleichen ist Ihnen doch piepegal.« Sie spuckte Guy ins Gesicht, woraufhin der Wärter vortrat.

Guy hob die Hand. »Ist schon gut.« Der Wärter zog sich in seine Ecke zurück, und Guy nahm seine Brille ab, um sie zu säubern. »Miss Long, ich rate Ihnen dringend, zu kooperieren. Damit gewähren Sie Ihrer Familie die beste Möglichkeit, dass wir sie beschützen.« Er zog wieder Stift und Notizbuch heran. »Also, wir wissen über Ihren Sohn Bescheid.«

»Hat dieses Miststück Ihnen etwa alles erzählt?«, stieß Dulcie hervor. Sie schien aufrichtig überrascht zu sein, als wäre ihr bislang nicht in den Sinn gekommen, dass sie so schmählich verraten worden sein könnte.

»Sie hat mir nur erzählt, was nötig war, damit wir Ihre Verurteilung zum Tode verhindern können.«

»Das bringt doch nichts«, gab sie tonlos zurück. »Wenn ihr mich nicht kriegt, tun die's.«

»Ihr Sohn ist der Beweis, dass Sie und Adrian Curtis … etwas miteinander geteilt haben. Das könnte Ihnen bei den Geschworenen eine gewisse Nachsicht und Wohlwollen einbringen.«

»Aber es wird sie nicht davon abhalten, mich für schuldig zu halten«, wandte Dulcie ein.

»Dann müssen Sie mir von Billy Masters erzählen«, sagte Guy.

Dulcie lauschte wortlos.

»Der Name wurde uns im Zusammenhang mit Ihrer Person genannt. In welcher Verbindung stehen Sie zu ihm?«

»In gar keiner.« Sie hielt inne und wartete darauf, wie Guy reagierte.

»Sie brauchen mir bloß zu sagen, wie ich ihn finden kann«, fuhr Guy fort. »Hier drinnen sind Sie vor den Forty sicher.«

Dulcie stieß ein hohles Lachen aus. »Ich bin nirgendwo sicher, und ich werde Ihnen gar nichts sagen. Und jetzt lassen Sie mich in Ruhe.«

»Miss Long«, beharrte Guy. »Daniel, Ihr Junge, ist bei Ihrer Schwester Marie. Sie kümmert sich ab sofort um ihn. Wenn ich auf die beiden aufpassen soll, müssen Sie mir sagen, was Sie wissen.«

»Nein, das geht nicht. Er darf nicht bei ihnen sein.« Dulcies Stimme brach. »Wenn jemand herausfindet, dass Sie mit mir geredet haben, ist er in Gefahr. Ich meine es ernst.« Sie schnappte nach Luft, als neuerlich Panik von ihr Besitz zu ergreifen schien. »Bitte, lassen Sie nicht zu, dass meinem Jungen etwas zustößt.«

»Dann sagen Sie mir, wo ich Billy Masters finden kann.«

KAPITEL 55

Dolly Meyrick saß auf dem Sofa im Salon des *43* und musterte Guy mit ruhigem Blick. »Der Name kommt mir irgendwie bekannt vor«, sagte sie schließlich, »aber mehr kann ich Ihnen leider auch nicht sagen. Zwar haben wir eine ganze Menge Stammkunden, trotzdem kennen wir sie nicht alle persönlich. Außerdem ist meine Mutter normalerweise hier. Ich kümmere mich nur um die Geschäfte, bis sie aus Paris zurückkehrt.«

Diesmal hatte Guy bewusst nicht den Kampf gegen die Sofakissen aufgenommen, sondern war mit seinem Polizeihelm in der Hand stehen geblieben. »Er könnte der Elephant-and-Castle-Gang angehören«, fuhr er fort.

»Die sehen wir nicht sonderlich gern hier«, sagte sie.

»Aber sie sind durchaus schon mehrmals hier gewesen.«

Dolly verlagerte ihr Gewicht und schlug die Beine übereinander. »Das stimmt, aber eingeladen haben wir sie nicht.«

Guy beschloss, eine andere Taktik anzuwenden. »Was ist mit Alice Diamond und ihren Mädchen, den Forty?«

»Die sind nur selten alle hier.« Dolly lachte, als hätte Guy eine absolut lächerliche Frage gestellt; Guy unterdrückte seinen aufkeimenden Ärger.

»Aber sie war hier.« Das war keine Frage.

»Ja. Aber sie benimmt sich anständig. Hier ist jeder willkommen, solange er oder sie sich an die Regeln hält.«

»Und diese Regeln bewegen sich stets innerhalb der Grenzen des Gesetzes, Miss Meyrick?« Auch Guy beherrschte die Kunst der Ironie durchaus.

Dolly schluckte den Köder nicht. »Sergeant Sullivan, ich plaudere wirklich gern mit Ihnen, aber jetzt muss ich für heute Abend alles vorbereiten. Kann ich sonst noch etwas für Sie tun?«

»Ich muss wissen, wo ich einen Mann namens Billy Masters finde. Wenn Sie es mir nicht sagen können, kennen Sie ja vielleicht jemanden, der es kann?«

Dolly erhob sich und strich ihren Rock glatt. »Gut, dann reden wir mit Albert dem Deutschen. Kommen Sie mit.«

Im unteren Stockwerk waren mehrere Angestellte damit beschäftigt, den Raum für die abendliche Party herzurichten – der Boden wurde gefegt, die Aschenbecher poliert, die Lampen abgestaubt. Ohne die Tänzerinnen und die Band und mit der nackten Glühbirne an der Decke, in deren grellem Schein die abblätternde Farbe an den Wänden zum Vorschein kam, wirkte der Raum trostlos und heruntergekommen. In der Luft hing schaler kalter Rauchgestank. Albert der Deutsche saß mit einer Zeitung in der Ecke und trank Kaffee aus einer winzigen Tasse. Statt des Abendanzugs trug er gewöhnliche Straßenkleidung, die ihn bei Weitem nicht so hünenhaft und bedrohlich erscheinen ließ. Dolly trat zu ihm und stellte ihm Guy vor, ehe sie die beiden Männer allein ließ.

Albert der Deutsche beäugte Guy argwöhnisch, ohne ein Wort zu sagen. Guy wollte sich bereits entschuldigen, doch dann rief er sich ins Gedächtnis, dass er derjenige war, der hier das Gesetz vertrat und nichts zu befürchten hatte. Nicht einmal von einem Schrank, wie dieser Türsteher es war.

»Ich suche einen gewissen Billy Masters«, sagte er.

Ausdruckslos sah Albert der Deutsche ihn an.

»Er gehört zur Elephant-and-Castle-Gang, aber ich glaube, dass er allein operiert«, fügte Guy hinzu. »Er kennt ein Dienstmädchen, das für eine Ihrer Stammgäste, Miss Charlotte Curtis, gearbeitet hat.«

»Die Namen sagen mir nichts«, erklärte er mit einem ausgeprägten deutschen Akzent – ganz im Sinne seines Spitznamens. »Geht mich alles nichts an.« Er griff wieder nach seiner Zeitung.

»Sir, ich will keinen Ärger machen«, sagte Guy, der allmählich eine Wut bekam, »andererseits kann ich es jederzeit tun. Deshalb schlage ich vor, dass Sie mir jetzt helfen.«

Der Türsteher blickte zur Zimmerdecke, als dächte er angestrengt nach, ehe er Guy aus seinen blauen Augen kühl musterte. »Nein, den kenne ich nicht. Deshalb kann ich Ihnen nicht helfen.«

»Ich habe kürzlich einen Mann festgenommen, der vor dem Club Drogen verkauft hat«, sagte er nach einem Moment. »Er kam aus diesem Etablissement, das weiß ich sicher, mit einem Ihrer Stammgäste. Samuel Jones ist sein Name.«

Albert der Deutsche zeigte keinerlei Reaktion, sondern starrte weiter eisern gegen die Wand. Guy fuhr fort, als wäre dies ein entspanntes Schwätzchen. »Wir haben mehrere Briefchen Kokain bei ihm gefunden. Ich frage mich, woher er seine Vorräte bezieht. In der Zeitung stand, dass Deutschland das Hauptproduktionsland für Kokain ist. Dort sind die Gesetze wesentlich laxer als hier, und das Zeug kommt durch diverse Kanäle zu uns.«

Der Mundwinkel von Albert dem Deutschen zuckte.

»Ich frage mich auch«, fuhr Guy fort, »ob ich mich einfach mal in Ihrem Zimmer oben umsehen sollte. Vielleicht finden wir ja dort etwas, das uns bei unseren Ermittlungen weiterhilft.«

»Sie haben keinen Durchsuchungsbefehl«, sagte er.

»Oh, darüber würde ich mir an Ihrer Stelle keine Gedanken machen«, erwiderte Guy. »Ich bin sicher, ich erwische Sie so ziemlich jeden Abend dabei, wie Sie ein Auge zudrücken, wenn hier nach Mitternacht Dinge vor sich gehen, die ein Richter gar nicht gern sehen würde.«

»Was wollen Sie?«

»Sagen Sie mir, wo ich Billy Masters finden kann.«

»Wo Sie ihn finden, weiß ich nicht, aber er ist manchmal hier.«

»Heute Abend auch?«

Albert der Deutsche zuckte mit den Schultern. »Kann sein.«

»Dann werde ich herkommen, und Sie zeigen ihn mir.«

Wieder zuckte der Mundwinkel des Türstehers. »Von mir aus.«

»Danke. Sie waren wirklich eine große Hilfe«, sagte Guy.

Zumindest war er der Sache einen Schritt näher gekommen.

KAPITEL 56

Die Stimmung am Morgen nach der Séance war reichlich gedämpft. Natürlich hatte Nancy ihrer Mutter gegenüber beteuert, der Abend sei ein voller Erfolg gewesen. Nach dem Frühstück folgte Pamela Louisa in die Wäschekammer, wo sie ihr erzählte, sie seien noch eine weitere Stunde aufgeblieben und hätten versucht, die Atmosphäre ein wenig aufzulockern.

»Farve war schrecklich heute Morgen«, kicherte Pamela. »Er hat Seb als eitlen Gecken bezeichnet, weil er ihn beim Posieren vor dem Spiegel erwischt hat.«

»Wenn es jemand mit Lord Redesdale aufnehmen kann, dann er. Wie ging es Lord De Clifford heute Morgen?«

»Was meinst damit?« Ihre Miene veränderte sich. »Bitte nicht du auch noch, Lou. Ich wünschte, die Leute würden endlich aufhören, mich ständig mit jemandem verkuppeln zu wollen. Er ist mit Dolly Meyrick verlobt.«

»Das tue ich doch gar nicht.« Louisa lächelte. »Tut mir leid. Ich frage nur, weil er gestern Abend ein bisschen mitgenommen gewirkt hat.«

»Ja, nicht? Heute Morgen schien es ihm ganz gut zu gehen. Er war vielleicht ein wenig still. Wir hätten das niemals tun dürfen. Ich fühle mich schrecklich deswegen.«

Louisa faltete den letzten Kissenbezug und legte ihn auf den Stapel. »Ich sollte zu deinen kleinen Schwestern zurückgehen. Vielleicht werde ich gebraucht.« Sie lächelte wehmütig. »Auch wenn ich es bezweifle.«

Doch bei ihrer Rückkehr in den Kinderflügel lehnte ein mit dem Stempel von Holloway Prison versehener Brief an Nanny Blors Kaminuhr. Sie öffnete ihn und zog ein einzelnes Blatt Papier heraus:

Louisa,
Du musst sofort Daniel holen.
Dulcie

Mit zitternden Fingern schob Louisa den Zettel in den Umschlag zurück und steckte ihn in ihre Tasche. Dulcie schien einen konkreten Anlass für ihre Sorge zu haben. Völlig aufgelöst hastete Louisa die Treppe hinunter in die Eingangshalle, die glücklicherweise leer war, trat in die Telefonnische, wählte die Nummer des Polizeireviers in der Vine Street und fragte mit zitternder Stimme nach Sergeant Sullivan.

Er war nicht da.

Louisa hinterließ eine Nachricht, Dulcie hätte ihr geschrieben und sie gedrängt, dass sie Daniel abholen müsse.

»Das ist alles?«, fragte der Polizist am anderen Ende der Leitung.

»Ja.« Was sollte sie auch sonst sagen? Aber wenn Guy nicht schleunigst in die Johanna Street ging, musste sie es selbst übernehmen. Die Frage war nur, wie. Mrs Windsor konnte sie nicht noch einmal um einen freien Tag bitten, ohne ihre Stelle zu riskieren, also musste sie es anders bewerkstelligen. Louisa dachte nach. Sebastian kehrte heute nach Oxford zurück, Ted würde ihn begleiten. Charlotte würde logischerweise noch bleiben. Blieb nur noch Clara – sie würde Louisa um Hilfe bitten müssen.

Louisa klopfte an Claras Zimmertür. »Herein«, ertönte eine fröhliche Stimme, woraufhin Louisa die Tür öffnete und eintrat.

»Oh, du bist es«, sagte Clara, als sie Louisa sah. »Was kann ich für dich tun?« Sie stand über ihren Koffer gebeugt und faltete ihre pastellfarbenen Kleider.

Louisa zögerte und rief sich ins Gedächtnis, dass Dulcie – und auch Daniel – wesentlich mehr zu verlieren hatte als sie selbst. Clara schien diejenige mit dem größten Mitgefühl der Clique zu sein; vielleicht weil sie Amerikanerin war und Louisa nicht bloß als Dienstmädchen betrachtete, sondern auch den Menschen dahinter sah. Und dank ihrer schauspielerischen Ambitionen war sie für ein bisschen Drama und Ränkespiele jederzeit zu haben.

»Ich wollte Sie um einen Gefallen bitten.«

Clara sah sie an; in ihrem Blick spiegelte sich Interesse wider, doch auch eine gewisse Zurückhaltung.

»Ich muss dringend nach London, kann aber Mrs Windsor, die Haushälterin, nicht darum bitten, mich gehen zu lassen.«

»Wieso musst du denn nach London?«

»Das kann ich Ihnen leider nicht sagen, Miss Clara. Aber ich kann Ihnen versichern, dass ich es tun würde, wenn es ginge. Ich kann nur so viel verraten, dass es eine wichtige Angelegenheit ist.«

»Ich sehe nicht ganz, wie ich dir dabei helfen sollte.« Clara schloss den Koffer zu und ließ die Schlösser einrasten.

»Ich dachte, Sie könnten Lady Redesdale vielleicht erklären, dass Sie sich nicht ganz wohlfühlen und deshalb jemanden bräuchten, der Sie nach Hause begleitet, für den Fall, dass Sie sich im Zug übergeben müssen oder ohnmächtig werden, und ich könnte mich anbieten, mit Ihnen zu kommen.«

»Ich weiß nicht recht …«, meinte Clara, doch Louisa sah ihr an, dass sie bereits angebissen hatte.

»Ich dachte an Sie wegen Ihres schauspielerischen Talents …«

Clara lächelte angesichts der schmeichelhaften Worte. »Das stimmt natürlich. Und ich bin schließlich wirklich Schauspielerin, nicht wie Phoebe. Wusstest du, dass sie früher Tänzerin im *43* war?« Verschwörerisch legte sie sich den Finger auf die Lippen. »Sie glaubt, das sei der Grund, weshalb Adrian sie abgewiesen hat, als sie bei ihm landen wollte. Sie war stocksauer! Natürlich hat ihre Wut nicht lange angehalten, und sie hat sich an Seb herangeschmissen …« Clara hielt inne, als ihr einzufallen schien, wen sie vor sich hatte. »Tut mir leid, vergiss einfach, was ich gesagt habe.« Verlegen strich sie sich das Haar glatt und fuhr sich mit dem Finger über die Lippen. »Also gut. Ich helfe dir.«

KAPITEL 57

Wieder und wieder hatte Louisa im Geiste Dulcies Nachricht wiederholt und sich gefragt, was sie bewogen haben mochte, sie ihr zu schicken. Sie hatte angedeutet, dass es den Forty gelungen war, auch im Gefängnis an sie heranzukommen; wenn die Bande also etwas im Schilde führte, würden sie schon dafür sorgen, dass Dulcie es erfuhr. Doch würden sie auch Rache nehmen, wenn sich ein Kind im Haus aufhielt? Wohl kaum. Aber Alice Diamond war der Überzeugung, dass sie verraten worden war, und Louisa wusste nur allzu genau, wie diese Leute funktionierten. In ihren Kreisen galt Loyalität mehr als Blut und Familienbande.

Dank Claras schauspielerischem Talent hatte man Louisa ohne großes Aufheben erlaubt, sie im Zug zurück nach London zu begleiten. Allerdings hatte sie Mrs Windsor verschwiegen, dass sie nicht mit dem nächsten Zug nach Hause zurückkehren würde. Aber das spielte jetzt keine Rolle. Die Zugfahrt war Louisa wie eine Ewigkeit vorgekommen – Clara hatte sie unablässig gelöchert, um was für einen Notfall es sich handle, während Louisa all ihre Fragen abgeschmettert hatte, bis die Amerikanerin ziemlich gekränkt gewesen war. Am Bahnhof hatte Louisa sich bei der erstbesten Gelegenheit von Clara verabschiedet und ein weiteres Mal versucht, mit Guy Kontakt aufzunehmen, wenn auch vergeblich.

Inzwischen stand sie in der Johanna Street und fragte sich, ob sie nicht überstürzt gehandelt hatte und sich völlig zum Narren machte. Alles schien in bester Ordnung zu sein, die Lampen brannten, die Straße war sauber und frisch gefegt. Trotzdem überlief sie ein Schauder – nicht nur vor Kälte, vor allem auch vor Nervosität –, als sie vor die Nummer 33 trat. Sie klopfte und wartete. Schließlich öffnete William Long, die Serviette im offenen Hemdkragen, und musterte sie verwirrt. Ganz offensichtlich hatte sie die Familie beim Essen gestört; an seinem Mundwinkel klebte ein kleiner Rest Senf.

»Louisa.« Er klang weder sonderlich erfreut noch verärgert über ihr unangekündigtes Erscheinen. »Ist etwas passiert?«

Sie warf einen Blick über die Schulter, als wollte sie signalisieren, dass sie tatsächlich aus freien Stücken gekommen war und sie niemand gezwungen hatte. Dulcie hatte ihm also nicht geschrieben. Warum nicht? »Nein, das nicht. Ich habe mich nur gefragt, wie … es Daniel wohl so geht.«

William lächelte breit. »Ah, er ist so ein braver Junge. Kommen Sie doch rein. Wir sind fast fertig mit dem Essen, aber es sollte noch etwas übrig sein.«

Louisa wollte ablehnen, doch der Duft von gebratenen Würstchen stieg ihr in die Nase und ließ ihr das Wasser im Mund zusammenlaufen. William führte sie in die Küche im hinteren Teil des Hauses, wo Marie mit Daniel auf dem Schoß am Tisch saß, daneben ein junger Mann, den William als seinen Sohn Eddy vorstellte. Dieser hielt lediglich kurz inne, um ein Hallo zu murmeln, ehe er sich weiter mit der Gabel sein Essen in den Mund schaufelte. Louisa hatte sich so an die steifen Tischgewohnheiten bei den Mitfords gewöhnt, dass sie völlig vergessen hatte, wie ihr Vater am Ende eines schweren Arbeitstages sein Essen so gierig verschlungen hatte wie die Longs.

Louisa hatte keine Ahnung, was sie von alldem halten sollte. Nach all der Panik und Sorge, die sie während der vergangenen Stunden gequält hatten, empfing sie hier eine Szenerie häuslicher Harmonie. Hatte Dulcie sich die Bedrohung bloß eingebildet? Oder hatte sie, Louisa, die Nachricht falsch verstanden? Sie tastete nach dem Umschlag in ihrer Manteltasche, als könnte er ihr die Antwort darauf geben. Sie wollte William und Marie keinesfalls unnötig aufregen.

In Ermangelung einer Alternative beschloss sie, sich zu setzen und erst einmal abzuwarten. Vielleicht ergab sich ja etwas. Daniel, der auf einem Stück Wurst herumgekaut hatte, breitete die Arme aus, als er Louisa erblickte. Marie reichte ihn ihr, wobei Louisa die Erleichterung über ihre Züge huschen sah. Erst als sie aufstand, bemerkte sie Maries gewölbten Bauch, der ihr beim ersten Besuch gar nicht aufgefallen war. »Allmählich wird er mir zu schwer«, seufzte Marie und legte die Hand auf die Wölbung.

Louisa setzte sich mit Daniel auf dem Arm neben William.

»Wie lebt er sich denn ein?«, frage sie, um sich von ihren Gedanken abzulenken.

»Gut«, antwortete Marie. »Der arme Kleine, wurde wie eine Puppe auf dem Jahrmarkt herumgereicht, aber jetzt hat er endlich ein Zuhause.« Sie erhob sich und räumte den leeren Teller ihres Bruders ab. »Möchtest du vielleicht etwas essen?«, fragte sie. »Es dauert nicht lange. Die Pfanne ist noch heiß.«

Louisas Magen knurrte. »Wenn es keine Umstände macht …«

Marie lächelte. »Überhaupt nicht.«

William zog die Serviette aus seinem Kragen und schob seinen Stuhl zurück. »Dann will ich euch Mädchen mal in Ruhe reden lassen. Eddy und ich gehen nach nebenan.« Er nickte seinem Sohn zu, der sich wortlos erhob und dem Vater aus der Küche folgte.

»Hast du etwas von Dulcie gehört?«, fragte Louisa.

Marie legte die Würstchen in das sprotzelnde Fett. »Kein Wort. Ich habe ihr geschrieben, dass Daniel jetzt bei uns ist und sie sich keine Sorgen machen soll, aber natürlich kann man nie sicher sein, ob sie die Briefe überhaupt kriegt. Wenn sie pampig war oder so, haben sie sie ihr vielleicht gar nicht ausgehändigt, und sie weiß es nicht mal.«

»Pampig?«, wiederholte Louisa und bemühte sich, nicht allzu besorgt zu klingen.

»Sie hat eine ziemlich kurze Lunte, unsere Dulcie. Ich hab ihr immer gesagt, sie soll ihre Zunge im Zaum halten, aber sie hat ihren eigenen Kopf und lässt sich von keinem etwas sagen. Hier, bitte.« Sie stellte den Teller vor Louisa ab – zwei gebratene Würstchen und zwei gebutterte Scheiben Brot dazu. »Willst du auch einen Schuss Soße?«

»Dank dir schön.« Erstaunt merkte Louisa, dass sie automatisch in die Umgangssprache aus der Zeit vor ihrer Anstellung bei den Mitfords zurückgefallen war. Sie setzte Daniel auf den Stuhl neben sich; er kaute inzwischen auf einem durch seine Bissspuren unkenntlich gemachten Spielzeug herum. Sie aß schnell und herzhaft, genoss die Schärfe des Senfs, als sie ein wenig zu viel auftrug. Schließlich lehnte sie sich zufrieden in ihrem Stuhl zurück und sah Marie beim Abwasch zu. Das Haus verströmte eine warme, friedliche Atmosphäre und herrliche Stille, lediglich durchbrochen vom Schwappen des Spülwassers. Daniel begann zu quengeln, deshalb hob Louisa ihn erneut auf ihren Schoß, wo er sich an sie schmiegte.

»Soll ich ihn für dich ins Bett bringen? Ich würde gern ein bisschen helfen«, bot Louisa an.

Marie trocknete die Hände an einem Geschirrtuch über der Stuhllehne ab. »Wir können es zusammen machen. Eddy und Dad kommen bestimmt gleich noch mal rein und mopsen sich ein bisschen Brot und Butter. Das Abendessen reicht ihnen einfach nicht.«

Sie gingen nach oben, und Marie zeigte Louisa ihr Schlafzimmer, in dem auch Daniel in einem behelfsmäßigen Bett schlief. Es war ein kleiner, eher trister Raum, den Marie jedoch mit einem über den Spiegel drapierten Schal und einem Weihnachtsstern im Fenster ein wenig verschönert hatte. Das Licht der bloßen Glühbirne an der Decke war unangenehm grell nach dem Halbdunkel des Korridors. Louisa fiel auf, dass nirgendwo Männersachen herumlagen. Aus irgendeinem Grund fühlte Louisa sich sofort heimisch und empfand so etwas wie Zugehörigkeit zu Marie. Anders konnte sie sich nicht erklären, weshalb sie rundheraus fragte: »Wo ist eigentlich dein Mann?«

Marie ließ sich schwer auf das Bett sinken. »Keine Ahnung. Ich habe ihn schon seit Monaten nicht mehr gesehen. Ehrlich gesagt, sind wir noch nicht einmal verheiratet. Ich sage es nur, weil … na ja, du weißt schon.« Sie deutete auf ihren Bauch. »Ich nehme an, er kommt zurück, wenn das Kleine da ist und er sicher sein kann, dass es seins ist. Und bei der Geburt sehen sie doch immer wie ihre Väter aus, stimmt's?«

Louisa nickte. »Stimmt.« Ihr Blick fiel auf eine Waschschüssel voll gräulichem Wasser. »Soll ich warmes Wasser holen, damit wir Daniel das Gesicht waschen können?«

»Gern, dafür musst du nach unten gehen.« Marie legte sich aufs Bett. Mit einem Mal schien sie sich nicht sehr wohlzufühlen. »Tut mir leid, ich bin zwar erst im fünften Monat, trotzdem werde ich immer so schnell müde. Dad sagt, ich esse nicht genug, aber mir dreht sich eben sofort der Magen um.«

»Ich bin gleich wieder hier«, sagte Louisa und setzte Daniel aufs Bett. Der Kleine streckte sich neben seiner Tante aus und schloss die Augen, während sie ihm sanft die dunklen Haare streichelte. Louisa nahm die Schüssel und wollte gerade die Tür öffnen, als von unten ein Knall ertönte, so laut, dass sie zusammenfuhr und versehentlich Wasser über den Rand der Schüssel auf ihr Kleid verschüttete. Das letzte Mal war ihr ein solches Malheur in der Nacht von Adrian Curtis' Tod passiert.

Es hatte wie ein Schuss geklungen, doch sie ermahnte sich, sich nicht wie eine Närrin zu benehmen. Bestimmt war es der Auspuff eines Automobils gewesen. Erst da hörte sie die Schreie draußen auf der Straße, und ihr wurde sofort klar, dass genau das eingetreten war, wovor sie sich alle gefürchtet hatten: Die Forty waren gekommen.

KAPITEL 58

Guy faltete die Nachricht zusammen und steckte sie in seine Tasche, wobei er sich um eine neutrale Miene bemühte, obwohl sich die Sorge in seinem Innern wie Gewitterwolken auftürmte. Mary sortierte in einem der hinteren Büros Akten und wollte gerade Feierabend machen, als Guy hereinkam.

»Louisa hat mir eine Nachricht zukommen lassen«, sagte er. »Offenbar hat Dulcie ihr geschrieben, sie soll unbedingt sofort Daniel holen.«

»Und was hat das mit dir zu tun?«

»Keine Ahnung. Was, wenn Dulcie nach meinem Besuch bei ihr überreagiert hat und sich Sorgen um ihn macht?«

»Ich denke, da muss mehr dran sein«, meinte Mary nachdenklich. »Dulcie weiß doch bestimmt, dass Louisa den Kleinen nicht einfach so zu sich nehmen kann. Und weshalb sollte ihre Schwester das auch zulassen? Und wo soll Louisa Dulcies Meinung nach mit ihm hingehen?«

»Hm. Hat irgendjemand sie vielleicht gewarnt, dass die Forty etwas im Schilde führen?«

»Oder Billy Masters. Vielleicht hat er ja Wind davon bekommen, dass wir herumschnüffeln?«, schlug Mary vor.

Guy rieb sich den Nacken. »Aber einem kleinen Jungen würden sie doch nichts tun, oder?«

»Wohl kaum«, stimmte Mary zu. »Trotzdem scheint Dulcie aus irgendeinem Grund zu wissen, dass etwas in der Luft liegt.«

»Könnte es etwas mit Alice Diamonds Warnung an dem Abend zu tun haben, als ihr im *Elephant and Castle* gewesen seid? Dass sie sich an der Familie rächen will?«

»Aber was haben sie vor?«, fragte Mary beunruhigt.

»Ich habe keine Ahnung«, platzte Guy frustriert heraus. »Tut mir leid. Aber es könnte etwas dran sein, oder?«

»Dann müssen wir zu ihnen.« Mary packte ihre Sachen vollends zusammen.

»Das ist zu gefährlich«, wandte Guy ein. »Wir wissen nicht, wie viele den Longs an den Kragen wollen, ganz zu schweigen davon, was sie im Schilde führen. Ich will dich nicht dort haben.«

Mary verzog das Gesicht, erhob aber keine Einwände.

Guys Gedanken überschlugen sich, während er fieberhaft überlegte, wie er am besten auf Dulcies Hilferuf reagieren sollte. Er sah auf die Uhr an der Wand. Kurz nach sechs. Seine Schicht war fast zu Ende. Aber sie konnten nicht alleine in die Johanna Street gehen, sondern brauchten Verstärkung. Cornish war nicht mehr da, und der Diensthabende der Nachtschicht würde bestimmt einwenden, dass Dulcie Long vermutlich die Gefängnisleitung über eine drohende Gefahr informiert hatte, die wiederum die Polizei in Lambeth alarmieren würde. Außerdem lag der Fall nicht in ihrem Zuständigkeitsbereich. Guy hatte schlicht nicht genug in der Hand.

»Was hattest du heute Abend vor?«, fragte er.

»Ich treffe mich mit Harry im *43*«, antwortete sie ein wenig verlegen. »Aber wenn du mich brauchst, kann ich absagen.«

»Nein, geh nur. Aber halt die Augen offen, ob du eine der Forty siehst. Ich wollte später ohnehin nachkommen, für den Fall, dass Billy Masters auftaucht.«

»Ich kann auch nach ihm Ausschau halten.«

»Ich kann mir nicht vorstellen, dass Harrys Bosse im Club begeistert wären, wenn sie mitbekämen, dass sein Schatz anfängt, lästige Fragen zu stellen. Halt einfach die Augen offen, und falls dir etwas auffällt, kannst du es mir immer noch später erzählen.«

»Ich bin nicht sein …«, begann sie, unterbrach sich jedoch. »Ich gebe dir Bescheid.«

Guy beeilte sich, nach Hause zu kommen. Er musste sich umziehen, bevor er in die Johanna Street fuhr – was auch immer sich dort abspielen mochte, er konnte unmöglich in Uniform auftauchen, sonst liefe er Gefahr, dass die Situation hoffnungslos eskalierte. Er beschloss, Socks mitzunehmen. Obwohl Guy fast die ganze Zeit außer Haus war und sein Dad mit dem Hund Gassi ging und ihn fütterte, bestand kein Zweifel daran, dass Guy Socks' Herrchen war. Sobald er die Haustür aufschloss, kam ihm ein schwarz-weißes Fellknäuel entgegen, sprang an ihm hoch und bettelte darum, hinter den Ohren gekrault zu werden, ehe es sich auf den Rücken warf und Guy so voller Erwartung ansah, dass er augenblicklich dahinschmolz. Socks war ein zutiefst anhänglicher Schmusehund, doch Louisas Onkel Stephen hatte ihm beigebracht, stundenlang brav und regungslos an der Seite seines Herrchens sitzen zu bleiben und dreinzusehen, als wartete er nur auf ein Signal, loszuschlagen. Das könnte sich als durchaus nützlich erweisen.

»Du hast das Abendessen versäumt«, rief seine Mutter aus dem Wohnzimmer.

»Entschuldige, Mum.« Hastig schlüpfte Guy aus seinen Stiefeln und hängte seine Jacke auf. »Ich muss auch gleich wieder weg.«

Er warf einen Blick ins Wohnzimmer, wo sein Vater mit der Zeitung und einem Bleistift in der Hand am Tisch saß. Seit er im Ruhestand war, gehörte das Kreuzworträtsel zu seinen abendlichen Lieblingsbeschäftigungen. »Damit die grauen Zellen auch schön arbeiten«, sagte er nahezu täglich und tippte sich mit dem Finger gegen die Schläfe. Bertie, der jüngste und außer Guy der einzige noch ledige der Sullivan-Brüder, saß mit gewohnt resignierter Miene auf einem niedrigen Hocker vor seiner Mutter, die einen Wollknäuel aufwickelte. Mrs Sullivan sah Guy besorgt an.

»Etwas Wichtiges, worüber ich Bescheid wissen sollte?«, fragte sie und stützte die Ellbogen mit dem Knäuel in der Hand auf den Knien auf.

»Nein«, wiegelte Guy ab. »Es wird nicht allzu spät. Ich nehme Socks mit.« Beim Klang seines Namens richteten sich die Ohren des Hundes auf, und er sprang sofort auf, als hätte jemand einen Schalter umgelegt. Guy ging nach oben in sein Zimmer, um sich umzuziehen, und als er wieder herunterkam, saß Socks bereits erwartungsvoll vor der Tür. Guy nahm seinen Mantel und zog leise die Tür hinter ihnen zu.

Ein eisiger Wind drang ihm durch Mark und Bein, als er den Weg zur Haltestelle einschlug und dankbar die Scheinwerfer des herannahenden Busses erblickte. Socks sprang routiniert hinein und blieb neben Guy an der Haltestange stehen, während der Bus durch die belebten Straßen rumpelte, vorbei an den Männern und Frauen, die nach Hause eilten; eine gewisse Leichtigkeit und festliche Stimmung herrschten rundum, nun, da Weihnachten vor der Tür stand. In der Luft hing der Duft von gebratenen Maronen, vor einer Kirche hatte sich ein Chor versammelt und sang Weihnachtslieder, während einer auffordernd die Spendenbüchse klappern ließ. Doch Guy hatte keinen Sinn für all das. Seine Gedanken kreisten einzig und allein um Daniel und seine Sorge um ihn. Er hatte Angst.

KAPITEL 59

Marie setzte sich abrupt auf. »Was war das?«

»Ich weiß es nicht«, antwortete Louisa, verstummte jedoch, als noch lautere Schreie auf der Straße ertönten. Auch Daniel war hochgeschreckt und blickte seine Tante furchtsam an. Marie drückte ihn fest an sich.

Louisa stellte die Wasserschüssel ab und trat ans Fenster. Sie wagte nicht, es zu öffnen und sich hinauszulehnen, doch sie musste wissen, was passiert war. Die Johanna Street war eine gewöhnliche Wohnstraße mit niedrigen Reihenhäusern, die, abgesehen von den Fenstern und Türen in unterschiedlichen Sauberkeitsgraden, praktisch alle gleich aussahen. Louisa wusste, dass die Nachbarn einander vom Sehen, wenngleich nicht unbedingt namentlich kannten und die Kinder auf der Straße miteinander spielten oder sich zankten, ohne Angst vor vorbeifahrenden Autos haben zu müssen – denn so war es in Wohnvierteln wie diesem. Nach dem Essen schlossen die Frauen ihre Häuser ab, zogen die Vorhänge vor, schickten ihre Kinder zu Bett und verbrachten dann ihre Abende im Wohnzimmer. Natürlich gab es den einen oder anderen Nachbarn, der aus der Reihe tanzte, deshalb war es klug, Augen und Ohren geschlossen zu halten, um nicht mit der Polizei in Konflikt zu geraten, nach dem Motto: Wer keine Fragen stellt, der bekommt auch keine Lügen zu hören.

Aber heute Abend galt dieser Grundsatz nicht.

Fenster wurden aufgerissen, Vorhänge zurückgezogen, aufmerksame Augenpaare begegneten einander über die Straße hinweg. Louisa machte zwei oder drei Männer aus, deren Silhouetten vom Licht hinter ihnen erhellt wurden und die sich zu fragen schienen, ob sie die Eindringlinge vertreiben oder sich ihnen anschließen – oder sie lediglich aus der Sicherheit ihrer Häuser anbrüllen sollten. Vorsichtig hob Louisa den dünnen Vorhang an und spähte nach unten. Vor dem Haus hatte sich eine Menschentraube aus etwas dreißig Leuten gebildet, hauptsächlich Männer, dahinter eine Handvoll Frauen, die aus vollem Halse skandierten, unter ihnen auch Bertha, die Frau, die Mary erkannt hatte, und Alice Diamond. Sie schwankten leicht, vermutlich waren sie betrunken, und feuerten die Männer an, von denen sich einige mit Stöcken bewaffnet hatten. Die Klinge eines Messers blitzte auf, verschwand jedoch so schnell wieder, wie sie aufgetaucht war.

Louisa schossen die Tränen in die Augen. Das war's. Das war das Ende. Sie hatte Daniel hierhergebracht und damit diesen wild gewordenen Mob zu diesem Haus gelockt. Sie wandte sich Marie zu und blickte sie aus weit aufgerissenen Augen an. »Kann man die Tür hier abschließen?«

Marie hielt Daniel fest umschlungen, strich ihm über den Kopf und flüsterte ihm ins Ohr, dass alles wieder gut werden würde.

Aber gar nichts würde gut werden.

»Marie!«, schrie Louisa, trotzdem hatte sie Mühe, sich über die anschwellenden Rufe von draußen hinweg bemerkbar zu machen. »Ein Schlüssel! Hast du einen Schlüssel für das Zimmer?«

Marie blickte sie aus geröteten Augen an und schüttelte den Kopf.

»Lässt sich irgendein Zimmer hier oben abschließen?«

Nein.

Louisa schob die Kommode vor die Tür, sah sich hektisch nach einem weiteren Möbelstück um, nach irgendetwas, ganz egal, was – ein Koffer, ein kleiner Nachttisch, Bücher. Sie stapelte alles auf die Kommode. So könnten sie die Eindringlinge für eine Weile aufhalten oder sie zumindest ins Stolpern bringen. In diesem Moment schwollen die Stimmen weiter an, vereinten sich zu einem kollektiven Brüllen, dann ertönte das Klirren berstender Scheiben. Louisa lief zurück ans Fenster. Ein Mann taumelte rückwärts, hielt sich den Kopf. Blut quoll zwischen seinen Fingern hervor. Der Mob schien zu einer einzigen grauenvollen Einheit zu verschmelzen und sich auf das Haus zuzubewegen. Louisa spürte, wie die Mauern erzitterten. Sie hatten die Haustür aufgebrochen.

William und Eddy. Sie waren unten, sie würde es als Erstes treffen. Louisa konnte nur beten, dass die beiden stark waren und kämpfen würden. Aber sie waren hoffnungslos in der Unterzahl. Die Rufe wurden eindringlicher, kamen immer näher, wurden lauter, so laut, dass Louisa die Worte ausmachen konnte: »Verräter!« und »Tötet diese …«

Es bestand kein Zweifel – sie war die Nächste.

KAPITEL 60

Irgendwo auf dem Weg mit U-Bahn und Bus von Hammersmith nach Lambeth hatte Guy den Stadtplan aus der Tasche gezogen und sich die Strecke vom Bahnhof Lambeth North zur Johanna Street eingeprägt. Er erinnerte sich zwar an den Straßennamen, den Louisa ihm genannt hatte, aber nicht mehr an die Hausnummer der Longs. Selbst wenn er bei seiner Ankunft kein Anzeichen auf Ärger vorfände, konnte es nicht schaden, ein paar Stunden durch die Straßen zu wandern und unauffällig die Augen offen zu halten. Falls doch etwas vor sich ginge, würde er das Haus zumindest auf Anhieb erkennen, dachte er grimmig.

Socks trabte brav neben ihm her, schnüffelte allenfalls hier und da kurz, während Guy sich möglichst in den Schatten hielt. Es war ein kalter Abend, aber dank seines strammen Schritts war ihm irgendwann so warm, dass er seinen Schal löste und ihn um den Hals hängen ließ. Die Straßen lagen ruhig vor ihm, nur hier und da fuhr ein Auto vorbei, oder ein Passant kam ihm mit tief ins Gesicht gezogenem Hut und Zigarette in der Hand entgegen. Schon fast am Ziel angekommen, blieb Socks plötzlich stehen und spitzte die Ohren. Guy spürte, wie ihm das Blut in den Adern gefror. Er hörte laute

Stimmen – zornige Rufe und Johlen, allerdings konnte er keine einzelnen Worte verstehen. Vorsichtig ging er weiter, sorgsam darauf bedacht, nicht in die Lichtkegel der Straßenlampen zu treten, und spähte um die Ecke in die Johanna Street.

Hier brannten überall in den Häusern die Lichter, Leute standen an den Fenstern, ein oder zwei sogar in der geöffneten Haustür, und beobachteten die Traube aus etwa dreißig Männern und Frauen, die sich vor dem Haus mit der Nummer 33 gebildet hatte. Manche von ihnen schwenkten Flaschen – einige waren auf die Straße geschleudert worden und in tausend Scherben zerborsten –, andere hatten lange, schwere Stöcke in den Händen. Eine der Frauen stand im Schein einer Straßenlaterne, das Gesicht zu einer hässlichen Fratze verzerrt, die keinen Zweifel an der drohenden Gewalt ließ, andere hatten sich hinter einer Handvoll Männer postiert und feuerten sie an, endlich das Haus zu stürmen und den elenden Dreckskerlen die Seele aus dem Leib zu prügeln. Aus den vorderen Reihen der Menge ragte eine hochgewachsene Frau auf, deren Schreie am lautesten, aufgebrachtesten widerhallten. Der Anblick war grauenerregend, geradezu apokalyptisch, als hätte sich ein Rudel Wölfe um eine kleine, jämmerliche Handvoll Schafe versammelt und wartete nur darauf, sich endlich auf die Beute zu stürzen. Wer auch immer sich in dem Haus aufhalten mochte, hatte nicht den Hauch einer Chance.

Guy machte kehrt und hastete zu der Telefonzelle zurück, an der er auf dem Weg vorbeigekommen war – es war ein reiner Glücksfall gewesen, dass er sie bemerkt hatte, da es in der Gegend nur sehr wenige gab. Der Griff entglitt beinahe seiner schweißnassen Hand, als er die Tür aufriss, sich hineinzwängte und den Hörer von der Gabel nahm. Nervös trommelte er mit den Fingern auf das Telefon, bis die Vermittlung endlich am

Apparat war. Die Telefonistin lauschte seinem Wortschwall, ehe sie ihn mit souveräner Ruhe zum am nächsten gelegenen Polizeirevier durchstellte, wo er die Adresse und einen kurzen Lagebericht durchgab, der keinen Zweifel an der Dringlichkeit der Situation ließ. »Schicken Sie gleich einen ganzen Trupp«, sagte er. »Und Fahrzeuge. So schnell, wie es irgendwie geht. Bitte!« Er nannte ihnen seine Dienstnummer, um sicherzugehen, dass sie verstanden, wie ernst es war.

Schließlich legte er auf und kehrte in die Johanna Street zurück, wo inzwischen ein Fenster eingeschlagen worden war. Hände schoben den Rahmen nach oben, als ein Marmeladenglas herausflog, das einen Mann am Kopf traf. Er stieß einen Schmerzensschrei aus, woraufhin die Rufe der Menge noch weiter anschwollen. Scheinbar aus dem Nichts erschien eine Hand in der Mitte des Mobs, eine Waffe wurde sichtbar, dann ertönte ein Schuss. Sekundenlang herrschte Stille. Eine Frau, die in der geöffneten Tür ihres Hauses auf der gegenüberliegenden Straßenseite gestanden hatte, stürzte hinein und knallte die Tür zu. Wieder wurden die Stimmen laut, doch statt aufgebrachter Drohungen hallte nun vielmehr wildes, animalisches Geheul von den Mauern wider. In diesem Moment erblickte Guy eine Gestalt, von der er inbrünstig gehofft hatte, sie hier nicht zu sehen. Louisa, halb von einem Vorhang verborgen, spähte auf den Mob herunter. Sie saß in der Falle, und er konnte nichts dagegen tun.

KAPITEL 61

Das Haus war nicht allzu groß. Lediglich eine Treppe führte von der Diele im Erdgeschoss, wo sich das Wohnzimmer und die Küche befanden, nach oben. Louisa war bewusst, dass ihr, Marie und Daniel bloß ein paar Minuten blieben, während William und Eddy versuchten die aufgebrachte Menge in Schach zu halten, auch wenn es ihnen nicht gelingen würde. Es gab kein Telefon im Haus, und die Nachbarn um Hilfe zu rufen war reine Zeitverschwendung. Auch sie hatten keinen Apparat, außerdem waren sie vermutlich ohnehin längst zu dem Schluss gelangt, dass die Leute im Haus Nummer 33 verdient hatten, was mit ihnen passierte, da keiner bisher Anstalten gemacht hatte zu helfen, den Mob zu zerstreuen.

Was um Himmels willen konnten sie tun, hatte Guy ihre Nachricht etwa immer noch nicht erhalten? Hatte niemand die Polizei gerufen?

Natürlich nicht – genauso wenig wie damals in Peabody Estate, wo Louisa aufgewachsen war, wo niemals die Gesetzeshüter um Hilfe gerufen wurden. Selbst in den schlimmsten Situationen wollte keiner, dass die Jungs in Blau aufkreuzten. Wenn es Konflikte zu bereinigen und für Gerechtigkeit zu sorgen galt, erledigten die Leute es lieber selbst – schnell, direkt und ohne Missverständnisse. Kein Polizist, kein Richter, kein langes Fackeln.

Marie schluchzte leise, ohne die Hoffnung, dass jemand sie hörte oder trösten könnte. Daniel lag reglos und mit weit aufgerissenen Augen in ihren Armen.

Für Louisa fühlte es sich an, als wäre seit dem Schuss eine halbe Ewigkeit vergangen, in Wahrheit waren es jedoch nur wenige Minuten. Sie dachte an ihre Mutter, die Mitfords, sogar an ihren Onkel Stephen. Was würden sie tun, wenn sie erfuhren, was mit ihr geschehen war?

Gedämpfte Rufe drangen von unten herauf, gefolgt von Poltern, das so gut wie alles bedeuten konnte – ein Mann, der zu Boden geworfen wurde, ein Kopf, der gegen eine Wand prallte. Ihnen blieb nichts anderes, als dazusitzen und zu warten.

Guy erstarrte. Er sah die Männer das Haus stürmen, während die Frauen draußen stehen blieben, ohne jedoch ihre Schreie zu dämpfen. Louisa war vom Fenster verschwunden. Schlagartig ergriff blinde Wut Besitz von Guy; er rannte los, flog förmlich die Straße hinunter, Socks an seiner Seite, dessen Ohren im Wind flatterten. Nur wenige Meter trennten ihn noch von der aufgebrachten Meute – eine oder zwei Frauen hatten sich zu ihm umgewandt, und er sah das metallische Aufblitzen einer Klinge –, als das Heulen von Polizeisirenen ertönte. Allen war bewusst, dass ihnen nur wenige Sekunden blieben. Die meisten Ganoven hatten bereits das Weite gesucht, als die Polizeifahrzeuge in die Johanna Street einbogen, zwei am einen, eines am anderen Ende der Straße. Männer stürmten die Straße entlang.

Guy drängte sich ins Haus, vorbei an den Frauen, spürte

den scharfen Schmerz an seiner Wange und die zornigen Tritte gegen seine Beine, doch es kümmerte ihn nicht. Er wusste nur eines: Er musste Louisa und Daniel da herausholen, musste es zumindest versuchen. Im Haus war es bis auf ein Gaslicht im Flur dunkel, ringsum ertönten schmerzerfülltes Stöhnen und wütende Rufe der kämpfenden Männer. Es herrschte das blanke Chaos. Guy rannte die Treppe hinauf. Im ersten Stock drehte sich ein Mann um und schreckte auf, als er Guy sah. Er wollte sich an ihm vorbeischieben, aber Guy vertrat ihm den Weg und verpasste ihm einen Fausthieb, der mit einem befriedigenden Knacken mitten auf seinem Kiefer landete. Der Mann geriet ins Straucheln und taumelte polternd die Stufen hinunter, wobei sich seine Füße in den Rissen der durchgescheuerten Teppichfliesen verfingen.

»Schnapp ihn dir«, rief Guy, ohne sich umzudrehen. Er wusste genau, hinter welcher Tür er Louisa finden würde, und dass er der Erste sein musste. Socks, der sein Herrchen sehr wohl verstanden hatte, stürzte knurrend und mit gebleckten Zähnen hinter dem Mann her. In diesem Moment kamen vier Polizisten ins Haus gestürmt, packten den Kerl und rissen ihn auf die Füße. Socks machte kehrt und preschte die Treppe hinauf, vorbei an Guy und blieb bellend vor der letzten geschlossenen Tür stehen.

Marie hob den Kopf und blickte Louisa an. Einen Moment lang lauschten sie, gespannt wie zwei Katzen auf der Mäusejagd. In der Ferne ertönten Polizeisirenen, die näher zu kommen schienen.

Von der Treppe drang das Poltern schwerer Stiefel herein. Louisa setzte sich mit dem Rücken gegen die Kommode auf den Boden, die Füße gegen das Bettgestell gestemmt, und drückte sich mit ihrem gesamten Körpergewicht dagegen; die Augen vor Anstrengung fest zusammengekniffen, hatte sie Mühe, vor Angst und Schmerz nicht aufzuschreien. Schwere Schritte näherten sich der Tür – ob von einem Mann oder gar zwei, vermochte sie über das Heulen der Sirenen, die Kampfgeräusche aus dem Erdgeschoss und die wilden Schreie der Meute vor der Tür nicht zu sagen. Ein Hund bellte. Louisa spürte, wie sich das Holz der Kommode in ihren Rücken drückte, als jemand die Tür aufzuschieben versuchte. Mit aller Kraft stemmte sie sich dagegen, als eine Stimme von draußen rief: »Ist Daniel da drin? Ich bin keiner von denen, lasst mich rein. Los, lasst mich rein!« Louisa war nicht sicher, ob sie die Stimme kannte, sie konnte dem Mann nicht trauen.

Von draußen drangen »Polizei!«-Rufe herauf, während die aufgebrachten Stimmen erstarben, als der Mob sich zerstreute.

Louisa spürte, wie der Druck auf ihren Rücken nachließ, hörte Schritte auf dem Korridor, zuerst weg von der Tür, dann kamen sie schnell wieder näher, ehe die Kommode mit einer solchen Wucht gegen ihren Rücken knallte, dass es ihr die Füße wegriss. Sie sprang auf. Die Tür öffnete sich einen Spaltbreit weiter, und erneut rief der Mann nach Daniel. Jetzt erkannte sie die Stimme. In diesem Moment ging die Tür noch ein wenig weiter auf, und Socks zwängte sich bellend herein; seine Krallen scharrten, als er über den Teppich schlitterte.

Eilig schob Louisa die Kommode zur Seite, weit genug, um Guy hereinzulassen. Draußen heulten immer noch die Sirenen. Sie warf sich an seine Brust, spürte, wie seine starken Arme sie umfingen und sie festhielten. Tränen strömten ihr übers Gesicht, als er sich zu ihr herunterbeugte und ihr sanft ins Ohr flüsterte: »Ich bin hier. Die Polizei ist unten. Es tut mir leid, so leid. Aber jetzt ist es vorbei.«

KAPITEL 62

»Lasst uns gehen.« Guy half Marie vom Bett hoch und drückte ihr Daniel in die Arme, der inzwischen leise wimmerte. »So ein tapferer Junge«, raunte er ihm freundlich zu. Unten war der Lärm mittlerweile erstorben, lediglich die Schmerzenslaute von William und Eddy, die es beide übel erwischt hatte, waren noch zu hören.

Überall im Haus liefen Polizisten herum, riefen nach einem Krankenwagen, nach Verbandsmaterial und Wasser. Zwei Beamte hatten den jungen Mann, der Guy zu entwischen versucht hatte, auf halbem Weg auf dem Treppenabsatz festgehalten, wo er schreiend um sich trat. Schließlich hatten sie ihn auf die Füße gezogen, sodass Guy, Marie und Louisa sich vorbeidrängen konnten – doch genau in dem Moment rief Daniel: »Billy!«

Alle starrten den kleinen Jungen an, während der Mann den Kopf abwandte.

»Moment mal.« Guy trat zu den beiden Polizisten. Der Kerl zwischen ihnen war verstummt und starrte schwer atmend zu Boden.

»Schauen Sie mich an«, befahl Guy, während eine Mischung aus Adrenalin, Angst und Erleichterung durch seinen Körper schoss, wie ein Cocktail, der ihm das Gefühl gab, unbesiegbar zu sein. »Jetzt schauen Sie mich an!«

Der junge Mann hob den Kopf, ohne Guy jedoch in die Augen zu sehen. Trotzdem erkannte Guy die grauen, rattenhaften Züge jenes Mannes wieder, den er vor wenigen Tagen erst vor dem *43* beim Verkaufen von Drogen erwischt und festgenommen hatte. Offenbar war ihm trotz des Kokainbesitzes nichts nachzuweisen gewesen, sodass er schon wieder auf freiem Fuß war. »Samuel Jones?«, fragte er zweifelnd.

Marie trat zu ihnen. »Samuel Jones soll der heißen?«, stieß sie hervor. »Unsinn. Das ist Billy Masters.«

Auf dem Polizeirevier Tower Bridge brachen die Beamten in Jubel aus, als sich herausstellte, dass ihnen einige der zentralen Figuren der Forty Thieves und der Elephant-and-Castle-Gang ins Netz gegangen waren; Guy hingegen war frustriert, weil es ihm nicht gelungen war, Billy Masters' Befragung zu übernehmen. Nachdem Louisa ihm – noch vor Ort in der Johanna Street – von der Séance in Mitford Manor erzählt hatte, konnte er es kaum erwarten, mehr zu erfahren.

»Das ist schließlich nicht Ihr Zuständigkeitsbereich, oder?«, hatte der DI, ein besonders hochnäsiger Zeitgenosse, gemeint und Guy mehr oder weniger aus dem Revier vertrieben. Letzten Endes war Guy nichts anderes übrig geblieben, als DI Cornish anzurufen und ihn beim Verzehr eines besonders köstlichen Puddings, nämlich Spotted Dick mit Custardsoße in seinem Club zu stören. Die Herren einigten sich darauf, dass Guy Billy im Zuge der laufenden Forty-Ermittlungen befragen durfte, wohingegen DI Cornish die Kollegen vom Revier Tower Bridge in die bisherigen Hinweise und Erkenntnisse über Alice Diamonds Bande einweihen würde, in der Hoffnung, ausreichend Beweise zu sammeln, »damit wir dieses Weibsstück einlochen und den Schlüssel in die Themse werfen können«.

Es war bereits mitten in der Nacht, als Guy mit einem Pflaster auf seiner Schnittwunde Billy Masters im Befragungsraum gegenübersaß. In der Ecke stand ein uniformierter Beamter mit Socks zu seinen Füßen. Man hatte ein Messer bei Masters gefunden, und Eddy Long hatte ihn als einen der Angreifer identifiziert – allein dies würde genügen, um ihn innerhalb kürzester Zeit vor Gericht zu stellen.

Nun galt es herauszufinden, ob er auch ein Mörder war. Unterdessen war DI Cornish eingetroffen und saß mit gelockerter Fliege und einer Zigarre vor sich auf dem Tisch neben ihm.

»Wir sind uns ja schon einmal begegnet, wenn Sie sich erinnern«, begann Guy.

Billy, dessen Hände auf dem Rücken an den Stuhl gefesselt waren, starrte ihn wütend an und hob kaum merklich bestätigend eine Achsel.

Guy hatte sein Notizbuch vor sich. Noch nie war er dankbarer für seinen Eifer gewesen, alles akribisch festzuhalten, auch wenn Harry ihn deswegen immer als Korinthenkacker bezeichnet hatte. »Am fraglichen Abend, dem 18. Dezember, wurden Sie dabei beobachtet, wie Sie einem Gast des unter dem Namen *43* bekannten Nachtclubs Kokain verkauft haben. Nach Ihrer Verhaftung haben Sie sich als Samuel Jones ausgegeben, wohnhaft 48 Maryland Street.«

Billy reagierte nicht. Cornish nahm seine Zigarre und klopfte sie auf den Tisch, ehe er sie anzündete, beide Hände um das Streichholz gelegt, als befänden sie sich auf einer zugigen Klippe und nicht in einem fensterlosen Befragungsraum des Polizeireviers Tower Bridge. Buchstäblich viel Rauch um nichts, dachte Guy.

Guy fuhr fort. »Wir halten fest, dass Ihr Name William oder Billy Masters lautet. Ist das korrekt?«

»Wenn Sie es sagen.«

Guy wusste, dass es eine schwierige Geburt werden würde, doch Billy Masters ahnte nichts von Guys Entschlossenheit. Dies war sein großer Moment, und er wollte, dass DI Cornish Zeuge davon wurde.

»Das Kokain, das Sie den Gästen des *43* und vermutlich auch anderswo verkaufen, stammt von einem gewissen Mr Albert Mueller. Ist das ebenfalls korrekt?«

»Ich will meinen Anwalt sprechen.«

»Pass auf, Freundchen«, schaltete sich Cornish ein, der ohne jede Mühe in die Rolle des bösen Bullen schlüpfte. »Du hast keinen Anwalt. Wir schicken dir einen, wenn du einen brauchst. Jetzt schlage ich erst mal vor, du beantwortest unsere Fragen, wenn du lieber bloß hinter schwedische Gardinen wandern willst, statt am Galgen zu baumeln. Kapiert?«

Billy schwieg, doch an seinem linken Augenwinkel machte sich ein Zucken bemerkbar.

»Mr Albert Mueller hat bereits gestanden, dass er Ihnen die Drogen verkauft hat, und hat uns darüber hinaus die Namen der potenziellen Kunden genannt, an die Sie sie weiterverhökern würden«, ergriff Guy wieder das Wort. Das war eine glatte Lüge, aber Billy sollte das Gefühl haben, dass ihn die beiden Polizisten in die Enge trieben wie ein Huhn im Stall mit einem Fuchs. In diesem Fall sogar gleich zwei. »Ich schlage vor, Sie sagen uns jetzt die Wahrheit, sonst ziehe ich hier ganz andere Saiten auf, und Sie werden sich noch wünschen, Sie hätten gleich von Anfang an kooperiert.«

»Aus mir kriegt ihr gar nichts raus«, konterte Billy betont lässig, als scherte er sich einen Dreck um das Ganze.

»Gut.« Guy blätterte die Seite um. »Ich bin recht zuversichtlich, dass Mrs Sofia Brewster, wohnhaft 92 Pendon Road, Sie als Lieferant von gestohlenen Waren identifizieren wird, wenn ich sie befrage. Waren, die allem Anschein nach aus den Beständen von Debenham & Freebody und Liberty's stammen, um nur zwei Warenhäuser zu nennen. Die Sachen wurden von Mitgliedern der Forty-Bande gestohlen und dann an Sie weitergereicht, um sie schnellstmöglich zu verhökern. Sie sind ein viel beschäftigter Mann, was?«

Das Zucken wurde schlimmer.

Cornish zündete seine Zigarre an und ergriff das Wort, noch während der Rauch aus seinem Mund quoll. »Die Sache ist die: Wir haben Alice Diamond, und ihre Spießgesellinnen werden der Reihe nach umkippen wie die Dominosteine. Ihre Regentschaft ist beendet, und Sie und Ihresgleichen haben keine Zukunft mehr. Wenn Sie jetzt den Mund aufmachen, können wir dafür sorgen, dass der Richter Milde walten lässt. Wir können die Wahrheit aber auch mühsam aus Ihnen herauspressen. Ganz wie Sie wollen.«

Guy wünschte, Cornish würde ihm die Befragung überlassen und sich die Schikanen verkneifen, gleichzeitig konnte er es ihm nicht verdenken. Dass die Gangsterkönigin höchstpersönlich heute Abend gefasst worden war und sie zweifelsfrei genug gegen sie in der Hand hatten, um sie festzunageln, war ein Grund zum Feiern. Und dass Guy die Kollegen gerufen hatte, brachte ihm bei seinem Vorgesetzten einen weiteren Pluspunkt ein; wenngleich seine Begeisterung gedämpft wurde, da der Anruf nach einem Tipp von Louisa erfolgt war und nicht als unmittelbares Ergebnis polizeilicher Ermittlungen.

»Geben Sie zu, Mrs Brewster mit Hehlerware versorgt zu haben, die aus den Diebstählen der Forty Thieves stammte, oder nicht?«, fragte Guy.

Billy stieß den Atem aus. »Könnte sein, dass ich bei Mrs Brewster war und ihr mit ein paar Kleinigkeiten ausgeholfen habe.«

Einen Moment lang herrschte Stille, während Guy überlegte, ob er endlich zur Sache kommen sollte. Worauf wartete er? Auf den erforderlichen Mut? Hatte er nicht längst unter Beweis gestellt, dass es ihm daran nicht mangelte?

KAPITEL 63

»Wo waren Sie in der Nacht vom Freitag, den 20. auf den 21. November?«

Billy hob abrupt den Kopf. »Wieso?«

Guy wiederholte seine Frage.

»Weiß ich doch nicht. Irgendwo in Soho oder so, wenn es ein Freitag war.« Dennoch wirkte er nicht mehr ganz so überzeugt von sich.

»Kennen Sie eine Dulcie Long?«

»Mehr oder weniger«, krächzte Billy.

»Wir glauben, Sie hatten sich mit Miss Long im Glockenturm von Mitford Manor verabredet, wo sie Ihnen den Schmuck übergeben sollte, den sie an jenem Abend gestohlen hatte.«

Billy schwieg, aber die Angst war ihm ins Gesicht geschrieben.

»Allerdings konnte sie nicht wissen, dass Sie bereits mit einem der Gäste, die sich an jenem Abend auf der Party aufhielten, Verabredungen getroffen hatten. Ich spreche von Lord De Clifford, der mit Miss Dorothy Meyrick verlobt ist, der Tochter der Besitzerin des *43.* Vielleicht hatten Sie ja vor, die Partygäste mit Kokain zu versorgen, so wie Sie es sonst auch mit Mr Sebastian Atlas und Mr Adrian Curtis getan haben …«

»Nein!«, rief Billy erregt, konnte sich jedoch nicht bewegen, da er mit den Armen an den Stuhl gefesselt war.

»Sie haben diese Manschettenknöpfe anstelle einer Bezahlung genommen, korrekt?« Guy zog die Lapislazuli-Manschettenknöpfe heraus, die er Billy am Abend seiner ersten Verhaftung abgenommen hatte und seitdem mit sich in der Tasche herumtrug, quasi als Talisman, in der Hoffnung, dass sie ihm Glück bringen oder zu einer göttlichen Eingebung verhelfen würden, um den Fall endlich zu lösen. Vielleicht zeigten sie ja jetzt die gewünschte Wirkung.

»Aber sie waren nicht genug, und als Mr Curtis, mit dem Sie sich im Glockenturm verabredet hatten, Ihnen nicht das erwartete Geld übergab, gerieten Sie in Streit und haben ihn hinausgestoßen.«

»Nein, nein, das habe ich nicht getan!« Billys Gesicht war vor Angst gerötet. Erst jetzt fiel Guy auf, wie jung er in Wahrheit noch war – trotz der Fassade des harten Kerls war der Junge kaum alt genug, um sich zu rasieren.

»Oder ist er etwa von allein gestürzt?«, unterbrach Cornish. Guy verbarg seine Verärgerung, doch es ging ihm gehörig auf die Nerven, dass der DI ihm quasi die Steilvorlage zu einer Ausrede lieferte.

»So war's nicht.«

»Wie dann? Erklären Sie es uns, Mr Masters.« Guy hatte das Gefühl, die Zügel wieder in der Hand zu halten. Von jetzt an wäre alles ein Kinderspiel. Er hatte den Täter geschnappt, und bald würde Cornish ihn in die Mordkommission holen.

»Ja, Sie haben recht. Ich wusste, dass sie alle bei der Party sein würden, und wollte ihnen Kokain vorbeibringen. Nicht viel, nur ein bisschen was, Sie wissen ja, wie es so läuft.«

Der Blick, den Guy und Cornish ihm zuwarfen, ließ keinen Zweifel daran, dass sie es nicht taten.

»Sie wussten nicht, dass ich kommen würde, aber Dulcie hatte mir von der Party erzählt. Und, ja, wir hatten vereinbart, uns dort zu treffen. Ich hatte die Anweisung bekommen …« Er hielt inne und gab ein Knurren von sich, als müsste er sich zwingen fortzufahren. »Wurde Alice Diamond wirklich verhaftet?«

Guy und Cornish nickten in perfekter Synchronität.

»Okay, na dann. Jedenfalls hat Alice mir gesagt, dass Dulcie einen Auftrag für sie erledigen muss. Deshalb haben wir am Telefon vereinbart, uns beim Glockenturm zu treffen. Die Zimmer der Mädchen werden immer gleich als Erstes durchsucht, wenn die Herrschaft merkt, dass etwas fehlt.«

»Fahren Sie fort«, forderte Guy ihn auf.

Wieder gab Billy ein schmerzvolles Stöhnen von sich. »Wir sollten uns um zwei Uhr früh treffen, deshalb bin ich mit dem Wagen hingefahren, habe ihn eine halbe Meile die Straße runter stehen lassen und bin den Rest des Weges zu Fuß gegangen. Allerdings habe ich mich verschätzt und war ein bisschen zu früh dran. Ich bin in die Kirche gegangen, aber bevor ich den Turm erreicht habe, habe ich gehört, wie zwei Männer sich gestritten haben. Ich wollte da nicht reingezogen werden, deshalb habe ich mich zwischen den Bänken versteckt und gewartet. Nach ein paar Minuten war alles ruhig, also habe ich den Kopf rausgestreckt und gesehen …«

»Was haben Sie gesehen, Billy?« Guy spürte, dass sie kurz vor einem Durchbruch standen.

»Ich habe einen Mann weglaufen sehen.«

»Das ist alles? Ein Mann, der weglief?«, fragte Cornish.

»Dulcie Long haben Sie nicht gesehen?«, hakte Guy nach.

»Nein, sie hat sich nicht blicken lassen. Ich war ja zu früh dran und hatte ihr eine Uhr geliehen, damit sie pünktlich ist.«

»Wieso haben Sie das nicht schon früher gesagt? Wenn sie Mitglied der Forty ist, wieso haben die dann nichts unternommen, um ihre Unschuld zu beweisen?«

Billy stieß einen leisen Fluch aus. »Sie haben wirklich keine Ahnung! Weil es ihnen gerade recht kam, sie aus dem Weg zu haben. Sie hatte wohl gedroht, auszusteigen und ein anständiges Leben anzufangen, und so was macht die Forty immer nervös. Ich sollte die Klappe halten, hat man mir gesagt.«

»Wie praktisch«, bemerkte Cornish. »Sie haben es nicht getan, dafür haben Sie *einen Mann* weglaufen sehen.«

Billy stieß einen Schrei aus, als leide er Höllenqualen. »Ich war's nicht! Mit Mrs Brewster und allem anderen haben Sie mich doch sowieso schon am Arsch. Ja, ich übernehme ab und zu mal einen Auftrag für die Forty, in den Clubs und so. Aber ich bin kein Mörder, das würde ich nie tun!«

»Wer war es dann? Wer war der Mann?« Guy musste sich zusammenreißen, um nicht vor Frust den Tisch umzukippen.

»Ich weiß es nicht. Es war stockdunkel in dieser Kirche, und er hatte eine Art Umhang um oder so was. Ich weiß nur, dass es ein Mann war und dass er schnell gelaufen ist.« Billys Atem kam stoßweise.

Cornish erhob sich und knöpfte sein Jackett zu. »Gut, ich bin dann weg. Sullivan, lassen Sie den Mann in die Arrestzelle bringen, und sorgen Sie dafür, dass die Anklagepunkte seinem Geständnis entsprechend aufgenommen werden. Und Sie sollten dem DI in Mitford Manor Bescheid geben. Ich nehme an, er übernimmt dann. Vielleicht will er Mr Masters ja selbst noch vernehmen.« Er nickte dem Uniformierten in der Ecke zu. »Gute Nacht allerseits.«

Also hatten weder Dulcie Long noch Billy Masters den Mord an Adrian Curtis begangen.

Wer war es dann?

Guy würde wohl oder übel nach Mitford Manor fahren und es herausfinden müssen.

KAPITEL 64

The Evening Standard, Donnerstag, 24. Dezember 1925

MOB DRINGT GEWALTSAM IN WOHNHAUS EIN – ERFOLGSGESCHICHTE DER POLIZEI

Eine bemerkenswerte Erfolgsgeschichte der hiesigen Polizeikräfte wurde gestern im Zuge einer Anhörung vor dem Tower Bridge Court London geschildert, als gegen Alice Diamond (29), Bertha Scully (25), Billy Masters (23) und Phillip Thomas (30) Anklage wegen vorsätzlicher Körperverletzung von William und Edward Long, Vater und Sohn, erhoben worden war. Dem Quartett wird vorgeworfen, die beiden Männer mit einem Messer schwer verletzt zu haben, als es am Montagabend in deren Haus in der Johanna Street 33 in Lambeth einzudringen versuchte. Scully und Masters wird zudem vorgeworfen, Sergeant Sullivan angegriffen und verletzt zu haben, Scully wird sich des Weiteren wegen Widerstands gegen die Staatsgewalt verantworten müssen. Zudem wird den Verdächtigen vorgeworfen, im Haus in der Johanna Street beträchtlichen Sachschaden verursacht zu haben, der derzeit auf 8 Pfund, 17 Shilling und 6 Pence geschätzt wird. Maggie Hughes, 27, wurde ebenfalls befragt, sich zu den Vorwürfen zu äußern.

Lord Redesdale faltete die Zeitung zusammen und legte sie auf den Beistelltisch neben seinem Sessel. »Sieht so aus, als wäre euer Freund Sullivan ein echter Held«, bemerkte er trocken. Lord und Lady Redesdale hatten die Nachricht, dass Louisa sich an dem Abend im Haus der Longs aufgehalten hatte, reichlich kühl aufgenommen; Louisa war durchaus bewusst, wie sehr sie die Vorstellung beunruhigte, dass ihr Dienstmädchen so enge Kontakte zu Dulcie Long und ihrer Familie pflegte.

Alle Mitford-Kinder hatten sich mit ihren Eltern in der Bibliothek zum Tee eingefunden, und Louisa hatte die Zeitung mit den neuesten Nachrichten hereingebracht. Es war Heiligabend, doch die Partysaison war vorüber, und Lady Redesdale weigerte sich strikt, außer Jagdeinladungen noch weitere anzunehmen. Wenn es nach ihr ginge, sollte in den Tagen vor Weihnachten niemand arbeiten, mit Ausnahme des Dienstpersonals. Unitys und Deccas Wangen hatten bereits den feisten Glanz vollgefressener Ferkel angenommen, nicht zuletzt, weil sie sich der Anweisung ihres Vaters widersetzten, nach draußen an die frische Luft zu gehen, sondern die ganze Zeit nur auf dem Sofa herumlagen und lasen – bis sie am Ende noch blind werden würden, schimpfte er. Auf dem langen Tisch lag ein riesiges, halb fertiges Puzzle, und Debo kauerte unter dem üppig geschmückten Weihnachtsbaum und befingerte und schüttelte die hübsch verpackten Geschenke. Diana und Iris waren in eine Unterhaltung versunken, allerdings vermutete Louisa, dass sie sich allenfalls über Nichtigkeiten wie die neuesten Mode- und Frisurentrends austauschten. Diana machte keinen Hehl daraus, dass sie sich schon jetzt auf ihre Debütantinnensaison vorbereitete, auch wenn es noch zweieinhalb Jahre waren und sie regelmäßig stöhnte, dass sie vor Eintönigkeit bis dahin bestimmt längst gestorben sei.

Nancy war gelangweilt und kabbelte sich pausenlos mit ihren Geschwistern, außer mit Tom, dem sie stets mit Nachsicht und Freundlichkeit begegnete. Pamela war die Einzige, die zufrieden zu sein schien, nachdem sie den ganzen Tag auf der Jagd gewesen war. Dass ihr Haar unter dem Helm gewaltig gelitten hatte und ihre Oberschenkel von den Stunden im Sattel brannten, steigerte ihre Befriedigung sogar noch. Sie hatte Louisa gestanden, sie verspüre keinerlei Verlangen, nach London zurückzukehren, wo der Glanz und Pomp der Nachtclubs für sie längst verglommen war, sondern wolle sich der Reiterei widmen, bis es Zeit war, die ersten Gemüsesorten anzupflanzen.

Nancy und Louisa hatten ihren nächsten Schritt sorgfältig geplant und alles durchgesprochen, in der Hoffnung, Lord und Lady Redesdale mit ihrem Vorschlag kalt zu erwischen und es ihnen damit fast unmöglich zu machen, Nein zu sagen.

»Entschuldigung, Mylord«, begann Louisa, »aber es gibt noch etwas, worüber ich Sie in Kenntnis setzen wollte.«

Lord Redesdale hob abrupt den Kopf, während seine Frau ihr Buch sinken ließ. »Ja?«, fragte er.

»Sergeant Sullivan hatte Billy Masters im Verdacht, Adrian Curtis ermordet zu haben, aber er streitet es immer noch ab.«

»Das möchte ich annehmen, schließlich ist dieses grauenvolle Dienstmädchen die Täterin«, erklärte Lady Redesdale, als wäre sie Richterin und Geschworene in einer Person.

»Das glauben wir aber nicht«, wandte Nancy ein.

»Wir?«, murmelte ihr Vater, ließ sie jedoch weitersprechen.

»Es gibt ein paar Umstände, die eindeutig dagegensprechen, dass sie es war. Wieso hätte sie sich mit Adrian ein zweites Mal verabreden sollen, im Glockenturm, wo sie sich doch schon gesehen hatten und dabei in Streit geraten waren?«

»Weil sie sich rächen wollte«, warf Tom ein, der die Unterhaltung bislang schweigend vom Sofa aus mit angehört hatte.

»Und selbst wenn. Wieso hätte er auf den Glockenturm steigen sollen?«, fuhr Nancy fort. »Er muss davon ausgegangen sein, dass er jemand anderen dort oben trifft.«

Nun ergriff Louisa das Wort. »Bei der Befragung hat Billy Masters eine ganze Reihe anderer Verbrechen gestanden, den Mord leugnet er jedoch nach wie vor …«

»Das ist wohl kaum verwunderlich. Diese Verbrecher würden nie im Leben freiwillig einen Mord zugeben, oder?«, höhnte Lord Redesdale.

Louisa ignorierte die Bemerkung. »Er hat ausgesagt, er sei mit Dulcie Long verabredet gewesen, um den gestohlenen Schmuck abzuholen, aber zu früh dran gewesen und in die Kirche gegangen, wo er zwei Männer im Glockenturm streiten gehört hätte. Kurz danach sei es still geworden, und dann sei einer der Männer weggelaufen. Offenbar konnte er ihn sehen, obwohl es stockdunkel war. Der Mann hätte eine Art Umhang mit Kapuze getragen, sagt er.«

»Was sagst du da, Louisa?«, fragte Lady Redesdale mit besorgter Miene.

»Sergeant Sullivan würde gern herkommen, Eure Ladyschaft, um im Zuge seiner Ermittlungen mit denjenigen zu sprechen, die an diesem Abend bei der Party waren.«

»Und was ist mit diesem Polizisten aus dem Dorf? Diesem … Monkton, oder wie hieß er noch?«, fragte Lord Redesdale.

»DI Monroe«, sagte Louisa.

»Ja, genau. Es ist doch sein Zuständigkeitsbereich. Und wenn er von der Schuld dieses Mädchens überzeugt ist und sie deswegen längst im Gefängnis sitzt, weshalb um alles in der Welt sollte dann dieser Sullivan herkommen und alles auf den Kopf stellen?«

»Weil es nun mal so ist, Farve«, warf Nancy ein, sprang auf und begann aufgeregt auf und ab zu gehen. »Eigentlich steht es ihm nicht zu, aber es liegt auf der Hand, dass Dulcie nicht die Mörderin ist, und wir glauben, dass Sergeant Sullivan den Fall lösen kann. Das gelingt ihm jedoch nur, wenn alle anderen herkommen. Deshalb habe ich die ganze Truppe zu einer Silvesterparty eingeladen.«

»Wie bitte? Und ich nehme an, du hast das auch bereits mit Mrs Windsor und Mrs Stobie besprochen?« Lady Redesdales Wut war nicht zu übersehen. »Das bedeutet eine Menge zusätzliche Arbeit für sie.«

»Nein«, stammelte Nancy verlegen. »Ohne deine Erlaubnis würden sie sich auf so etwas nie einlassen.«

»Und das ist auch verdammt richtig so!«, wetterte Lord Redesdale und schlug mit den flachen Händen auf die Sessellehnen, sodass Unity und Decca wie zwei Springteufelchen vom Sofa hochschnellten.

»Tatsache ist, Farve, dass alle kommen werden, auch Sergeant Sullivan, um sie zu befragen.«

»Willst du allen Ernstes damit sagen, dass du glaubst, einer von deinen Freunden hätte so eine abscheuliche Tat begangen?«, fragte Iris. »Das ist ziemlich weit hergeholt.«

»Natürlich nicht!« Nancys Wangen röteten sich vor Ungeduld. »Er will nur alle befragen, wen oder was sie in dieser Nacht gesehen haben, falls irgendetwas übersehen wurde.«

Zur Verblüffung aller erhob sich Pamela. »Da wäre ich

mir mal nicht so sicher, Koko!«, sagte sie und verließ den Raum.

»Damit wäre das geklärt«, sagte Diana, die die ganze Zeit über angespannt wie eine Feder auf dem Sofa dem Gespräch gelauscht hatte. »Wir kriegen einen Mörder zu Besuch.«

KAPITEL 65

Mit einem leicht mulmigen Gefühl bestieg Guy am Silvestertag den Zug von Paddington nach Shipton. Er war nicht ganz sicher, dass er in Mitford Manor willkommen sein würde, trotz Nancys und Louisas Beteuerungen; Louisa hatte ihm erzählt, dass die älteste Mitford-Tochter überglücklich über die Gelegenheit gewesen sei, eine weitere Party zu schmeißen, wohingegen Miss Pamelas Enthusiasmus eher etwas gebremst zu sein schien. Seine größte Sorge galt jedoch nicht der Frage, ob er die Party vermiesen würde, sondern dass der Detective Inspector aus dem Ort, der die Ermittlungen offiziell geleitet hatte, bestimmt nicht begeistert wäre, wenn er herausfand, dass Guy in Mitford Manor herumgeschnüffelt und Fragen gestellt hatte – diese Einmischung könnte ihm als unethisch ausgelegt werden, schlimmstenfalls sogar zu seiner Entlassung führen. Deshalb hatte er beschlossen, Mary Moon nicht einzuweihen, obwohl er ein schlechtes Gewissen hatte; immerhin hatten sie bereits so viel Arbeit in den Fall gesteckt. Gleichzeitig käme er mit seinem Ausflug der Lösung des Falles und damit auch seiner Beförderung womöglich einen großen Schritt näher. Dann wäre er nicht länger gezwungen, die Pflanzen auf dem Revier zu gießen oder am Piccadilly Circus den Verkehr zu regeln.

Sicherheitshalber hatte er beschlossen, in Zivil zu reisen und sich als Freund von Louisa auszugeben. Louisa hatte versprochen, im Dorfpub ein Zimmer für ihn zu reservieren. Abgesehen davon konnte er nicht viel mehr tun, als abzuwarten.

Die Frage war: Wen hatte er im Verdacht?

Es war ihm gelungen, sich die Vernehmungsprotokolle vom Gericht zu besorgen, unter denen sich auch ein Bericht von DI Monroe darüber befand, wo sich die einzelnen Gäste zum – angenommenen – Zeitpunkt der eigentlichen Tat und des Auffindens der Leiche aufgehalten hatten. Er beschloss, seine Aufzeichnungen zurate zu ziehen, was sich als nicht ganz einfach entpuppte. Der Zug war proppenvoll und er zwischen der Wand und einer reichlich korpulenten Dame in einem leuchtend rosafarbenen Mantel mit dazu passendem Hut eingezwängt, die zudem alle zwei Minuten ihre Handtasche öffnete, um ein Pfefferminzbonbon herauszufischen, und dabei Guy jedes Mal ihren Ellbogen in die Seite rammte; ganz zu schweigen von den schmatzenden Lauten beim Lutschen, die Guy zusetzten. Beim Versuch, seinen Stift aus der Jackentasche zu fummeln, streifte er versehentlich ihre Hüfte, woraufhin sie ihn ansah, als hätte er sie unsittlich berührt – sofort wusste er wieder, weshalb er seine Wege am liebsten zu Fuß zurücklegte.

Guy blickte auf seine Notizen, die er auf der Basis der Vernehmungsprotokolle und Louisas Angaben zusammengestellt hatte:

Clara Fischer

Kein Alibi; allein im Speisezimmer, als DLs Schreie ertönten. Motiv: Gemeinsame »Geschichte« mit AC. Rache? Trägt ein Messer in ihrer Handtasche herum (ist aber auch Schauspiele-

rin). Hat ein Geheimnis mit Lord DC darüber, wo sie sich an dem Abend aufgehalten hat?
Billy sagt, er hätte einen Mann weglaufen sehen, der einen schwarzen Umhang mit Kapuze trug – vielleicht hat sie sich verkleidet?

Lord De Clifford
Kein Alibi, allein in der Stiefelkammer.
Motiv: Hat AC ihm gedroht, die Verbindung seiner Verlobten mit Billy preiszugeben? Hat womöglich Billy engagiert, um AC zu töten? Schnitzeljagd war seine Idee. Ein Mann mit einem Umhang mit Kapuze wurde gesehen – er war an dem Abend als Dracula verkleidet.

Phoebe Morgan
Ursprüngliches Alibi – verstauchter Knöchel – ist falsch. Zweites Alibi: Hielt sich mit SA im Salon auf. Könnte sie hinausgeschlüpft sein, als er kurz weg war?
Motiv: Rache. AC hat sie zurückgewiesen. Als ehemalige Tänzerin aus dem 43 könnte sie BM gekannt und ihn angestiftet haben?

Oliver Watney
Kein Alibi, allein in der Telefonnische.
Kein Motiv. Kommt als Täter nicht infrage.

Nancy Mitford
Alibi: Im Morgensalon mit Charlotte Curtis.
Kein Motiv. Kommt als Täterin nicht infrage.

Charlotte Curtis
Alibi: Im Morgensalon mit Nancy Mitford.
Kein Motiv. Sichtbar verstört durch den Tod ihres Bruders. Kommt als Täterin nicht infrage.

Sebastian Atlas
Alibi: Im Salon mit Phoebe Morgan.
Charlotte Curtis hat gesehen, wie er den Raum verlassen hat, PM bezeugt jedoch, dass er ihr wenige Minuten später ein Geschenk überreicht hat, ehe er in den Salon zurückgekehrt ist.
Motiv: Nicht eindeutig, außerdem war er ein enger Freund von AC, daher kommt er als Täter nicht infrage.

Pamela Mitford
Kein Alibi, war allein im Rauchsalon.
Kein Motiv, aufgrund von Charaktereigenschaften als Täterin ausgeschlossen.

Wieder und wieder las Guy die Notizen durch. Als Hooper ihn vom Bahnhof abholte, war bereits die frühe Dämmerung über die winterliche Landschaft hereingebrochen, und Guy wusste, wer sein Mann war. Und jetzt würde er ihn sich schnappen.

KAPITEL 66

Louisa war mit Debo in der Küche und goss ihr ein Glas Milch ein, als es zaghaft an die Hintertür klopfte und Guy eintrat. Seine Schritte hallten von den Bodenfliesen wider.

»Da bist du ja«, sagte Louisa und kam lächelnd auf ihn zu. »Hooper hat dich also anstandslos abgeholt, ja?«

»So würde ich es nicht unbedingt ausdrücken«, lachte Guy leise. »Er hat ein bisschen gemault, weil er heute Nachmittag noch ein paarmal zum Bahnhof fahren muss, aber ich bin immerhin hier, stimmt's? Ich will mich also nicht beschweren.«

»Setz dich. Ich schenke dir eine Tasse Tee ein, das Wasser ist gerade heiß. Du kommst genau richtig. Mrs Stobie ist bei Mrs Windsor, um das Abendessen zu besprechen, und Ada passt oben auf die Kinder auf. Ich wollte gerade mit Miss Deborah einen kleinen Spaziergang machen.«

Guy stellte seine Tasche ab und zog einen Stuhl heran. »Hallo, Miss Deborah«, sagte er zu dem Mädchen, das ihm schüchtern die Hand reichte.

»Hallo«, sagte sie, ehe sie sich an Louisa wandte. »Wer ist der Mann?«

Louisa lachte. »Das ist Sergeant Sullivan, ein Freund von mir.«

Wortlos kletterte Debo auf einen Stuhl neben ihm und begann, wie ein Kätzchen in kleinen Schlucken ihre Milch zu trinken. Louisa stellte die Teetasse vor Guy auf den Tisch.

»Weißt du etwas Neues von Daniel und Marie?«, fragte er.

»Nein, ich habe nur den einen Brief, aber es geht ihnen gut. Sie sind in der Johanna Street geblieben. Sie schrieb, sie hätten immer schon dort gewohnt und würden sich nicht von den Forty vertreiben lassen. Aber nachdem Alice Diamond und einige andere Strippenzieher im Gefängnis sitzen, haben sie wohl nichts mehr zu befürchten. Daniel ist bei ihnen. Jetzt müssen wir nur noch dafür sorgen, dass seine Mutter freikommt.«

»Ich weiß«, bestätigte Guy. »Ich denke über kaum etwas anderes nach, ich schwöre.«

»Trink deinen Tee, dann kannst du mich und Miss Deborah auf unserem Spaziergang begleiten. Es wäre gut, wenn wir in Ruhe alles besprechen, bevor die anderen eintreffen. Und während ich wieder zu den Kindern gehe, kannst du dein Zimmer im Pub beziehen.«

»Das klingt perfekt«, sagte er breit lächelnd.

Es war kalt, aber wenigstens trocken, deshalb sprach nichts gegen einen halbstündigen Marsch durch die Gärten von Mitford Manor. Guy folgte Louisa, die die kleine Debo an der Hand hielt, als ihn der Gedanke durchzuckte, wie es wohl eines Tages sein könnte … Eilig schloss er zu ihnen auf. Sie umrundeten das Haus, und als sie das Gartentor erreichten, das zum Friedhof führte, durchschritten sie es in schweigendem Einverständnis.

»Geh und zähl schon mal die Engel für mich, Debo«, sagte

Louisa, woraufhin das Mädchen losflitzte und zwischen den alten Grabsteinen herumlief.

»Hier ist es also passiert«, bemerkte Guy.

»Ja, genau hier.« Sie waren mittlerweile an der Stelle angekommen, wo Adrians Leiche gelegen hatte. Guy blickte zu der fensterlosen Öffnung im Glockenturm hinauf. Der Himmel war schiefergrau, was nicht gerade dazu beitrug, die Stimmung zu heben.

»Ich glaube, Lord De Clifford war es«, sagte Guy. »Er hat kein Alibi, weil er zum Tatzeitpunkt allein war. Außerdem war die Schnitzeljagd seine Idee, sagtest du. Und er hat den engsten Kontakt zu Billy Masters. Die beiden könnten die Tat gemeinsam geplant haben.«

»Dann glaubst du also, Billy Masters ist ein Mittäter?«

»Möglich wäre es. Aber selbst wenn es nicht so ist, bleibt immer noch Lord De Cliffords seltsame Reaktion bei der Séance. Es wäre durchaus denkbar, dass Adrian Curtis ihm gedroht hat, Dolly Meyricks Verbindung zu ihm öffentlich zu machen. Und dass da eine Verbindung besteht, liegt auf der Hand, und zwar eine, die ihm ziemlich Angst einzujagen scheint.«

»Und Charlotte Curtis hat gemeint, ihr Bruder sei strikt gegen diese Verlobung mit Dolly Meyrick gewesen. Vielleicht hat ihn das ja verärgert.«

»Trotzdem wissen wir immer noch nicht, wie sie Adrian dazu gebracht haben, in den Glockenturm zu kommen. Das ist das einzige Puzzleteilchen, das ich nicht einordnen kann.« Guy starrte immer noch auf die Fensteröffnung, die eindeutig hoch genug oben war, als dass ein Mann zu Tode kam, wenn er hinausgestoßen wurde, selbst wenn er robust war.

»Hatte er denn irgendetwas bei sich, als man seine Leiche geborgen hat?«, fragte Louisa.

»Ja, aber das hat nichts ergeben. Ich habe die Liste aus den Befragungsunterlagen abgeschrieben«, antwortete Guy.

Deborah war noch immer auf Engelsuche. »Sieben!«, rief sie fröhlich, als sie Louisas Blick bemerkte.

»Gut gemacht!«, rief Louisa. »Such weiter!«

Guy hatte sein Notizbuch herausgezogen. »Hier habe ich notiert, was er genau anhatte, was natürlich ein bisschen seltsam anmutet, weil er ja als Vikar verkleidet war. In seinen Taschen wurde Folgendes gefunden: ein Taschentuch, eine Streichholzschachtel, ein silbernes Zigarettenetui mit seinen eingravierten Initialen und sechs Zigaretten, ein silberner Zahnstocher und ein Zettel mit den Worten: ›Geh zum Kreuz und bete, dass dir nicht dein Stündlein schlägt.‹ Das war alles.«

»Sag das noch mal!«, bat Louisa.

»Geh zum Kreuz und bete, dass dir nicht dein Stündlein schlägt.«

»Etwas stimmt damit nicht.«

»Was meinst du?« Guy blickte erneut auf seine Notizen, als verberge sich ein Geheimnis in den Worten. »Es ist doch offensichtlich, dass der Glockenturm gemeint ist.«

»Genau das meine ich ja«, sagte Louisa. »Die Hinweise sollten zu Alltagsgegenständen führen. Das war die Voraussetzung, damit alle eine gerechte Chance haben, sie zu finden und zu Mr Atlas und Miss Morgan in den Salon zu bringen, wo sie sich den nächsten Hinweis abholen sollten.«

»Sie waren also zu acht, und jeder hatte einen Hinweis?«

»Nein, neun, weil Phoebe Morgan ja eigentlich mitmachen sollte. Jeder hatte einen anderen Hinweis bekommen. Nancy hat mir erklärt, sie hätten es so arrangiert, damit nicht alle gleichzeitig nach einem Eierbecher suchen oder so.«

»Eierbecher?«

»Na ja«, meinte Louisa, »reiche Leute haben so ihre Eigenheiten, um sich bei Laune zu halten. Wenn ich etwas hier gelernt habe, dann das.«

Guy lächelte. »Aber was meintest du wegen des Hinweises?«

»Hier ist die Lösung ein Ort und kein Gegenstand, den man mitnehmen könnte. Was, wenn Adrian Curtis der Einzige war, der diesen Hinweis bekommen hat? Wenn ihm jemand diesen Hinweis mit Absicht zugeschoben hat, in dem Wissen, dass er ihn geradewegs in den Tod schickt.«

In diesem Moment kam Deborah angelaufen, schlang die Ärmchen um Louisas Beine und blickte zu ihrem heiß geliebten Kindermädchen auf. »Neun Engel, Lou-Lou! Ich hab alle Engel gefunden. Neun Stück. Und weißt du was? Ein Teufel war auch dabei!«

KAPITEL 67

Um acht Uhr am Silvesterabend stand Nancy in einem schwarzen Abendkleid aus aufwendig drapiertem Satin, ihren neuen lila Handschuhen und einer Halskette aus Lady Redesdales Schmuckschatulle vor dem Kamin in der Bibliothek. Die goldgefassten Rubine und Brillanten funkelten rund um ihren schlanken Hals. Ihr Haar war gewellt und frisch geschnitten, sodass es knapp unterhalb der Ohren endete, was ihr wohlgeformtes Kinn und ihre schmale Nase perfekt zur Geltung brachte. Ihre Brauen waren zu sorgfältig geschwungenen Bögen gezupft, und sie trug dunkelroten Lippenstift – kurz gesagt, sah sie aus wie eine Schlossherrin. Louisa wusste, dass die Überraschung, die sie ihren Gästen später unterbreiten würde, den Höhepunkt ihres gesellschaftlichen Lebens darstellte; sie würde all die kindischen Spielchen oder Kostümpartys, in die sich die Londoner Jeunesse an diesem Abend stürzen würde, bei Weitem übertreffen. Genau aus diesem Grund hatte Nancy festliche Garderobe verlangt.

»Elegante, erwachsene Abendkleidung, das ist der Dresscode für heute Abend«, hatte sie Louisa erklärt, als sie sich fertig gemacht hatte; Louisa hatte ein Kichern unterdrücken müssen, aber Nancy war schon einundzwanzig, und all ihre

Freundinnen in der Gegend planten ihre Hochzeit, deshalb glaubte sie vielleicht, es ihnen möglichst schnell nachtun zu müssen.

Das heimliche Motto des Abends war in Wirklichkeit der Grund, weshalb Louisa und Guy Sullivan hinter der Tür des Vorzimmers zur Bibliothek Posten bezogen hatten und auf die Gäste warteten. In der Bibliothek selbst war eine lange Tafel vor dem Fenster aufgestellt und weiß eingedeckt worden, dort sollte das Dinner serviert werden, zu dem sich Mrs Stobie widerstrebend hatte breitschlagen lassen, ein wenig besänftigt durch die Nachricht, dass Lord und Lady Redesdale den Abend außer Haus verbringen würden. Sie waren zum Abendessen bei den Watneys eingeladen, würden jedoch mit Nancys Gästen einen Willkommenstrunk einnehmen, ehe sie aufbrachen. Pamela folgte ihren Eltern in dem neuen, von Mrs Brewster angefertigten Kleid, das bereits bei zwei Jägerbällen zum Einsatz gekommen war, an denen teilzunehmen Nancy sich strikt geweigert hatte. Dank seines schmeichelnden Schnitts, der Pamelas üppiges Dekolleté hervorragend kaschierte, und der dunkelrosa Schärpe in derselben Farbe wie ihre Lippen, ließ es sie frisch und wunderhübsch aussehen, und ihre Augen strahlten in leuchtendem Blau, nachdem sie den ganzen Tag an der frischen Luft auf dem Rücken ihres Pferds verbracht hatte. Diesmal durfte auch Diana beim Begrüßungsgetränk der Erwachsenen dabei sein, würde jedoch wieder nach oben gehen müssen, wenn das Abendessen serviert wurde. Trotz ihres dicken, flachsblonden Haars, das ihr mädchenhaft über den Rücken fiel, und ihrer dichten, ungezähmten Augenbrauen ließ ihre Figur bereits ahnen, dass sie schon bald zu einer grazilen jungen Frau von geradezu dramatischer Schönheit erblühen würde. Nervös quetschte sie sich in ihrem gelben, kurzärmeligen Kleid auf die Sofakante und zupfte an den Quasten eines Sofakissens herum.

Als Nächstes erschienen Sebastian und Charlotte – ein perfektes Paar, was Figur und Größe betraf, wie zwei junge Birken in der Heide. Sebastian trug ein weißes Dinnerjacket und eine schwarze Hose dazu, Charlotte ein silberfarbenes Kleid. Er wirkte etwas zögerlich … ob wegen der Rückkehr nach Mitford Manor oder Charlottes Gegenwart, vermochte Louisa nicht zu sagen. Trotz der Gerüchte, sie seien verlobt, gab es keinerlei Zeichen vertrauter Zärtlichkeit zwischen ihnen. Phoebe und Clara teilten sich ein Zimmer und kamen folglich gemeinsam nach unten. Phoebe trug ein langes, champagnerfarbenes Seidenkleid, in dem ihre Tänzerinnenfigur hervorragend zur Geltung kam, Clara wie üblich einen Traum aus Chiffon, diesmal in Himmelblau mit einem locker auf ihren Hüften sitzenden Silbergürtel. Lord De Clifford – Ted – betrat die Bibliothek als Letzter, wie gewohnt weltmännisch im mit Abstand elegantesten Anzug, trotzdem lagen blaue Ringe unter seinen Augen, und sein Teint wirkte bleich unter seinem fast schwarzen, mit Pomade aus dem Gesicht gekämmten Haar. Louisa fragte sich, weshalb er überhaupt zugesagt hatte, nachdem seine Verlobte Dolly Meyrick demonstrativ nicht eingeladen worden war, doch als sie bemerkte, dass er unverzüglich auf Charlotte zusteuerte, dachte sie, dass dies womöglich die Erklärung dafür sein könnte: Sein Beschützerinstinkt war unübersehbar – ob nun aus brüderlicher Zuneigung als Resultat der zahlreichen gemeinsam verbrachten Sommerferien oder einem anderen, leidenschaftlicheren Grund, vermochte sie nicht zu sagen.

Louisa tadelte sich insgeheim: Sie sollte tunlichst keine voreiligen Schlüsse ziehen, nur weil sie und Guy glaubten, kurz vor der Aufklärung des Mordfalls zu stehen. Vielleicht lagen sie auch völlig daneben.

Mrs Windsor servierte Champagner, während die Gäste angeregt plauderten. Eine freudige, erwartungsvolle Stimmung lag in der Luft, so als würden alle nur darauf warten, dass die Party endlich anfing. In diesem Moment ging die Tür auf, und Oliver Watney kam mit einem Schwall kalter Luft herein. Trotz seines Abendanzugs wirkte er eher unscheinbar, nicht zuletzt wegen seiner runden Brille, die Guys nicht unähnlich war. Er entschuldigte sich für die Verspätung und erklärte, der Wagen warte vor der Tür, um Lord und Lady Redesdale zum Dinner bei seinen Eltern zu bringen.

»Das ist unser Stichwort«, sagte Lord Redesdale mit unverhohlener Dankbarkeit – diese Gäste waren eindeutig nicht die Menschen, deren Gegenwart er freiwillig suchte.

»Frohes neues Jahr«, sagte Lady Redesdale freundlich, wenngleich mit leicht besorgter Miene – sie hatte Adrians gewaltsamen Tod gewissermaßen in ihrem Hause noch nicht verdaut, abgesehen davon war weder sie noch Lord Redesdale glücklich über die Gerüchte, die im Dorf und in der ganzen Gegend die Runde gemacht hatten. »Der Mensch sollte nur dreimal in seinem Leben in der Zeitung stehen«, hatte Lord Redesdale mehr als einmal angemerkt. »Bei seiner Geburt, seiner Hochzeit und seinem Tod.« Nancy hatte immer nur die Nase gerümpft.

»Ja, gutes neues Jahr allerseits.« Es entstand eine kurze Pause, während Lord Redesdale sein Glas abstellte und sich zum Gehen wandte. »Benehmt euch. Und du, Nancy, Finger weg von den Uhren heute Abend, verstanden?«

Nancy blickte ihn mit Unschuldsmiene an. »Ich weiß nicht, was du meinst, Farve.«

»Doch, tust du. Ich spreche von deiner albernen Angewohnheit, die Uhren um eine halbe Stunde zurückzustellen. Es tut den Uhren nicht gut, außerdem stellst du sie nie auf die korrekte Zeit zurück. Die im Salon ging nach Pamelas Party wochenlang um drei Minuten nach.«

Die Erwähnung jenes schicksalhaften Abends wehte wie eine eisige Brise durch den Raum. Nancy hob die Hände. »Keine Angst, alter Knabe. Und jetzt geht endlich und amüsiert euch. Wir sehen uns morgen zum Mittagessen.«

Guy und Louisa standen hinter der Tür und sahen einander mit angehaltenem Atem an. Der Augenblick im Rampenlicht rückte unaufhaltsam näher.

KAPITEL 68

Als Lord und Lady Redesdale den Raum verlassen hatten, dicht gefolgt von Mrs Windsor, gewohnt dienstbeflissen und darauf bedacht, das Wohlbefinden ihrer Herrschaft zu gewährleisten, trat Pamela vor die Tür und bedeutete Louisa und Guy, aus ihrem Versteck zu treten.

Nancy lud ihre Gäste unterdessen ein, es sich doch bequem zu machen. »Wir haben etwas geplant«, verkündete sie. »Eine Art Theaterstück, allerdings sind wir alle die Schauspieler, und ich glaube, ihr alle kennt bereits euren Text.«

»Oh, das ist ja wunderbar«, ereiferte sich Clara. »Jetzt kann ich euch endlich zeigen, was in mir steckt, und ihr hört auf, mich ständig damit aufzuziehen.« Sie warf einen vielsagenden Blick in Teds Richtung.

Guy hüstelte. »Entschuldigen Sie bitte, Miss Mitford, aber ich finde, wir sollten den Ernst der Lage nicht verkennen.« Die Gäste wandten sich ihm zu, die Verwirrung stand ihnen ins Gesicht geschrieben. Im Gegensatz zu ihnen trug Guy keine Abendgarderobe, aber immerhin seinen besten Anzug. Louisa trug ihr übliches Alltagskleid, doch mit ihrem hübschen Gesicht und der modischen Frisur stand sie den Society-Schönheiten in nichts nach. Zumindest nicht in Guys Augen.

Nancy, sichtlich darauf bedacht, ihren Status als Zirkusdirektorin nicht zu verlieren, bedeutete ihm mit einer ausladenden Geste fortzufahren.

In dem Wissen, dass aller Augen auf ihm ruhten, und ermutigt von Louisas Gegenwart, fuhr Guy etwas lauter fort. »Guten Abend. Ich werde versuchen, nicht allzu viel von Ihrer Zeit in Anspruch zu nehmen.« Er blickte in die erwartungsvollen Gesichter und unterdrückte ein Hüsteln, obwohl es sich anfühlte, als stecke ein Haar in seinem Hals. In diesem Moment wandte Sebastian sich halb zur Seite, um seine Zigarette an einer Kerze auf dem Kaminsims anzuzünden, und Guy erkannte, dass er tatsächlich derjenige gewesen war, der Billy Masters vor dem *43* das Kokain abgekauft hatte.

»Vielleicht haben Sie es nicht mitbekommen, aber ich war kürzlich an der Verhaftung von einigen der schlimmsten Londoner Unterweltgrößen beteiligt …«

»Ja, ich habe davon gehört«, warf Clara aufgeregt ein. »Es kam zu schlimmen Unruhen, bei denen der Polizei die berühmte Gangsterkönigin Alice Diamond ins Netz ging. Eine Frau!«

Zwei rote Flecke erschienen auf Guys Gesicht. »Genau«, bestätigte er. »Am selben Abend habe ich einen Mann namens Billy Masters verhaftet …« Wie erwartet zeigte Ted eine Reaktion auf die Nachricht – ein kaum merkliches Zucken, das er eilig kaschierte, indem er sein Glas an die Lippen hob, trotzdem war es Guy nicht entgangen. »Im Zuge der Vernehmung wegen einer Reihe anderer Verbrechen habe ich herausgefunden, dass er sich in der Nacht von Mr Curtis' Tod hier in der Nähe des Glockenturms aufgehalten hat.«

Diesmal zeigten alle Anwesenden eine Reaktion: Nancy sah hochzufrieden aus, weil sie ihren Gästen einen echten Schock verpasst hatte, wohingegen Pamela besorgt darüber zu sein schien, wie sich die Dinge wohl weiterentwickeln würden. Charlotte wirkte völlig erschüttert, und Clara wollte sie augenblicklich trösten, doch Charlotte schüttelte unwillig ihre Hand ab. Phoebe lächelte, als sei ihr gar nicht bewusst, dass hier über ein echtes Verbrechen gesprochen wurde. Sebastian hob eine Braue und warf seine Zigarette ins Feuer. Oliver Watney begann zu husten, als hätte er sich an seinem Champagner verschluckt. Ted war noch bleicher als zuvor und stammelte: »Was … was hat er dort getan? Wissen Sie das? Was wollte er dort?«

»Genau das ist der springende Punkt, Eure Lordschaft«, antwortete Guy – Louisa hatte ihm im Vorfeld genau erläutert, wer wer war. »Er hat uns erklärt, er hätte sich mit Miss Dulcie Long treffen wollen, um den Schmuck an sich zu nehmen, den sie gestohlen hatte. Er arbeitet offenbar häufiger für die Bande, die ich gerade erwähnt habe, und verkauft deren Hehlerware. Aber wir haben allen Grund zur Annahme, dass einige von Ihnen ihn kennen, und um Sie als Täter auszuschließen, müssen wir nun herausfinden, in welcher Verbindung Sie gegebenenfalls zu ihm standen.«

Ted, dessen bleiches Gesicht sich inzwischen vor Erregung rot verfärbt hatte, stand auf. »Das ist absolut infam! Was wollen Sie damit andeuten? Die Ermittlungen sind eingestellt. Eine Frau sitzt im Gefängnis und wartet bereits auf ihren Prozess und ihr Urteil. Der Fall ist abgeschlossen. Wie können Sie es wagen, einfach hierherzukommen und uns zu verdächtigen?«

Nancy kicherte, was Teds Wut nur noch schürte. Er stapfte zu einem kleinen Tablett mit Whisky- und Portweinflaschen, das Mrs Windsor zuvor hingestellt hatte, und goss sich einen großzügigen Schluck ein.

»Wir haben allen Grund zur Annahme, dass Miss Long den Mord nicht begangen hat«, erwiderte Guy.

»Was für Gründe?«, fragte Charlotte, deren dunkle Augen wie tiefe Seen wirkten.

»Billy Masters hat ausgesagt, dass er Miss Long zur vereinbarten Zeit nicht angetroffen, jedoch einen Streit zwischen Mr Curtis und einem anderen Mann mitbekommen hat. Er hat gehört, wie Mr Curtis aus dem Fenster fiel und der andere Mann weglief.«

»Und konnte er den Mann identifizieren?«, fragte Sebastian, der sich eine weitere Zigarette angezündet hatte und immer noch am Kamin stand.

»Nein, Sir«, antwortete Guy. »Nicht eindeutig. Der Flüchtige trug einen Umhang mit einer Kapuze.«

»Also haben Sie sich entschlossen, dem Wort eines bekannten Verbrechers Glauben zu schenken, dass er zur Kirche kam und dort etwas gehört und anschließend einen flüchtenden Mann gesehen haben will, den er jedoch nicht identifizieren kann. Oh ja, Officer, das beweist natürlich alles.« Lachend wandte Sebastian sich Nancy zu. »Ehrlich, Darling, du solltest dir etwas Aufregenderes für heute Abend einfallen lassen. Wegen dieser albernen Farce haben wir Loelia Ponsonbys Silvesterparty sausen lassen? Ernsthaft?«

Niedergeschlagen senkte Nancy den Kopf, während Charlotte Sebastian einen vernichtenden Blick zuwarf, den dieser jedoch geflissentlich ignorierte.

Louisa stieß Guy behutsam an. Es war als Ermutigung gemeint.

»Wir hielten es für sinnvoll, die Ereignisse des fraglichen Abends noch einmal durchzuspielen, wenn Sie bereit dazu wären.«

»Nein«, sagte Charlotte laut und entschlossen. »Nancy, ich weiß ja nicht, welche Rolle du bei alldem hier spielst, aber ich finde es absolut grauenvoll. Wie konntest du glauben, ich würde bei einer solchen Charade mitmachen? Mein Bruder ist ums Leben gekommen, für den Fall, dass du das noch nicht gemerkt hast.« Mit einem unterdrückten Schluchzer trat sie zu dem Tablett mit den Getränken. Ted legte ihr den Arm um die Schultern, während Sebastian jede ihrer Bewegung argwöhnisch verfolgte. »Schenk mir ein Glas ein, ein großes«, sagte sie leise zu Ted.

Ratlos stand Guy da. Erst jetzt wurde ihm bewusst, dass er sich zu diesem Ausflug in dem Glauben hatte hinreißen lassen, nach der Verhaftung von Billy Masters unbesiegbar zu sein. Was natürlich absolut lächerlich war. Wie hatte er ernsthaft glauben können, dass sie sich darauf einlassen, alles noch einmal durchleben würden? Wenn einer von ihnen der Schuldige war, würde er oder sie es wohl kaum offen zugeben, oder?

Nein, er und Louisa würden auf die traditionelle Weise vorgehen müssen – nach dem Ausschlussverfahren.

KAPITEL 69

Sehr zu Louisas Erstaunen war es Pamela, die die fassungslose Stille durchbrach. »Wollt ihr denn etwa nicht, dass der Fall gelöst wird?«

»Aber das ist er doch längst. Dulcie Long sitzt im Gefängnis«, erwiderte Clara.

»Hast du nicht zugehört? Billy Masters hat ausgesagt, dass von Dulcie weit und breit nichts zu sehen war, als Adrian umgebracht wurde.«

»Ihr Engländer habt schon eine reichlich drastische Ausdrucksweise«, meinte Clara halblaut. »Dort, wo ich herkomme, würde man etwas weniger brutal von ›verblichen‹ sprechen.«

»Genau darum geht es ja«, wandte Nancy ein. »Sein Tod *war* brutal, deshalb ist es auch so wichtig, dass die Umstände endgültig aufgeklärt werden.« Sie wandte sich Guy zu. »Könnte Billy Masters es getan haben und versuchen, Sie von seiner Spur abzulenken?«

Guy verlagerte das Gewicht von einem Fuß auf den anderen. Die Art, wie Nancy mit ihm redete, gab ihm das Gefühl, vor einer Richterin im Zeugenstand zu sitzen. »Natürlich ist das rein theoretisch möglich.«

»Die Ehrlichkeit in Person ist er definitiv nicht, stimmt's? Es könnte nichts als ein ausgebuffter Schachzug von ihm sein, sich der anderen Vergehen schuldig zu bekennen, in der Hoffnung, Sie dadurch vom schwersten Verbrechen abzulenken.« Nancy hatte sich in Fahrt geredet, und die anderen hingen förmlich an ihren Lippen.

Sie trat in die Mitte des Raums und fuhr fort: »Wir waren alle da, und wir sind alle unschuldig. Ich schlage vor, wir helfen Sergeant Sullivan, die Ereignisse dieses Abends noch einmal durchzuspielen, damit er einen genaueren Eindruck davon bekommt, wer sich wann und wo aufgehalten hat, und wir ein für alle Mal klarstellen können, ob Billy Masters oder Dulcie Long den Mord begangen haben.«

»Oder beide zusammen«, warf Ted ein.

»Oder das«, bestätigte Pamela.

Ein lautes Klirren ertönte, als Charlotte ihr Kristallglas auf den Tisch knallte. »Ihr könnt machen, was ihr wollt. Ich spiele da nicht mit.« Sie verließ die Bibliothek und schlug laut die Tür hinter sich zu.

Clara wollte ihr folgen, doch Nancy hielt sie zurück. »Lass sie«, sagte sie. »Sie kann nirgendwohin. Es fahren keine Züge mehr, und Hooper wird sie ganz bestimmt nicht nach London zurückbringen. Sie beruhigt sich bestimmt bald und kommt wieder zurück.«

Phoebe trat zu Sebastian, schlang ihren langen weißen Arm um seinen Hals und schmiegte das Gesicht an seine Brust. »Sei nicht traurig, Liebling.«

»Bin ich gar nicht«, erwiderte er knapp und schob sie von sich. Achselzuckend wandte sie sich ab, um sich ein frisches Glas Champagner einzuschenken, doch Louisa sah Tränen in ihren Augen glitzern.

»Ihrem Knöchel geht es schon besser, Miss Phoebe?«, erkundigte sie sich so laut, dass alle es mitbekamen.

Phoebe sah sie erstaunt an. »Äh. Ja«, antwortete sie. »Es war nicht so schlimm.«

»Weil Sie ihn sich in Wahrheit gar nicht verstaucht haben?«, schaltete sich Guy ein.

Nancy sah ihn scharf an. »Was ist hier los?«

Er fuhr fort, ohne sie zu beachten. »Sie haben Miss Cannon erzählt, Sie hätten nur simuliert, um mit Mr Atlas allein im Salon bleiben zu können.« Das war keine Frage.

Phoebe stieß lediglich ein bitteres Lachen aus. »Ja, na und?«

»Du kannst froh sein, dass Charlotte nicht mehr hier ist«, sagte Clara, was Phoebe mit einem vernichtenden Blick quittierte.

»Was heißt, dass Sie in Wahrheit kein Alibi haben«, folgerte Guy selbstsicher. »Sie hätten den Raum jederzeit verlassen, sich mit Mr Curtis treffen und mit ihm zum Glockenturm gehen können.«

Phoebe hatte hier offenbar keine wahren Freunde, dachte Louisa. Keiner sprang auf und ergriff Partei für sie. Sebastian grinste bloß und zündete sich eine weitere Zigarette an, während er sie mit einem kühlen Lächeln bedachte.

»Was für eine Frage soll das sein?« Phoebe nahm einen großen Schluck aus ihrem Champagnerglas.

»Das ist keine Frage«, erwiderte Guy. »Sie waren irgendwann allein im Salon. Wir wissen, dass Mr Atlas losgegangen ist, um Miss Pamela ihr Geburtstagsgeschenk zu überreichen. Könnte es sein, dass Sie ebenfalls kurz hinausgeschlüpft sind?«

Phoebe leugnete weder, noch bestätigte sie seine Worte, sondern hob erneut das Glas an ihre Lippen. »Will keiner von euch etwas sagen?«

Niemand erwiderte etwas.

»Na gut«, stieß Phoebe hervor. »Ich habe den Raum verlassen, kurz nachdem Sebastian hinausgegangen war.« Sie hielt inne und schien kurz nachzudenken. »Durch die Terrassentür. Es war kalt, und ich hatte nur mein dünnes Kleid an, deshalb wollte ich nicht allzu lange draußen bleiben … sondern bloß ein bisschen Zeit für mich haben, um …«

»Um?«, hakte Guy nach.

»Ich wollte nur kurz eine Prise nehmen, aber mit niemandem teilen, deshalb sollte es keiner mitbekommen. Aber das konnte ich diesem grässlichen Inspector nicht auf die Nase binden, sonst wäre ich noch verhaftet worden.« Sie bemühte sich um eine unbeschwerte Miene, was ihr jedoch nicht gelang. »Wenn meine Mutter davon erfahren hätte, wäre der Teufel los gewesen.«

»Eine Prise?«, fragte Pamela leise.

»Kokain«, sagte Nancy. »Du hast wirklich keine Ahnung.«

Pamela wurde rot, sagte aber nichts mehr.

»Nicht, dass ich es gutheißen würde«, fügte Nancy mit hochgezogener Braue hinzu.

»Ich bin wohl kaum die Einzige hier.« Phoebe setzte sich aufs Sofa neben dem Kamin und starrte in die Flammen, als Zeichen, dass die Unterhaltung damit für sie beendet war.

Wieder eine weniger, dachte Guy. Bleiben noch fünf.

KAPITEL 70

Mrs Windsor betrat den Raum. Falls sie die angespannte Stille und der Anblick von Guy und Louisa, die sich vor den Gästen aufgebaut hatten, aus dem Konzept gebracht haben sollte, ließ sie es sich zumindest nicht anmerken. »Das Abendessen wird in Kürze serviert«, sagte sie an Nancy gewandt.

»Danke, Mrs Windsor«, erwiderte Nancy hoheitsvoll, woraufhin sich die Haushälterin zurückzog. Erwartungsvolles Schweigen herrschte im Raum.

»Sollten wir auf Charlotte warten?«, fragte Clara.

»Nein«, meinte Sebastian.

»Du bist wirklich ein Mann der vielen Worte«, ätzte Nancy mit einem Lächeln, das er jedoch nicht erwiderte.

Gerade als die Stille peinlich zu werden drohte, ergriff Guy neuerlich das Wort. Louisa verspürte einen Anflug von Stolz auf die Ruhe, die er verströmte – sie wusste nur allzu genau, wie schwer es ihm fallen musste, vor einer Gruppe glamouröser, wohlhabender junger Menschen zu stehen, um die sich jeder Klatschreporter für ein Foto auf der Seite drei gerissen hätte. Sie konnte nur hoffen, dass nichts von dem, was heute Abend passierte, an die Presse durchsickern würde.

»Bitte entschuldigen Sie, aber ich muss noch ein paar Fakten klären.« Guy zog sein Notizbuch heraus und begann zu blättern.

Oliver, der bisher kein Wort gesagt hatte, rief: »Soll das Ganze tatsächlich ein Spiel sein? Mir kommt es nämlich erschreckend ernst vor. Ich habe keine Ahnung, wie ihr die Sache seht, aber ich ziehe eindeutig eine Runde Rommé vor.« Er bemühte sich um ein Lächeln – kein leichtes Unterfangen für ihn –, was Pamela mit einem mitfühlenden Blick quittierte.

»Es ist kein Spiel.«

»Aha, verstehe. Ich denke, dann sollten Sie jetzt fortfahren.« Er machte eine Handbewegung in Guys Richtung, als ihn ein leichter Hustenanfall überkam. Pamela holte ihm ein Glas Wasser, das er entgegennahm, ehe er sich setzte und die Hände im Schoß faltete.

»Lord De Clifford, könnten Sie mir bitte schildern, wo Sie sich in der fraglichen Nacht aufgehalten haben?«

»Wenn es unbedingt sein muss«, sagte Ted, der sich inzwischen neben Clara auf das Sofa gesetzt hatte. »Obwohl ich dieses ganze Theater allmählich recht ermüdend finde. Wir haben doch dem Inspector schon alles gesagt.« Er lehnte sich zurück und legte den Kopf in den Nacken, als spräche er zu einer göttlichen Macht über ihm. »Ich bezweifle, dass Sie offiziell dazu ermächtigt sind. Bald beginnt der Prozess, zu dem wir womöglich als Zeugen vorgeladen werden. Diese Unterredung hier könnte gesetzwidrig sein.«

Louisa wusste, dass dies ein echter Schwachpunkt war. Könnte Guy sogar Amtsanmaßung vorgeworfen werden, weil er in Zivilkleidung und ohne Genehmigung Zeugen befragte? Zeugen in einem Fall, in dem er offiziell gar nicht ermittelte? Könnte ihm dies als Beeinflussung ausgelegt werden? Fakt war, dass sie lediglich das entscheidende Puzzleteilchen hatten, von dem sie beide glaubten, dass es sie endgültig zum Täter führen würde. Wenn sie ihn heute Abend schnappten, würde jeder Richter doch über die Art und Weise hinwegsehen, mit denen es ihnen gelungen war, oder nicht?

»Ich glaube, in dem Moment, als Miss Longs Schrei von draußen hereindrang, hielten Sie sich gerade allein in der Stiefelkammer auf. Ist das korrekt?«, fuhr Guy fort.

»Ich werde diese spekulativen Fragen nicht beantworten.«

»Es ist deshalb so wichtig, Eure Lordschaft, weil es eindeutige Beweise dafür gibt, dass Sie bereits vorher die Bekanntschaft von Billy Masters gemacht haben.«

Ted setzte sich auf. »Was für Beweise?«

»Billy Masters hat bestätigt, sich bei mehreren Gelegenheiten mit Ihnen im *43* getroffen zu haben, jenem Club, der der Mutter Ihrer Verlobten gehört.«

»Ich streite ja auch nicht ab, dass sich dort allerlei Gesindel herumtreibt«, erwiderte Ted mit einem halbherzigen Lachen. »Das bedeutet noch lange nicht, dass ich sie alle kenne. Und natürlich weiß er, wer ich bin – weil Dolly seit Monaten die Leitung des Clubs innehat. Ich nehme an, er hat Ihnen eingeredet, dass er mich kennt, um es so aussehen zu lassen, als wäre er ein einflussreicher Mann. Ist er aber nicht, verdammt noch mal!«

»Und woher wollen Sie das so genau wissen?«, hakte Guy, der sich allmählich in seine Rolle einfand – je härter sie austeilten, umso geschickter wich er ihren Attacken aus.

Ted stützte für einen Moment den Kopf in die Hände. »Du lieber Gott. Na schön, er hat Dolly echten Ärger gemacht. Ist aufgetaucht, hat irgendwelches Zeugs verkauft und Schlägereien angezettelt. Er scheint immer an sechs Orten gleichzeitig zu sein, und an keinem davon kann ihn jemand gebrauchen.

Ich musste ihm vielleicht ein, zwei Mal einen kleinen Denkzettel verpassen, und deshalb zeigt er jetzt mit dem Finger auf mich. Um sich selbst aus der Schusslinie zu bringen.«

Guy nickte nachdenklich, schien die Idee jedoch gleich wieder zu verwerfen. »Wodurch Sie Gelegenheit gehabt hätten, Billy Masters zu engagieren, Mr Curtis zu töten.«

Ted lachte, ob aus Nervosität oder Erleichterung, vermochte niemand zu sagen. »Weshalb sollte ich das tun? Adrian war ein guter Freund von mir. Ich bin gewissermaßen mit ihm aufgewachsen.«

»Trotzdem war er gegen Ihre Heirat mit Miss Meyrick, was er Ihnen auch offen ins Gesicht gesagt hat. Genau wegen Ihres engen Verhältnisses hätte er Ihre Pläne jederzeit durchkreuzen können. Vielleicht wollten Sie ihn ja aus dem Weg haben. Oder er hat Ihnen gedroht, die üblen Machenschaften im *43* öffentlich zu machen, was eine Heirat mit Miss Meyrick ebenfalls vereitelt hätte.« Es war eine recht lange Ansprache für Guys Verhältnisse, an deren Ende er tief durchatmete. Am liebsten hätte er sein Taschentuch herausgezogen und sich die Stirn abgewischt.

Ted schüttelte den Kopf. »Sie sind komplett auf dem Holzweg.«

»Ja, Guy«, warf Nancy ein. »Ich denke auch, das geht zu weit. Sie können nicht meine Gäste irgendwelcher Taten bezichtigen. Wir sollten das Ganze jetzt beenden. Außerdem wird Mrs Windsor gleich das Abendessen servieren.« Dies schien das Stichwort zu sein – alle Gäste begannen sich zu bewegen, wenngleich ein wenig steif, weil sie während der letzten Minuten wie gebannt gelauscht hatten.

»Nein«, meldete sich Pamela zu Wort und kassierte prompt einen scharfen Blick von Nancy. »Sergeant Sullivan muss das jetzt tun. Es ist wichtig, dass jeder Einzelne eindeutig von jedem Verdacht enthoben wird.« Sie hielt inne. »Sofern sich keiner von uns etwas zuschulden kommen lassen hat.«

»O Gott, Mollie, das ist kein Spiel …«

»Das weiß ich auch«, erwiderte Pamela. »Genau aus dem Grund bestehe ich darauf, dass es anständig erledigt wird.« Damit hatte sie gezeigt, dass sie sich von ihrer Schwester nicht ins Bockshorn jagen ließ. »Bitte, Sergeant Sullivan, fahren Sie fort.«

»Danke, Miss Pamela. Also, laut Ihrer Aussage waren Sie alleine, Lord De Clifford. Aber mein Problem ist, dass Louisa in der Küche war und Sie beim Betreten der Stiefelkammer entweder gesehen oder gehört hätte, hat sie aber nicht. Verstehen Sie mein Dilemma? Ich würde Sie gern als Täter ausschließen, kann es aber leider nicht.«

Alle schienen den Atem anzuhalten.

»Er war nicht allein«, warf Clara ein. »Ich war bei ihm. Im Speisezimmer. Wir haben …«

Sie zögerte, wartete darauf, dass der Mann, der neben ihr saß, etwas sagte.

»Du solltest es ihm lieber sagen, Clara. Ich werde die Verantwortung dafür übernehmen.«

»Wir haben uns geküsst. Aber wegen Dolly konnten wir es nicht sagen.« Sie errötete und sah Ted entschuldigend an. »Ich mochte dich wirklich einmal sehr gern, Ted.«

»Ich weiß«, erwiderte Ted beschämt. Also hatte er sich tatsächlich schuldig gemacht – allerdings nicht des Mordes.

KAPITEL 71

Pamela trat neben Louisa. »Ich denke, ihr solltet uns ein paar Minuten Zeit geben, damit sich alle ein bisschen beruhigen können. Wieso zieht ihr euch nicht für ein Weilchen zurück, ich komme euch bald holen«, flüsterte sie. Louisa nickte und gab Guy ein Zeichen, der ihr aus der Bibliothek und auf den Korridor zur Küche folgte.

»Ich sollte lieber nachsehen, ob Mrs Stobie Hilfe braucht, wenn du nichts dagegen hast. Du kannst gern hier auf mich warten.« Louisa hatte ihre allabendliche Arbeit im Kinderflügel verrichtet, nun fühlte sie sich in dieser Situation alles andere als wohl – einerseits war sie heute Abend nicht in ihrer Funktion als Hausangestellte hier unten, andererseits gehörte sie ebenso wenig zu den Gästen wie Guy.

»Ist Ada heute Abend denn nicht da?«, fragte Guy.

»Du liebe Güte, willst du etwa mit deinem ausgezeichneten Polizistengedächtnis Eindruck schinden? Wenn ja, muss ich sagen, dass ich beeindruckt bin.«

Guy grinste.

»Doch, ist sie. Ada ist schwanger und arbeitet so viel wie möglich, bevor sie sich für die Geburt zurückzieht. Es wird ziemlich schwer für sie und Jonny werden, wenn das Baby erst mal da ist und sie nur noch einen Lohn haben.« Louisa hielt inne. »Aber du hast recht, sie werden meine Hilfe wohl nicht brauchen. Was willst du jetzt machen?«

»Ich würde gern einen Blick auf die Zimmer werfen, in denen die Party stattgefunden hat, um einen besseren Eindruck zu bekommen.«

Louisa blickte über die Schulter, als fürchtete sie, dass Mrs Windsor sie hören könnte, wohl wissend, dass es der Haushälterin gar nicht gefallen würde. »Na gut, aber wir sollten leise sein.«

In den beiden Kaminen in der Eingangshalle brannte noch immer die Glut, und die Lichter waren für die Rückkehr des Hausherrenpaars eingeschaltet worden, wohingegen die anderen Räume – der Salon, der Morgensalon, das Speisezimmer, der Rauchsalon und die Telefonnische mit dem kleinen Tischchen und einem Stuhl – im Dunkeln lagen. Trotz ihrer wollenen Strickjacke erschauderte Louisa; sobald sich niemand in den Zimmern aufhielt, schien ihnen sämtliche Wärme abhandenzukommen. Sie betraten den Salon, wo Louisa eine der Lampen anknipste, deren Schein die gelb gestrichenen Wände wie einen fahlen Sonnenuntergang aussehen ließ. Guys Blick streifte die Terrassentüren und den halb hinter dem Paravent verborgenen Tisch mit Nancys Schreibmaschine daneben.

»Dieser zusätzliche Hinweis könnte auch irgendwann im Lauf der Schnitzeljagd getippt worden sein, als alle im Haus unterwegs waren«, meinte Guy. »Niemand hat ihn erwähnt, andererseits hat Monroe vielleicht auch nicht danach gefragt.«

»Ich glaube nicht, dass er viele Fragen gestellt hat«, bestätigte Louisa. »Er hatte seine Schuldige ja schon gefunden und wollte bloß Antworten, die ihm bestätigt haben, dass er seine Sache gut gemacht hat.«

»Du weißt einfach zu gut, wie Polizisten im Allgemeinen so sind. Man könnte glatt glauben, du triffst dich häufiger mit einem.« Ihre Blicke begegneten sich im Halbdunkel. »Und durch diese Terrassentüren ist Miss Morgan also hinaus- und wieder hereingeschlüpft. Wo führen sie überhaupt hin?«

»Nur in den Garten.«

»Gibt es noch welche, die in einen anderen Teil des Hauses hinausgehen?«

Louisa dachte nach. »Nein, nur die Hintertür in der Küche, sonst keine.«

Guy schob die Hände in die Taschen und ließ ein letztes Mal den Blick durch den Raum schweifen. »Hier hat alles angefangen. Von hier haben sich die Teilnehmer auf die Suche nach dem ersten Hinweis gemacht. Weißt du übrigens, was für ein Gegenstand es war?«

Louisa nickte. »Eine Peitsche. Sie könnten an unterschiedlichen Stellen danach gesucht haben, in der Stiefelkammer, im Stall oder sogar in Lord Redesdales Arbeitszimmer. Miss Pamela weiß, dass er eine dort aufbewahrt, sie allerdings nie benutzt. Aber er will sie aus sentimentalen Gründen bei sich haben.«

Von draußen drang der leise, sanfte Ruf einer Eule herein. Louisa bemerkte, wie Guy zusammenzuckte, und dachte daran zurück, wie sie als Stadtmensch sich anfangs hier auf dem Land mit all den geheimnisvollen Geräuschen gefühlt hatte.

»Als du ins Speisezimmer gegangen bist und Miss Pamela und Mr Curtis dort vorgefunden hast, hatten sie beide den ersten Hinweis bereits erraten und sich ihren zweiten abgeholt, richtig?«

»Genau«, bestätigte Louisa und war heilfroh, dass ihr im trüben Licht nicht anzusehen war, wie ihr bei der Erinnerung an den Abend erneut die Schamesröte ins Gesicht stieg. »Jeder Hinweis beschrieb einen Gegenstand, den man hier im Haus finden konnte, und ich habe gesehen, wie Mr Curtis beim Hinausgehen eine Gabel eingesteckt hat.«

»Die sich jedoch nicht in seiner Jackentasche befand, als er später aufgefunden wurde«, erwiderte Guy nachdenklich. »Wahrscheinlich, weil er sie nach seiner Auseinandersetzung mit Miss Long Mr Atlas und Miss Morgan ausgehändigt hat, vorausgesetzt, er ging nach dem Streit zurück, um seinen dritten Hinweis abzuholen.«

Louisa nickte.

»Und das ist der Zeitpunkt, an dem er das Haus verlassen hat und zum Glockenturm gegangen ist, richtig?«

»Mit Gewissheit kann ich es nicht sagen«, meinte Louisa. »Ich bin erst einmal in der Küche geblieben, nachdem Pamela hereingekommen war, um mir von dem Streit zu erzählen, den sie mit angehört hatte. Ich wusste ja nicht, wohin Dulcie verschwunden war, und nach ihr suchen konnte ich schließlich nicht. Sie wollte um jeden Preis verhindern, dass jemand sie sieht und anfängt, Fragen zu stellen, deshalb hat sie versucht, allen aus dem Weg zu gehen.«

»Aber wir wissen, dass sie sich mit Billy Masters treffen wollte.« Guy verfiel in Schweigen. Louisa wäre lieber in die vom Kaminfeuer erwärmte Eingangshalle zurückgekehrt, wollte ihn jedoch nicht aus seinen Gedanken reißen.

»Wie viel Zeit ist zwischen dem Zeitpunkt vergangen, als Dulcie das Haus verlassen und man sie schreien gehört hat?«

»Genau kann ich es nicht sagen, aber ich schätze eine Dreiviertelstunde.«

»Die Frage ist, wo alle anderen zu dem Zeitpunkt waren.«

In diesem Moment wurde es hell im Raum; sie wandten

sich um und sahen Pamela im Türrahmen stehen. Sie hatte eine weitere Lampe angeknipst und musterte sie neugierig. Hatte sie mitgehört?

»Ihr habt Nancy und die Uhren nicht vergessen, richtig?«

Damit lag auf der Hand, was als Nächstes passieren musste.

KAPITEL 72

Während Pamela die anderen aus der Bibliothek holen ging, schaltete Louisa überall im Erdgeschoss die Lichter ein. Sie konnte nur hoffen, dass Lord und Lady Redesdale erst weit nach Mitternacht von ihrem Essen bei den Watneys zurückkehrten und Mrs Windsor in der Annahme, dass sie sich alle in der Bibliothek aufhielten, mit Mrs Stobie bei einem Gläschen Sherry das neue Jahr begrüßen würde. Von Charlotte hatte niemand mehr etwas gesehen oder gehört, aber es war durchaus möglich, dass sie jeden Moment wiederauftauchte. Sie mussten notgedrungen das Risiko eingehen, sie ein weiteres Mal zu erschüttern. Was sie vorhatten, war schlicht und ergreifend zu wichtig.

Als Erste kam Nancy herein. Ihre Augen waren leicht glasig vom Wein, den es zum Essen gegeben hatte. »Wollen wir das ernsthaft machen?«, fragte sie.

Guy nickte. »Ja, ich denke, es ist die einzige Möglichkeit, wie wir der Wahrheit auf die Spur kommen können.«

»Ich schätze, die anderen werden mitspielen, bis auf Sebastian, der sich durch nichts und niemanden dazu bringen lässt, etwas zu tun, was er nicht tun will.«

»Gut, dann übernehme ich den Part von Mr Atlas«, erklärte Guy, woraufhin Nancy in schallendes Gelächter ausbrach.

»Bitte entschuldigen Sie, aber so was würde man kaum als gute Besetzung bezeichnen«, japste sie.

Guy beschloss, nicht auf die Bemerkung einzugehen. »Vielleicht könnten Sie ja in die Rolle von Miss Curtis schlüpfen, Miss Cannon.«

Louisa nickte und pusselte weiter im Salon herum, strich hier etwas glatt, rückte dort etwas gerade, um nicht darüber nachzudenken, was sie gleich tun würden.

Clara, Phoebe, Ted, Oliver und Pamela kamen zusammen herein. Die Anspannung schien sich ein wenig gelegt zu haben, trotzdem konnte Ted sich einen wütenden Blick in Guys Richtung nicht verkneifen; allem Anschein nach war er noch nicht darüber hinweg, Ziel einer derart ernsten Beschuldigung gewesen zu sein.

Die Gäste nahmen auf den verschiedenen Sofas Platz, schienen jedoch innerhalb von Minuten zu frieren. »Gibt es hier nirgendwo Decken?«, fragte Clara. »Also wirklich, diese englischen Häuser. Legt in diesem Land denn keiner Wert auf Behaglichkeit?«

»Farve jedenfalls nicht«, lachte Nancy.

Als Letzter trat Sebastian mit einer Zigarette in der Hand ein. »Ich finde das nach wie vor alles andere als komisch«, schnauzte er Nancy an, die zu einer Erwiderung anheben wollte, aber er kam ihr zuvor. »Ich finde es äußerst unangenehm, an den brutalen Tod meines besten Freundes erinnert zu werden.«

»Nur das Geld, das deine Verlobte ja jetzt erben wird, das nimmst du gern, oder?«, konterte Phoebe barsch.

Sebastian musterte sie ruhig. »Wir sind nicht verlobt.«

»Ich bin nicht sicher, ob Charlotte das weiß«, erwiderte Phoebe in einem Tonfall, der ahnen ließ, dass sie Miss Curtis genauer im Blick gehabt hatte, als beiden angenehm war.

»Tut sie.« Sebastian setzte sich in einen Sessel und schlug die Beine übereinander. »Wir haben uns direkt nach Weihnachten getrennt.«

»Wieso bist du dann heute Abend hier, du Mistkerl?«, fragte Ted in einem bemüht scherzenden Ton, der ihm jedoch nicht gelang.

Sebastian verzog das Gesicht. »Es geht ihr nicht gut, deshalb hielt ich es für klüger, sie ein wenig im Auge zu behalten.«

Guy hüstelte. »Ich würde jetzt gern anfangen, wenn es Ihnen recht ist. Es gibt nur einen einzigen Zeitpunkt an diesem Abend, von dem wir genau wissen, was passiert ist, und das war um halb zwei Uhr früh. Denn da wurden die Uhren verstellt.«

»Zurück auf ein Uhr«, sagte Nancy.

»Der alte Partytrick«, bemerkte Clara. »Der leider nicht zieht, wenn alle Bescheid wissen.«

»Hooper nicht«, meinte Nancy. »Ich dachte, ich schlage noch eine halbe Stunde für Charlotte heraus, als er kam, um sie zu den Watneys zu bringen.«

»Hat Sie jemand dabei beobachtet?«, wollte Guy wissen.

»Ich glaube nicht. Die anderen waren überall im Haus unterwegs. Ich habe keine Ahnung, wer sich wann und wo aufgehalten hat.«

»Sie haben die Uhren in der Eingangshalle und hier drinnen zurückgestellt, richtig?«

»Genau«, bestätigte Nancy.

»Könnten Sie es noch einmal tun? Vielleicht fällt Ihnen ja ein, ob Sie jemand dabei gesehen hat.«

Nancy ging hinaus in die Eingangshalle, um die Uhr zurückzustellen, und kehrte ein oder zwei Minuten später zurück. »Ich erinnere mich, dass Seb und Phoebe hier waren, und Charlotte auch. Sie hatte gerade ihren zweiten Hinweis gefunden und hergebracht.«

»Miss Fischer und Ihre Lordschaft – glauben Sie, das war der Zeitraum, in dem Sie sich im Speisezimmer aufgehalten haben?«

Clara legte sich die Hand auf die Wange und sah Ted an. »Ja, ich denke schon.«

»Waren Sie lange dort?«

»Wir waren beide hineingegangen, um nach unserem zweiten Hinweis zu suchen. Ich glaube, ich hatte den bekommen, den Adrian zuvor hatte – die Gabel –, und Ted hat nach einem Serviettenring gesucht.«

»Das war Miss Pamelas zweiter Hinweis, den sie gefunden hatte«, erklärte Louisa.

»Das bedeutet, dass Mr Curtis zu diesem Zeitpunkt bereits seinen dritten Hinweis bekommen und den Salon wieder verlassen hatte«, folgerte Guy und beschloss, nicht zu erwähnen, woraus besagter dritter Hinweis bestanden hatte. »In diesem Fall bitte ich nun Lord De Clifford und Miss Fischer, in das Speisezimmer zu gehen. Erinnern Sie sich noch an Ihre Hinweise, Mr Watney?«

Oliver war ganz blass. »Ja. Ich wusste zwar, dass es sich um eine Peitsche handelte, hatte aber noch keine gefunden. Es dauerte eine ganze Weile.«

»Wieso?«, fragte Pamela. »So was weiß man doch, schließlich ist es bei euch zu Hause ganz ähnlich wie bei uns.«

Oliver holte bebend Luft. »Offen gestanden, hatte ich keine Lust, mich an diesem Unsinn zu beteiligen, deshalb habe ich beschlossen, mich in die Telefonnische zurückzuziehen.«

Pamela sah ihn mitfühlend an. »Und hast du jemanden angerufen?«

»Nein«, antwortete Oliver. »Ich habe das Telefonbuch gelesen, was ich ziemlich beruhigend fand.«

Je mehr Guy über die Upperclass erfuhr, umso exzentrischer erschien sie ihm. »Wenn Sie dann jetzt in die Telefonnische zurückkehren würden, Sir.«

Widerstrebend machte Oliver sich auf den Weg.

Guy nahm seine Brille ab und polierte die Gläser. Das Ganze strengte ihn enorm an, und das frühe Abendessen, das Mrs Stobie ihm serviert hatte, lag bereits Stunden zurück. Ein Glas Wein wäre nett gewesen, aber keiner bot ihm eines an.

»Nun gut, es ist jetzt also halb zwei. Lord De Clifford und Miss Fischer sind für einige Zeit im Speisezimmer verschwunden. Mr Watney hat sich in die Telefonnische zurückgezogen, Mr Atlas und Miss Morgan sind hier. Und jetzt kommen Sie herein, Miss Nancy, um die Uhr um eine halbe Stunde zurückzustellen. Hat jemand Sie dabei beobachtet?«

»Die beiden haben sich unterhalten, Phoebe lag auf dem Sofa, mit hoch gelagertem Fuß, und hat zu Seb hinübergesehen, der gerade einen Drink mixte, deshalb bin ich nicht sicher, ob sie mich bemerkt haben.«

»Würden Sie bitte die Uhr zurückstellen, so wie Sie es damals getan haben?«

Nancy nahm die Uhr vom Kaminsims und stellte sie, den Rücken den Anwesenden zugekehrt, zurück, sodass sie nun auf ein Uhr stand. »Ich dachte, ich lasse es so real aussehen wie möglich«, sagte sie.

»Was ist dann passiert?«

»Seb hat mir den nächsten Hinweis gegeben, daraufhin bin ich in Farves Arbeitszimmer gegangen. Ich dachte, es sei eine Streichholzschachtel, und wusste, dass ich dort eine finden würde.« Sie sah sich um. »Also, dann gehe ich mal.«

»Moment!« Louisa trat neben sie. »Sie sagten doch, Miss Charlotte sei bei Ihnen gewesen, Miss Nancy.«

»Ja, ich bin zurückgekommen und habe mir von Phoebe den nächsten Hinweis geben lassen. Charlotte war auch da, deshalb sind wir gemeinsam in den Morgensalon gegangen. Wir hatten beschlossen, uns zusammenzutun.«

»Wie sind Sie dorthin gelangt?«, fragte Guy.

»Durch diese Tür, natürlich.« Nancy deutete auf die Verbindungstür zwischen den beiden Räumen.

»Also sind Sie nicht durch die Eingangshalle gegangen? Und Sebastian war ebenfalls nicht hier, als Sie das zweite Mal zurückkamen?«

»Ich glaube, das war, als er zu mir gekommen ist«, warf Pamela ein. »Ich war gerade im Rauchsalon. Er kam rein und meinte, er wolle mir endlich mein Geburtstagsgeschenk geben, bevor es in Vergessenheit gerate.«

»So stand es auch in Ihrer Aussage. Er hat in der Eingangshalle eine Schatulle mit einer Brosche unter einem Tisch hervorgezogen, wo er sie zuvor versteckt hatte. Und Sie haben auf die Uhr gesehen, richtig?«

»Richtig. Auf der Uhr in der Eingangshalle war es Viertel nach eins, aber ich wusste ja, dass Nancy die Uhr zurückgestellt hatte und es deshalb bereits Viertel vor zwei sein musste.«

Sebastian erhob sich. »Will noch jemand etwas zu trinken? Ich bin nicht sicher, ob ich mir das noch länger anhören möchte.«

Ohne auf eine Antwort zu warten, verließ er den Raum.

»Tut mir leid, Miss Pamela«, sagte Louisa, »aber Sie müssen jetzt in die Eingangshalle. Und Miss Nancy …«

»Na schön«, herrschte Nancy sie an. »Ich gehe in den Morgensalon.«

Phoebe blieb allein mit Guy und Louisa zurück. Sie quetschte sich mit einer Zigarette in der einen und einem fast leeren Glas Wein in der anderen Hand auf die Sofakante. Ihr hübscher Mund war zu einer schmalen Linie zusammengepresst.

»Miss Phoebe«, sagte Guy, »Sie müssen uns jetzt die Wahrheit sagen.«

»Da gibt es nicht viel zu sagen«, erwiderte sie. »Das meiste haben Sie bereits gehört. Nachdem Nancy hier war und die Uhr zurückgestellt haben muss – sie hat recht, ich habe es tatsächlich nicht mitbekommen –, kam Adrian herein, um seinen nächsten Gegenstand abzuliefern. Er verschwand sofort wieder … er hatte ziemlich miese Laune, was verständlich ist, wenn man bedenkt, dass er gerade mit Miss Long gestritten hatte, wie wir später erfuhren. Dann kam Charlotte herein, wahrscheinlich um ebenfalls ihren nächsten Hinweis abzuholen, aber ich habe nicht sonderlich auf sie geachtet.«

»War sie lange hier?«

»Ein paar Minuten, schätze ich. Sie sagte, es sei schon nach eins, und Seb sollte Pamela endlich das Geschenk überreichen. Sie haben beide den Raum verlassen, und ich habe die Gelegenheit genutzt, um nach draußen zu gehen.«

»Hatten Sie einen Mantel dabei?«, wollte Louisa wissen, der die Kälte ziemlich zusetzte, während ihr wieder einfiel, wie eisig es an jenem Abend Ende November gewesen war.

»Ich hatte eine Stola um und bin ein wenig herumgegangen, um mir ein Plätzchen zu suchen, wo man mich nicht …

Sie wissen schon. Ich wollte nicht, dass mich jemand durchs Fenster beobachtet.«

»Wie lange waren Sie dort draußen?«

Phoebe nahm zwei letzte Züge von ihrer Zigarette. »Ich hatte nicht darüber nachgedacht, aber jetzt, wo Sie mich fragen, kommt es mir tatsächlich seltsam vor. Weil ich mindestens zwanzig Minuten weg war, aber als ich zurückkam, zeigte die Uhr im Salon, dass es kurz nach Viertel nach eins war. Keine Ahnung, warum mir das nicht schon damals aufgefallen ist. Ich war keinesfalls bloß ein paar Minuten weg. Ich nehme an, ich habe es auf Nancys Partytrick geschoben.«

»War jemand im Raum, während Sie sich draußen aufgehalten haben?«

»Woher soll ich das wissen?«

Louisa und Guy wechselten einen Blick. »Wir müssen die anderen zurückholen«, sagte Louisa.

»Und ich muss DI Monroe anrufen«, sagte Guy.

Phoebe sah sie beide an. »Warum? Was habe ich denn gesagt?«

»Wir wissen jetzt, dass Mr Atlas mindestens eine halbe Stunde lang nicht in diesem Raum war, obwohl zwischen den Zeitpunkten, als Miss Pamela und Sie ihn gesehen hatten, lediglich ein paar Minuten lagen. Jemand hat ihm geholfen, indem er diese Uhr ein zweites Mal zurückgestellt hat, und es gibt nur eine Person, die das getan haben kann.«

»Was wollen Sie damit sagen? Ich war es nicht.« Phoebe lachte hohl. »Das ist mein voller Ernst. Ich konnte Adrian nicht leiden, aber so sehr gehasst, als dass ich ihn ermordet hätte, habe ich ihn auch wieder nicht.«

Guy sah sie aus seinen blauen Augen ruhig an. »Sie habe ich nicht gemeint.«

KAPITEL 73

Phoebe, Louisa und Guy nahmen den Weg durch den Morgensalon, um Nancy zu holen, und gingen dann von dort in die Eingangshalle. Pamela saß auf einem hölzernen Stuhl in der Halle neben dem Kamin, in den sie einen weiteren Holzscheit gelegt hatte. Guy klopfte an die Tür der Telefonnische, woraufhin Oliver mit verlegener Miene heraustrat. »Ist es schon vorbei? Oder müssen wir gleich *Auld Lang Syne* singen?«, fragte er.

»Noch nicht ganz«, erwiderte Guy grimmig, trat in die Nische und zog die Tür hinter sich zu.

Louisa war unterdessen in das Speisezimmer gegangen, um Ted und Clara Bescheid zu geben, die demonstrativ an den entgegengesetzten Enden des langen Esstischs saßen, als sie hereinkam. Ihre Mienen waren frostig und angespannt.

»Was ist los?«, fragte Ted mehrmals, doch Louisa wusste nicht, was sie darauf erwidern sollte, deshalb schwieg sie.

Alle Anwesenden versammelten sich in der Eingangshalle. Guy kam aus der Telefonnische. »Ich habe gerade auf dem Revier angerufen. Sie versuchen, DI Monroe zu finden, und schicken zur Sicherheit schon mal einen Constable her.«

»Was zum Teufel ist hier los?«, rief Nancy.

Aber weder Guy noch Louisa waren bereit, sie einzuweihen. Oder sonst jemanden.

»Wo ist Mr Atlas?«, fragte Guy.

Allgemeine Ratlosigkeit machte sich breit. »Wir wissen es nicht. Sie haben uns doch gezwungen, uns in den Zimmern aufzuhalten«, sagte Ted, ehe ihm die Kinnlade herunterfiel. »O Gott! Das ist genau der Grund, weshalb Sie uns weggeschickt haben, stimmt's?«

Sämtlichen Anwesenden stand die blanke Angst ins Gesicht geschrieben.

»Ich sehe in Charlottes Zimmer nach«, sagte Pamela.

»Ich komme mit«, sagte Louisa.

»Nein. Wenn ich alleine komme und Seb bei ihr ist, werden sie keinen Verdacht schöpfen. Sollte ich in fünf Minuten nicht wieder unten sein, kommt nach oben.«

Pamela verschwand, während die anderen in der Halle ihren Schritten auf der Treppe lauschten. Niemand sagte ein Wort oder wagte zu atmen. Augenblicke später erschien Pamela wieder und verkündete: »In ihrem Zimmer ist sie jedenfalls nicht.«

Von draußen drang ein Geräusch herein. »Was war das?«, fragte jemand.

»Eine Eule?«, meinte Guy.

»Nein«, sagte Pamela, ging zur Tür und trat hinaus. Als sie wieder hereinkam, war sie kreidebleich, dennoch blieb ihre Stimme ruhig. »Zwei Menschen … sie schreien.«

Guy schob sich an ihr vorbei. Dicker Reif bedeckte den Rasen vor dem Haus, und die kahlen Äste bewegten sich leicht in der eisigen Brise. Es war dunkel, der Mond kaum hinter den Wolken zu erkennen, was Guys Sehvermögen noch mehr einschränkte als sonst. Er lauschte angespannt. Die Stimmen kamen von jenseits der Mauer – wo sich der Friedhof befand.

Louisa trat neben ihn und berührte seinen Arm. Auch sie hörte die Stimmen klar und deutlich. Wie auf ein stummes Stichwort packte Louisa seine Hand, und sie liefen los.

Mit jedem Meter wurden die Stimmen lauter – ein Mann und eine Frau. Hinter ihnen ertönten die Stimmen von Nancy und ihren Freunden, wenn auch leise. Das feuchte Gras dämpfte das Geräusch ihrer eiligen Schritte. Als sie die Kirche erreichten, hallte das Geschrei mit unverminderter Lautstärke durch die Nacht.

Noch immer sprachen sie kein Wort, hielten sich jedoch nicht länger bei den Händen, als sie durch die offene Tür in die nahezu vollständig dunkle Kirche schlüpften. Es dauerte einen Moment, bis sich ihre Augen an das Dunkel gewöhnt hatten. Die Stimmen kamen vom anderen Ende des Gebäudes, von über ihnen. Vom Turm.

KAPITEL 74

Langsam und ganz vorsichtig hangelten sich Louisa und Guy an den Kirchenbänken entlang durch den Mittelgang; gerade als sie das Treppenhaus zum Glockenturm erreicht hatten, entstand eine Lücke in den Wolken, und das silbrige Mondlicht fiel durch die Buntglasfenster. Sekunden später hatten sie die Treppe erklommen und sahen Charlotte mit dem Rücken zur gähnenden Leere hinter ihr im Fensterrahmen stehen. Ihr Gesicht war fleckig, ihre Augen rot vom Weinen, ihre dunklen Locken bewegten sich in der Brise, und sie zitterte in ihrem dünnen Abendkleid, während sie mit bloßen Füßen auf dem Fensterbrett balancierte und sich mit den Händen an der steinernen Einfassung festklammerte. Vor ihr stand Sebastian mit wutverzerrter Miene, ohne jedoch Anstalten zu machen, sie am Springen zu hindern. Stattdessen hatte er die Hände in den Hosentaschen vergraben.

Er hatte Guy und Louisa die Treppe heraufschleichen sehen und wandte sich ihnen nun zu, wobei ihm die Wut aus sämtlichen Poren zu dringen schien.

»Du dumme Gans«, schnauzte er Charlotte an, die noch immer von Schluchzern geschüttelt wurde.

Louisa wollte zu ihr laufen, doch Guy hielt sie zurück.

Seb blickte sie an. Im Halbdunkel wirkte sein Gesicht geradezu gespenstisch und Furcht einflößend. »Wieso verschwindet ihr zwei nicht wieder unter dem Stein, unter dem ihr hervorgekrochen seid? Seht euch nur an, was ihr angerichtet habt.«

»Wir haben gar nichts angerichtet«, erwiderte Guy, »sondern Sie.«

»Ich habe keine Ahnung, wovon Sie überhaupt sprechen!«

Charlotte, die inzwischen aufgehört hatte zu weinen, starrte Guy aus angstgeweiteten Augen an.

»Das Einzige, was ich immer noch nicht verstanden habe, ist die Frage, weshalb Sie Ihren Freund tot sehen wollten«, fuhr Guy fort.

Sebastian trat einen Schritt auf Guy zu, und Louisa ertappte sich dabei, dass sie instinktiv zurückwich. »Keine Ahnung, was Sie damit andeuten wollen, aber ich denke, Sie sollten hübsch vorsichtig sein.«

Charlotte war verstummt, trotzdem kullerten ihr immer noch die Tränen über die Wangen.

Guy richtete sich zu voller Größe auf und stellte sich breitbeinig hin. Falls Sebastian auf ihn losgehen sollte, würde er seinen Mann stehen, so viel stand fest. »Wieso haben Sie es getan, Mr Atlas? Aus Rache oder aus Eifersucht?«

Seb lachte nur. »Weshalb hätte jemand auf diesen Langweiler eifersüchtig sein sollen? Er war ein Junkie, eine Koksnase, der sich so wenig um mich geschert hat wie ich mich um ihn.«

Irgendetwas hatte die Atmosphäre zwischen ihnen verändert, so als wäre irgendetwas losgetreten worden – ob es an der Kälte, der nächtlichen Dunkelheit, der Enge des Glockenturms oder an der Erkenntnis lag, dass die Charade ein Ende hatte, vermochte Louisa nicht zu sagen. Vielleicht war es auch eine Mischung aus allem.

»Ich dachte, Sie seien Freunde gewesen?«, meinte Guy.

»Wir waren einander nützlich«, erwiderte Seb.

Charlottes Knie gaben nach, und einen Moment lang hatte es den Anschein, als verlöre sie das Gleichgewicht. Sie schrie auf, und Louisa lief zu ihr, packte sie bei der Taille und verhinderte damit, dass sie auf dieselbe tragische Weise ihr Leben verlor wie ihr Bruder. Beide Frauen stürzten zu Boden. Der Schreck und der Aufprall auf dem harten Stein ließen Charlotte nach Luft schnappen. Sie kam auf die Knie und wischte sich mit den Handflächen die Tränen ab. »Ich dachte, du liebst mich«, schluchzte sie.

»Als wüsstest du, was Liebe ist«, schnauzte er sie an, zog eine Zigarette aus seinem silbernen Zigarettenetui und zündete sie sich mit einem Feuerzeug an, aus dem ein durchdringender Geruch von Benzin drang. Seine Augen waren schwarz und hart wie Kieselsteine im flüchtigen Schein der Flamme. »Nachdem sie beschlossen hat, sich doch lieber nicht aus dem Fenster zu stürzen, kann ich ja wieder zum Haus zurückkehren.«

Er wandte sich zum Gehen, aber Guy packte ihn am Arm. »Erst wenn Sie all meine Fragen beantwortet haben.«

»Lassen Sie mich sofort los!«

»Wir glauben, Sie sind im Salon geblieben, um einen weiteren Hinweis auf der Schreibmaschine zu tippen«, sagte Guy. »Einen, der nur für Adrian Curtis gedacht war und der ihn hierherführen würde. Es war der einzige Hinweis, der nicht auf einen Gegenstand im Haus hinwies.«

Seb stieß den Rauch aus und musterte Guy kühl, der seinen Arm losgelassen hatte, jedoch immer noch den Ausgang blockierte. Charlotte hatte wieder aufgehört zu weinen und lauschte ebenfalls. Eine Gänsehaut hatte sich auf ihren nackten Armen gebildet. Louisa kniete immer noch auf dem Fußboden und blickte gespannt von einem zum anderen.

»Sie wussten, dass Dulcie Long sich am Glockenturm mit Billy Masters treffen würde. Hat er es Ihnen gesagt?«

Ein Flackern erschien in Sebs Augen. Er ließ seine Zigarette zu Boden fallen und trat sie mit dem Schuh aus.

»Louisa hat Sie beobachtet, wie Sie Billy vor dem Criterion Theatre etwas abgekauft haben, und ich weiß, dass Sie vor dem *43* irgendeinen Deal mit ihm abgeschlossen haben, weil ich ihn noch an diesem Abend festgenommen habe, nachdem ich Sie beide beobachtet hatte.«

Damit hatte Sebastian ganz offenkundig nicht gerechnet, doch er versuchte eilig, seine Verblüffung zu kaschieren. »Und selbst wenn ich ihm etwas abgekauft habe ... na und? Das bedeutet rein gar nichts.«

»Ich glaube, die Manschettenknöpfe, die ursprünglich ein Geschenk Ihres Freundes Mr Curtis für Sie waren, haben Sie Billy gegeben. Als Dank, weil er Ihnen Bescheid gesagt hat, dass er in der Nacht vom 20. auf den 21. November hier sein würde, und anstelle von etwas anderem, das Sie an diesem Abend bekommen sollten. Billy dachte, Sie erwarten eine Lieferung Kokain, obwohl Sie in Wahrheit lediglich sichergehen wollten, dass sich jemand hier aufhält, dem Sie den Mord in die Schuhe schieben können, den Sie begehen wollten.«

Sebastian schnaubte abfällig. »So einen Unsinn habe ich ja noch nie gehört. Ich gehe jetzt nach unten.«

Charlotte rappelte sich auf. Ihr Gesicht war aschfahl. Louisa wusste, dass sich ihre nackten Arme eiskalt anfühlen würden, wenn sie sie jetzt berührte.

Guy schob die Hände in die Taschen und zog die Lapislazuli-Manschettenknöpfe heraus, die er Billy abgenommen hatte. Diesmal sah er Charlotte an, als er fortfuhr. »Ich glaube, die hier haben Ihrem Bruder gehört.«

Mit einem Aufschrei sackte Charlotte neuerlich zusammen.

»Aber der Zeitplan ist gründlich in die Hose gegangen, stimmt's? Billy ist zu früh aufgetaucht und hat Sie weglaufen sehen. Sie hatten versucht, sich als Lord De Clifford auszugeben, indem Sie sich seinen Umhang umgelegt hatten, den er praktischerweise in der Eingangshalle zurückgelassen hatte – aber Sie wussten nicht, dass er und Miss Fischer zusammen im Speisezimmer waren, schließlich sollte jeder für sich alleine suchen, richtig?«

Louisa sah erneut etwas in Sebastians Augen aufblitzen, und sie war sicher, dass seine aufgesetzte Souveränität mit jeder Minute schwand.

»Dulcie Long wurde verdächtigt und festgenommen, aber das war Ihnen vollkommen egal, habe ich recht, Miss Curtis? Ehrlich gesagt, war es sogar noch viel praktischer«, fuhr Guy mit wachsender Zuversicht fort.

»Wovon reden Sie da?« Charlottes Stimme verriet ihre Anspannung.

»Von Dulcies Sohn, den sie mit Ihrem Bruder hatte. Daniel. Von Ihrem Neffen. Stellt er eine Bedrohung für Ihr Erbe dar? Das Sie bekommen sollten, nachdem Ihr Bruder tot war?«

»Es steht ihr Wort gegen meines«, sagte Charlotte. Trotz ihres derangierten Äußeren lag die gewohnte Härte in ihrer Stimme. »Wem wird man wohl eher glauben, einem Dienstmädchen oder mir?« In diesem Moment schien es, als hätte sie ein Rettungsseil losgelassen, an das sie sich die ganze Zeit geklammert hatte. Sie stieß den Atem aus und blickte Sebastian voller Verzweiflung an. »Außerdem … welches Erbe?

Mein Bruder hat das ganze Geld verpulvert. Und als *er* es herausgefunden hat …« Wieder brach sie in Tränen aus, diesmal jedoch leise. »… wollte er nichts mehr mit mir zu tun haben, sondern hat die Verlobung gelöst.«

»Ich erinnere mich nicht, dir je einen Antrag gemacht zu haben«, stieß Sebastian verächtlich hervor. »Ich bin wohl kaum der Typ, der auf die Knie geht.«

»Aber du hast es versprochen«, schluchzte Charlotte, während Sebastian sich abwandte.

Der Kies in der Auffahrt knirschte, als ein Wagen vorfuhr. Die Polizei war eingetroffen. Als Nächstes ertönten Schritte, als die anderen Gäste heraufkamen und sich in den Glockenturm quetschten – Nancy, Ted, Clara, Pamela, Phoebe und Oliver reihten sich mit beklommenen Gesichtern an der Wand auf. Keiner von ihnen sagte ein Wort.

»Soll ich allen erklären, wie Sie es angestellt haben?«, fragte Guy.

Sebastian zuckte mit den Schultern.

»Sie wussten, dass Nancy um halb zwei die Uhr um eine halbe Stunde zurückdrehen würde.«

Louisa sah, wie Nancy sich versteifte.

»Aber noch viel wichtiger ist«, fuhr Guy fort, »dass es allgemein bekannt war. Jegliche Verwirrung würde unweigerlich auf diesen alten Partytrick geschoben werden. Ihr großer Fehler war, dass Sie zu sehr auf die Details geachtet haben, wenn ich mir die Bemerkung erlauben darf. Sie waren der einzige Gast, der die Uhr als Alibi benutzt hat.«

Pamela trat vor. »Sie meinen, als ich gesagt habe, ich hätte Sebastian um Viertel vor zwei in der Halle gesehen? Das heißt, laut der Uhr war es erst Viertel nach eins, aber ich wusste ja, dass sie um eine halbe Stunde zurückgestellt worden war.«

»Genau«, ergriff Guy erneut das Wort, »aber in Wahrheit war es bereits zwei Uhr. Miss Charlotte hatte nämlich die Uhr um eine weitere Viertelstunde zurückgestellt. Als Miss Phoebe Sebastian um kurz nach eins den Salon verlassen sah, bemerkte Pamela ihn allem Anschein nach nur wenige Minuten später, aber in Wirklichkeit war eine halbe Stunde vergangen.«

»Und weiter?«, meinte Pamela.

»Miss Charlotte hat Sebastian gerade genug Zeit verschafft, um hierherzukommen und Adrian Curtis zu überraschen. Wir wissen, dass es zu einem kurzen Kampf kam, aber Adrian war betrunken, und als Ihr einstiger Freund merkte, was Sie tun wollten, war es längst zu spät.«

Sebastians Gesicht wirkte wie aus Stein gemeißelt, während Charlotte einen leisen Schrei ausstieß. Guy wandte sich ihr zu. »Sie haben die Tat gemeinsam geplant.«

Obwohl es keine Frage war, reagierte Charlotte mit einem kaum merklichen Nicken. »Er hat versprochen, mich zu heiraten, wenn ich nur genug Geld hätte, und wir müssten bloß Adrian …« Sie hielt inne und sah Sebastian an, der keine Anstalten machte, sich ihr zuzuwenden. »Wir müssten nur Adrian aus dem Weg räumen, dann bekämen wir alles, was wir wollten. Er hat meinen Bruder immer verabscheut, es sich aber all die Jahre nicht anmerken lassen, solange er von ihm bekam, was er brauchte. Das wusste ich alles. Mir war nur nicht klar, dass er auch mich aus tiefster Seele hasst.« Wieder begann sie zu weinen und wurde von heftigen Schluchzern geschüttelt, die ihren mageren Körper wie eine sterbende Schlange zucken ließen.

In diesem Moment wurden schwere Schritte auf der Treppe laut, als die Polizisten heraufkamen.

»Sebastian Atlas«, sagte Guy vor den Augen von neun Zeugen. »Ich verhafte Sie wegen Mordverdachts an Adrian Curtis und Verabredung zu einer Straftat gemeinsam mit Miss Charlotte Curtis.«

KAPITEL 75

In dieser Nacht wurde nicht viel geschlafen im Haushalt Mitford Manor, mit Ausnahme der kleineren Mädchen, die von den Ereignissen nichts mitbekamen. Tom hatte am Silvesterabend glücklicherweise bei einem Freund übernachtet, während Diana sprachlos vor Wut war, dass sie – wieder einmal – ein derartiges Drama in ihrem eigenen Zuhause verschlafen hatte.

Nur wenige Minuten nachdem alle Anwesenden den Glockenturm verlassen hatten, nahmen die Beamten Sebastian und Charlotte zur Befragung mit. Nachdem DI Monroe Guy – wenngleich ein wenig widerstrebend – zu seiner hervorragenden Arbeit gratuliert hatte, lud er ihn ein, ihn auf das Revier zu begleiten. Der Vorfall hatte alle in hellen Aufruhr versetzt und zutiefst erschüttert, auch Lord und Lady Redesdale, als sie von ihrem Silvesterdinner bei den Watneys zurückkehrten.

Trotz seiner Wut zeigte Lord Redesdale sich nicht allzu überrascht darüber, dass »diese elenden Taugenichtse« sich eines Kapitalverbrechens schuldig gemacht haben sollten. »Ich hatte nichts anderes von deinen sogenannten Freunden erwartet, Koko«, wetterte er, »und ich will keinen von ihnen jemals wieder in diesem Haus sehen, keinen!« Lady Redesdale zog ihn eilig die Treppe hinauf, wobei ihr bleiches Gesicht ihr Entsetzen darüber verriet, wie sich eine weitere Tragödie unter ihrem eigenen Dach abspielen konnte.

Oliver Watney machte sich so schnell auf den Heimweg, wie er nur konnte, während Pamela voller Sorge zurückblieb, dass ihn die Ereignisse zutiefst erschüttert haben könnten. Clara, Ted, Phoebe und Nancy blieben in der Bibliothek, wo Mrs Windsor sie vorfand, als sie um sechs Uhr morgens aufstand, und zu Bett schickte.

Louisa rappelte sich nach wenigen Stunden wieder auf, zog sich eilig an und ging leise in den Kinderflügel, um das Frühstück für die Kleinen zuzubereiten. Nanny Blor war bereits auf den Beinen – das Eintreffen der Polizei hatte sie geweckt, und sie war vor Angst so lange im Dunkeln sitzen geblieben und hatte gewartet, bis Louisa oder Pamela heraufkamen und erzählten, was vorgefallen war. Die beiden jungen Frauen waren völlig außer sich und überdreht gewesen, als sie schließlich nach oben gekommen waren, und Nanny hatte darauf bestanden, ihnen eine heiße Schokolade zuzubereiten und mit ihnen zu reden, bis sie sich genug beruhigt hatten, um zu Bett zu gehen.

»Ich verstehe ja, dass das Ganze ein höchst ungewöhnlicher und grauenvoller Vorfall war«, sagte Pam, deren kornblumenblaue Augen selbst nach einer so kurzen Nacht blitzten, »allerdings geht es mir ähnlich wie Farve. Ich glaube nicht, dass Nancys Freunde das Richtige für mich sind. Ich glaube, ich bleibe lieber zu Hause.« Sie wurde rot. »Aber verrate mich bitte nicht bei ihr, sonst bringt sie mich um.«

Louisa verstand sie voll und ganz. Pamela, die an der Schwelle zum Erwachsenwerden stand, musste sich überlegen, wie sie ihr Leben gestalten wollte. Sie teilte weder den bissigen Humor noch die gesellschaftlichen Ambitionen ihrer älteren Schwester, sondern genoss stattdessen das ruhige Landleben, in dem sie aufgewachsen war. Sie war eine gute Reiterin, aß leidenschaftlich gern und wollte unbedingt kochen lernen. Nanny Blor tätschelte ihr das Knie und versicherte ihr, dass sie eines Tages ganz bestimmt ihre eigenen Abenteuer erleben würde. Für den Moment jedoch, ja, sei es gewiss besser, erst einmal zu Hause zu bleiben.

Bei Louisa lagen die Dinge ein wenig anders. Sie war inzwischen sicher, dass ihre Zeit auf dem Land vorüber war. Wenn Lady Redesdale erst die Wahrheit erfuhr, was sie zweifellos tun würde – dass Louisa Dulcie Long ins Zimmer ihrer Schwägerin geführt und dann Adrian Curtis hinterhergeschickt hatte –, wäre sie gewiss nicht mehr ganz so überzeugt davon, Louisa noch länger unter ihrem Dach zu behalten.

Nach dem Frühstück machte sich Louisa auf den Weg ins Dorf. Es war Neujahrstag, und alle bereiteten sich auf die Jagd vor; selbst Pamela, obwohl sie so spät zu Bett gegangen war, war schon im Morgengrauen in Richtung Ställe verschwunden. Louisa ging zum Pub und schickte jemanden nach oben, um Guy zu holen.

»Louisa?« Eine Minute später erschien Guy. Er wirkte ein wenig mitgenommen, und seine Kleider waren zerknautscht, als hätte er darin geschlafen. »Entschuldigung«, sagte er und zeigte an sich hinunter. »Ich bin erst spät vom Revier zurückgekommen. DI Monroe brauchte mich für die Aussagen. Sie haben beide gestanden, worüber wir sehr froh sein können.«

»Und Dulcie?«

»Sie sollte bald entlassen werden. Die Zeit, die sie in Untersuchungshaft gesessen hat, sollte die Strafe für den Diebstahl abgelten.«

»Du warst wunderbar, Guy.« Louisa freute sich sehr für Dulcie. Endlich würde sie ihren Sohn wiedersehen. Vielleicht konnte sie sogar als Näherin für Mrs Brewster arbeiten und ein neues Leben anfangen, fernab von den Forty Thieves. Und nachdem sie nun wussten, dass die Polizei ihnen auf den Fersen war, hatte sie von ihnen nichts mehr zu befürchten.

»Danke.« Guy grinste. »Ich sollte allmählich nach London zurück. Ich bin nicht sicher, ob heute viele Züge verkehren.«

»Das lässt sich leicht herausfinden. Aber vorher wollte ich noch mit dir reden. Wollen wir ein Stück gehen?«

Guy holte Mantel, Schal und Hut und folgte ihr nach draußen. Es war ein herrlicher Tag, der alles hervorhob, was sie an Mitford Manor immer so geliebt hatte: Noch lag der frühmorgendliche Reif auf den Feldern, die Dorfkinder kamen jubelnd herausgelaufen, um die Jagdgesellschaft willkommen zu heißen, und die Cotswolds-Steine der Häuser verströmten selbst in der fahlen Wintersonne einen warmen Schimmer.

»Ich werde meine Stellung kündigen«, sagte sie.

Statt einer Antwort zog Guy lediglich die Brauen hoch.

»Man wird ohnehin nicht mehr versessen darauf sein, dass ich bleibe. Obwohl Sebastian und Charlotte den Mord begangen haben und nicht Dulcie, glauben sie vermutlich, dass ich zu viel Unruhe ins Haus bringe.«

»Ich wäre mir da nicht so sicher. Du bist schon lange bei ihnen und hast immer gute Arbeit geleistet.«

»Das weiß ich. Aber ich bin selbst auch bereit für eine Veränderung. Ich will nach London zurück.«

Guy blieb stehen und sah sie an. Sie waren einen kleinen Hügel hinaufmarschiert, und unter ihnen erstreckte sich der

Flickenteppich aus von Hecken gesäumten Feldern und Äckern. Louisas Nasenspitze war rot von der Kälte, und sie kniff die Augen gegen die Sonne zusammen.

»Und was willst du dort machen?«

»Ich dachte, ich könnte mich um eine Ausbildung als Polizistin bemühen.« Beim Anblick von Guys verdatterter Miene brach sie in schallendes Gelächter aus. »Ganz sicher bin ich mir allerdings noch nicht.«

»Ich will ja nicht behaupten, dass du damit ins gegenteilige Lager wechseln würdest, aber …«

»Beinahe. Ich weiß. Aber ich dachte mir – wenn du sie schon nicht schlagen kannst, verbünde dich mit ihnen.«

Guy musste ebenfalls lachen. Er legte ihr den Arm um die Schultern, und gemeinsam blickten sie in die Ferne, standen so lange reglos nebeneinander, bis es keinen Zweifel mehr daran gab, dass sie den Rest ihres Lebens nicht länger aufschieben konnten.

NACHTRAG/HISTORISCHE ANMERKUNG

Am 2. März 1926 wurde Alice Diamond vor dem Central Criminal Court wegen Vorsatz, Diebstahl, Randalen und tätlichen Angriffs angeklagt und zu achtzehn Monaten Zwangsarbeit verurteilt. Ihren Komplizinnen Bertha Tappenden und Maggie Hughes wurde tätlicher Angriff auf die Familie Britten (das reale Vorbild der Longs) am 20. Dezember 1925 vorgeworfen. Dies stellte das Ende von Alice Diamonds Regentschaft als »Queen of the Forty Thieves« dar.

Im März 1926 heiratete Lord De Clifford Dorothy (»Dolly«) Meyrick auf einem Londoner Standesamt. Da er erst neunzehn war und die Eheschließung ohne die Erlaubnis seiner Mutter erfolgte, gab er ein falsches Alter an, wofür er später zu 50 Pfund Geldstrafe verurteilt wurde. Die beiden hatten zwei Kinder, die Ehe wurde jedoch 1936 geschieden.

Pamela Mitford und Oliver Watney waren 1928 kurz verlobt, bis seine Mutter Oliver die geplante Heirat ausredete, was durchaus Pamelas Zustimmung fand, da auch sie Zweifel bekommen hatte.

Kate Meyrick, Besitzerin des *43 Nachtclubs* in der Gerrard Street, war im April 1925 aus dem Gefängnis entlassen worden und tauchte bis 1927 in Paris unter. Während ihrer Abwesenheit leitete ihre Tochter Dolly das Etablissement. Anfang 1929 wurde George Goddard, der das Sittendezernat des Reviers in der Savile Row geleitet hatte, wegen Korruption zu einer Gefängnisstrafe verurteilt, während Kate Meyrick wegen Bestechung fünfzehn Jahre Zwangsarbeit aufgebrummt bekam.

Teile des Buches basieren auf realen Ereignissen und historischen Begebenheiten, sämtliche Dialoge sind jedoch rein fiktiv, ebenso wie der Mord an Adrian Curtis.

HISTORISCHE QUELLEN

Zur Vorbereitung dieses Romans habe ich eine ganze Reihe von Büchern gelesen, nachstehende haben mir jedoch besonders geholfen:

Bad Girls: A History of Rebels and Renegades von Caitlin Davies; *Dope Girls: The Birth of the British Drug Underground* von Marek Kohn; *The Mitford Girls: The Biography of an Extraordinary Family* von Mary S. Lovell; *Alice Diamond and the Forty Thieves: Britain's First Female Crime Syndicate* von Brian McDonald; *The Mitfords: Letters Between Six Sisters*, herausgegeben von Charlotte Mosley; *Nights Out: Life in Cosmopolitan London* von Judith R. Walkowitz; *A Woman at Scotland Yard* von Lilian Wyles.

DANK

Für ihre Inspiration, Hilfe und Geduld danke ich folgenden Personen: Ed Wood bei Sphere/Little, Brown, ebenso wie Andy Hine, Kate Hibbert, Thalia Proctor und Stephanie Melrose. Ich danke Caroline Michel bei PFD und Tessa David; Hope Dellon und Catherine Richards bei St Martin's Press. Bei den historischen Recherchen haben mich Sue Collins und Celestria Noel unterstützt (wenngleich sämtliche Fehler in diesem Zusammenhang auf mein Konto gehen).

Simon, Beatrix, Louis, George und Zola … Danke.